Drachen lieben heißer

Silver Dragons
Band 1: Ein brandheißes Date
Band 2: Viel Rauch um Nichts
Band 3: Drachen lieben heißer

Über die Autorin:

Katie MacAlister begann ihre Karriere als Autorin mit einem Sachbuch über Software. Da sie darin jedoch weder witzige Dialoge noch romantische Szenen unterbringen durfte, beschloss sie, von nun an nur noch Liebesromane zu schreiben. Seither sind zahlreiche Romane aus ihrer Feder erschienen, die regelmäßig die internationalen Bestsellerlisten stürmen. Weitere Informationen unter: www.katiemacalister.com

Katie MacAlister

Silver Dragons

Drachen lieben heißer

Roman

dem Amerikanischen
von Margarethe van Pée

Weltbild

Die amerikanische Originalausgabe erschien 2009 unter dem Titel *Me and My Shadow*
bei NAL Signet, Penguin Group (USA) Inc.

Besuchen Sie uns im Internet
www.weltbild.de

Genehmigte Lizenzausgabe für Verlagsgruppe Weltbild GmbH,
Steinerne Furt, 86167 Augsburg

Übersetzung: Margarethe van Pée
Umschlaggestaltung: Johannes Frick, Neusäß
Umschlagmotiv: www.shutterstock.com
(© Serge Lee; Mathee saengkaew; Eky Studio)
Gesamtherstellung: GGP Media GmbH, Pößneck
Printed in the EU
ISBN 978-3-95569-142-4

2017 2016 2015 2014
Die letzte Jahreszahl gibt die aktuelle Lizenzausgabe an.

Für meinen Freund Brian Murphy, weil er mich zum Lachen bringt, mich gnadenlos neckt und mich schimpfen lässt, ohne auch nur ein einziges Mal zu sagen: Das hast du dir selbst eingebrockt, Schätzchen!

1

»Kopf ab!«

Ich blickte von meinem Laptop auf. Mitten im Wohnzimmer stand ein Mann und zeigte mit dramatischer Geste auf eine Frau an der Tür.

»Ich verlange, dass du diesen ... diesen ... Drachen wegen Ungehorsam bestrafst!«

»Ja, ja, wer es glaubt ...«, murmelte eine Stimme vom Fußboden.

Magoth betrachtete den Hund, der auf einem sonnenbeschienenen Fleck lag und sich durch einen Stapel pornographischer Comics las, mit zusammengekniffenen Augen. »Ich habe dir keine Erlaubnis gegeben, in meiner Gegenwart zu sprechen, Dämon.«

»Große Neuigkeit – du bist gar kein Fürst mehr, deshalb kann ich sagen, was ich will. Stimmt's, May?«

Ich wollte gerade nicken, besann mich aber dann eines Besseren. Ich hatte zwar nicht viel Erfahrung mit Jim, dem Dämon in Hundegestalt, aber doch genügend, um ihm nicht gleich seinen Willen zu lassen. »Nein, du kannst sagen, was Aisling dir zu sagen erlaubt hat, als sie dich zu uns geschickt hat. Und wenn ich mich recht erinnere, hat sie dich angewiesen, dass du zu niemandem frech sein sollst.«

Jim, der seinen tatsächlichen Namen Effrijim viel zu mädchenhaft fand, grinste, was nicht einfach war, wenn man bedachte, dass er die Gestalt eines zottigen schwarzen Neufundländers hatte. »Sie hat gesagt, wenn ich dich verärgere, würde sie mich nach Akasha schicken, bis das Baby volljährig ist. Aber jeder weiß ja, dass Doppelgänger nicht so leicht zu verärgern sind, deshalb ist alles in Ordnung.«

»Wären wir jetzt in Abaddon«, knurrte Magoth, »würdest du auf dem Bauch angekrochen kommen und mich um Gnade anwinseln. Es wäre eine nutzlose Geste – trotzdem würde ich dir erlauben, mich weiter um Vernichtung anzuflehen und dich schreiend vor Schmerzen zu winden, bis ich schließlich deiner endlosen Qual überdrüssig wäre.«

»Ja, ja.« Jim wandte sich wieder seinem Comic zu. »Das habe ich alles schon mal gehört.«

Magoth blies sich auf, bis ich dachte, er würde platzen. Ich überlegte, ob die Rechnung für die Reinigung wohl den Unterhaltungswert aufwiegen würde, entschied mich jedoch dagegen. »Was gibt es, Maata?«, fragte ich die Frau, die an der Tür stand und uns amüsiert beobachtete.

»Magoth ...«

»Für dich immer noch Prinz von Abaddon Magoth, Drache!«, erklärte der Mann. »Oder Lord Magoth. Oder meinetwegen auch Seine Unheilige Hoheit Magoth.«

»Magoth«, wiederholte Maata, »hat *schon wieder* versucht, in den Keller einzudringen.«

Ich zog eine Augenbraue hoch und musterte den Dämonenlord im Exil, früheren Stummfilmstar und Träger eines (buchstäblich) verfluchten Penis, der in ohnmächtiger Wut im Raum herumrannte. Über die Jahrhunderte waren unzählige Frauen auf seine Attraktivität hereingefallen, deshalb hatte Magoth keinen Grund, eine andere Gestalt anzunehmen. Allerdings hätte er es auch jetzt gar nicht mehr gekonnt, selbst wenn er gewollt hätte.

»Siehst du, wie ich behandelt werde? Das ist unerträglich, Gemahlin! Ich bestehe darauf, dass du diesem Lakaien eine Lektion erteilst! Ich lasse mir doch von einer Sklavin nicht sagen, was ich zu tun oder zu lassen habe. Sie hat mir Gewalt angedroht! *Mir!* Sie verdient eine ausführliche, einfallsreiche Bestrafung, weil sie es gewagt hat, mich so zu behandeln!«

»Es war meine Schuld. Ich war gerade auf der Toilette, und er hat die Gelegenheit genutzt, um an den Eingang zum Tresorraum zu gelangen«, sagte Maata entschuldigend. »Es wird nicht wieder vorkommen.«

»Es war der reine Zufall, dass ich genau in dem Moment im Keller war, als die Sklavin das Zimmer verlassen hatte.« Magoth schniefte. Ich kaufte ihm seine vorgetäuschte Selbstgerechtigkeit nicht einen Moment lang ab.

»Du bist an mir vorbeigeschlichen, als ich im Badezimmer war«, beschuldigte Maata ihn.

»Ich bin ein Dämonenlord! Ich schleiche nicht!«, erwiderte er empört.

»Erstens«, sagte ich und zählte die Punkte an meinen Fingern ab, »bist du kein Dämonenlord mehr. Zumindest in technischer Hinsicht nicht. Zweitens ist Maata eine von Gabriels Elitewachen, keine Sklavin, und du wirst sie mit dem gebührenden Respekt behandeln. Und drittens bin ich nicht deine Gemahlin, also hör auf, mich so zu nennen.«

»Du bist meine Gemahlin«, beharrte er und kniff die Augen zusammen.

»Du hast dich von mir gelöst, als du festgestellt hast, dass man dich aus Abaddon herausgeworfen hat, weißt du noch?«

»Das geschah in der Hitze des Augenblicks. Du weißt sehr wohl, dass ich nicht die Scheidung eingeleitet habe. Bis es mir gefällt, dich aus dieser Stellung zu entlassen« – er lächelte und ich dankte meinem Schicksal, dass wir nicht in Abaddon waren, sonst hätte ich ein bisschen von meiner Seele verloren –, »oder bis du stirbst, bleibst du meine Gemahlin.«

»Danke für die Belehrung.« Wie immer, wenn ich bedroht wurde oder eine starke Emotion empfand, regte sich das Stück Drachenherz, das ich in mir trug. Es zu beherrschen, hatte mich viel Mühe gekostet. Ich lächelte Gabriels Bodyguard an. »Danke, Maata. Ich kümmere mich schon darum.«

»Besser du als ich«, murmelte sie und lächelte schief.

»Soll ich ihn mir ein bisschen vorknöpfen?«, fragte Jim. Er erhob sich und trottete langsam auf Magoth zu. »Ich würde ihm ja direkt an die Nüsse gehen, aber dieser Fluch macht mir ein bisschen Angst.«

»Versuch es nur«, sagte Magoth. Seine Augen glitzerten in einem unheiligen Licht.

Jim blieb stehen und warf mir einen besorgten Blick zu. »Du hast doch gesagt, er hätte hier keine Macht, oder?«

»Fünfundneunzig Prozent seiner Macht stehen ihm nicht zur Verfügung, genau«, erwiderte ich.

Jim erstarrte. »Oh Mann! Ich habe gedacht, *all* seine Macht wäre flöten gegangen!«

»Das ist ja auch so. Na ja, alle Macht abgesehen von fünf Prozent.«

»Fünf Prozent? Ach, du liebe Güte, May! Wir müssen uns dringend mal unterhalten über den Unterschied zwischen einem Dämonenfürsten ohne jede Macht und einem mit genügend Macht, um einen sechstklassigen Dämon zu zerquetschen.«

Magoth lächelte wieder. Eine dünne schwarze Machtranke griff nach Jim.

Der Dämon jaulte auf und wich zur Tür zurück. »Feuer von Abaddon, verstehst du keinen Spaß? Ich habe doch nur Spaß gemacht, Eure dunkle kaiserliche Majestät. Äh ... Ich glaube, jetzt kommt *Hart, aber herzlich*. Ihr wisst ja, wie gerne ich Stefanie Powers gucke. Bis später, Eure Eminenz unheiliger Finsternis.«

Als sich die Tür hinter Jim geschlossen hatte, schenkte ich Magoth meine volle Aufmerksamkeit. In den letzten sechs Wochen, in denen Magoth bei Gabriel und mir gewohnt hatte, hatten wir festgestellt, dass der Dämonenlord nur einen winzigen Bruchteil seiner Kräfte wiedererlangt hatte, aber man wird nicht Fürst von Abaddon, ohne ein paar Tricks aufzuschnappen.

»Du weißt, dass der Keller und der gesamte untere Bereich tabu sind, bis die Arbeiter fertig sind, Magoth. Wir haben es dir ausführlich erklärt, als sie begonnen haben, die Schatzkammer zu bauen.«

Er blickte mich schmollend an. »Wie die Sterblichen sagen, du bist nicht mein Boss.«

»Vielleicht nicht, aber du bist hier nur geduldet, eine Tatsache, die ich dir anscheinend immer wieder ins Gedächtnis rufen muss. Wenn du Gabriel irritierst, indem du dir gewaltsam Zutritt zu seiner Schatzkammer verschaffst, wird er dich auf die Straße setzen.«

Er trat hinter den Schreibtisch, an dem ich saß, und fuhr mit dem Finger meinen Arm hinauf. Ich bekam beinahe eine Gänsehaut. Seine Berührung war so kalt, dass der Luft um mich herum alle Wärme entzogen wurde. »Ah, aber du würdest doch deinem schuppigen Freund nicht erlauben, das zu tun, oder, meine süße, süße May?« Er hauchte mir einen kalten Kuss auf meinen Nacken. Ich ballte die Fäuste, dass meine Handflächen schmerzten. Auch ohne hinzusehen wusste ich, dass sich meine Finger in lange, scharlachrote Krallen verwandelt hatten. Das Stück Drachenherz löste verlockende Visionen in mir aus, und ich sah Magoth tot auf dem Boden zu meinen Füßen liegen.

Beinahe hätte ich dem Drachenherz nachgegeben, aber ich rief mir ins Gedächtnis, dass es für mich kein Zurück mehr gab, wenn ich mich erst einmal darauf eingelassen hatte. Und so sehr ich Gabriel liebte, so glücklich ich war, die Gefährtin eines mächtigen – und witzigen, weltgewandten und unglaublich sexy – Wyvern zu sein, so wollte ich doch nicht den Rest der Ewigkeit als Drache verbringen.

»Man hat dich gewarnt, mich zu berühren«, sagte ich so neutral wie möglich. Das Stück Drachenherz kämpfte darum, mich zu beherrschen, aber ich hatte nicht umsonst über hundert Jahre als Magoths Sklavin überlebt. Ich hatte gelernt, meine Emotionen unter Kontrolle zu halten.

Sein kalter Atem glitt über meinen Hals, aber dann siegte seine Klugheit. Er schob meinen Laptop beiseite und legte sich lasziv auf den Schreibtisch. »Du willst mich doch auch.«

»Ich will Gabriel«, erwiderte ich. Erneut drohte das Stück Drachenherz mich zu überwältigen.

Er lächelte verführerisch. »Dein Drache mag ja deine Doppelgänger-Bedürfnisse befriedigen, aber das Tier in dir will mich, süße May. Ich kann es spüren.«

»Ich bin kein Tier«, erwiderte ich grob. Ich räusperte mich. Ich würde mich von ihm nicht reizen lassen.

Er beugte sich leicht vor, die Augen halb geschlossen. Ich kannte die Zeichen – schließlich war ich oft genug das Opfer seiner Verführungsversuche gewesen. Wenn ich ihn eine Weile gewähren ließ, dann konnte ich ihn vielleicht mit irgendeiner interessanten Kleinigkeit ablenken. Magoth liebte glänzende Dinge, ob er sie anfassen konnte oder nicht.

»Sag mir nicht, dass du es nicht auch fühlst«, sagte er und blickte mich an. Er hatte nicht genug Macht, um mich mit einem Zauber zu belegen, deshalb dachte ich mir am besten irgendein interessantes Konversationsthema aus.

Zu meiner Überraschung und meinem äußersten Entsetzen jedoch beugte ich mich ebenfalls vor, bis meine Lippen seine berührten.

Das Drachenherz überschwemmte mich mit Emotionen, heiß und fremd, und plötzlich verspürte ich ein brennendes Verlangen, mich mit ihm zu paaren.

»Nein«, keuchte ich entsetzt und wich zurück. Nicht einmal, seit ich Gabriel kennen gelernt hatte, war ich Magoth anders als mit Hass und Abscheu begegnet. Was war nur auf einmal los mit mir?

Mental rief ich ein Bild des Mannes ab, den ich von ganzem Herzen liebte, dachte an seine warme, milchkaffeebraune Haut, an die Grübchen, die mir die Knie weich werden ließen, die silbernen Sprenkel in seinen Augen, das Feuer, das nur er in mir entzündete. Ich brannte für ihn. *Nur* für ihn.

Rasch trat ich die winzige Flamme aus, die auf dem Boden emporzüngelte.

»Siehst du? Das Tier in dir sagt ja, meine Süße. Gib ihm nach. Ich will dir zeigen, welch köstliche Lust ich dir bereiten kann.«

Ich musste mich zwingen, mich zu erheben. »Es ist kein Tier. Es ist ein Fünftel des Drachenherzens, und es beherrscht mich nicht. Du kannst ruhig aufhören, mich zu verführen, weil es sowieso nicht funktioniert. Und muss ich dich daran erinnern, was Gabriel dir angedroht hat, als er dich letztes Mal dabei erwischt hat, wie du Liebe mit mir machen wolltest?«

»Ich mache keine Liebe. Ich mache Ekstase«, antwortete er, aber seine Hand fuhr unwillkürlich schützend vor seinen Schritt. »Du kannst protestieren, so viel du willst, meine Anbetungswürdige, die Tatsache bleibt bestehen, dass wir beide wissen, die Flitterwochen mit deinem Drachen sind vorbei, und ich bin es, den du wirklich willst.« Er glitt vom Schreibtisch und trat auf mich zu.

»Hör auf, einen Blick in Gabriels Schatzkammer werfen zu wollen, hör auf, Maata zu belästigen, und hör auf, mich verführen zu wollen«, sagte ich und wich zur Tür zurück. Ich riss sie auf und rannte hinaus, bevor er mir antworten konnte, aber sein spöttisches Gelächter folgte mir, als ich den Flur entlang zur Treppe lief, die in den Keller führte.

Maata saß auf einem Stuhl unten an der Treppe und las ein Buch. Sie blickte auf und zog die Augenbrauen hoch, als sie mein gerötetes Gesicht sah. Da ich normalerweise ruhig und beherrscht war, war ihr wohl klar, dass das Drachenherz mich wahnsinnig machte.

»Wo ist er?«, fragte ich.

Sie wusste genau, wen ich meinte. »Er überprüft das Schloss. Sie haben die Tür eingebaut.«

»Danke.« Rasch lief ich zu dem Loch im Betonboden und stieg die Metallleiter herunter, die auf den felsigen Untergrund führte. Lampen hingen trunken von der Decke, und ein dumpfer, modriger Geruch lag in der Luft. Das war nicht weiter überraschend, wenn man bedachte, dass die Arbeiter dieses unterirdische Gewölbe erst im vergangenen Monat ausgehoben hatten. Eine Reihe von grabähnlichen Gängen endete in einem großen Raum, in dem Gabriel seine größten Schätze aufbewahren wollte.

Zwei Wachen erschienen, als ich die letzten Meter zum Boden von der Leiter sprang. Lächelnd grüßten sie, als ich vorbeilief, ebenso wie drei weitere silberne Drachen, die gerade Kisten auspackten.

Was sie so amüsierte, war meine unziemliche Hast, das war mir klar. Aber es war mir egal. Dass ich das Stück Drachenherz nicht kontrollieren konnte, mochte Gabriels Leute – die jetzt auch meine waren – ja erheitern, aber sie verstanden mich auch.

Eine weitere Metallleiter führte zu einem noch tieferen Level, und dann lag der Eingang zur Schatzkammer vor mir. Die Tür war aus Metall, so wie in den Tresorräumen großer Banken, schwer und dick, durch Explosionen oder Werkzeug nicht zu zerstören. Drei Hightech-Schlösser und ein Netzhaut-Scanner hielten selbst die geschicktesten Tresorknacker in Schach. Später würden noch Zauber in die Tür eingearbeitet werden, um den Raum auch vor den Mächten zu schützen, die über die Fähigkeiten der sterblichen Welt hinausgingen.

Ich blieb stehen, als ich nur einen Drachen vor der Tür sah.

»Gabriel?«, fragte ich Tipene, den zweiten Bodyguard von Gabriel.

Er wies mit dem Kopf auf die Tür. »Sie überprüfen die Alarmanlage.«

Ich überlegte, ob ich die zehn Minuten warten sollte, bis

Gabriel und die Sicherheitsexperten wieder auftauchten, aber ich wusste die Antwort eigentlich schon. Rasch trat ich direkt vor die Tür, die Augen auf das Schloss gerichtet.

Tipene sah mir interessiert zu, als ich die Hände ausschüttelte und verzweifelt versuchte, den Kopf klar zu bekommen, damit ich mit dem Schloss »reden« konnte.

»Ich habe nie verstanden, warum Doppelgänger das können«, sagte er, als ich meine Hände auf das Schloss legte und die Augen zumachte, um mich besser konzentrieren zu können.

»Das weiß ich auch nicht. Ich bin nur dankbar, dass ich es kann.«

»Ich glaube nicht, dass du Glück hast. Das ist ein MacGyver 512-Titaniumcarbon-magnetisch-elektronisches Schloss, äußerst präzise eingestellt. Es ist so hochmodern, dass es noch nicht einmal auf dem Markt ist. Ich weiß, dass du meisten Schlösser öffnen kannst, aber dieses hier wirst selbst du nicht aufbekommen, May.«

»Wir werden sehen.« Ich überredete das Schloss, mir ein paar Geheimnisse preiszugeben. Mit Interesse stellte ich fest, wie raffiniert und gut es gebaut war. Die meisten Schlösser leisten nur wenig Widerstand, bevor sie sich für mich öffnen, aber dieses hier war anders. Es reagierte nicht auf die übliche Überredung, so dass ich zu brutaler Kraft greifen musste. Während ich mich durch die zahlreichen Level des Schlosses arbeitete, notierte ich mir im Geiste, Gabriel zu sagen, dass zu viel Design manchmal eher schadete.

Schließlich erlag der letzte Bolzen meiner Willenskraft, und ich lächelte dem verblüfften Tipene zu, als ich die Tür aufriss.

»Wie …?«, setzte er an, aber ich wartete das Ende der Frage nicht ab.

Die drei Männer, die sich im Gewölbe über ein Clipboard beugten, fuhren herum, als sich die Tür öffnete.

»Vögelchen!« Gabriels Stimme und seine Arme, die sich um mich schlangen, gaben mir das Gefühl, nach einer langen Reise nach Hause gekommen zu sein.

Ohne mich um die Drachenetikette zu kümmern, küsste ich ihn. Ich brauchte die Sicherheit, die nur er mir geben konnte.

»Ich glaube es nicht«, sagte einer der beiden Männer, als ich meine Finger in Gabriels weiche Dreadlocks grub. »Sie kann unmöglich dieses Schloss geöffnet haben. Das ist einfach unmöglich. Niemand kann diese Tür öffnen. Vielleicht haben wir sie nicht richtig verschlossen …«

»Feuer«, flüsterte ich in Gabriels Mund.

Sein Drachenfeuer wirbelte durch mich hindurch und setzte mich in Flammen.

»Sie war verschlossen«, sagte der zweite Mann. »Und die Tatsache, dass die Gefährtin des silbernen Drachen hier ist, zeigt ja wohl allzu deutlich, dass das Schloss keineswegs so unmöglich zu überwinden ist, wie dein Unternehmen behauptet. Und das ist ja meine Rede – die beste Alarmanlage der Welt taugt nichts, solange man die Tür so leicht aufbrechen kann.«

»Meine Schlösser kann man nicht leicht aufbrechen«, knurrte der erste Mann. »Da stimmt doch etwas nicht.«

»Was ist los?«, fragte Gabriel und löste sich von mir.

»Wir müssen Magoth loswerden.« Mehr wollte ich vor den Männern nicht sagen. Gabriel hatte sie zwar mit dem Bau seiner Schatzkammer beauftragt, aber keiner von ihnen war ein Drache, und ich war mir nicht sicher, wie weit er ihnen vertraute.

»Hey, May, ich wollte dir nur sagen, dass Magoth deine Brieftasche gefunden hat und schon wieder mit deiner MasterCard in der Hand am Telefon hängt. Hey, Gabe, alles klar? Oh! Schöne Schatzkammer! Ist das da ein MacGyver 512? Drake hat auch eins bestellt.« Jim trat um die beiden Sicherheitsexperten herum und warf einen interessierten Blick auf die Arbeiten.

»Ja, István hat ihn vor ein paar Tagen hier abgeladen«, erklärte ich Gabriel, der mir einen überraschten Blick zuwarf. »Da Aislings Geburtstermin bereits verstrichen ist, findet Drake anscheinend, dass sich alle wohler fühlen würden, ohne dass Jim ständig Bemerkungen darüber macht, sie sähe aus wie ein überreifer Pfirsich, der jeden Moment platzt.«

»Ich habe nicht Pfirsich, sondern ›Pickel‹ gesagt, aber Drake hat gedroht, mich zu Hackfleisch zu verarbeiten, wenn ich ihm nicht aus den Augen ginge«, erwiderte Jim nonchalant. »Aber es ist alles gut. Solange Ash damit beschäftigt ist, das Baby herauszudrücken, hat sie May zu meiner Chefin gemacht, und May liebt mich. Stimmt's, May?«

Gabriels Quecksilber-Augen blitzten auf. »Was hat Magoth denn jetzt schon wieder gemacht?«

»Wir müssen ihn einfach loswerden«, sagte ich leise. Hoffentlich verstand er die Botschaft in meinen Augen. »Auf der Stelle.«

»Stimmt doch, May«, beharrte Jim. »Du liebst mich, oder? Ich bin dein Liebling!«

Gabriel musterte mich prüfend. »Hat er dich angefasst?«

Seufzend hob ich die Hand. Statt aus meinen normalen,

sommersprossigen Fingern bestand sie aus langen, eleganten Silberfingern mit scharlachroten Krallen. »Das Stück Drachenherz funktioniert nicht richtig. Es scheint durcheinander zu sein. Und je eher Magoth weg ist, desto schneller kann ich es richten.«

»Wer ist dein Daddy? Genau, der unglaublich gut aussehende und auf pelzige Weise männliche Jim! Ich gehöre ganz dir, meine Süße, und bin von Ash autorisiert, dir jeden Wunsch von den Augen abzulesen, vor allem wenn du mir Futter geben und mir den Bauch kraulen möchtest.«

»Du meinst doch nicht ...« Gabriels Augen weiteten sich.

Ich nickte.

»Ich bringe ihn um.«

Er sagte die Worte leise und mit seiner normalen, samtweichen Stimme, aber die Bedrohung, die darunter lag, war so spürbar, dass mir das Blut in den Adern gefror.

»He! Ich wollte dich nicht beleidigen!« Erschrocken wich Jim zurück. »Wenn May mich nicht am Bauch kraulen soll, dann macht es eben jemand anderer. Aber wenn ich dir einen Rat geben kann, Gabe: Vielleicht solltest du mal über koffeinfreien Kaffee nachdenken.«

»Das kannst du nicht«, sagte ich traurig. Das Stück Drachenherz blieb ruhig und gab sich zufrieden damit, mal wieder alles aufgewühlt zu haben. »Er ist immer noch unsterblich, und vielleicht haben wir ja Gelegenheit, ihn wieder in Abaddon abzuladen.«

Eine kleine Rauchwolke drang aus Gabriels Nase. Ich gab ihm rasch einen kleinen Kuss und knabberte an seiner Lippe.

»Oh ja, davon rede ich doch die ganze Zeit«, sagte Jim vom Fuß der Metallleiter her.

Ich warf dem Dämon einen finsteren Blick zu. »Verschwinde!«

»Ich wollte doch nur …«

»Verschwinde!«, befahl ich ihm erneut. »Sag Magoth, wenn er noch einmal etwas aus diesem teuren Sexshop bestellt, dann schiebe ich ihm seinen dreißig Zentimeter langen, mit Stacheln besetzten Dildo dorthin, wo die Sonne niemals scheint.«

Jim warf mir einen verletzten Blick zu, bevor er meinem Befehl gehorchte. »Und ich dachte, bei dir wäre es lustiger. Du warst in der letzten Zeit viel zu oft mit Aisling zusammen, wirklich!«

»Komm hier herein«, sagte Gabriel und zog mich tiefer in die Kühle der halbfertigen Schatzkammer. Um magische Angriffe abzuwehren, waren ihre Wände mit Stahl und Eisen verstärkt, und sie wirkte wie ein kleiner Weinkeller mit ihren langen, glänzenden Regalen, die darauf warteten, mit Gabriels Schätzen gefüllt zu werden, die er in England aufbewahrte. »Bist du sicher, Vögelchen? Du hast nicht an mich gedacht, und das Stück Drachenherz hat so reagiert?«

Lächelnd küsste ich ihn auf die Nasenspitze. »Mir gefällt der Gedanke, dass du nicht einen Augenblick lang denkst, ich könnte Magoth anziehend finden.«

»Phh.« Er machte eine abfällige Geste. »Du liebst nur mich. Ich weiß, dass du dich nie zu ihm hingezogen fühlen könntest.«

Ich verriet ihm nicht, dass Magoth sehr nahe daran gewesen war, mich zu verführen. »Normalerweise regt sich das Drachenherz nur beim Gedanken an dich, aber dieses Mal war das nicht der Fall. Und doch glaube ich auch nicht, dass ich auf ihn so reagiert habe. Es war, als ob ...« Ich versuchte, das Gefühl in sinnvolle Worte zu fassen. »Es war, als ob das Drachenherz auf die dunkle, gefährliche Macht reagierte, die er repräsentiert. Ich habe noch nie so in Magoths Gegenwart empfunden, deshalb kann ich nur vermuten, dass das Stück Drachenherz auf einmal Macht will.«

»Aber das ergibt keinen Sinn«, sagte Gabriel und schüttelte so nachdrücklich den Kopf, dass seine schulterlangen Locken wippten. »Die einzelnen Stücke des Drachenherzens besitzen doch selber Macht. Sie würden niemals nach mehr streben.«

»Ich verstehe es ja auch nicht. Ich sage dir nur, wie es sich anfühlte. Und ich kann Magoth wirklich nicht mehr ertragen. Vielleicht sollte ich Bael noch eine E-Mail schicken ...«

»Nein.« Gabriel beugte sich vor und gab mir einen Kuss. »Mir wäre es wirklich lieber, du würdest dich von Abaddon fernhalten.«

»Ich bin die Gattin eines Ex-Fürsten von Abaddon«, erklärte ich sanft und legte den Finger auf seine gerunzelte Stirn. »Ich kann mich gar nicht von Abaddon fernhalten. Als Bael Magoth aus Abaddon verbannt hat, hat er gesagt, er wolle die Verbannung auf zwei Monate begrenzen, und diese Zeit ist beinahe um. Vielleicht könnte ich Bael ja dazu bewegen, ihn wieder in seine Ämter einzusetzen. Ich kann damit leben, seine Dienerin zu sein, Gabriel, aber ich kann es nicht ertragen, wenn das Stück Drachenherz mich zu etwas treibt, das wir alle bedauern werden.«

»Wir können das Stück Drachenherz nicht aus dir entfernen, ohne die anderen Stücke beisammenzuhaben, damit sie das ganze Herz neu bilden«, erwiderte er. Seine Stimme klang gequält. Er berührte meine Wange und schob mir zärtlich eine Haarsträhne hinter das Ohr. »Und das geht auch nicht ohne eine richtige Schatzhöhle. Die Stücke des Drachenherzens sind immerhin die wertvollsten Reliquien der Drachen, Vögelchen.«

»Ich weiß.« Ich schmiegte meine Wange einen Moment lang in seine Handfläche. Ich wusste schon gar nicht mehr, wie es war, ihn zu lieben, ohne dass das Stück Drachenherz mich zu einer Drachengestalt zwang.

»Wenn die Schatzkammer erst einmal fertig ist, dann können wir nach dem letzten Stück Drachenherz suchen und die Zeremonie beginnen, um dich von dem, das du in dir hast, zu befreien ...«

»May? Da ist jemand für dich an der Tür.«

Jims Stimme unterbrach Gabriel, und wir drehten uns beide um, um dem pelzigen Dämon einen bösen Blick zuzuwerfen.

»Jim, Aisling scheint dir große Freiheiten zu lassen, aber du unterbrichst ein privates Gespräch. Ehrlich gesagt ist mir egal, wer ...«

»Ich glaube, den Typ willst du sehen«, sagte Jim und warf mir einen wissenden Blick zu.

Ich runzelte die Stirn. »Wer ist es denn?«

»Dieser Diebesfänger, der dich gefangen und vor das Komitee geschleppt hat.«

»Savian?«, fragte ich und sah im Geiste sofort den charmanten, wenn auch ein wenig hinterhältigen Engländer vor mir. »Was macht er hier?«

»Er stirbt«, erwiderte Jim kurz und bündig.

2

Es ist erstaunlich, wie schnell Drachen sich bewegen können, wenn es sein muss. Jim hatte die Worte noch nicht ganz ausgesprochen, als Gabriel und Tipene auch schon weg waren, als seien sie nie hier gewesen. Auch ich hielt mich nicht damit auf, Jim zu fragen, warum Savian gerade vor unserer Tür starb. Ich glitt in den Schatten und raste zur Haustür.

»Ist er tot?«, fragte ich und schlüpfte wieder aus dem Schatten heraus.

Tipene hob gerade einen leblosen Körper von den Stufen auf. Blut bedeckte den weißen Stein und tröpfelte über die Stufen hinunter auf die Straße.

Gabriel war nicht überrascht, mich zu sehen, aber Maata, die die Tür aufhielt, zuckte zusammen, als ich aus den Schatten direkt neben ihr auftauchte.

»Ich vergesse immer wieder, dass du das kannst«, sagte sie und lächelte kläglich. »Es ist ein bisschen unheimlich, wenn du auf einmal so aus dem Nichts erscheinst.«

»Ich komme nicht aus dem Nichts, sondern war nur vor deinem Blick verborgen«, sagte ich und schaute auf Savian.

Beim Anblick des blutigen, zerschlagenen Körpers wünschte ich jedoch, ich hätte es nicht getan.

»Er ist nicht tot«, antwortete Gabriel. »Tipene kümmert sich um ihn, bis ich mir seine Verletzungen ansehen kann. Maata, komm mit mir. Vögelchen, kannst du erkennen, wer ihn hierhin gelegt hat?«

»Wie soll sie das erkennen können?«, fragte Maata.

»In der Schattenwelt sehen die Dinge anders aus«, sagte ich und blickte mich um.

Sie runzelte die Stirn. »Ich bin verwirrt. Du hast doch gerade gesagt, dass wir dich nicht sehen können, wenn du in den Schatten gehst. Warum sollte denn dann etwas anders aussehen? Oder warte – meinst du vielleicht das Träumen?«

»Das Jenseits, das Träumen, die Schattenwelt ... das sind nur unterschiedliche Wörter für dasselbe Ding. Es ist einfach eine andere Realität, aber nur ein paar Menschen haben Zugang zu ihr. Wenn ich in der Schattenwelt bin, kann ich Zeichen sehen, die in unserer Welt nicht sichtbar sind. Gabriel?«

Vor unserem Haus schien hell die Sonne. Es waren zwar nicht viele Leute unterwegs, aber ich wollte auf keinen Fall, dass einer der Passanten mitbekam, wie ich in den Schatten verschwand. Gabriel und Maata stellten sich sofort so hin, dass sie die Sicht zur Straße versperrten, so dass ich unbemerkt in die Schattenwelt schlüpfen konnte.

Die Straße, in der wir wohnten, sah auch in der Schattenwelt nicht viel anders aus, nur die Winkel waren leicht verschoben, sodass alles ein wenig schief wirkte. Ansonsten sah ich jedoch nichts Auffälliges ... bis ich zu Boden blickte. »Oh, hier haben wir ja etwas.«

»Was ist los?« Gabriels schattenhaftes Bild stand auf einmal neben mir, als ich mich bückte, um einen Fleck auf dem Bürgersteig zu berühren.

Lächelnd richtete ich mich auf und zeigte ihm meine Hand. »Ich bin so froh, dass deine Mutter dir beigebracht hat, in die Schattenwelt zu gehen, auch wenn du nicht körperlich hier sein kannst. Es sind arkane Spuren.«

»Arkan? Von einem Magier?«

»Möglicherweise. Drachen verlieren Drachenschuppen, elementare Wesen Spuren ihres Elements, Dämonen hinterlassen kleine Flecken mit Dämonenrauch, und Theurgen hinterlassen eben arkane Spuren.« Ich blickte mich nach weiteren Anzeichen um.

»Dann könnte es also durchaus ein Magier sein, jemand, der arkane Macht verwendet.«

»Ja, es könnte ein Magier sein, aber auch andere Theurgen verwenden arkane Macht – Orakel und Wahrsager zum Beispiel. Es könnte jeder von ihnen sein.«

»Und Drachenschuppen?«, fragte Gabriel, als ich auf der Suche nach Spuren die Straße entlangging.

»Eine ganze Menge, aber sie sind ein paar Stunden alt, deshalb nehme ich an, sie sind von den Silberdrachen. Frische kann ich nicht sehen. Verdammt.« Ich richtete mich auf. »Die Spur ist schon weg. Elementarwesen und Theurgen sind am schwersten zu verfolgen, weil ihre Spuren so rasch verblassen. Es tut mir leid, Gabriel, ich kann dir nichts anderes sagen als ...«

»May, komm zu mir zurück.«

Ich blickte zu Gabriels Gestalt, die neben mir stand. Seine Stimme klang befehlend, ein Umstand, der ungewöhnlich für ihn war. »Was ist?«

»Komm zu mir zurück.« Seine Augen glitzerten wie Quecksilber vor schwarzem Samt. »Komm dorthin, wo mein Körper ist.«

»Wir sind doch nur zwei Blocks von zu Hause entfernt, und ich möchte mich gerne noch ein bisschen umschauen. Immerhin besteht die Chance, dass nicht alle Spuren weg sind.«

Sein Abbild löste sich vor meinen Augen auf, und seine

Stimme war nur noch ein Echo in der Luft. »In Träumen ist noch ein anderer Drache.«

Ich wirbelte herum und griff augenblicklich zu dem Dolch, den ich am Knöchel trug, obwohl ich wusste, dass die Waffe nichts ausrichten konnte gegen den einzigen Drachen, der ebenfalls in die Schattenwelt eindringen konnte. »Baltic?«

Eine amüsierte Stimme drang aus der Ferne zu mir. Der höchst gefährliche frühere Wyvern, den wir einst für tot gehalten hatten, der aber offensichtlich äußerst lebendig war, war relativ weit von mir weg. »Ah, da spricht die silberne Gefährtin. Ein Doppelgänger, sagt mir mein Gehilfe, deshalb ist dein Wyvern auch dem Fluch entkommen. Wie clever von Gabriel, eine Frau zur Gefährtin zu nehmen, die theoretisch gar nicht geboren ist.«

»Ärgerst du dich, dass du an diese Möglichkeit nicht gedacht hast, als du die silbernen Drachen verflucht hast, dass ihnen nie eine Gefährtin geboren werden soll?«

Ich spürte, dass Gabriel neben mir stand, nur durch die Realitäten getrennt. Seine Stimme klang jedoch weit weg, als er mir erneut befahl, zu ihm zurückzukehren.

»Du hast ein freches Mundwerk«, antwortete Baltic. Seine Stimme klang jetzt näher. Natürlich war es Wahnsinn, mich mit ihm anzulegen, aber ich wollte die Gelegenheit nutzen, etwas über den geheimnisvollen Drachen, der für so viele unserer Probleme verantwortlich zu sein schien, herauszufinden. »Gabriel toleriert das vielleicht, aber ich nicht.«

Ein Nebel glitt an mir vorbei und formte sich zu einem wütenden Mann. Er warf mir einen zornigen Blick zu, baute sich aber beschützend vor mir auf. »Bedrohst du schon wieder meine Gefährtin, Baltic? Dir ist es letztes Mal schon nicht gelungen, sie mir zu nehmen; wie kommst du auf den Gedanken, dass du jetzt mehr Erfolg haben könntest?«

Kurz herrschte verblüfftes Schweigen, dann antwortete der geheimnisvolle Drache: »Deine Schamanenmutter muss sich tief in Schulden gestürzt haben, um dir wiederholt Zutritt ins Jenseits zu erkaufen, Gabriel.« Zur Sicherheit erwähnten wir gar nicht erst, dass sich Gabriel nicht wirklich in körperlicher Form in der Schattenwelt aufhielt. »Und doch wird die Zeit kommen, in der du ihr nicht zu Hilfe eilen kannst.«

Gabriel erstarrte bei der Beleidigung, erwiderte aber nur: »Dein Köder ist unzulänglich. Hast du noch mehr, oder ist das dein einziges Angebot?«

Baltics Lachen hallte über die leere Straße der Schattenwelt. Interessiert stellte ich fest, dass er sich anscheinend wieder weiter entfernte. Mit Gabriel und mir zusammen wollte er sich wohl nicht anlegen. »Du hast beinahe eine so scharfe Zunge wie deine Gefährtin. Bedauerlich, dass ihr beide zum Schweigen gebracht werdet, wenn ich mein Stück Drachenherz herausnehme.«

Gabriel gab einen dumpf grollenden Laut von sich, als ob er gleich die Geduld verlieren würde.

»*Dein* Stück?«, rief ich, um ihn abzulenken. »Du hast es Kostya gegeben und hast keinen Anspruch mehr darauf.«

»Diesem Hurensohn würde ich nicht den Dreck unter meinen Stiefeln geben«, knurrte die Stimme. »Dieser Narr von Diebesfänger dachte, er könne mich erpressen.«

»Savian?«, fragte ich. Kurz war ich verwirrt, aber dann fiel mir ein, dass Gabriel und ich vor ein paar Monaten einen toten Diebesfänger gefunden hatten. »Oder Porter?«

»Glaub bloß nicht, dass du Erfolg haben wirst, nur weil

du einen Weg gefunden hast, den Fluch zu umgehen«, sagte Baltic leise. »Das wird dir nicht gelingen. Deine Tage sind gezählt, Wyvern. Ich werde deine Gefährtin und das Stück Drachenherz in ihr bekommen. Genieß beides, solange du sie noch besitzt.«

»Ist er weg?«, fragte ich kurz darauf.

Gabriel nickte. »Es war nicht klug, ihn anzugreifen, Vögelchen.«

»Ich wusste ja, dass du ganz in der Nähe bist, und er war weiter weg. Außerdem bin ich es leid, immer nur Vermutungen anzustellen. Es ist Zeit, dass wir ein paar Antworten auf all die Fragen bekommen, die wir zu ihm haben. Ich konnte ihn allerdings nicht geradeheraus fragen, ob er tatsächlich Baltic ist.«

Gabriels Gestalt verschwand, und auch ich trat in einer Gasse wieder in die Realität ein. Er reichte mir die Hand, und wir liefen nach Hause.

»Er hat auf jeden Fall seine Identität nicht geleugnet, auch nicht, dass er der Urheber des Fluchs ist.«

Ich warf ihm einen Blick zu, als wir die Treppe vor dem Haus emporliefen, wobei wir der Blutlache sorgfältig auswichen. »Hältst du ihn nicht für Baltic? Nur weil er die Gestalt eines weißen Drachen angenommen hat, als du mich aus Abaddon gerettet hast?«

Gabriel zuckte mit den Schultern. »Ich glaube, es ist klar, wer er ist. Aber wichtiger ist, was er ist. Er ist mächtiger, als er sein sollte, und deshalb mache ich mir Sorgen um deine Sicherheit, vor allem jetzt, wo du das Stück Drachenherz in dir trägst. Ich will nicht, dass du ihm alleine begegnest.«

»Du bist süß, wenn du mich beschützen willst, aber ich

kann dir versichern, es ist nicht nötig. Ich kann mich selbst gegen ihn zur Wehr setzen.«

»Ja«, sagte Gabriel und öffnete die Tür zu einem der freien Zimmer. »Davor habe ich ja Angst.«

Eine Stunde später tat ich meine Pflicht als Gefährtin eines Wyvern. »Hallo, meine Schöne. Ich nehme nicht an, dass ich in der Unterwelt bin?«

Der Mann vor mir sah aus, als sei er zusammengeschlagen worden. Sein Gesicht war zwar immer noch geschwollen, aber die Stelle, wo seine Wange aufgerissen worden war, heilte schon wieder. Seine Stimme war rau und seine Lippen aufgesprungen, aber die vorsichtige Erheiterung in seinen Augen sagte mir, dass es Savian schon wieder viel besser ging.

»Ich war nicht da, aber ich denke, es sieht ein bisschen wie Abaddon aus und nicht wie das beste Gästezimmer mitten in London«, antwortete ich.

Er versuchte zu lächeln, zuckte aber vor Schmerzen zusammen und begnügte sich damit, einen Mundwinkel hochzuziehen. »Ich nehme an, du hast mich geheilt?«

Ich schüttelte den Kopf und wies auf den Mann an der anderen Seite des Bettes. »Das war Gabriel, dank seines magischen Silberdrachen-Speichels.«

Stöhnend schloss Savian die Augen. »Bitte, sag mir, dass er mich nicht geleckt hat.«

Gabriel lachte.

»Versteh mich nicht falsch – ich bin dir sehr dankbar, dass du mich gesund gemacht hast –, aber der Gedanke, von jemand anderem als einer nackten Frau, die auf mir sitzt, geleckt zu werden ...«

»Reg dich nicht auf«, sagte ich leichthin. »Ich kann dir versichern, dass Gabriel eine Salbe verwendet hat. Was ist mit dir passiert? Du siehst aus, als wärest du von einem Lastwagen überfahren worden.«

»So fühle ich mich auch«, antwortete er und bemühte sich, sich aufzurichten.

Gabriel half ihm, und ich rückte die Kissen hinter ihm zurecht. Er seufzte zufrieden, als er sich zurücklehnte.

»Ich bin im Übrigen nicht von einem Was getroffen worden, sondern von einem Wer. Jetzt weiß ich auch, warum sie uns auf der Diebesfänger-Akademie gesagt haben, wir sollten uns nicht mit Goetisten einlassen.«

»Mit wem?«, fragte Gabriel.

Ich setzte mich vorsichtig auf die Bettkante.

Savian antwortete nicht sofort, sondern warf Gabriel nur einen merkwürdigen Blick zu.

»Na los, mach schon«, erklärte dieser ihm zu meiner Überraschung. »Sie würde es sowieso bald herausfinden.«

»Sie, das soll wohl ich sein. Was würde ich herausfinden? Und warum habt ihr Geheimnisse vor mir?« Ich überlegte, ob ich mich ärgern sollte.

»Ich kenne den Namen der Frau nicht, aber ich vermute, es ist die, die sie Thala nennen.«

»Thala?« Den Namen kannte ich nicht. Fragend blickte ich Gabriel an.

Er schüttelte den Kopf. »Der Name kommt mir nicht bekannt vor.«

»Sie ist hübsch. Sehr hübsch. Und sie täuscht einen damit«, sagte Savian stirnrunzelnd. Bei der Erinnerung zuckte er leicht zusammen. »Keine Frau sollte so hübsch und zart aussehen wie sie und mir dabei so etwas antun können. Es hat sie noch nicht einmal besonders angestrengt.«

»Wie hat sie denn ausgesehen?«, fragte ich.

»Ein bisschen größer als du, nicht so zierlich. Braune Augen und die prachtvollsten roten Haare, die ich jemals gesehen habe.«

»Rote Haare?« Ich warf Gabriel einen Blick zu. »Die Frau, die Cyrene, Maata und ich in Fiats Haus bei Baltic gesehen haben, hatte rote Haare, und auch die übrige Beschreibung passt auf sie. Ich hielt sie für einen Drachen, aber Maata meinte, sie sei von gemischtem Blut.«

Gabriel blickte mich nachdenklich an. »In welcher Verbindung stand sie mit dem, den du gesucht hast?«, fragte er Savian.

»Begleiterin, Bodyguard, Geliebte, Ehefrau, Freundin – ich habe keine Ahnung. Sie war dort, wo du ihn vermutet hast, deshalb besteht wohl eine Art enge Verbindung zu ihm. Ich weiß nur, dass sie offensichtlich nicht gerne überrascht wird, dass sie zahlreiche Methoden kennt, um Männer außer Gefecht zu setzen und dass sie gründlich mit arkanen Mächten vertraut ist«, antwortete er und betastete vorsichtig sein Gesicht. »Ich glaube, sie hat versucht, mir mit irgendeinem Zauber den Kopf abzureißen.«

»Es überrascht mich, dass du sie nicht überwältigt hast«, sagte ich und dachte daran, wie er mich in Paris vors Gericht geschleppt hatte.

Er verzog erneut das Gesicht zu einem halben Lächeln. »Es ist mir gerade so gelungen, sie davon abzuhalten, mich umzubringen. Ich weiß nicht, wo sie trainiert worden ist, aber da möchte ich auch mal gerne hin.«

»Ein Zauber«, sagte Gabriel langsam. »War sie ein Magier?«

»Das bezweifle ich. Ihre Macht fühlte sich … anders an. Nicht rein. Diese Sache mit dem Halbdrachen, die May erwähnt hat, passt. Sie besaß eine Kraft, die über alles hinausgeht, was für Sterbliche normal ist.«

»Wenn die Frau, die ich gesehen habe, diese Thala ist, dann hast du irgendwas gemacht, was mit Baltic zu tun hatte.« Ich blickte Gabriel ausdruckslos an. »Möchtest du es mir erklären?«

Er grinste, der Schuft. Ich bemühte mich zwar sehr, mir nichts anmerken zu lassen, aber beim Anblick seiner Grübchen schmolz ich jedes Mal dahin. Irgendwie wusste er das auch, und ich zweifelte nicht daran, dass er sie bewusst einsetzte, um mich zu schwächen. Das Stück Drachenherz wusste es auch, und am liebsten hätte ich mich auf der Stelle auf ihn gestürzt. »Du wusstest doch, dass ich das fehlende Stück finden musste.«

»Ja, aber ich hatte eigentlich erwartet, dass wir es zusammen tun«, antwortete ich. »Wenn ich es nicht besser wüsste, würde ich sagen, du hast Unterricht bei Drake genommen, wie man seiner Gefährtin auf die Nerven geht. Also spuck es schon aus.«

Schief grinsend nickte Gabriel Savian zu. »Ihr Wunsch ist mir Befehl. Also spuck es aus.«

»In Ordnung, aber ich möchte nicht, dass einer sauer auf mich wird.« Savian schwieg einen Moment lang, dann lächelte auch er. »Es sei denn, so sauer, dass du deinen Freund sausen lässt und mich vorziehst.«

Gabriel kniff die Augen zusammen.

Das Stück Drachenherz bedachte Savians Vorschlag ernsthaft, aber ich warf ihm nur einen verweisenden Blick zu.

»Man kann es ja schließlich mal versuchen«, sagte Savian gespielt seufzend. Dann fuhr er in geschäftsmäßigem Tonfall fort: »Wie von dir angewiesen, überprüfte ich Örtlichkeiten in Berlin, Paris, St. Petersburg und Riga. Es gab jedoch nur in der letzten Stadt Spuren von Aktivität des fraglichen Individuums.«

»Riga«, sinnierte ich. »Russland?«

»Lettland«, korrigierte Savian.

»Ich glaube, ich weiß, wo das ist«, sagte ich und nickte. »Aber warum versuchst du, die Identität der Person geheim zu halten, die du für Gabriel finden sollst? Ich nehme an, du solltest Baltic aufspüren, oder?«

Savian warf Gabriel einen unbehaglichen Blick zu. »Wir wissen beide, wie wichtig es ist, das Stück Drachenherz zu finden. Ich habe einfach die zweckdienlichste Methode gewählt«, sagte Gabriel schließlich mit einer kleinen, unglücklichen Geste.

Ich musterte ihn einen Moment lang. »Einverstanden, aber warum wolltest du das unbedingt ohne mich tun?«

»Du steckst doch sowieso in der Sache drin, Vögelchen. Du bist mehr involviert als jeder andere, den ich benennen könnte«, erwiderte Gabriel. »Ich habe nur den Diebesfänger gebeten, das fehlende Stück aufzuspüren.«

»Und das hat ihn zu Baltic geführt?«

Gabriel schürzte die Lippen. Offensichtlich wollte er eine Einschränkung hinzufügen, wie er es immer tat, wenn ich den geheimnisvollen Drachen beim Namen nannte.

»Du hast doch gesagt, es sei klar, wer er ist, Gabriel. Ich finde, wir sollten uns langsam über diese Identitätsfragen hinwegsetzen. Er *ist* Baltic.«

Zu meiner Überraschung nickte Gabriel. »Ich stimme dir zu. Ich bin zwar noch nicht dahintergekommen, wie er wiederauferstanden ist – Drachen sind nicht wie Sterbliche. Man kann sie nicht einfach so wieder zum Leben erwecken, und Wyvern schon gar nicht. Eigentlich gilt die Regel, wenn wir erst einmal tot sind, sind wir tot – aber darüber möchte ich jetzt nicht diskutieren. Wir haben keinen Beweis dafür, dass Baltic noch ein Stück Drachenherz besitzt. Ich glaube ja, er hat es Kostya gegeben. Oder vielmehr, Kostya weiß, wo es sich befindet.«

»Wie kommst du darauf?«, fragte ich. »Du weißt doch, wie Kostya sich wegen des Stücks, das wir ihm abgenommen haben, aufgeführt hat. Um es wiederzubekommen, wäre er bereit gewesen, alle silbernen Drachen auszulöschen, und ich glaube nicht, dass er sich so verhalten würde, wenn er noch ein Stück in seinem Besitz hätte.«

»Ich will ja gar nicht behaupten, dass er das Modana-Phylakterion bereits besitzt. Baltic hat schließlich selbst erklärt, dass er nicht der Typ sei, um so etwas Wertvolles einfach an einen Erben weiterzugeben. Aber er hat Kostya immerhin als Erben anerkannt, und das bedeutet, dass Baltic ihm so weit vertraut hat, dass er ihm gesagt hat, wo sich seine Schatzkammer befindet und wie er hineinkommt.«

»Ein interessanter Gedanke«, sagte ich langsam. »Aber dann erhebt sich die Frage, warum Kostya bei Baltics Tod nicht in die Schatzkammer eingedrungen ist. Vorausgesetzt, er war nicht nur schwer verwundet, sondern tatsächlich tot, und ist später irgendwie wiederauferstanden.«

»Wie kommst du denn auf die Idee?«, fragte Gabriel.

Savian blickte von einem zum anderen, als verfolge er ein

Tennismatch. Jetzt unterbrach er uns und rieb sich den Kopf. »Ich wünschte, ihr würdet nur auf einer Seite stehen. Mir tut der Kopf weh.«

Wir achteten gar nicht auf ihn.

»Glaubst du, Kostya war in Baltics Schatzkammer?«, fragte ich.

»Also, ich glaube schon«, sagte Savian. »Wenn ich die Position als Anführer der Drachen übernommen hätte, würde ich doch bestimmt als Erstes in die Schatzkammer meines ehemaligen Chefs marschieren.«

»Aber Kostya war ein Jahrhundert lang im Adlerhorst in Nepal eingesperrt.« Ich hielt inne und überlegte, was Aisling mir von Kostya erzählt hatte. »Gabriel, hast du nicht gesagt, er sei beinahe tot gewesen, als du ihn gefunden hast?«

»Ausgezehrt und verletzt, aber nicht so nahe dem Tod, wie man meinen sollte, Vögelchen. Um einen Drachen, vor allem einen Wyvern, zu töten, muss man sich schon ganz besonders anstrengen. Aber darum geht es gar nicht – nach dem Sturz von Baltic hat sich Kostya freiwillig in den Adlerhorst zurückgezogen, um seine Wunden zu lecken und von der Rückkehr an die Macht zu träumen. Eingesperrt wurde er erst kürzlich. Das ist höchstens ein paar Jahre her.«

»Von Baltic«, sagte ich und versuchte, Ordnung in meine verwirrten Gedanken zu bringen.

Gabriel warf mir einen seltsamen Blick zu. »Wenn Kostya wirklich in seine Schatzkammer eingedrungen ist, glaubst du, dass sich Baltic dann damit begnügt hätte, Kostya einfach nur einzusperren?«

»Nein, er hätte ihn bestimmt vernichtet.« Savian nickte.

»Ja, ihr habt recht. Wonach sollte Savian dann suchen?

Nach dem Ort, an dem sich die Schatzkammer befindet? Nach dem Stück Drachenherz? Oder nach Baltic?«

»Wenn möglich nach allen dreien«, antwortete Savian und rieb sich erneut den Hinterkopf. »Aber die Schatzkammer war das Wichtigste.«

»Und du hast sie in Lettland gefunden?«

»Ja, die Stelle, an der sie einmal gewesen ist. Das heißt, ich habe Baltics Festung gefunden.«

»Dauva«, sagte Gabriel. Er wirkte geistesabwesend. »Du hast Dauva gefunden. Viele haben schon danach gesucht, aber die Spuren sind schon lange verschwunden.«

Erneut zeigte Savian sein schiefes Lächeln. »Die meisten Drachen besitzen einfach nicht die Fähigkeiten, um durch die Schutzschichten zu sehen, die über die Überreste gelegt worden sind. Ehrlich gesagt habe selbst ich sie nicht auf Anhieb gefunden. Aber durch die Berichte, die du mir mitgegeben hast, wusste ich, dass es da sein musste, deshalb habe ich weiter nach Anzeichen gesucht, und vor zwei Tagen habe ich schließlich eins gefunden.«

»Den Eingang zur Schatzkammer?«, fragte ich. Jedes Haar an meinem Körper stand mir zu Berge bei dem Gedanken an Gold. Das Stück Drachenherz, das nie besonders subtil vorging, überschwemmte mich mit Verlangen nach Gabriel. Stumm flehend blickte ich ihn an und umklammerte die Bettdecke, um mich nicht auf ihn zu werfen.

»Gefährtin«, sagte er. Seine Augen blitzten silbern, und seine Stimme wurde tief vor Erregung. Sie glitt wie Seide über meine empfindliche Haut. Ich stöhnte.

»Bin ich hier überflüssig?«, fragte Savian amüsiert.

»Das ist das Stück Drachenherz«, stieß ich zwischen zusammengebissenen Zähnen hervor. »Du darfst Gold nicht erwähnen.«

»Habe ich doch gar nicht. Oh, die Schatzkammer.« Er schüttelte den Kopf. »Ich habe sie nicht gefunden, ganz zu schweigen von Go ... äh ... dieser glänzenden Substanz, die auf Drachen wie ein Aphrodisiakum wirkt. Ich muss wohl ganz in der Nähe der Schatzkammer gewesen sein, aber bevor ich einem wirklich verlockenden Duft nachgehen konnte, fand mich diese rothaarige Teufelin. Danach habe ich mich nur noch darum gekümmert, dass meine Haut da blieb, wo sie hingehörte.«

Savians ruhige, sachliche Stimme dämpfte meine Glut ein wenig. Auch Gabriel hörte auf, mich mit den Augen auszuziehen, und richtete seinen Blick auf Savian. Aber er wirkte angespannt, und ich wusste nur zu gut, dass ich nur eine rote, scharfe Kralle auszustrecken brauchte, damit er die Beherrschung verlor.

»Mayling«, warnte er mich.

»Jemand, der anderer Leute Gedanken lesen kann, sollte sich nicht über das beschweren, was er vorfindet«, erwiderte ich. Es kostete mich unglaubliche Mühe, meine Emotionen in den Griff zu bekommen.

Savian lachte. »Selbst ich wusste, was du gedacht hast, May. Und wenn ich nicht das Gefühl hätte, meine Gliedmaßen würden mir abfallen, wenn ich aufstünde, würde ich euch zwei alleine lassen, auch wenn ich erneut darauf hinweisen möchte, dass ich zurzeit frei bin.«

Einer von Gabriels Fingern zuckte, und Savians Haare fingen Feuer.

»Was zum ... Ich nehme alles zurück. Ich bin überhaupt nicht frei. Au! Könntest du ...«

Ich warf Gabriel einen dankbaren Blick zu, weil er für Ablenkung gesorgt hatte. Dann wandte ich mich wieder Savian zu, der wie wild auf seinem Kopf herumpatschte. »Du solltest einen Drachen besser nicht necken.«

»May!«

Ich löschte das Feuer. »Aber das tue ich nur, weil ich das Ende deiner Geschichte hören will. Diese Frau hat dich also in Lettland zusammengeschlagen. Und wie bist du nach London gekommen?«

Er tätschelte forschend seinen Kopf, dann warf er mir einen bösen Blick zu. »Ich war übrigens gerade beim Friseur.«

»Lettland?«, fragte ich.

»Ich bin nicht dort oben zusammengeschlagen worden. Für was für einen Diebesfänger hältst du mich denn? Ich lasse mich doch nicht an einem Ort angreifen, der mir nicht vertraut ist. Wenn ich so naiv wäre, wäre ich schon seit Jahrzehnten tot. Als ich alle Bindezauber gelöst hatte, war mir klar, dass nur ein Goetist, und zwar ein ziemlich mächtiger, in der Lage war, so einen komplizierten Zauber zu spinnen.«

Ich blickte Gabriel an. »Ist es normal, dass Drachen Goetisten engagieren, um ihre Schatzhöhlen beschützen zu lassen?«

»Nein. Die meisten Drachen verwenden einen Bann, den jeder ziehen kann. Allerdings verwendet man manchmal Dämonen, um sie zu brechen.«

»Das stimmt. Aisling hat mir erzählt, sie hat den Bann an Fiats Schatzkammer mit Dämonen gebrochen. Aber warum legt jemand einen Runenzauber um diese Schatzkammer?«

Das schien Gabriel auch zu verwirren. Jedes Mitglied der

Anderwelt weiß, dass Personen, die Magie anwenden, in zwei Lager gespalten sind: Goetisten und Theurgen. Goetie bezieht sich auf die dunkle Magie, die von denen angewendet wird, die Verbindungen zu Abaddon haben, wohingegen Theurgen – Magier und Wahrsager – ihre Macht aus Quellen in der Menschenwelt beziehen. Andere, wie Nekromanten, verwenden beide Quellen.

»Drachen erhalten ihre Macht aus theurgischen Quellen«, überlegte ich laut. »Warum sollte Baltic also einen Goetisten zum Versiegeln seiner Schatzkammer nehmen?«

»Es macht keinen Sinn«, antwortete Gabriel und wandte sich nachdenklich an Savian. »Bei Drachen sind die dunklen Mächte weniger effektiv als bei Menschen.«

»Das weiß jeder«, sagte Savian und zupfte sich Asche aus den Haaren.

»Es ist nur ein weiteres verwirrendes Teil eines Puzzles, das wir wahrscheinlich nie werden lösen können«, beklagte ich mich. Ich wandte mich an Savian. »Was ist passiert, nachdem du die Schatzkammer gefunden hast?«

Er verzog das Gesicht. »Leider war eine der Binderunen eine Falle. Wahrscheinlich hat sie die Rothaarige auf den Plan gerufen. Und bis ich gemerkt hatte, was los war, war sie schon ganz nahe. Ich hielt es für klüger, das Gebiet zu verlassen und es ein anderes Mal zu versuchen, aber als ich zurück nach Riga kam, stellte ich zwei Dinge fest.«

Wir blickten ihn erwartungsvoll an.

Er lächelte schief. »Zunächst einmal merkte ich, dass sie sich durch die einfachen Methoden, die ich benutzte, nicht von meiner Spur abbringen ließ. Als ich im Hotel ankam, war sie mir dicht auf den Fersen. Es war reines Glück, dass ich sie sah, bevor sie mich erblickte, weil ich durch den Hintereingang ging.«

»Und das Zweite?«

Savian betastete vorsichtig die noch nicht ganz verheilte Wunde an seinem Nacken. »Sie war nicht allein.«

»War Baltic bei ihr?«, fragte Gabriel.

»Nein. Zumindest glaube ich das nicht. Ihr habt doch gesagt, dass dieser Drache arkane Macht anwendet, und der Drache, der der Teufelin geholfen hat, mich durch ganz Lettland, Deutschland und Teile von Frankreich zu verfolgen, roch überhaupt nicht nach Magie. Ich schüttelte ihn in Paris ab. Zuerst dachte ich, ich wäre sie beide los, aber die Rothaarige stürzte sich auf mich, bevor ich dich erreichen konnte. Ich glaubte, sie würde mich umbringen, aber sie hörte auf, kurz bevor es mit mir zu Ende war, und ließ mich in einer Gasse hier in der Nähe liegen.«

»Das ist äußerst seltsam«, sagte ich. Gabriel schwieg, aber ich sah ihm an, dass er genauso verwirrt war wie ich.

»Nein, nein, es ist schon in Ordnung. Du brauchst dich nicht bei mir zu bedanken, weil ich fast gestorben wäre, als ich einen Auftrag von dir ausführte. Die schmerzhaftesten Verletzungen, die ich erlitten habe, sind nichts im Vergleich zu deiner Dankbarkeit. Ein zusätzlicher Bonus ist keineswegs erforderlich. Keiner Erwähnung wert.« Savian lehnte sich zurück in die Kissen und wedelte schwach mit der Hand.

»Ich bin sicher, du wirst außergewöhnlich gut bezahlt«, sagte ich und erhob mich. »Und was deine Verletzungen angeht, so sind sie fast verheilt. In wenigen Stunden wird nichts mehr davon zu sehen sein. Morgen kannst du ohne Weiteres wieder nach Lettland fahren.«

Er riss die Augen auf. »Zurück nach Lettland?«

»Natürlich.« Ich lächelte Gabriel an. Er ergriff meine Hand und verschränkte seine Finger mit meinen.

»Wir müssen das Stück Drachenherz haben«, sagte er zu Savian. »Und wir sollten besser nicht darauf warten, dass Kostya es findet. Wir müssen selber aktiv werden.«

»Ihr meint, ihr müsst das Stück Drachenherz selber holen?«

Gabriel nickte.

»Kostya wird vermutlich nicht allzu glücklich darüber sein, wenn wir in seiner Schatzkammer herumstochern«, erklärte ich.

»Dann müssen wir ihn eben mitnehmen.«

»Glaubst du, er hat es schon?«, fragte ich.

Gabriel schüttelte den Kopf. »Nein, noch nicht. Abgesehen von den Bindezaubern ist Dauva mit so viel Mühe versteckt worden, dass die Schatzkammer noch unberührt da sein muss. Warum sollte man sonst die Ruinen verbergen? Und deinen Erfahrungen mit Kostyas Schatzkammer nach zu urteilen, verwendet er einen völlig anderen Schutzmechanismus.«

»Ja.« Ich dachte an den Bann, der in die Tür von Kostyas Schatzkammer eingelassen war. Er war theurgischen Ursprungs – genau das, was ich zu finden erwartet hatte. »Du hast recht. Also, auf nach Lettland.«

»Ich bin viel zu schwach, um irgendwohin zu reisen«, protestierte Savian. »Ich bin fast getötet worden.« Ich lächelte ihn freundlich an.

»Fast, aber nicht ganz. Ruh dich aus.« Ich tätschelte seine Bettdecke. »Wir brechen morgen früh nach Lettland auf.«

3

»Hallo, István. Vermisst du mich? Ist Ash schon geplatzt? Ich höre gar kein Schreien. Aber wenn sie Wehen hat, gehe ich sofort wieder zu Gabriel.«

»Jim«, sagte ich streng zu dem Dämon, »das ist nicht sehr nett von dir. Ich habe gehört, dass eine Entbindung eine Frau sehr ängstigen kann. Aisling braucht jetzt eher dein Mitgefühl als dein brennendes Verlangen abzuhauen.«

»Himmel, Miss Scarlett, ich verstehen rein gar nichts von Babys und Geburten, und ich will es auch lieber gar nicht wissen«, antwortete Jim und marschierte an Drakes Leibwächter István vorbei, der uns die Tür aufhielt.

»Das reicht jetzt, Prissy«, sagte ich und warf dem Dämon einen bösen Blick zu. »Du schaust dir jetzt keine *Vom Winde verweht*-DVD mehr an. Ich nehme an, es ist alles in Ordnung?«

Die letzte Frage war an István gerichtet. Er nickte. »Aisling hat gedroht, nach Hause zu ihrem Onkel zu fahren, um das Baby zu bekommen. Drake hat geschworen, er würde sie auf der Couch festbinden, wenn sie nicht aufhören würde, herumzulaufen. Nora und Pál haben sich gestritten, ob Aisling alleine zur Toilette gehen dürfte, und jetzt reden sie nicht mehr miteinander. René hat Aisling beigebracht, wie man auf Französisch flucht, und das tut sie jetzt die ganze Zeit.«

»Also ist alles normal«, sagte Gabriel und ließ seine Grübchen aufblitzen.

»So normal, wie es hier nur sein kann«, erwiderte István und wies auf die Türen, die zu dem großen Wohnraum führten. »Ich gehe Aisling tunlichst aus dem Weg. Sie hat Drake heute früh mit einem Bindezauber belegt, und er hat sich so aufgeregt, dass er das halbe Badezimmer niedergebrannt hat, bevor er entkommen ist.«

»Oh Mann, ich scheine ja echt was verpasst zu haben.« Jim kniff die Augen zusammen. »Was hat er denn getan, dass sie so sauer war? Ob ich ihn wohl noch mal dazu überreden kann?«

Ich zog ein Stück Papier aus der Tasche und hielt es Jim vor die Nase. »Hier stehen die einzelnen Schritte, die ich brauche, um einen Dämon nach Akasha zu verbannen. Möchtest du jetzt gehen oder später?«

»Du liebe Güte! Ich habe doch nur einen Witz gemacht! Versteht denn hier niemand mehr Spaß? Mann, Gabe, ich beneide dich nicht darum, dass du jetzt dein Leben lang mit einem Doppelgänger ohne jeden Sinn für Humor zusammen sein musst.«

»Du solltest ihn jetzt verbannen«, sagte István hinter uns.

Jim warf dem Drachen einen Blick über die Schulter zu. »*Et tu*, István? Hey, Ash! Gut siehst du aus, Babe! Wow, ich dachte, du könntest gar nicht mehr dicker werden, aber du hast es doch irgendwie geschafft. Du wirst doch nicht platzen, oder?«

Seufzend überlegte ich, ob es Aisling wohl etwas ausmachen würde, wenn ich ihren Dämon kaum vierundzwanzig Stunden, nachdem ich ihn in meiner Obhut hatte, nach Akasha schicken würde.

»Aisling, was für eine Freude, dich wiederzusehen«, sagte

Gabriel. Er ergriff ihre Hände und drückte einen Kuss darauf. Ich unterdrückte das Verlangen, ihm auf den Hinterkopf zu schlagen. Das Stück Drachenherz machte mich eifersüchtig. »Du siehst blendend aus. Es macht dir doch nichts aus, dass May und ich vorbeigekommen sind?«

»Nein, keineswegs.« Aisling lag auf der Couch, eine dicke Decke über Beinen und Bauch. »Ich freue mich ja, dass jemand zu Besuch gekommen ist, der noch bei Verstand ist. Warte, ich setze mich auf, dann ist Platz für uns beide, May.«

Mühsam richtete sie sich auf. Gabriel stützte sie mit einer Hand am Arm, um ihr zu helfen. Das heißt, er begann damit ... aber in diesem Moment ertönte ein Brüllen von der Tür her. Ein Feuerball flog an mir vorbei und traf Gabriel, der ein paar Meter zurückgeschleudert wurde.

»Na, das meine ich doch!«, sagte Jim befriedigt und plumpste neben Aisling zu Boden. »Endlich ist hier mal ein bisschen Action!«

»Hallo, Drake. Er hat sie eigentlich gar nicht berührt; er wollte ihr nur helfen, sich aufzusetzen«, sagte ich, als der grüne Wyvern, der überaus aufmerksame, eifersüchtige Ehemann von Aisling, ins Zimmer stürmte. Wütend funkelte er aus seinen smaragdgrünen Augen Gabriel an.

Er ließ Gabriel nicht aus den Augen, als er Aisling half, sich aufzusetzen. Sorgfältig steckte er die Decke um sie herum fest, dann wandte er seinen Blick erneut der Liebe meines Lebens zu. Zu meinem Erstaunen lächelte Gabriel bloß. Er hatte zwar ein wesentlich sanfteres Naturell als Drake, aber normalerweise ließ er sich nicht so von einem anderen Drachen herumschubsen, geschweige denn von einem Wyvern.

»Na ja, ich sehe schon, wenigstens werdet ihr beiden euch nicht streiten«, sagte ich, trat aber zur Sicherheit zwischen die beiden Männer.

»Aisling bekommt bald ihr Kind, da ist es normal, dass Drake es nicht erträgt, wenn andere Männer ihr zu nahe kommen«, erwiderte Gabriel. Er legte mir die Hand um die Taille und verbeugte sich leicht vor Drake. »Wenn ich gewusst hätte, dass er direkt vor der Zimmertür steht, hätte ich dich gebeten, Aisling zu helfen.«

Drake blickte ihn kampfbereit an. Kleine Rauchwolken stiegen aus seinen Nasenlöchern. Aisling ergriff begütigend seine Hand und zog ihn neben sich auf die Couch. Das schien ihn zu beruhigen, denn zum ersten Mal wandte er den Blick von Gabriel ab und nickte mir zu.

»May, du bist willkommen hier. Aisling freut sich, dass sie Gesellschaft hat.«

Glücklicherweise schien es Gabriel nur zu amüsieren, dass er aus der Begrüßung ausgeschlossen war.

»Wir sind nicht nur zu Besuch hier, obwohl es natürlich immer eine Freude ist, Aisling zu sehen«, sagte Gabriel und zeigte ihr seine Grübchen.

Ich stieß ihn mit dem Zeh an, vielleicht ein bisschen fester, als ich eigentlich wollte, denn er lachte nur und rückte mit seinem Stuhl außer Reichweite.

»Und ich dachte schon, Ash wäre eifersüchtig«, murmelte Jim. »Was habe ich doch für ein Glück, dass meine Cecile nicht so ist wie ihr zwei.«

Aisling und ich warfen ihm einen finsteren Blick zu. Sofort warf sich der Dämon auf den Rücken. »Kraulst du mir den Bauch, Ash? Bitte, bitte!«

»Du bist also wegen einer Drachenangelegenheit hier?«, fragte Drake. Aisling begann, Jim den Bauch zu kraulen.

»Nein, nicht direkt. Es hat etwas mit Kostya zu tun. Ich konnte ihn zu Hause nicht erreichen und dachte, du könntest mir vielleicht helfen, ihn zu finden.«

»Er war verreist«, sagte Drake langsam, mit undurchdringlichem Gesichtsausdruck. »Aber ich erwarte ihn jeden Moment zurück.«

»Da auf seinen Wunsch in zwei Tagen ein *sárkány* stattfindet, müsste er eigentlich in der Stadt sein, um Vorbereitungen zu treffen. Wo ist er gewesen?«

Drakes Blick wurde eine winzige Spur unbestimmter. »In St. Petersburg, glaube ich.«

St. Petersburg ... gar nicht weit von Riga und Baltics zerfallener Festung entfernt.

Ich warf Gabriel einen Blick zu, aber sein Gesichtsausdruck war ebenso ausdruckslos wie Drakes. Allerdings hatte er seine Gefühle nicht ganz so gut im Griff, und als das Stück Drachenherz wach wurde, spürte ich seine Erregung.

»Wir werden später mit ihm sprechen, wenn er wieder in England ist.«

»Er müsste mittlerweile wieder zurück sein«, meinte Aisling und blickte auf ihre Armbanduhr.

Drake warf ihr einen warnenden Blick zu.

»Was ist?«, fragte sie ihn.

Er machte eine verstohlene Geste.

»Oh, du meine Güte ... Gabriel und May sind unsere Freunde. Sie wissen schließlich, dass Kostya den *sárkány* einberufen hat, damit die schwarzen Drachen als Sippe anerkannt werden. Und es wird sie auch nicht schockieren, dass er nach Baltics Schatzkammer gesucht hat, damit er eine Grundlage hat, um Wyvern zu werden.«

Seufzend streichelte Drake ihr übers Knie. »Dies ist eine ernste Angelegenheit, *kincsem*, und wir sollten besonnen damit umgehen.«

»Besonnen!«, schnaubte Aisling. »Ich werde mit unseren Freunden keine Spielchen spielen.«

»Gefährtin, ich bestehe ...«

»Und da ist noch etwas«, fuhr sie fort. »Du bist in den letzten Wochen so bestimmend geworden, und ich bin es langsam leid. Ich bin schwanger, Drake. Ich bin nicht aus Glas, ich bekomme keine Wehen, wenn ich alleine etwas mache, und mein Kopf funktioniert so gut wie eh und je. Und wenn du auch nur noch einen Ton von dir gibst, Jim, dann lasse ich dich von May für die nächsten zweihundert Jahre nach Akasha verbannen.«

»Hey, ich wollte doch nur einwerfen, dass du mit dem Zustand deines Kopfes nicht so angeben ...«

»Ruhe!«, sagte ich zu Jim.

Er warf mir einen finsteren Blick zu, plumpste aber gehorsam auf sein rundes Hinterteil.

Aisling und Drake musterten sich stirnrunzelnd.

»Ich korrigiere dich nur, weil du dich außerhalb der Weyr-Etikette bewegst«, erklärte Drake.

»Es sind doch nur Gabriel und May!«, antwortete sie.

»Ein Wyvern und die Gefährtin eines Wyvern.«

»Sie sind unsere *Freunde*«, erklärte Aisling. »Und ich habe das Recht, in ihrer Anwesenheit zu sagen, was ich denke, ganz gleich, welche Position sie innehaben.«

»Und sie sind nicht bereit, meinem Bruder die Anerkennung zu gewähren, die er verlangt«, entgegnete Drake mit blitzenden Augen.

»Über deinen Bruder«, konterte Aisling, »kann man sich beinahe genauso ärgern wie über dich. Beinahe!«

Gabriels Lippen zuckten. Auch ich blieb nur mit Mühe ernst, aber wenn ich jetzt lachen würde, würde ich alles nur noch schlimmer machen.

»Du bist viel zu emotional, weil die Geburt kurz bevorsteht. Deine Ausbrüche sind der ruhigen Stimmung, die dann herrschen sollte, nicht zuträglich«, erklärte Drake.

Aisling keuchte. »Ach, willst du etwa damit sagen, ich sei nicht zurechnungsfähig?«

»Nein, natürlich nicht ...«

»Doch, genau das hast du gesagt!« Sie erhob sich mühsam, wobei sie seine Hand wegschlug, als er ihr helfen wollte. Sie schlang die Decke um sich und warf Drake einen Blick zu, von dem er eigentlich auf der Stelle hätte tot umfallen müssen. »Weißt du was? Ich bin nicht mehr deine Gefährtin! Ich reiche die Scheidung ein! Ich gehe zurück zu Onkel Damian und bekomme das Baby dort, wo die Leute mich für vernünftig und kompetent halten und mir nicht ständig vorschreiben, was ich zu tun und zu lassen habe. Jim, bei Fuß! Du kannst mit mir nach Hause kommen.«

Ohne uns auch nur eines Blickes zu würdigen, stürmte sie aus dem Zimmer. Jim, der aufgrund meines Befehls immer noch zum Schweigen verdammt war, folgte ihr. Drake blickte ihr gequält hinterher. »Sie ist zurzeit ein wenig reizbar«, sagte er zu uns. »Ihr vergebt ihr doch, oder?«

»Das Baby ist erst seit ein paar Tagen überfällig, oder?«

Drake nickte. »Die Hebamme hat gemeint, es sei alles in

Ordnung, aber der Stress des Wartens zehrt an Aislings Nerven.«

Das ging anscheinend nicht nur Aisling so, aber ich verkniff mir diesen Kommentar.

»Entschuldigt mich bitte. Ich muss ihre Federn glätten, bevor sie schon wieder einen Flug in die Vereinigten Staaten bucht.«

»Schon wieder?«, rutschte mir heraus.

Seufzend öffnete Drake die Tür. »Sie droht mir täglich damit, in ihre Heimat zurückzukehren. Langsam wird es mühselig, den Fluggesellschaften zu erklären, dass die Reservierungen ungültig sind. Wenn ihr hierbleiben wollt, um auf Kostya zu warten, könnt ihr das gerne tun. Wir erwarten ihn zum Abendessen. Ich dachte, es würde Aisling vielleicht ablenken.«

Seine Miene war so leidend, dass ich erst laut lachte, als er die Tür hinter sich geschlossen hatte. »Der arme Mann«, sagte ich.

Gabriel grinste. »Es ist nicht nett, ich weiß, aber Drake hat sich das selbst eingebrockt, und jetzt bedauert er es.«

»Für Aisling ist es auch anstrengend«, erwiderte ich. »Diese ständige Fürsorge kann einem ziemlich auf die Nerven gehen, und ich mag mir gar nicht vorstellen, wie es wäre, wenn du mich dauernd so behandeln würdest, als sei ich aus Glas.«

»Und wie möchtest du behandelt werden?« Gabriel trat hinter mich. Seine Stimme klang sehnsüchtig, und in mir stieg Erregung auf. Das Stück Drachenherz in mir wusste genau, was er tat – er flirtete mit mir, neckte, erfüllte das Verlangen eines jeden Drachen danach, mit seiner Beute zu spielen. Er umkreiste mich, berührte mich aber nicht, und seine Augen glitzerten so heiß, dass es mir den Atem raubte.

»Wie ich behandelt werden möchte?«, fragte ich, wobei ich mich bemühte, ich selbst zu bleiben, da das Stück Drachenherz immer mehr Besitz von mir ergriff.

»Ja.« Wieder ging er um mich herum, und ein Schauer der Erwartung überlief mich. In diesem Moment übernahm das Drachenherz einfach das Kommando. Mein Körper streckte sich und verwandelte sich in eine silberschuppige Gestalt, die mir so fremd und gleichzeitig so vertraut war.

»Ich möchte so behandelt werden«, sagte ich mit einer rauchigen Stimme, die ich selbst kaum erkannte, und schlang meinen Schwanz um eines seiner Beine. Ich zog ihn so abrupt zu mir heran, dass er auf den Rücken fiel. Bevor er protestieren konnte, war ich über ihm, leckte ihn mit meinem Feuer und konnte mein Verlangen kaum zügeln.

Er grollte tief in seiner Kehle, ein Paarungslaut, der wie ein Stromstoß durch meinen Körper schoss. Auch er begann sich zu verwandeln, aber in diesem Moment sagte eine leise Stimme mit französischem Akzent: »Ich habe die Chips mit Gurkengeschmack, die du wolltest, nicht gefunden ...«

Hastig rappelte ich mich auf, als ich den Mann sah, der mit einer Einkaufstüte aus einem großen Kaufhaus in der Tür stand. »Äh ... hallo.«

»René, nicht wahr?«, sagte Gabriel. Er war völlig Herr der Lage, obwohl gerade ein fremder Mann Zeuge geworden war, wie ich ihn als Drache vernaschen wollte. Ich kämpfte gegen das Stück Drachenherz an, und ganz langsam wurde mein Körper wieder normal. Der Mann namens René begrüßte Gabriel freundlich, beobachtete mich jedoch entschieden misstrauisch, bis auch die letzte silberne Drachenschuppe sich in meine Haut zurückverwandelt hatte.

»Es freut mich, dich wiederzusehen«, sagte René.

»Das ist meine Gefährtin May. Vögelchen, das ist ein alter Freund von Aisling, ein Daimon, der ihr sehr geholfen hat.«

Ich wusste, dass Daimons Schicksale waren, allerdings war ich noch nie einem begegnet. Ich fand es interessant, dass sie sich gelegentlich zu Individuen begaben, die ihrer Meinung nach ein wenig Hilfe brauchen konnten.

»Ja, und dazu gehört auch, dass ich ihr Leckereien bringe, die schwer aufzutreiben sind«, antwortete René und hielt grinsend seine Tüte hoch. »Drake weigert sich ja, von ihrer Seite zu weichen, deshalb bringe ich der charmanten Aisling das, was sie gerne essen möchte.«

»Ich dachte, so kurz vor der Geburt hätte man in der Schwangerschaft keinen Heißhunger mehr?«

Er zuckte mit den Schultern, eine nachlässige, lockere Geste, die mich an verrauchte Bars in Marseille erinnerte. »Das kommt auf die Frau an, oder? Ich habe sieben Kinder, und wenn die *maman* etwas haben möchte, ist es besser, ihren Wunsch zu erfüllen, habe ich festgestellt. Bei meiner Frau waren es Makronen. Immer und überall Makronen. Aisling hat eine Vorliebe für Chips in den widerwärtigsten Geschmacksrichtungen, aber warum soll ich sie ihr verweigern? Und ich finde die Chips genauso, wie ich die Makronen für meine Brigitte gefunden habe. Hast du ›Gefährtin‹ gesagt?«

Gabriel grinste, als René mich musterte. »Ja, trotz des Fluches.«

»Aber ich dachte ... Du bist also kein Drache?«

»Ehrlich gesagt weiß ich langsam nicht mehr, was ich bin«, antwortete ich leicht verzweifelt.

Gabriel ergriff meine Hand. Stark und warm legten sich seine Finger um meine. »Kämpf nicht gegen das Stück Drachenherz an, May. Versuch es zu kontrollieren, wie wir es besprochen haben, aber kämpf nicht dagegen an. Ich werde nicht zulassen, dass es dich verzehrt.«

René zog die Augenbrauen hoch. »Ein Stück von einem Drachenherz? Du meinst doch nicht ...«

»Ja, theoretisch bin ich das Northcott-Phylakterion«, sagte ich und drückte Gabriels Hand. »Eigentlich bin ich ein Doppelgänger.«

»Ein Schattengänger? Wie interessant. Ich bin nur ein einziges Mal einer begegnet.«

»Ophelia?«

»*Oui*. Du kennst sie?«

Ich schüttelte den Kopf. »Nicht wirklich. Ich nehme an, es ist schwer für sie, so allein zu sein, aber ich habe nur ein oder zwei Mal mit ihr telefoniert. Ich habe keinen Kontakt zu anderen Doppelgängern. Wir leben sehr zurückgezogen.«

»Ah, du bist nicht geboren worden.« René nickte, als ihm klar wurde, wie wir den Fluch, den Baltic auf die silbernen Drachen gelegt hatte, umgangen hatten. »Sehr clever. Und jetzt willst du Aisling bei der Entbindung helfen, Gabriel?«

»Ich würde nur zu gerne als Hebamme tätig werden, aber ich glaube, Drake würde das Kind eher selbst auf die Welt holen, als mich in die Nähe seiner Frau zu lassen.«

»Drachen«, sagte René. Er nickte mir zu. »Sie können sehr fürsorglich sein.«

»Ja, das habe ich mitbekommen. Vielleicht kannst du mir

eine Frage beantworten. Sind Daimons bestimmten Individuen zugeordnet, oder kann man dich auch engagieren? Gabriel denkt wahrscheinlich nicht so, aber ich habe das Gefühl, wir könnten ganz gut eine helfende Hand gebrauchen ...«

Vor dem Haus ertönte auf einmal Geschrei. Eine Frauenstimme war laut und deutlich über dem tieferen Grummeln eines Mannes zu vernehmen.

»*Cabrón*! Glaubst du etwa, ich lasse mich davon abhalten, mein Enkelkind zu sehen? Geh zur Seite, bevor ich dich von meinem Sohn in die Gosse werfen lasse, wo du hingehörst!«

»Wer um alles in der Welt ...«, setzte ich an, aber ich stand auf einmal alleine im Zimmer. Gabriel und René waren hinausgerannt. Ich folgte ihnen. An der Tür blieb ich stehen. Eine große, dunkelhaarige Frau mit olivfarbener Haut war auf István losgegangen, obwohl er mindestens doppelt so viel wog wie sie, ganz zu schweigen davon, dass er eine Statur wie ein Preisboxer hatte. Zu meiner Überraschung wich István vor der spanischen Frau zurück. Sie gestikulierte wild mit den Händen.

»Wo ist mein Drake? Wo ist mein Enkel?« Sie untermalte ihre Sätze, indem sie István bei jedem Wort vor die Brust schlug. »Bleib stehen und ...«

Plötzlich sah die Frau uns. Sie hörte auf, István zu verprügeln, und trat auf Gabriel zu. Ihr wütender Gesichtsausdruck wurde auf einmal verführerisch. »Gabriel!«, gurrte sie.

Mir sträubten sich sämtliche Haare, als ich sah, wie sie mit wiegenden Hüften auf Gabriel zuschlenderte. René war Luft für sie. Meine Finger wurden zu Klauen, aber ich ballte die Fäuste, um nicht dem Drachenherz nachzugeben, das von mir verlangte, dieser unverschämten Schlampe Benehmen beizubringen, falls sie es wagte, meinen Gefährten anzurühren.

»Ich wusste gar nicht, dass du hier bist«, fuhr sie fort. Ihre Stimme war eine einzige Einladung.

Ich kann mich nicht erinnern, mich bewegt zu haben, aber plötzlich stand ich vor Gabriel. »Hallo, ich bin May.«

»Das ist meine Gefährtin, Catalina«, sagte Gabriel. Er legte mir den Arm um die Taille und zog mich neben sich. »Mayling, ich habe doch sicher schon Drakes Mutter erwähnt, oder? Das ist Dona Catalina de Elférez.«

»Gefährtin.« Sie sprach das Wort aus, als sei es ein ekliges Insekt. Mit zusammengekniffenen Augen musterte sie mich.

Ich kann mit durchdringenden Blicken ganz gut umgehen, und auch wenn ich am liebsten weglaufen möchte, bin ich doch in der Lage, freundlich zu lächeln. Und das tat ich auch jetzt. »Ich freue mich, Sie kennenzulernen.«

Ihre Feindseligkeit wandelte sich zu Misstrauen. »Du hast eine Gefährtin. Ist sie ...?« Sie zögerte einen Moment lang. »Ist sie geistig behindert?«

Ich starrte sie überrascht an. »Wie bitte?«

Sie beugte sich dicht zu Gabriel und betrachtete mich mit einer Neugier, als habe sie so etwas Bizarres noch nie gesehen. »Wiederauferstehung, wenn sie nicht richtig gemacht wird, kann oft zu Hirnschäden führen.«

»Wiederauferstehung?« Ich traute meinen Ohren nicht. Fragend blickte ich Gabriel an. Er kämpfte offensichtlich mit dem Lachen, aber er nahm mich nur noch fester in den Arm und beruhigte Catalina. »Ich habe sie nicht wiederbelebt, um den Fluch zu umgehen.«

»Nein, nein, das wollte ich ja auch gar nicht andeuten.

Wir wissen doch beide, dass Wiederauferstehung im Weyr verboten ist.« Sie musterte mich misstrauisch. Automatisch schenkte ich ihr das Lächeln, mit dem ich Magoth während seiner Wutanfälle immer besänftigt hatte. »Aber Gabriel, du musst etwas tun, um diese schreckliche Tragödie zu vertuschen. Sieh sie doch nur an. Schau dir diese Grimasse an. So sieht doch kein geistig Gesunder aus!«

»Ich lächle«, stieß ich zwischen zusammengebissenen Zähnen hervor. »Ich lächle, das ist keine Grimasse.«

»Ja, natürlich lächelst du«, sagte sie laut und tätschelte mir den Arm, während sie Gabriel einen mitfühlenden Blick zuwarf. »Es ist liebenswert von dir, dass du zu ihr hältst, obwohl das Experiment gescheitert ist. Von mir erfährt natürlich niemand etwas. Dein Geheimnis ist bei mir sicher.«

»Ich bin nicht wiederbelebt worden!«, sagte ich lauter, als wahrscheinlich nötig war.

Sie wies auf einen Berg von schwarzen Lederkoffern. Immer noch mehr wurden vom Fahrer hereingebracht. »Ich habe ein paar hübsche Spielsachen für mein Enkelkind mitgebracht, aber deine arme, süße Gefährtin darf sich etwas aussuchen. Damit dürfte sie ein paar Tage lang beschäftigt sein. So, mein liebster Gabriel, und jetzt musst du mir versprechen, alles in deiner Macht Stehende zu tun, um mein unschuldiges Enkelkind den Klauen dieser Teufelin zu entreißen. Weißt du, dass mein Drake mir verboten hat, bei der Geburt des Kindes hier zu sein? Natürlich steckte *sie* dahinter, aber ich bin schließlich eine großartige Mutter, und deshalb habe ich gehorcht, auch wenn es so grausam war.«

Sie hakte sich bei Gabriel ein und zog ihn von mir fort zum Haus.

Ich blickte René an. Er grinste.

»Das Baby ist noch nicht auf der Welt«, sagte Gabriel und warf mir einen halb verlegenen, halb zögerlichen Blick zu, als sie ihn zum Wohnzimmer führte.

»Nein? Nun, dann haben wir beide ja noch Zeit, um das arme Ding zu retten, bevor dieser Dämonenfürst, den mein geliebter Drake sich als Gefährtin auserkoren hat, sich darüber hermacht. Komm, und jetzt erzähl mir alles, was seit unserer letzten Begegnung passiert ist. Aber wir werden nicht den tragischen Ausgang deiner Partnersuche erwähnen.« Sie schwieg und blickte sich nach uns um. Dann beugte sie sich dicht zu ihm und tuschelte: »Ist es in Ordnung, wenn deine Gefährtin alleine bleibt? Sie wird doch nicht versuchen, sich umzubringen, oder? Ich kannte einmal einen wiedererweckten Magier, der völlig normal wirkte, aber wenn irgendwo eine Glocke ertönte, riss er sich die Kleider vom Leib und raufte sich die Haare. Es war äußerst tragisch. Kann deine Gefährtin denn alleine bleiben? Ja? Hervorragend. Du musst mir alles erzählen, während meine Räume zurechtgemacht werden.«

Die Tür schloss sich hinter ihnen, und René, István und ich blieben in der Diele zurück. Catalinas Fahrer hatte die letzten Koffer hereingetragen und war gefahren.

»Drakes Mutter«, sagte ich zu den beiden.

István verzog das Gesicht. »Sie sollte gar nicht herkommen. Drake hat es ihr verboten. Aisling wird nicht glücklich sein.«

René zuckte erneut mit den Schultern und sagte: »Es hat keinen Sinn, Catalina etwas zu verbieten. Sie tut sowieso, was ihr gefällt.«

»Ich sehe doch nicht geistig behindert aus, oder?«, fragte ich und betastete mein Gesicht. Zum hunderttausendsten Mal wünschte ich mir, mein Spiegelbild sehen zu können.

»Nein, du siehst besorgt aus, aber nicht geistig behindert«, erwiderte René freundlich.

»Danke«, sagte ich. Ich warf einen Blick auf die geschlossene Tür des Wohnzimmers. »Ich glaube, ich hole jetzt mal Jim. Drake hat Aisling mittlerweile sicher beruhigt, und Jim ist ihr bestimmt lästig.«

Der Dämon war jedoch offensichtlich schon aus Aislings Zimmer herausgeworfen worden. Er lag auf dem Boden im Flur.

»Du kannst jetzt reden«, sagte ich zu ihm.

»Du liebe Güte, in der Zeit bei Magoth hast du gelernt, wie man Dämonen quält, was? Ich dachte schon, du würdest mich nie mehr holen kommen!« Jim erhob sich und schüttelte sich, dass seine schwarzen Haare nur so flogen. »Es ist bestimmt schon Abend. Komm, lass uns was essen gehen.«

»Ist da drinnen alles okay?«, fragte ich und nickte zur Tür.

»Ja, ja. Drake hat Ash erklärt, ohne sie könne er nicht weiterleben und all so ein Mist, und sie ist wie immer darauf hereingefallen.« Der Dämon schüttelte angewidert den Kopf, als er an mir vorbei auf die Treppe zumarschierte. »Frauen! Man kann einfach nicht mit ihnen leben!«

»Ich kann sicher dafür sorgen, dass du überhaupt nicht lebst«, sagte ich süß, was mir einen wütenden Blick von Jim einbrachte. »Ach, übrigens, Drakes Mutter ist da.«

»Feuer von Abaddon! Du lässt mich einfach in die Falle laufen! Und dabei ist mein Fell gerade so schön! Wirklich, May, ich habe mehr von dir erwartet.«

»Wo willst du hin?«, fragte ich, als er wieder zurück zu Aislings Zimmer lief.

»Ich muss Ash warnen. Sie wird an die Decke gehen, und ich will unbedingt dabei sein, wenn das Feuerwerk beginnt.«

»Effrijim ...«, setzte ich an.

»Oh Mann!«, winselte er und sank zu Boden.

»Bei der Macht, die mir deine wahre Herrin verliehen hat, befehle ich dir, Aisling in Ruhe zu lassen, es sei denn, sie verlangt ausdrücklich nach deiner Gesellschaft, oder ihr Leben ist in Gefahr.«

Zögernd blickte Jim zur Tür.

»Ein Besuch ihrer Schwiegermutter stellt keine lebensbedrohliche Situation dar«, warnte ich ihn. Ich wusste genau, was er dachte.

Er zog eine Augenbraue hoch. »Du kennst Catalina nicht sehr gut, oder?«

»Komm«, sagte ich und wies auf die Treppe. »Wir warten auf Kostyas Ankunft. Wenn er Gabriel und mich sieht, gibt es bestimmt auch ein Feuerwerk.«

»Das sollte auch so sein, lass dir das gesagt sein!«

Aber ich irrte mich, und das hatte ich anscheinend meinem Zwilling zu verdanken.

»Mayling!«, kreischte Cyrene, als Jim und ich in die Diele kamen. Wir hatten eine Stunde lang in Drakes Pool im Untergeschoss geplantscht. Da Wasser nicht das Element der Silberdrachen ist, empfinden sie selbst eine Dusche als unangenehme Erfahrung, die man so schnell wie möglich hinter sich bringen muss. Obwohl Gabriels Haus in Manukua einen Pool hatte, war er mehr oder weniger nur für die Gäste, sodass ich selten zum Schwimmen kam. Als Jim und ich die Treppe aus dem Untergeschoss hinaufkamen, erblickte Cyrene uns und kam quer durch die Diele gerannt. Kostya wurde gerade von seiner Mutter begrüßt. Gabriel und Drake standen hinter ihr.

»Warst du schwimmen?« Cyrenes Pupillen weiteten sich leicht, wie immer, wenn in ihrer Gegenwart Wasser erwähnt wurde. Als Wasserwesen liebte sie Frischwasserquellen wie Bäche und Seen, aber auch anderes Wasser war ihr recht, und sie war dafür bekannt, lange und ausgiebig zu baden. »Hat Drake einen Pool?«

»Ja, aber es ist nicht besonders höflich, in ein fremdes Haus zu kommen und gleich schwimmen zu wollen«, sagte ich und hielt sie fest, als sie an mir vorbei ins Untergeschoss wollte. »Du solltest wenigstens zuerst Aisling begrüßen.«

»Drake hat gesagt, sie ruht sich aus und kommt erst später herunter.« Cyrene zog einen Schmollmund, aber dann lächelte sie mich an. »Du siehst glücklich aus. Lässt Magoth dich in Ruhe?«

»Oh, als ob das möglich wäre«, sagte Jim. Er schnüffelte an Cyrenes Hand, bis sie ihn hinter den Ohren kraulte. »An dem Tag, an dem er die Frauen in Ruhe lässt, höre ich auf, Dämon zu sein, und werde wieder ein Elf. Oh ja, Baby, genau da.«

Jim verdrehte genießerisch die Augen, als Cyrenes lange Fingernägel eine besonders juckende Stelle gefunden hatten.

»Hast du je erlebt, dass Magoth *nicht* an Sex gedacht hätte?«, fragte ich.

»Oh ja«, erwiderte Cyrene überraschend. »Aber nur, wenn er jemanden foltert. Und selbst dann ... na ja, ich will nicht in die Einzelheiten gehen. Zumindest hat er seine Macht noch nicht zurück.«

»Nein«, sagte ich langsam. »Und gerade das bereitet mir Sorgen. Ich hatte eigentlich geglaubt, dass Bael Magoth seine Macht in dem Moment zurückgeben würde, als er ihn auf die sterbliche Welt losgelassen hat. Aber er hat nichts dergleichen getan. Magoth hat eine Eingabe gemacht, um wieder in seine Position eingesetzt zu werden, aber Bael hat lediglich geantwortet, das müsse er sich noch überlegen.«

»Na, du hast mit Sicherheit größere Sorgen«, sagte Cyrene, der es anscheinend gleichgültig war, dass ein Dämonenfürst in der Welt der Sterblichen frei herumlief. »Kostya braucht deine Hilfe.«

Ich blickte auf den Mann, von dem die Rede war. Obwohl Kostya Drakes älterer Bruder war, hatte eine seltsame Wendung in ihren Genen sie zu Wyvern von zwei verschiedenen Sippen gemacht ... oder hätte, wenn Kostya vom Weyr anerkannt würde. »Wobei braucht er denn jetzt schon wieder Hilfe? Ich dachte, er hätte die erforderliche Anzahl von schwarzen Drachen beisammen, um formell den Antrag auf Anerkennung stellen zu können? Geht es in der Sitzung morgen nicht darum?«

»Ja, aber es unterstützen nicht alle den lieben, süßen Kostya.« Sie kniff die Augen zu saphirblauen Schlitzen zusammen und blickte zu Gabriel.

»Der liebe, süße Kostya hat mehr als einmal versucht, Gabriel umzubringen, und bis letzten Monat war er finster entschlossen, die silbernen Drachen zu vernichten, weil er sie in seine Sippe zwingen wollte. Also verzeih bitte, wenn wir ein bisschen zurückhaltend sind«, erwiderte ich.

Cyrene tat die Behandlung der silbernen Drachen mit einer abfälligen Handbewegung ab. »Oh, das ist doch alles Schnee von gestern. Seit du aus Abaddon zurück bist, hat er sich vorbildlich benommen.«

»Das hat aber leider weniger mit Einsicht zu tun. Ihm ist einfach klargeworden, dass er Freunde braucht, wenn Baltic sich in den Kopf setzt, seine Sippe wieder zurückhaben zu wollen.«

»Das ist nicht Baltic«, sagte Kostya laut und unterbrach seine Mutter. Ich hatte einen Moment lang vergessen, wie gut Drachen hören können.

»Hallo, Kostya«, sagte ich höflich und rang mir ein Lächeln ab.

Zu meiner Überraschung verbeugte er sich. Drachen, so hatte ich herausgefunden, hatten sehr gute Manieren, und wenn sie sich verneigten, dann sah das nicht albern aus, sondern wirkte im Gegenteil elegant und höflich. Selbst Gabriel, der sonst eher lockere Umgangsformen hatte, beherrschte eine Weltklasse-Verbeugung, wenn es sein musste. Vielleicht lag es ja in den Genen. »Entschuldigung, vor lauter Hast, mit meiner Mutter zu sprechen, habe ich dich nicht begrüßt. Du siehst gut aus, May.«

Ich riss die Augen auf.

»Danke«, sagte ich verblüfft. Normalerweise hätte Kostya sonst schon längst nach Rache und Vergeltung geschrien oder uns einen Vortrag darüber gehalten, wie sehr er in der Vergangenheit benachteiligt worden war.

»Ich hoffe, das Stück Drachenherz macht dir keine Probleme?«, erkundigte er sich höflich.

Ich warf Gabriel einen erstaunten Blick zu. Er grinste und zwinkerte mir zu.

»Äh … nein, es ist auszuhalten. Danke, dass du fragst. Geht es dir auch gut?«

»Ja«, erwiderte er und nickte zustimmend. »Cyrene und ich haben eine kleine Reise in meine Heimat unternommen. Um diese Jahreszeit ist es dort höchst angenehm.«

Ich fand die Unterhaltung geradezu bizarr. »Es tut mir leid«, sagte ich, »plauderst du etwa mit mir?«

»Ja, macht er das nicht wundervoll?« Cyrene blies ihm einen Luftkuss zu.

Lachend erhob sich Gabriel und trat zu mir, um mir den Arm um die Taille zu legen. »Es ist erstaunlich, nicht wahr?«

Kostya lächelte Cyrene an, und eine Sekunde lang spürte ich die Anziehung zwischen den beiden. Allerdings kannte ich Kostya noch nicht besonders lange, und unsere Begegnung war so gewalttätig gewesen, dass ich misstrauisch blieb.

»Unglaublich«, sagte ich. Der sarkastische Unterton würde meinem Zwilling mit Sicherheit nicht auffallen.

Aber Jim fiel er auf. Ich musterte ihn, bereit, ihm das Sprechen zu verbieten, falls er etwas absolut Ungehöriges sagen wollte. Catalina beugte sich zu ihrem ältesten Sohn und flüsterte erregt auf ihn ein, während sie mit ihrer eleganten Hand auf mich wies. Er blickte sie einen Moment lang an und wandte sich dann mit erstaunter Miene mir zu.

»Ich bin nicht geistig behindert«, verkündete ich, falls er seiner Mutter Glauben schenken sollte.

Jim schnaubte wieder und öffnete sein Maul.

Ich zog meinen Dolch aus der Scheide, drehte ihn zwischen den Fingern und schleuderte ihn dann zu Boden, etwa einen Zentimeter vor Jims Pfote. Er sprang zurück.

»Okay, okay, ich habe es schon kapiert! Mann! Ich sage es Ash, dass du mit Waffen auf mich zielst!«

»Erwähn es besser nicht!«, sagte Catalina gerade zu Kostya, wobei sie bestimmt zu flüstern glaubte. »Am besten redet ihr gar nicht über die traurige Situation, damit sie sich nicht so aufregt.«

Ich lächelte und ließ dem Stück Drachenherz ein wenig mehr Freiraum. Es schnurrte vor Befriedigung. Silberne Schuppen breiteten sich auf meinen Armen aus, meine Finger wurden länger mit scharlachroten Klauen. Ich wedelte Kostya damit vor der Nase herum. »Deine Mutter erteilt kluge Ratschläge. Und da wir gerade von wiedererweckten Personen sprechen, warum glaubst du nicht, dass Baltic tatsächlich Baltic ist?«

»Es kann nicht sein«, erklärte Kostya eigensinnig. »Drachen können nicht so leicht wiedererweckt werden.«

»Das hat Gabriel auch gesagt, aber deine Mutter scheint anderer Meinung zu sein.«

»Sie hat niemals versucht, einen Drachen wiederzuerwecken«, erwiderte Kostya mit einem raschen Blick auf seine Mutter.

»Mein geliebter Kostya hat recht«, sagte Catalina mit einem dramatischen Seufzer. »Ich habe versucht, Toldi wiedererwecken zu lassen, aber leider kam er ... weniger zurück.«

»Wie, weniger?«, fragte ich neugierig.

Sie warf mir einen mitfühlenden Blick zu und nickte leicht in meine Richtung. »Einfach ... weniger. Es war besser für ihn, dass ich ihn erneut aus dem Weg geschafft habe. Und ich bin ja immer eine gute Gefährtin gewesen, deshalb habe ich es natürlich auch getan.«

Jim entschlüpfte ein würgender Laut. Ich ergriff meinen Dolch. Der Dämon riss die Augen auf, als ich ihn zwischen den Fingern drehte. »Heißt ›erneut‹, dass du ihn noch einmal getötet hast?«

»Oh ja. Toldi war kein netter Mann. Er hat die meisten aus meiner Familie ermordet, damit ich ihn als Gefährten akzeptiere. Das habe ich auch getan, aber nur weil ich wusste, wie leicht ich ihn vernichten konnte.« Catalina zupfte einen unsichtbaren Fussel von Kostyas Arm. Sie redete so beiläufig von dem Ganzen, dass sie mir vorkam wie eine Psychopathin. Ich warf Gabriel einen raschen Blick zu. Er ließ eins seiner Grübchen aufblitzen.

Drake seufzte und wies zum Wohnzimmer. »Wenn du diese Diskussion unbedingt führen willst, Bruder, sollten wir uns besser ins Wohnzimmer begeben, damit Aisling dich nicht hören kann. Wenn sie glaubt, dass wir uns über Baltic beraten, dann will sie sicher dabei sein, und sie soll sich jetzt ausruhen.«

Jim gab ein Geräusch wie ein Peitschenknall von sich, als er an Drake vorbeiging. Ich sagte nichts, als Drake den Dämon anblickte und seinen Schwanz in Brand setzte. Es dauerte gute zehn Sekunden, bevor der Hund etwas merkte. Mittlerweile hatten wir uns alle ins Wohnzimmer begeben.

»Feuer von Abaddon, Drake! Ich meine, im wahrsten Sinne des Wortes!«, brüllte er und zog stinkenden Qualm hinter sich her, als er zu uns trat.

»Setz dich und sei still, bis du etwas Sinnvolles zu sagen hast«, befahl ich.

»Wirklich ein äußerst merkwürdiger Dämon«, bemerkte Catalina und beobachtete, wie Jim meinem Befehl gehorchte, obwohl er mich mit finsteren Blicken bedachte. »Ja, meine Liebe, ich musste Toldi zum zweiten Mal töten. Ich konnte ihn doch nicht ...« Sie schwieg und bedachte mich mit einem weiteren mitfühlenden Blick, den ich zähneknirschend erduldete. »Aber wir waren eigentlich übereingekommen, nicht über so unerfreuliche Dinge zu sprechen. Ich hoffe nur, Gabriel hat die Kraft, das Gleiche zu tun, wenn die Zeit gekommen ist.«

Ungläubig starrte ich sie an, aber sie hatte schon Kostyas Arm ergriffen. »Komm, mein lieber Kostya. Erzähl Mama, was du in den letzten hundertdreißig Jahren so getrieben hast.«

»Dazu habe ich jetzt keine Zeit, Mutter«, sagte Kostya mit einem Blick auf seine Armbanduhr. »In einer knappen Stunde habe ich ein Sippentreffen. Ich wollte nur Drake sagen ...« Er zögerte kurz, wobei er betont an Gabriel und mir vorbeiblickte, »Drake sagen, dass unsere Reise erfolgreich war.«

Catalina verschwand, um das Auspacken ihrer Koffer zu überwachen.

»Dann hast du also die Schatzkammer gefunden?«, fragte Gabriel, als sie weg war.

Kostya starrte ihn einen Moment lang an, dann wandte er sich mit finsterem Blick an seinen Bruder. »Hast du ihnen etwa gesagt, wo ich war?«

Drake zuckte mit den Schultern. »Es geht sie ja auch etwas an.«

»Sie sind keine schwarzen Drachen! Wo Baltics Schatzkammer liegt, geht sie gar nichts an!«

Cyrene legte Kostya begütigend die Hand auf den Arm, aber er schüttelte sie ab und stürmte auf seinen Bruder los, offensichtlich, um ihn erneut in einen Streit zu verwickeln. Im letzten Moment jedoch besann er sich eines Besseren und zwang sich, Gabriel und mich anzulächeln.

»Es bringt dich um, nett zu uns zu sein, was?«, fragte ich und schmiegte mich an Gabriel.

»Ja.«

Cyrene boxte ihn gegen den Arm.

Sein angestrengtes Lächeln wurde so breit, dass ich alle seine Zähne sehen konnte. »Nein, natürlich nicht. Ich habe eingesehen, dass es ein Irrtum war, die Sippe wieder zu ihrem ursprünglichen Ruhm zurückzuführen, und habe mich damit abgefunden, dass die sil... sil... – dass ihr auch alleine glücklich seid.«

»Er kann es noch nicht einmal aussprechen«, bemerkte Jim keineswegs leise zu mir. »Er hat es letzte Woche geübt, aber er hat die Worte nicht herausgebracht.«

»Sil-ber«, sprach Cyrene Kostya vor. Begütigend drückte sie seinen Arm. »Na komm, Schnuffi, im Flugzeug hast du es doch gekonnt. Sag es einfach. Sil-ber-drachen.«

Ein Schauer durchlief Kostya.

Gabriel verdrehte die Augen. »Wenn der Komödienstadel vorbei ist, können wir dann vielleicht ein paar Minuten über das Modana-Phylakterion sprechen?«

»Was gibt es denn da zu besprechen?« Kostya kniff die Augen zusammen. »Ich war damit einverstanden, dass deine Gefährtin das Stück Drachenherz verwendet, um das gesamte Drachenherz wiederherzustellen, wenn du mich im Gegenzug dafür im Weyr unterstützt. So war unsere Übereinkunft. Du hast mir dein Wort gegeben. Jetzt kannst du die Bedingungen nicht mehr ändern.«

»Das habe ich auch gar nicht vor. Aber ich möchte gerne wissen, ob das Phylakterion in der Schatzkammer war, die du entdeckt hast. Hast du es bei dir?«, fragte Gabriel. Seine schöne Stimme war so glatt wie geölte Seide.

Kostyas Blick glitt sekundenlang zu seinem Bruder. »Noch nicht. Aber ich werde es finden.«

»Was bedeutet, dass auch du Dauva gefunden hast.«

Einen Moment lang war es still im Raum. Dann trat Kostya auf Gabriel zu. Rauch drang aus seinen Nasenlöchern. »Ich hätte wissen müssen, dass du versuchst, unser Abkommen zu verletzen.«

»Ich habe nichts dergleichen getan«, antwortete Gabriel. Seine Miene und seine Stimme waren freundlich, aber ich spürte, wie er die Muskeln anspannte. »Ich sorge einfach nur dafür, dass wir nicht Jahre warten müssen, bis du das Stück Drachenherz zu May bringst.«

Kostya sah so aus, als wolle er gleich platzen, aber er schien seine Emotionen gut im Griff zu haben. »Dann hast du also die Schatzkammer auch gefunden?«, fragte er mit zusammengebissenen Zähnen.

»Wir kennen den Ort, ja«, sagte Gabriel.

Ich beschloss, der Situation ein wenig von ihrer Spannung zu nehmen. »Gabriels Abgesandter ist nicht in die Schatzkammer hineingekommen. Du brauchst also nicht zu glauben, dass wir jetzt mit irgendwelchen Drachenschätzen weglaufen. Das würde Gabriel sowieso niemals tun. Du kannst dich entspannen. Es gibt ja wahrscheinlich sowieso eine Regel, dass ein Wyvern den anderen nicht bestiehlt oder so.«

Schweigen erfüllte den Raum. Gabriel, Drake und Kostya senkten die Blicke.

»Jetzt aber mal im Ernst«, sagte ich. »Ihr beklaut euch gegenseitig?«

Niemand sah mich an.

Fragend wandte ich mich an Drake. »Soll das etwa heißen, du würdest etwas aus Gabriels Schatzkammer stehlen, wenn du die Gelegenheit dazu hättest?«

»Die grünen Drachen sind besonders geschickt darin, ... Dinge ... zu entwenden«, erwiderte Drake defensiv.

Ich wandte mich an Gabriel. »Würdest du Drake bestehlen?«

»Drake ist einer meiner ältesten Freunde«, erwiderte er ausweichend und streichelte mit dem Daumen über meine Knöchel. »Natürlich würde ich meinen Freund nicht bestehlen.«

»Ich würde ihn natürlich auch nicht bestehlen«, warf Drake rasch ein.

»Seine Freundschaft geht mir über alles«, erklärte Gabriel.

»Ja, es ist undenkbar, dass ich ihn bestehlen könnte«, fuhr Drake fort.

»Völlig undenkbar.«

»Absolut außer Frage.«

Ich musterte die beiden.

»Es sei denn, es handelt sich um Gold«, gab Drake zu.

»Ja, natürlich. Bei Gold ist es etwas anderes.« Gabriel nickte. Die anderen Drachen nickten ebenfalls.

»Wenn du sogar deine ältesten, besten Freunde bestehlen würdest, wie kannst du denn dann erwarten, dass sie uns ihre Stücke vom Drachenherz zur Verfügung stellen?«, fragte ich. Ich würde die Drachen-Gesellschaft wohl nie verstehen.

»Das ist etwas anderes«, erwiderte er achselzuckend. »Das Drachenherz ist das Mächtigste, was die Drachen kennen.«

»Müsste es dann nicht eigentlich schwieriger sein, alle Stücke zusammenzubringen?«, kam Cyrene mir zuvor.

»Es wäre Selbstmord, wenn jemand versuchen würde, das Drachenherz zu benutzen«, sagte Drake.

»Es ist zu gefährlich«, bestätigte Gabriel. »Es gibt keinen lebenden Drachen, der die Fähigkeit besitzt, das gesamte Herz zusammenzufügen. Und dafür sollten wir dankbar sein, Vögelchen, da es sonst weitreichende Komplikationen gäbe.«

»Wie weitreichend?«, fragte ich.

Gabriel überlegte einen Moment. »Mindestens die Hälfte der sterblichen Welt würde zerstört.«

»Und das Stück in mir?«, krächzte ich.

Gabriel drückte beruhigend meine Hand. »Du brauchst keine Angst zu haben, May. Um das Drachenherz zu benutzen, muss man zwei Dinge haben: die Macht, es zu kontrollieren, und sein Wohlwollen. Deshalb leben wir nicht in Angst vor Vernichtung. In der Vergangenheit haben Wyvern versucht, das Herz neu zusammenzusetzen, aber ihre Versuche endeten in der Katastrophe. Wir haben daraus gelernt und werden es nur zusammensetzen, um die einzelnen Teile in richtige Gefäße zu bringen.«

»Vielleicht solltest du das Baltic sagen. Ich könnte mir vorstellen, dass er andere Pläne hat«, warf Jim ein, und ich musste zugeben, dass ich das Gleiche dachte.

»So dumm würde Baltic nicht sein«, sagte Drake. Kostya runzelte die Stirn und erklärte: »Das ist nicht Baltic.«

»Pumpernickel, ich glaube, du musst dich eines Besseren

belehren lassen«, erklärte Cyrene, hakte sich bei ihm ein und gab ihm einen Kuss aufs Ohrläppchen. »Alle scheinen der Meinung zu sein, dass es Baltic ist. Also sollten wir uns ihnen anschließen.«

»Er kann es nicht sein. Das wüsste ich«, sagte Kostya eigensinnig.

»Wir werden sehen, nicht wahr?« Gabriels Lächeln erreichte seine Augen nicht. »Jetzt, wo wir wissen, wo sich die Schatzkammer befindet, können wir uns ja zusammentun, um sie zu öffnen.«

Kostya warf Gabriel einen misstrauischen Blick zu.

»Wir wollen schließlich nicht, dass das Phylakterion beim Öffnen der Schatzkammer beschädigt wird«, fügte Gabriel lächelnd hinzu.

»Das wird nicht nötig sein. Ich bin absolut in der Lage, das Modana-Phylakterion alleine herauszuholen, ohne es zu beschädigen«, erwiderte Kostya. »Deine Anwesenheit in Lettland wird nicht erforderlich sein.«

»Ich glaube trotzdem, dass es für May besser wäre, dort zu sein.«

»Lettland?«, sagte eine begeisterte Stimme von der Tür her. Bei ihrem Klang lief es mir kalt den Rücken herunter. »Wir fahren nach Lettland? Was für eine hervorragende Idee! Ich war nicht mehr da seit ... ach ja, seit der Schwarzen Pest!«

Entsetzt sah ich, wie Magoth, begleitet von einem von Drakes Leibwächtern, ins Zimmer schlenderte. Der Bodyguard deutete auf mich und sagte: »Er wollte unbedingt May sehen.«

»Ich habe dir doch gesagt, du sollst bleiben, wo du bist«,

sagte ich stirnrunzelnd zu Magoth, der bereits mit lüsternem Gesichtsausdruck auf Cyrene einredete.

Sofort wandte er seine Aufmerksamkeit mir zu. »Ein amüsanter Versuch, dominant zu sein, aber wie du weißt, süße May, bin ich lieber oben.« Entzückt blickte er sich im Zimmer um. »Und sieh doch nur, was ich verpasst hätte! Eine Reise in die baltischen Länder! Wie – verzeih den Ausdruck – göttlich! Ich habe so viele schöne Erinnerungen an die Gegend – Tod und Hungersnot und schlimme Krankheiten. Nun, das waren wirklich denkwürdige Zeiten! Es spricht doch wirklich vieles für die gute alte Zeit. Diese Reise ist genau das Richtige für mich! Wann fahren wir?«

4

»Ich hoffe nur, du weißt, was du tust.« Cyrene ließ den Ast los, bevor ich ihn packen konnte. Er schnellte mir nass ins Gesicht. Ich rieb mir die schmerzende Wange und blickte finster auf den Hinterkopf meines Zwillings, was in dem dichten Nebel, der über dem Wald waberte, nicht leicht war. Die Wassertropfen, die von den Blättern zu Boden fielen, wurden zwar von dem dichten Unterholz sofort aufgesogen, aber das stetige Plätschern war doch nicht zu überhören.

»Einen Dämonenfürsten zur Schatzkammer eines Drachen mitzunehmen, ist nicht gerade die klügste Idee, die du jemals gehabt hast, Mayling.«

Dieses Mal fing ich den Ast, den sie losließ, gerade noch rechtzeitig. Innerlich murmelte ich Verwünschungen, während ich hinter ihr hertrottete.

»Kostya ist nicht glücklich über seine Anwesenheit«, fügte Cyrene hinzu. Sie drehte sich um und warf mir einen strengen Blick zu, bevor sie über einen umgestürzten Baumstamm hüpfte. Sie rutschte ein Ufer herunter, und kurz war ihr Kopf nicht zu sehen, aber ihre Stimme drang immer noch zu mir. »Überhaupt nicht glücklich.«

»Das überrascht mich nicht. Kostya ist nie glücklich«, murmelte ich, während ich hinter ihr herrutschte. Meine Haare klebten feucht an meinen Wangen.

Vor uns waren Gabriel, Kostya und Savian in ein Gespräch vertieft. Magoth folgte ihnen, und die vier Männer stampften einen Weg durch den matschigen Wald, der die perfekte Kulisse für einen düsteren Horrorfilm abgegeben hätte. Dicke Lianen hingen von den eng stehenden Bäumen, und feuchtes Moos bedeckte jede Oberfläche.

Es war seltsam ruhig, da nichts durch den watteweichen Nebel drang, der uns einhüllte. Nur gelegentlich hörte man über dem tropfenden Wasser das Sirren eines Moskitos.

Einer der kleinen Halunken landete mitten auf Cyrenes unbedecktem Nacken. Ich schlurfte schneller an sie heran und versetzte ihr einen festen Schlag.

Überrascht fuhr sie herum.

»Moskito«, erklärte ich.

Sie kniff die Augen zusammen. »Oh, du hättest wohl gerne, dass ich das glaube. Aber ich kenne die Wahrheit – du bist nur sauer, weil Kostya wütend auf dich ist, und jetzt lässt du es an mir aus.«

Ich versetzte ihr einen kleinen Schubs, damit sie weiterging. Magoth, der teure Wanderkleidung trug, die er sicher meiner Kreditkarte verdankte, verschwand gerade hinter einer Gruppe von Feigenbäumen. »Mir ist es völlig egal, ob Kostya wütend auf mich ist. Und wenn du nicht in der Wildnis des ländlichen Lettlands enden willst, solltest du lieber weitergehen.«

Murrend setzte Cyrene sich in Bewegung. »Ich wollte ja auch nur darauf hinweisen, dass du ganz alleine daran schuld bist, wenn Kostya schlechte Laune hat. Es macht ihn schon nicht besonders glücklich, dass du und Gabriel hier seid, aber als du dann auch noch Magoth angeschleppt hast, habe ich gedacht, er beruhigt sich nie mehr.«

»Ich habe es mir nicht ausgesucht, dass Magoth hier ist«, erwiderte ich und erschlug einen Moskito, der auf meinem

Arm gelandet war. »Wie du weißt, hat er sich selbst eingeladen, und da ich ihn nicht zwingen kann zu tun, was ich will, hielten wir es für besser, ihn mitzunehmen, damit wir ihn im Auge behalten können. Sonst wäre er uns nur gefolgt und hätte Gott weiß was angestellt.«

»*Hmmpphh*! Kostya mag Magoth nicht.«

Ich holte tief Luft und hielt sie einen Moment lang an. »Ehrlich gesagt fände ich es auch erstaunlich, wenn Kostya überhaupt etwas mögen würde.«

»Oh doch, er mag sogar einiges!« Cyrene ließ einen Zweig absichtlich zu früh los.

Ich warf ihr einen bösen Blick zu. »Und was zum Beispiel?«

Schweigend marschierte sie weiter und überlegte. »Nun ja, im Moment fällt mir nichts ein, aber es gibt wirklich viele Sachen. Oh ... Oralsex! Oralsex mag er sehr.«

Jim, der gerade an einer Koboldspur geschnüffelt hatte, hob den Kopf. »Es gibt keinen einzigen Mann, der das nicht mag«, sagte er und spuckte einen winzigen Stiefel aus. »Wenn ich nicht mein eigenes Gemächt lecken könnte ...«

»Es reicht!«, unterbrach ich ihn hastig.

Jim warf mir einen verletzten Blick zu. »Ich wollte sagen, wenn ich das nicht könnte, hätte ich eine menschliche Gestalt gewählt. Ts, ts, manche Leute haben wirklich schmutzige Gedanken.«

»Schmutzige Gedanken sind das Zeichen für eine gesunde Libido, sage ich immer«, erklärte Magoth, der plötzlich hinter einer Felsengruppe auftauchte. »Was macht ihr Mädels hier hinten? Habt ihr etwa lesbische Gelüste? Wenn ihr wollt, könnten wir einen schnellen Dreier wagen.«

Er zog anzüglich die Augenbrauen hoch, aber Cyrene verdrehte nur die Augen und drängte sich an ihm vorbei.

»Ihr könntet ein Magoth-Sandwich haben«, schlug er vor. »Eine von euch beginnt oben und die andere unten. In der Mitte trefft ihr euch dann.«

In mir rührte sich etwas.

»Das ist noch nicht mal lustig«, erklärte Cyrene.

»Es mag ja ein bisschen egoistisch von mir sein, das gebe ich gerne zu. Wie wäre es denn damit – du und dein Zwilling, ihr liebt euch und ich gucke zu und gebe euch Tipps?«

Die Haare in meinem Nacken richteten sich auf.

Cyrene warf ihm einen verweisenden Blick zu. »Ich habe es dir doch schon gesagt – ich bin Kostyas Gefährtin.«

»Er könnte auch gerne mitmachen, obwohl es mit zwei Männern nicht so viel Spaß macht«, sagte Magoth nachdenklich. »Aber wir finden bestimmt Wege. Ich habe seit mindestens einer Woche keine Orgie mehr gehabt. Nein, stimmt nicht, seit zehn Tagen. Aber wenn dein Herz so sehr daran hängt, könnte ich mich damit abfinden.«

Ich biss die Zähne zusammen und ging in weitem Bogen an Magoth vorbei. »Du bist nicht die Gefährtin eines Drachen, Cy.«

Magoth blickte mich lüstern an, als ich vorbeiging, und in diesem Moment wurde mir klar, dass das Stück Drachenherz nicht nur auf Magoth, sondern auch auf die Umgebung reagierte. Sie war so ursprünglich, und die Macht der Erde schien alle Lebewesen einzuhüllen. Eine gewaltige Welle von Emotionen schlug über mir zusammen.

»Hol Gabriel«, keuchte ich und schlang die Arme um mich, um den Drachen in mir in Schach zu halten.

»Was?«

»Oh Mann, das ist nicht gut«, meinte Jim und musterte mich besorgt. »Du willst das Unaussprechliche mit Magoth tun, was? Direkt hier draußen, wo Gabriel zugucken kann? Warte mal! Ich muss gerade mal mein Handy herausholen. Ash will bestimmt ein Bild davon haben ...«

Verblüfft schaute Magoth uns an, aber dann verfiel er sofort wieder in seine übliche verführerische Rolle. »Ich wusste, dass der Tag kommen würde, an dem du nachgeben und ...«

»Halt den Mund«, knurrte ich und kämpfte gegen die Verwandlung an. »Cy, um Himmels willen, hol Gabriel!«

»Was ist los mit dir?«, fragte sie und marschierte auf mich zu. Ich hatte mich so zusammengekrümmt, dass ich nur ihre Füße sehen konnte. »Versuchst du, Mitgefühl zu erregen? Dann ist nämlich ...«

Silber schimmerte über meine Arme und Beine und mein ganzer Körper streckte sich in eine Form, die für einen Doppelgänger nicht normal war.

Cyrene trat zwei Schritte zurück und schlug überrascht die Hand vor den Mund. »Ich hole Gabriel«, sagte sie erschrocken.

Ich knurrte irgendetwas Unverständliches und wirbelte zu Magoth herum. Er betrachtete mich mit geschürzten Lippen und nachdenklichem Gesichtsausdruck. »Ach, du tust es also am liebsten in Drachengestalt? Das habe ich noch nie gemacht. Drachen haben ja seltsamerweise was dagegen, Abaddon zu besuchen, aber wenn du darauf bestehst, kann ich bestimmt dafür sorgen, dass es klappt.«

»Oh Mann, oh Mann, oh Mann«, sagte Jim. Er hielt sein Handy in der Schnauze und drückte mit einer seiner Pfoten eine Taste, um ein Foto zu machen. »Das ist großartig! Dieses Video macht mich reich!«

Ich schlug ihm das Handy mit dem Schwanz aus der Schnauze, so dass es ins Gebüsch flog.

»Das war Aislings Handy!«, protestierte Jim.

Ich kniff die Augen zusammen und hauchte dem Dämon meinen Feueratem entgegen. »Willst du ihm folgen?«

»Beeil dich mit Gabriel!«, brüllte Jim Cyrene hinterher. »May wird wild!«

Wild. Das Wort klang in mir nach. Ich genoss die Macht, die ich auf einmal hatte. Ich war wild. Ich war ein Drache, und hier war mein Platz.

Magoth trat auf mich zu, und bei jedem Schritt fielen seine Kleider von ihm ab, bis er splitterfasernackt vor mir stand. Er stemmte eine Hand in die Hüfte und bedachte mich mit einem wissenden Blick. »Sollen wir anfangen?«

Ich lächelte und ließ meinen Feueratem über seinen erigierten Penis gleiten.

Einen Moment lang blieb Magoth der Mund offen stehen, aber dann packte er meinen Kopf mit beiden Händen und drückte seine Lippen auf meine.

»May!« Gabriels Stimme klang leise und schwach, als sei er weit entfernt, nicht nur hundert Meter vor mir.

»Du hast wahrscheinlich keine Digitalkamera in deiner Tasche, oder? Ich schaue mal nach, okay?«, sagte Jim.

Ich ließ mich einen Moment lang von Magoth küssen. Das Stück Drachenherz analysierte die Empfindung. Die unterschiedliche Form unserer Münder machte seinen Kuss weniger effektiv als gewöhnlich, aber das war nicht der Grund, warum ich letztendlich beschloss, seine Avancen zurückzuweisen.

Es lag an der Umgebung. Das Land um mich herum sprach mich an, nicht Magoth. Ich stieß ihn weg, als Gabriel auf mich zugerannt kam. Savian folgte ihm dicht auf den Fersen. Dahinter kamen Kostya und Cyrene, und alle vier beobachteten verblüfft, wie sich mein Schwanzende um Magoths Taille wickelte, ich ihn hochhob und einige Meter weiter in einen dicken Baum schleuderte.

»Wow, toll. Das gibt zumindest eine Bronzemedaille im Dämonen-Weitwurf«, sagte Jim und beobachtete interessiert, wie Magoth aus der Baumkrone auf den Boden rutschte.

»Danke nein!«, rief ich Magoth zu und wandte meine Aufmerksamkeit Gabriel zu. Das Stück Drachenherz summte glücklich, als es ihn sah, und ich überlegte einen Moment lang, ob ich mich nicht auf ihn stürzen sollte. Ihm würde das bestimmt gefallen – es war ein Paarungsspiel der Drachen, und er würde sicher darauf reagieren.

»Ja, das würde ich«, sagte er und las mal wieder meine Gedanken, »aber *du* würdest es nicht wollen.«

Ich verzog schmollend den Mund.

»Mein Liebling!« Magoth, der immer noch nackt war, aber jetzt kleine Zweige und Blätter im Haar hatte und mit Schmutz und Erde bedeckt war, taumelte auf mich zu. »Meine süße, mächtige May! Deine Vorstellung von Vorspiel gefällt mir sehr! Machen wir es noch einmal?«

Erneut packte ich ihn mit der Schwanzspitze, und er flog kreischend vor Entzücken durch die Luft, bis er erneut in einen Baum krachte. Leise gurrend rutschte er den Stamm herunter.

»Silbermedaille. Jetzt solltest du aber auch noch Gold versuchen«, schlug Jim vor.

»May, warum hast du dich verwandelt?«, fragte Gabriel und streichelte mir über den langgestreckten Nacken.

Ich erschauerte bei seiner Berührung und lehnte den Kopf an seine Brust. »Ich weiß nicht. Jagst du mich?«

»Was ist hier los?«, fragte Kostya. Er drängte sich zwischen Gabriel und Savian hindurch, um mich zu betrachten.

Ich leckte über Gabriels Nacken.

»Oh, das ist hier los. Äh ...« Kostya blickte Gabriel an.

»Nein, das ist nicht normal. May umarmt nicht ihren inneren Drachen«, beantwortete er die unausgesprochene Frage. »May?«

»Ich hatte einfach Lust dazu«, erwiderte ich und schlang meinen Schwanz um sein Bein. »Es liegt an diesem Ort hier. Es fühlt sich so richtig an, als ob ich nach einer langen, langen Reise nach Hause gekommen wäre. So als ob wir hier spielen müssten.«

»Spielen?« Gabriel blickte sich um.

»Was soll das heißen, spielen?« Cyrene blickte mich stirnrunzelnd an. »May, ehrlich! Du solltest ihm vor Magoth besser nicht so am Ohrläppchen knabbern!«

»Mir geht es gut! Macht euch keine Sorgen um mich!«, rief Magoth aus der Ferne. Man sah von ihm nur seine Hand, die aus dem Unterholz winkte. »Ich glaube, ich habe mich verliebt.«

»Für Drachen gehört Spielen zur Paarung«, erklärte Kostya und blickte sich ebenfalls prüfend um.

»Wirklich?« Cyrene bedachte ihn mit ihrem Stirnrunzeln. »Du spielst nie mit mir, wenn wir uns lieben.«

»Das ist etwas anderes. Du bist ein Mensch.«

»Bin ich nicht! Ich bin eine Najade.«

»Aber du siehst menschlich aus«, sagte er.

»Na ja, May doch auch. Zumindest die meiste Zeit.«

Magoth taumelte auf uns zu. Noch mehr Zweige und Blätter hingen an ihm. Gestikulierend trat er zu mir. »Noch einmal, meine süße ...«

Wie ein Peitschenhieb traf ihn meine Schwanzspitze. Jim stieß einen Pfiff aus. »Das wird olympischer Rekord. Sehr schön, May! Ich glaube, das hat ihn umgehauen.«

Magoths leblos wirkender Körper plumpste mit einem dumpfen Knall aus dem Baum zu Boden.

»Ich gehe den Casanova mal retten, was?«, sagte Savian. Er warf mir einen Blick zu und lief dann zu Magoth, der anscheinend in giftigen Efeu gestürzt war.

»Mayling, sag mir, was du fühlst«, sagte Gabriel. Er legte mir die Hand auf den Nacken.

Ich blickte ihm tief in die Augen und zeigte ihm meine Gefühle.

»Nein, nicht das.« Seine Grübchen vertieften sich. »Das weiß ich doch. Was fühlst du an diesem Ort hier?«

Seufzend versuchte ich, die lustvollen Bilder von Gabriel zu verdrängen. »Es ist ... richtig. Es ist ein guter Ort. Ich fühle mich glücklich hier.«

»Fühlst *du* dich glücklich hier oder eher das Stück Drachenherz?«, fragte er.

Konzentriert lauschte ich nach innen. »Eher das Drachenherz. Es gefällt ihm hier.«

Gabriel und Kostya wechselten Blicke; dann drehten sie sich beide gleichzeitig nach einer Felsgruppe um, die ein paar Meter entfernt war. Die Felsen ragten aus der Erde wie eckige Finger, deren Kanten über die Jahre mit Moos und Pflanzen bewachsen waren.

»Die Schatzkammer?«, fragte Gabriel Kostya.

Er nickte. »Das muss sie sein.«

»Was soll das heißen, die Schatzkammer? Wir haben sie doch schon gefunden«, sagte Cyrene. »Sie ist dort drüben.« Sie zeigte nach Süden.

»Das ist ein falscher Eingang«, erklärte Kostya.

»Er wurde errichtet, um diejenigen zu täuschen, die danach suchen«, fügte Gabriel hinzu. »Sehr clever. Ich hätte das Gleiche gemacht, allerdings weiß ich nicht, ob ich mir dann die Mühe eines Bindezaubers gemacht hätte.«

»Du musst zugeben, dass es überzeugend war«, sagte Kostya. Die beiden Männer gingen auf die Felsen zu.

Savian tauchte auf und schleppte einen schlaffen Magoth hinter sich her. Er ließ ihn zu Boden gleiten und blickte Gabriel und Kostya nach, die gerade die Felsen untersuchten. »Was habe ich verpasst?«

Summend tippte ich mit den Klauen auf den Boden. »Sie glauben, das ist der Eingang zu Baltics Schatzkammer.«

»Das ist nicht dein Ernst. Das?« Savian blickte sich suchend um. Dann schüttelte er den Kopf. »Ich kann sie nirgendwo sehen. Wo soll sie denn sein?«

»Ich würde sie dir ja zeigen, aber ich bin gerade anderweitig beschäftigt«, erklärte ich, während vor meinem inneren Auge Bilder von Gabriel auftauchten, der mich durch den Wald jagte.

Savian musterte mich und schürzte die Lippen.

»Ich lenke das Stück Drachenherz ab, während ich versuche, mich wieder zu verwandeln«, beantwortete ich seine unausgesprochene Frage. »Wenn ich Gabriel zu nahe komme, wird es von mir verlangen, dass ich mich auf ihn stürze, deshalb gestatte ich ihm alle möglichen Fantasien darüber, wie er mich durch den Wald jagt. Ooohh! Die war jetzt wirklich gut!«

Nach und nach funktionierte meine Taktik, und ich verwandelte mich wieder in meine normale Gestalt. Savian nickte und gesellte sich zu den anderen, um die Felsen ebenfalls nach dem Eingang zu untersuchen.

»Halb Zuckerpuppe, halb Drache, und ich habe keine Kamera«, seufzte Jim und setzte sich auf Magoths reglose Gestalt. »Das Leben ist schwer.«

»Er ist doch nicht tot, oder?«, fragte ich und wies mit dem Kinn auf Magoth.

Jim schnüffelte an seinem mit Erde bespritzten Gesicht. »Nein, nur bewusstlos.«

»Gut.«

»May, wir brauchen dich«, rief Gabriel.

»Tut mir leid, aber ich kann gerade nicht. Ich habe erst ein richtiges Bein und einen Arm«, antwortete ich und winkte mit meinem fast menschlichen Arm.

»Wir brauchen dich in Drachengestalt.«

»Ach ja? Warum?« Das Stück Drachenherz hörte auf, sich heißen Sex mit Gabriel unter dem Sternenhimmel vorzustellen, und konzentrierte sich erneut auf ihn.

»Jetzt geht das schon wieder los. Aber so aufregend ist es auch nicht, einen Drachen in seiner natürlichen Gestalt zu sehen«, erklärte Jim mit verächtlichem Schnauben.

»Das Stück Drachenherz in dir gehörte Ysolde. Sie hatte eine Verbindung zu diesem Ort wegen ihrer Beziehung zu

Baltic. In Drachengestalt kannst du die Macht des Drachenherzens leichter nutzen.«

Ich marschierte zu Gabriel. »Ihr seid doch beide Drachen. Warum könnt ihr beide das denn nicht?«

Er grinste mich an. »Ja, aber wir haben nicht so eine entzückende Drachengestalt wie du.«

Ich warf ihm einen heißen Blick zu.

Er lachte. »Weder Kostya noch ich können den Eingang zur Schatzkammer entdecken, aber vielleicht zeigt das Stück Drachenherz ihn dir.«

»Ja, selbst vor mir ist der Eingang gut verborgen.« Kostya betrachtete die Felsen mit finsteren Blicken.

»Ich meine ja, ihr bellt den falschen Baum an«, warf Savian ein und schüttelte den Kopf. »Ich würde es spüren, wenn das der Eingang zu einer Schatzkammer wäre.«

»Na gut«, grummelte ich. »Aber ich bin nicht glücklich, wenn ich mich nicht mehr zurückverwandeln kann.

»Wie fühlst du dich?«, fragte Gabriel, der mich aufmerksam beobachtete.

Das Stück Drachenherz hätte am liebsten vor Glück getanzt.

»Im Moment?« Ich hielt kurz inne, nahm alle Kraft zusammen und ließ meinen Schwanz so fest auf die Felsen niedersausen, dass die Umstehenden zurückgeschleudert wurden und die Steine in einer Wolke aus Staub und Schutt detonierten. Als die Sicht wieder klar war, stieg der schwere, verlockende Geruch nach Gold aus der Dunkelheit empor. »Im Moment fühle ich mich großartig.«

Gabriel war als Erster wieder auf den Füßen, aber Kostya warf sich mit dem ganzen Körper über das Loch, das in die Schatzkammer führte. »Der Schatz gehört mir!«

»Gold!«, gurrte ich und reckte mich sinnlich.

»Meins!«, brüllte Kostya.

»Wir sind in der Überzahl«, erklärte ich.

Cyrene, die sich murrend den Staub aus den Kleidern klopfte, sprang sofort neben Kostya. »Oh nein, keineswegs!«

»Wir haben Jim und Savian«, sagte ich. Auch Gabriel, dessen Augen vor Lust blitzten, machte einen Schritt auf das Loch zu. Auch er roch das Gold.

»Wir haben vereinbart, dass ihr das Stück Drachenherz bekommt!«, schrie Kostya. »Ihr wollt es benutzen, damit May ihre ursprüngliche Gestalt wieder erlangt. Mehr nicht! Der Rest der Schatzkammer gehört den schwarzen Drachen!«

»Genau!«, sagte Cyrene.

Ich rutschte an die Felskante zurück, bis zu dem fast unsichtbaren Pfad, auf dem Magoth lag und schnarchte.

Gabriel beobachtete mich.

»Kostya hat recht«, sagte ich zu ihm, ohne auf die Forderung des Drachenherzens zu achten, das am liebsten das ganze Gold genommen hätte. Erneut begann ich mich zu verwandeln. »Ich würde zwar auch das Gold gerne sehen, es riecht so gut, aber wir haben vereinbart, dass er uns das Drachenherz überlässt, wenn wir ihn im Weyr unterstützen.«

Gabriel seufzte schwer, aber er sprang von den Felsen herunter und winkte Kostya zu. »Ich beuge mich dem Verlangen meiner Gefährtin. Solange du uns das Modana-Phylakterion überlässt, werde ich dir die Schatzkammer nicht streitig machen.«

Es gefiel Kostya zwar nicht, uns das Stück Drachenherz zu überlassen, aber er hatte der Vereinbarung zugestimmt, auch wenn er es jetzt bedauerte. Er nickte Gabriel kurz zu, dann ergriff er eine Liane und schwang sich über das Loch in die gähnende Dunkelheit hinein. Cyrene wollte ihm folgen, blieb aber stehen, als sein Kopf wieder auftauchte. Er blickte sie finster an.

»Das ist meine Schatzkammer, Cyrene. Nur schwarze Drachen dürfen diesen Schatz sehen.«

»Ich bin deine Gefährtin«, sagte sie und versuchte, ihn beiseitezudrängen, damit sie auch in das Loch klettern konnte.

Er seufzte schwer und warf mir einen wehleidigen Blick zu.

»Die Suppe hast du dir selbst eingebrockt«, sagte ich zu ihm. Ich war immer noch damit beschäftigt, dem Stück Drachenherz in mir die Kontrolle über meinen Körper zu entreißen. »Jetzt musst du sie auch alleine auslöffeln. Verdammt, Gabriel, der Geruch des Goldes ist zu viel für mich. Ich kann mich hier nicht zurückverwandeln. Wir müssen woanders hingehen.«

»Aber natürlich bin ich deine Gefährtin! Na ja, nicht in technischer Hinsicht, aber in anderer schon, und das zählt auch.«

»Dann gehen wir irgendwohin, wo du dich wohler fühlst«, sagte Gabriel sofort. Er hätte bestimmt lieber darauf gewartet, dass Kostya das Phylakterion aus der Schatzkammer holte, aber er geleitete mich selbstlos den Pfad entlang.

»Nein, das zählt nicht«, sagte Kostya. »Du bist kein schwarzer Drache, Cyrene. Ich bin dir dankbar für deine Hilfe und Unterstützung ...«

»Oh! Das könnte dir so passen! Du schleppst mich überall

mit hin, und dann lässt du mich einfach fallen, wenn es für dich gut läuft? Nun, da habe ich auch noch ein Wörtchen mitzureden, mein lieber Drache!«

Zum Glück hörten wir Cyrene bald nicht mehr, aber es dauerte fünf Minuten, bis wir das Gold nicht mehr riechen konnten. Endlich konnte ich mich wieder auf mich konzentrieren, um meine Verwandlung einzuleiten.

Kurz darauf kamen auch Savian und Jim.

»Entschuldigung, wir wollten nicht stören«, sagte Savian. Gabriel strich mir gerade beruhigend über den Rücken, während ich mich verwandelte. »Aber dein Zwilling ist ein bisschen … äh …«

»Zickig«, ergänzte Jim.

»Heftig«, korrigierte Savian ihn und lächelte mich an.

»›Heftig‹ reicht nicht, wenn man die Schatzkammer von jemandem unter Wasser setzen will. Mit ›zickig‹ ist das besser umschrieben«, widersprach Jim.

»Agathos daimon«, fluchte ich leise und blickte Gabriel an. »Wenn sie schon mit Wasser droht, muss sie wirklich stinksauer sein. Ich gehe vielleicht besser zurück, um sie zu beruhigen.«

»Nein, dann verwandelst du dich nur wieder«, erwiderte Gabriel. »Ich gehe.«

»Ich glaube nicht, dass sie auf dich hört«, sagte ich und wandte mich zum Gehen.

»Hört sie überhaupt auf jemanden?«, fragte Jim.

»Schweig, Dämon«, sagte ich. In diesem Moment tauchte Cyrene auf, einen verwirrt aussehenden Magoth im Schlepptau.

»Das war es!«, schrie sie, als sie uns erblickte. Sie gestikulierte wild mit der freien Hand. »Es reicht mir jetzt! Es reicht mir total mit diesem ... diesem ...«

»Drachen?«, bot ich ihr an, als sie vor mir stehenblieb. Sie ließ Magoth los, der sofort auf dem Boden zusammenbrach.

Er war immer noch nackt, allerdings nicht mehr erregt. Auf dem Kopf trug er eine Krone aus einem uralten, unbewohnten Vogelnest, schmutzigen Spinnweben und ein paar Blättern, die hinter seinem linken Ohr herausragten.

»Da bist du ja, süße May«, sagte er und sah mich lüstern an. »War es für dich genauso gut wie für mich?«

»Besser«, erwiderte ich und gestattete mir ein kleines Lächeln.

Gabriel warf mir einen verweisenden Blick zu, und ich wurde sofort wieder ernst. »Cy, du hast doch hoffentlich Kostyas Schatzkammer nicht geflutet?«

»Nein, aber er hätte es verdient«, stieß sie hervor. »Ich werde jedoch kein Wasser an dieses ... dieses Tier verschwenden! Weißt du, was er zu mir gesagt hat?«

»Ja«, unterbrach ich ihre Tirade. »Ich glaube, wir kehren jetzt besser in den Ort zurück. Gabriel?«

Er zögerte einen Moment lang und blickte zu der Baumgruppe, die Kostya vor unseren Blicken verbarg. »Geh du schon mal vor. Ich komme mit Kostya nach.«

Ich nickte und ergriff Cyrenes Arm. »Komm, mein Zwilling. Wir gehen in den Ort und trinken etwas. Du siehst so aus, als ob du es gebrauchen könntest, und ich hätte auch nichts dagegen. Gabriel sorgt schon dafür, dass deinem Freund nichts passiert.«

»Er ist nicht mehr mein Freund. Das ist vorbei. Hörst du? Vorbei! Ich bin fertig mit ihm! Aber ich hätte gerne etwas zu trinken. Glaubst du, hier gibt es Perrier Lemon? Das trinke ich doch so gerne!«

»Und du wirst betrunken davon«, erwiderte ich und ging voraus. Um die Schatzkammer machte ich einen großen Bogen. »Nur ein Wasserwesen kann Mineralwasser wirklich berauschend finden. Aber zumindest kann man dich mit wenig Geld zufriedenstellen.«

»Willst du deinen Boss hierlassen?«, fragte Jim.

Ich ließ Cyrenes Arm los und drehte mich nach Magoth um, der sich immer noch auf dem Boden lümmelte.

»Das würde ich ja nur zu gerne, aber es ist wahrscheinlich sicherer für die sterbliche Welt, wenn jemand ein Auge auf ihn hat.«

Magoth lächelte. »Du kannst mit mir machen, was du willst, meine Süße – ich habe die Wahrheit in deinen Drachenaugen gesehen. Du willst mich. Du begehrst mich. Du verlangst nach dem, was nur ich dir geben kann.«

Erneut zeigte er Anzeichen von Erregung, wie ich entsetzt feststellte. Hastig überlegte ich, wie ich ihn ablenken könnte, damit das Stück Drachenherz nicht schon wieder so auf seine Geilheit reagierte.

»Zieh dich an, und dann lade ich dich zu einer Flasche Bollinger ein«, sagte ich zu ihm.

Magoth liebte Bollinger, aber es reichte nicht, um seine Gedanken von seinem verfluchten Penis abzulenken. Langsam stand er auf. Die Tatsache, dass er eher wie ein schlammiges Sumpfmonster aussah, schien ihn nicht zu stören. »Willst du die Tatsachen nicht wenigstens abstreiten? Kluge Frau!«

»Nein, ich werde nicht mit dir streiten«, erwiderte ich ruhig und wies in die Richtung, in die wir gehen mussten. »Du kannst mit uns kommen oder hier bleiben, ganz wie du willst, aber entscheide dich jetzt endlich. Ich habe nicht vor, den ganzen Nachmittag hier zu stehen und mich von Moskitos stechen zu lassen.«

»Ich würde dich nur zu gerne ...«, setzte Magoth an.

»Ich glaube, wir können uns alle vorstellen, was für eine sexuelle Belästigung du schon wieder im Sinn hast«, unterbrach ich ihn.

Seine Augen blitzten wütend auf. »Dieser Bastard Bael soll in den Feuern von Abaddon gebraten werden«, stieß er frustriert hervor. »Ich kann dich noch nicht einmal mehr verführen! Dafür wird er mir bezahlen! Alle werden sie dafür bezahlen, dass sie mich so entehrt haben!«

»Du brauchst dich gar nicht zu beklagen«, sagte Cyrene zu ihm. »Deine Liebe ist schließlich nicht vom hassenswertesten Mann der Welt mit Füßen getreten worden!«

Magoth warf ihr einen bösen Blick zu, aber Cyrene bemerkte es in ihrer Empörung gar nicht.

»Wo sind deine Kleider?«, sagte ich, als Magoth an mir vorbei stürmte. Cyrene lief hinter ihm her, wobei sie immer noch über Kostya wütete.

»Und weißt du, was er sagte? Er sagte, er hätte keine Zeit mehr für mich. Er bräuchte seine ganze Aufmerksamkeit, um die Sippe wieder zusammenzubringen, und da könnte er sich nicht auch noch mit mir befassen. Befassen! Ja! Das hat er tatsächlich gesagt! Kannst du das glauben? Ich werde seine Eier an die Haie verfüttern, da kannst du Gift drauf nehmen!«

Er ignorierte Cyrene und warf mir einen hochmütigen Blick zu. »Ich bin Magoth, der sechste Fürst von Abaddon ...«

»Ehemalige Fürst von Abaddon«, warf Jim ein.

Auch den Dämon ignorierte Magoth.

»... Herr über dreißig Legionen ...«

»Die jetzt Bael unterstehen«, unterbrach Jim ihn erneut.

Cyrene trommelte Magoth auf die nackte Brust. »Ich bin doch überhaupt nicht problematisch. Ich bin eine Najade! Wir sind die angenehmsten aller Elementarwesen! Mit mir braucht man sich nicht zu ›befassen‹! Meine Rache wird so tief sein wie der Ozean und so dunkel wie der ... äh ... der Ozean. In den tiefsten Abschnitten ist es nämlich echt dunkel!«

»... Marquis des Ordens der Dominanz!«, brüllte Magoth, damit man ihn über den Stimmen von Cyrene und Jim noch hören konnte. Seine Stimme hallte noch ein wenig nach, und langsam verstummte der Lärm.

Wir alle blickten Magoth an.

»So etwas wie Kleider brauche ich nicht«, erklärte er. Mit großer Würde drehte er sich um und marschierte in den Ort zurück.

»Willst du ihm sagen, dass er eine große Nacktschnecke auf der einen Arschbacke kleben hat?«, fragte Jim.

Magoths Schulter zuckte, aber er blieb nicht stehen. Er ging einfach weiter.

5

»Man sollte doch meinen, dass die Ankunft eines nackten, schmutzigen Ex-Dämonenfürsten zumindest leichte Aufmerksamkeit erregt«, sagte Savian, als ich auf einen Stuhl sank. »Aber es scheint niemanden zu kümmern.«

»Die Leute wissen wahrscheinlich nicht, was sie denken sollen«, erwiderte ich.

»Entweder das, oder sie haben viel zu viel Angst vor dem Anblick eines verfluchten Penis, um allzu lange hinzuschauen.« Savian blickte sich in der auf Mittelalter getrimmten Kellerbar des Hotels um, in dem wir abgestiegen waren. Um diese Tageszeit waren wir die einzigen Gäste. Graues Licht fiel durch die dicken, gewölbten Glasscheiben, die den Eindruck erwecken sollten, wir befänden uns am Hof von Elizabeth I. von England.

»Beleidigst du meinen Schwanz?«, fragte Magoth und stemmte die Hände in die Hüften.

Savian blickte ihn leicht erschrocken an. »Ich mache gar nichts mit deinem Schwanz, ganz zu schweigen davon, dass ich ihn beleidige, obwohl ...« Er betrachtete das Glied.

Magoth kniff die Augen zusammen und wies stolz auf seine Genitalien. »Das ist ein prachtvolles Exemplar seiner Art! Es ist mehr als prachtvoll – es ist der Schwanz aller Schwänze. Er kann Dinge, von denen du nur träumst! Er ist der Gott unter den Penissen!«

»Oh, *so* gut war er nun auch wieder nicht«, schnaubte Cyrene und verdrehte die Augen.

Jim lagen offensichtlich eine ganze Menge Kommentare auf der Zunge, aber da er zum Schweigen verdonnert war, konnte er nur die Augenbrauen hochziehen und Magoths Penis lange und nachdenklich betrachten.

»Magoth, bitte, sprich leiser«, sagte ich.

»Er«, spuckte Magoth und zeigte auf Savian, »hat sich über den prächtigsten aller Schwänze abfällig geäußert. Ich verlange, dass du als meine Gemahlin meine Ehre verteidigst. Verwandle dich wieder in Drachengestalt und brate ihn bei lebendigem Leib.« Er hielt inne, weil ihm anscheinend ein Gedanke gekommen war. »Und dann kannst du deinen Schwanz um mich schlingen und …«

»Niemand äußert sich abfällig über irgendetwas, geschweige denn über deine Genitalien«, sagte ich rasch, bevor er näher auf das Thema einging. »Beruhige dich und setz dich hin, bevor dich jemand bemerkt.«

Er schnaubte und blickte sich um. »Ich muss pinkeln. Du hast wahrscheinlich etwas dagegen, wenn ich es hier an Ort und Stelle erledige, also werde ich mich mit meinem erhabenen Schwanz zur Toilette begeben, wo er eure plebejischen Seelen nicht länger beleidigt.«

Ich wechselte einen Blick mit Cyrene, als Magoth zur Toilette marschierte.

»Er liebt seinen Schwanz wirklich«, sagte sie, als ob das alles erklären würde. »Und versteht mich nicht falsch, er war gut und schön, aber prachtvoll? Der Gott unter den Penissen? Nein. Höchstens ein Herzog oder ein geringerer Prinz. Aber kein Gott.«

»Ich kann es kaum glauben, dass wir tatsächlich hier sitzen und über Magoths Genitalien diskutieren«, sagte ich und rieb über das glatte, kühle Holz der Tischplatte. »Das ist surreal.«

»Nicht annähernd so surreal wie dieses Lokal hier«, sagte Savian. Er betrachtete gerade die Schiffsbilder an den Wänden und wies mit dem Kinn auf eines. »Henley-Regatta 1923. Das erwartet man eigentlich nicht in Lettland.«

Ich musste zugeben, dass auch ich das Hotel ungewöhnlich fand. Die Frage, warum ein lettisches Hotel in der kleinen Stadt Livs sich so sehr bemühte, ein englisches Landhaus mit Reetdach und Putzwänden zu imitieren, wurde von einem rotgesichtigen, kahlköpfigen Mann beantwortet, der aus einem Hinterzimmer in die Bar trat.

»Hallo, hallo, ich habe gar nicht gemerkt, dass wir so früh schon Gäste haben. Hier im Pub servieren wir kein Essen. Das gibt es oben im Tearoom. Dort ist alles selbst gemacht, nichts im Laden gekauft. Meine Frau backt auch – sie hat ein Händchen für Gebäck. Westlich der Themse werden Sie keine besseren Scones finden.«

»Wir haben keinen Hunger, danke«, sagte ich und lehnte mich zurück, damit er einen Untersetzer vor mich auf den Tisch legen konnte. »Wir möchten nur etwas trinken.«

»Ja, in Ordnung. Sie sehen mitgenommen aus. Sie waren sicher wandern, was? Wir haben viele amerikanische Gäste zum Wandern hier, seit die Russen nicht mehr regieren. Sie sind wohl Schwestern, was? Sie sehen sich total ähnlich. Oh, aber wo habe ich heute nur meinen Kopf? Ich bin Ted Havelbury, Ihr alter Wirt«, sagte er schmunzelnd. »Ja, ja, ich weiß schon, was Sie denken. Sie denken sicher, der alte Ted ist ein bisschen aus seiner gewohnten Umgebung geraten, und so ganz falsch liegen Sie damit auch nicht, aber die Mutter meiner Frau war aus dem alten Land, und als sie starb und uns dieses Gasthaus hier hinterließ, haben wir uns gedacht, warum eigentlich nicht? Die Kinder waren erwachsen und hatten eigene Familien, also sind meine Frau und ich hierher gezogen. Aber jetzt wollen Sie bestimmt was zu trinken, was? ... Äh ...«

Ted hatte fröhlich auf Cyrene und mich eingeredet und Savian, der sich auf den Stuhl neben mich gesetzt hatte, freundlich zugenickt. Aber jetzt trat auf einmal Magoth in voller Schönheit aus der Toilette, schob Jim beiseite und marschierte zu Savian. Drohend baute er sich vor dem Diebesfänger auf. Savian warf mir einen gequälten Blick zu und seufzte schwer, bevor er Magoth den Platz neben mir überließ.

»Äh ...«, wiederholte Ted.

»Unser Freund hier hatte einen kleinen Unfall im Fluss«, sagte ich, schüttelte eine Papierserviette aus und legte sie über Magoths Schoß. »Seine Kleider waren zu nass, als dass er sie hätte tragen können.«

»Ach, tatsächlich«, sagte Ted langsam. Er sah so entgeistert aus, dass ich am liebsten gelacht hätte. »Er möchte sich vermutlich nicht anziehen, bevor er etwas getrunken hat?«

»Sag dem Sklaven, ich möchte eine Flasche 1996er-Bollinger, auf 7,22 Grad Celsius gekühlt, mit einem Glas«, verlangte Magoth.

»Sklave?«, fragte Ted.

Ich beugte mich zu ihm und sagte leise: »Nehmen Sie es unserem Freund nicht übel. Er ist Ausländer.«

Ted musterte den nackten, schmutzigen, arroganten Magoth mit zweifelnden Blicken. »Ach ja?«

»Südamerikaner«, sagte ich, wobei ich mich im Geiste bei jedem Einwohner dieses Kontinents entschuldigte.

»Oh, Lateinamerika.« Ted nickte. »Das erklärt alles. Impulsive Leute. Exzellente Tänzer, aber impulsiv.«

»Ich hätte gerne einen Gin Tonic, mein Zwilling eine Flasche Lemon Perrier, wenn Sie das dahaben, und Savian möchte ...?«

»Brandy.«

»Hmm. Wegen dem 1996er-Bollinger muss ich im Lager nachschauen. Ich glaube, wir haben noch eine von Silvester ...« Ted warf einen letzten Blick auf Magoth und eilte davon, um unsere Bestellung auszuführen.

»Du kannst schon mal beten, dass niemand hereinkommt, während du deinen Champagner trinkst«, sagte ich zu Magoth. »Und sobald du fertig bist, ziehst du dich wieder an. Jim, hör auf, deine Nase an meiner Hand abzuwischen. Du kannst etwas von Cys Perrier haben, denn wenn sie eine ganze Flasche trinkt, wird sie nur betrunken.«

»Ich werde nie betrunken«, sagte Cyrene empört.

»Achtzehnter Mai 1921. Long Island, New York«, warf Magoth ein und zog eine Augenbraue hoch. »In meinem Haus. Vor allem im Garten. Du, ich und dreihundert meiner engsten Freunde.«

Cyrene errötete und wandte den Blick ab. »Da war ich nicht betrunken. Höchstens berauscht.«

»Es war eine Orgie«, korrigierte Magoth sie. Er überlegte kurz, dann fuhr er lächelnd fort: »Eine sehr, sehr schöne Orgie! Wenn ich mich nicht irre, hat sie zur Schaffung der anbetungswürdigen May geführt. Kannst du dich daran erinnern, meine Süße? Erinnerst du dich, wie du ins Leben gerufen wurdest und dein Blick zuerst auf mich fiel?«

»Ja, ich erinnere mich. Ich habe geschrien.«

»Musik in meinen Ohren«, seufzte er verträumt. »Du willst vermutlich nicht ...«

»Nein«, sagte ich hastig. Ehe ich weitersprechen konnte, polterten Schritte die Holztreppe herunter.

Ein Mann blieb unten an der Treppe stehen, blickte sich rasch um und wollte sich gerade schon wieder abwenden und hinaufgehen, als er uns erblickte. Er brüllte nach oben: »Ich habe sie gefunden!«

»Das klingt nicht gut«, murmelte ich, als ein zweiter Mann nach unten kam. In unmissverständlicher Absicht – und unmissverständlichem Geruch – kamen sie auf uns zu.

»Dämonen«, sagte Cyrene und zog die Nase kraus, als der Dämonenqualm sie traf.

»Dem Anschein nach Zorndämonen«, sagte Savian und kniff die Augen zusammen.

Zorndämonen, wie jeder, der schon einmal in Abaddon gewesen ist, wusste, hieß niemand gerne willkommen. Sie waren wie kleine Dämonenfürsten, besaßen beachtliche Macht und waren niemandem unterstellt.

»Was wollen sie?«, fragte Cyrene.

»Zweifellos ist Bael klargeworden, dass es ein Fehler war, mich auszustoßen, und jetzt soll ich zu ihm kommen, damit er mir meinen rechtmäßigen Besitz und Titel wiedergibt, die mir durch die Sorglosigkeit deines Zwillings abhandengekommen sind.« Magoth blickte den beiden Männern siegesgewiss entgegen.

»May hat gar nichts damit zu tun, dass du aus Abaddon herausgeworfen worden bist«, erwiderte Cyrene zu meiner Überraschung. »Das war deine eigene Schuld, und das weißt du auch.«

»Seine verabscheuungswürdige, gebieterische Majestät, der Erste Fürst Bael, hat uns *nicht* entsandt, damit wir uns mit einem Ehemaligen wie dir, Magoth, befassen«, sagte der eine Dämon, wobei ein höhnisches Lächeln seine Lippen umspielte. Er blieb ein paar Meter von mir entfernt stehen und wies mit dem Kinn auf mich. Anscheinend war ich gemeint.

»Du wirst mich mit Lord Magoth ansprechen, du elender kleiner Abschaum«, fuhr Magoth ihn an. Seine Worte klangen so kalt und so bedrohlich, dass ich mir unwillkürlich über die Arme rieb und Jim sofort ein paar Schritte zurückwich. Bei emotionalen Ausbrüchen zog er die Wärme aus der Umgebung, und ich hatte dann immer das Gefühl, gegen einen Eisberg zu prallen. »Und du wirst nur sprechen, wenn ich dir die Erlaubnis dazu gebe.«

Ich zog die Augenbrauen hoch. Diesen gebieterischen Tonfall kannte ich zwar von ihm, aber er hatte ihn nur bei seinen eigenen Lakaien angewandt, nie bei den Untergebenen anderer Dämonenfürsten, und schon gar nicht bei den Angestellten von Bael, dem ersten Fürsten in Abaddon.

Die Dämonen bedachten Magoth mit einem verächtlichen Blick und wandten sich mir zu. »Lord Bael wünscht deine Anwesenheit, Drache.«

Ich verkniff mir die Antwort, dass ich eigentlich kein Drache war.

»Was?«, kreischte Magoth und sprang auf. »Er will meine Gemahlin sehen? Warum?«

Der Dämon neben ihm zog seine Augenbraue hoch, als er Magoths Penis-Tattoo studierte. Der andere jedoch ignorierte den erzürnten Dämonenlord und blickte mich aus seinen kalten Augen an.

»Warum will Bael mich sehen?«, fragte ich, da Magoth keiner Antwort gewürdigt wurde.

»Ich stelle hier die Fragen, Sklave«, knurrte Magoth und stellte sich zwischen den Zorndämon und mich. Er schrie dem Dämon direkt ins Gesicht: »Antworte mir, du wässeriger Wurm am Unterbauch einer Kröte!«

»Ich führe die Befehle meines Herrn nur aus«, sagte der Dämon. Er tat so, als sei Magoth Luft für ihn. »Er hat deine Anwesenheit befohlen, und wir sind durch drei Länder gezogen, um dich zu finden. Du verbirgst deine Spur gut, Drache. Du kommst jetzt mit uns.«

»Aarrgh!«, schrie Magoth und schwenkte wild mit den Händen. »Ich lasse mich nicht so behandeln!«

Ich betrachtete die beiden Zorndämonen, wobei ich mich fragte, wie lange Gabriel und Kostya wohl noch brauchen würden, um das Stück Drachenherz zu holen. »Und wenn nicht?«

Der eine Dämon zuckte mit den Schultern. »Du kommst mit uns. Lord Bael hat es befohlen.«

»Lord Bael hat es befohlen. Lord Bael hat es befohlen«, äffte Magoth ihn nach. »Nun, Lord Magoth befiehlt ebenfalls.«

»Der Unterschied besteht allerdings darin, dass du kein regierender Fürst mehr bist«, warf Savian ein.

Magoth wirbelte herum und warf ihm einen giftigen Blick zu. Savian zuckte zusammen.

Ich hatte auf einmal das Gefühl, dass wir alle Probleme bekommen würden, wenn ich Baels Einladung nicht folgen würde.

»Na gut«, sagte ich und erhob mich langsam. Ich warf Cyrene einen bedeutungsvollen Blick zu. »Sag bitte Gabriel, was passiert ist und wo ich bin. Ich werde versuchen, so schnell wie möglich zurückzukommen.«

Cyrene musterte mich besorgt. »Bist du sicher, dass dir nichts passieren wird?«, fragte sie flüsternd.

»Bestimmt nicht. Selbst Bael überlegt es sich zweimal, ehe er sich an der Gefährtin eines Wyvern vergreift«, erwiderte ich selbstsicherer, als ich mich fühlte. »Jim, du kannst mit mir kommen, aber hüte deine Zunge in Baels Anwesenheit.«

Jim, der von seinem Schweigegebot erlöst war, wandte sich an die Zorndämonen: »Hallo. Lange nicht gesehen, Sori. Wie läuft's denn so, Tachan? Das ist ja eine Ewigkeit her, seit ich euch das letzte Mal gesehen habe. Und, immer noch so eine Vorliebe für Dampfwalzen?«

Der Penisbetrachter warf Jim einen so wütenden Blick zu, dass sein Fell zu qualmen anfing.

In den hinteren Räumen hörte man einen Mann singen. Anscheinend hatte der Wirt Magoths Champagner gefunden.

»Ihr bleibt hier«, sagte ich zu den anderen. »Ich höre mir an, was Bael will, und bin so schnell wie möglich wieder zurück. Vergesst nicht, Gabriel zu sagen, dass ich freiwillig mitgegangen bin«, sagte ich und behielt die Tür zum hinteren Lagerraum im Auge. »Er braucht nicht hinter mir herzukommen, um mich zu retten.«

»Bist du sicher?«, fragte Savian so besorgt, dass mir ganz elend wurde.

Der Dämon namens Sori ergriff meinen Arm, um mich durch den Stoff des Seins vor Bael zu zerren, aber noch bevor er einen Riss hineinmachen konnte, stürzte sich Magoth mit einem Kampfschrei auf mich. Jim sprang zur gleichen Zeit, um den Angriff zu verhindern, und wir fielen alle vier in einem verschlungenen Knäuel durch die Öffnung.

»Ich versichere dir, so ein dramatischer Eintritt war nicht nötig«, sagte eine kühle, gelangweilte Stimme, als ich versuchte, meine Gliedmaßen von den anderen zu lösen. Jims Kopf stieß gegen meinen, und einen Augenblick lang sah ich nur Sterne.

Ich setzte mich auf und warf Jim einen finsteren Blick zu. Magoth stützte sich an mir ab, um auf die Füße zu kommen. »Nun! Du solltest deinen Dienstboten ein bisschen mehr Respekt beibringen«, sagte er und klopfte seinen nackten Körper ab. Er verbeugte sich vor Bael. »Lord Bael.«

Im Gegensatz zu Magoth, der immer noch so aussah wie als Sterblicher, veränderte Bael seine Gestalt je nach Lust und Laune. Heute war er groß und dünn, mit einem Gesicht wie Ben Affleck, einschließlich der Bartstoppeln und der müden Augen. Er blickte Magoth an.

»Warum habt ihr *ihn* denn mitgebracht?«, knurrte er.

Die beiden Zorndämonen verbeugten sich. »Es war ein Unfall, Eure Hoheit. Er hat sich auf den Drachen geworfen, als wir sie hierher begleitet haben.«

»Ich habe mich nicht auf May geworfen. Ich habe mich in meinem ganzen Leben noch nicht auf etwas geworfen. Ich bin ein Dämonenlord – wenn sich jemand auf etwas wirft, dann nur meine Untergebenen!«, giftete Magoth.

Bael verdrehte die Augen. Er entließ seine Dämonen und wandte seine Aufmerksamkeit mir zu. Sein Blick glitt über Jim. Er betrachtete ihn stirnrunzelnd. »Habe ich dich nicht schon einmal gesehen, Dämon?«

Ich könnte schwören, dass Jim einen Knicks machte. »In der Tat, höllischstes aller höllischen Wesen. Ich bin Jim. Eigentlich Effrijim, aber ihr Typen mit euren unterschiedlichen Schreibweisen wie Beelzbub oder Baalzuvuv wisst ja, wie es ist – kurz und prägnant ist definitiv der Schlüssel zum Erfolg.«

Bael betrachtete ihn stirnrunzelnd. Offensichtlich erinnerte er sich nicht an Jim.

»Ich war vor ein paar Monaten mit May hier. Wir haben es einem Zorndämon gegeben, nicht dass du das hören willst, aber wenn ein Dämon sechster Klasse und ein Doppelgänger das schaffen, dann solltest du vielleicht deine Sicherheitsvorkehrungen mal verbessern«, erklärte Jim.

Ich boxte ihn an die Schulter.

»Ich sage ja nur!«

»Hör auf!«, warnte ich ihn.

»Wenn einer meiner Zorndämonen sich von euch hat hereinlegen lassen, dann geschah dies ganz bestimmt nicht aus Ineffektivität«, sagte Bael trocken und setzte sich hinter einen großen Schreibtisch aus Ebenholz.

»Ach ja? Warum hat er dann ... ich höre schon auf«, fügte Jim hastig hinzu. Er hatte den Ausdruck in Baels Augen richtig gedeutet.

»Das wurde auch Zeit«, sagte Magoth mürrisch und schob den Dämon beiseite, um vor seinen Boss zu treten.

Bael bedeutete mir, mich zu setzen. Ich nahm Platz. Magoth wartete einen Moment lang, aber ihm wurde diese freundliche Aufforderung nicht zuteil. Zähneknirschend schleppte er sich einen Stuhl heran und setzte sich ebenfalls. Seine nackten Hinterbacken machten ein unanständiges Geräusch, als sie auf die lederne Sitzfläche trafen.

Bael, der gerade eine Schublade aufzog, erstarrte kurz, nahm aber dann einen Laptop heraus und legte ihn kommentarlos mitten auf den Schreibtisch.

Ich blickte Magoth an. Er sah gereizt aus. Seine Beine hatte er zum Glück übereinandergeschlagen, mit den Fingern trommelte er auf der Armlehne des Stuhls. »Mach ruhig weiter. Anscheinend ist meine Angelegenheit nicht so interessant wie die meiner Untergebenen, meiner Sklavin, meiner Gemahlin«, stieß er zwischen zusammengebissenen Zähnen hervor.

Neugierig fragte ich Bael: »Ich möchte ja nicht auf dem Thema herumreiten, aber hast du tatsächlich angedeutet, dass der Zorndämon sich absichtlich zurückgehalten hat, als ich vor ein paar Monaten hier war?«

Bael klappte den Laptop auf und drückte mit seinen langen Fingern auf ein paar Tasten. »Das ist korrekt.«

»Warum?«, fragte ich. Ich erinnerte mich gut an die Szene. Der Zorndämon, den Jim und ich überwältigt hatten, hatte nicht den Eindruck gemacht, als würde er sich zurückhalten.

»Du bist ein Drache«, antwortete Bael, den Blick auf den Laptop gerichtet.

Magoth schnaubte und schimpfte leise vor sich hin.

»Und?«

Bael seufzte schwer, als ob ihn meine Fragen ermüden würden. »Bei Mitgliedern des Weyr pflege ich eine Politik der Zurückhaltung.«

»Und doch hält es dich nicht davon ab, einen Wyvern gefangen zu halten«, sagte ich.

»Das war etwas anderes. Ich habe die Kontrolle über den

Wyvern nicht gesucht – sie ist nach Abaddon geschickt worden, in meinen Palast. Ich habe sie nur … untergebracht.«

Ich verkniff mir, ihn auf das Offensichtliche hinzuweisen.

»Das heißt, bis du sie befreit hast.« Er blickte auf, und einen Moment lang war mir klar, dass er mich zerquetschen könnte wie einen Käfer, wenn er wollte. Aber dann erwachte das Stück Drachenherz und erfüllte mich mit Drachenfeuer und Mut.

Bael ließ den Blick sinken, und plötzlich erfüllte mich das Wissen, dass es stimmte, was er sagte – er hatte Chuan Ren zwar gefangen gehalten, weil sie ihm sozusagen in den Schoß gefallen war, aber mit den anderen Drachen wollte er sich eigentlich nicht anlegen. Nicht ich, sondern das Stück Drachenherz ließ ihn vorsichtig sein, und dieses Wissen gab mir ein wenig Sicherheit.

»Ohne mein Wissen oder meine ausdrückliche Zustimmung«, warf Magoth hastig ein. »Ich habe ihr nie befohlen, gegen deine Wünsche zu handeln, das würde ich *nie* tun. Ich würde *nie* riskieren, aus Abaddon verstoßen zu werden. Wenn jemand verstoßen werden sollte, dann sie.«

»Oh doch, du hast mir sehr wohl gesagt, ich solle tun, was ich tun müsse«, widersprach ich ihm. Das Drachenherz machte mich frech, als ob Magoth keine Bedrohung für mich darstellen würde. »Du hast gesagt, und ich zitiere jetzt: ›Ich bin zu beschäftigt, um mich mit so unwichtigen Angelegenheiten zu befassen. Tu, was du tun musst, solange du es ohne mich tust.‹ Wenn das keine Zustimmung ist, weiß ich es nicht.«

Magoth wandte sich wütend an mich. Die Temperatur im Raum fiel um etliche Grade. »Wie kannst du vor Lord Bael so lügen?«

»Ich lüge nicht, das weißt du. Und er weiß es auch.«

»Ich habe nie ...«

Bael hob die Hand.

»Die Diskussion langweilt mich. Du bist verurteilt und bestraft worden, Magoth. Deine Bestrafung wurde rechtmäßig ausgeführt.«

»Nicht ganz«, erwiderte Magoth und warf mir böse Blicke zu. Einen Moment lang überlegte ich, ob ich seine Zehen in Brand setzen sollte, aber es gelang mir gerade noch, mich zurückzuhalten. Wahrscheinlich würde er es sowieso nur für Vorspiel halten. »Meine Macht ist noch nicht wiederhergestellt.«

»Aus diesem Grund habe ich dich hierhergebracht«, sagte Bael zu mir.

»Ach, wirklich? Ich dachte, du wolltest mir die Leviten lesen, weil ich Chuan Ren befreit habe«, sagte ich ruhig. In diesem Augenblick fühlte ich mich sehr wie ein Drache und ließ es geschehen, dass meine Finger sich in gekrümmte, scharfe Klauen verwandelten. »Es geht mir eigentlich gegen den Strich, aber wenn du mich darum betteln lassen willst, Magoth seine Macht nicht zurückzugeben, so tue ich das gerne.«

»May!«, keuchte Magoth.

Jim kicherte leise.

Baels Augen leuchteten interessiert auf. »Das könnte ... nein. Es ist wahrscheinlich besser, diesem Gedankengang nicht nachzugehen, so verführerisch er auch sein mag. Wie du weißt, lässt die Doktrin des unendlichen Bewussten es eine gewisse Zeit lang zu, dass die verstoßene Person Eingaben bei den Fürsten machen kann, um ihre Position zurückzuerlangen. Danach wird die Verstoßung dann dauerhaft.«

Magoth hob das Kinn. »Ich habe ja eine Eingabe gemacht, aber du hast sie abgelehnt. Deshalb musst du mir gemäß der Doktrin jetzt meine volle Macht zurückgeben.«

Ich rutschte auf meinem Stuhl hin und her. Das Stück Drachenherz erfüllte meine Gedanken mit allen möglichen Aktionen, die Bael davon abhalten sollten, genau das zu tun.

Baels Blick huschte kurz zu mir, aber dann wandte er sich wieder seinem Laptop zu. »Das Gesetz sieht vor, dass die Macht ihrem rechtmäßigen Besitzer zurückgegeben werden muss, ja.«

»Gut.« Magoth erhob sich und stemmte eine Hand an die nackte Hüfte. »Es gefällt mir zwar nicht, aber ich akzeptiere meine Verstoßung, solange ich meine Macht habe. Ich werde einfach meine Aufmerksamkeit auf die Herrschaft über die Welt der Sterblichen richten. Du kannst über meinen Sitz hier verfügen.«

»Ich brauche deine ...«

Baels Antwort wurde von einem Wirbelwind unterbrochen, der plötzlich durch die Tür hereinstürmte.

»Entschuldigung, ich habe mich verspätet! Ich wurde aufgehalten, weil ich eine meiner Legionen bestrafen musste. Ihr glaubt ja nicht, wie ungehorsam sie sind! Ich weiß ja nicht, was der letzte Dämonenlord sich gedacht hat, aber sie hat auf jeden Fall meine Untergebenen völlig durcheinandergebracht. Das Einzige, was sie tun wollen, ist Software schreiben. Aber das Thema gehört jetzt nicht hierher. Habe ich es verpasst? Hast du es ihm schon gesagt? May, Süße, wie schön, dich wiederzusehen! Und Magoth. Du liebe Güte! Du bist ja splitternackt!«

Ein kichernder Wirbelwind mit pinkfarbenen Rüschen.

Ein Wirbelwind namens Sally, begleitet von zwei fast nackten Bodyguards.

Sie blieb vor mir stehen und gab mir zwei Luftküsse. »Du siehst einfach großartig aus mit diesem schwarzen Ledermieder. Es ist doch erstaunlich, wie man damit die Figur formen kann, was? Magoth, mein lieber Junge, ist das dein Fluch oder freust du dich nur, mich zu sehen?« Sally trat zu Magoth und strich ihm mit der Hand über die nackte Brust. »Immer noch so lecker, allerdings solltest du vielleicht mal baden. Ist das Mäusekot in deinen Haaren? Oooh. Abgedreht.«

Magoth lächelte einfältig. Ich verdrehte die Augen, begrüßte sie aber höflich. »Hallo, Sally. Ich habe mich schon gefragt, was aus dir geworden ist. Wir haben uns ja ein paar Monate lang nicht gesehen. Anscheinend unterrichtest du jetzt Chippendale-Tänzer.«

Der Zorndämon, der mir am nächsten stand, zog am Bund seines gestreiften Tangas.

»Du meinst Vincenzo und Gunter? Sind sie nicht lecker?« Sally blies ihnen einen Kuss zu.

»Äh ... ja, sie sind definitiv ein besonderer Anblick«, erwiderte ich.

»Süße, Neid steht dir einfach nicht. Aber ich schicke sie weg, du weißt ja, wie viel mir unsere Freundschaft bedeutet. Und außerdem werden sie zu ungezogenen kleinen Jungs, wenn Mami ihre Aufmerksamkeit anderen Männern schenkt.« Sie küsste Magoth aufs Ohr und machte eine Handbewegung. Die beiden fast nackten Dämonen verschwanden.

»Ich frage mich, wie ich wohl in einem Tanga aussähe«, sagte Jim nachdenklich.

»Lächerlich.« Ich wandte mich wieder Sally zu. »Du siehst gesund und wohl aus. Bist du immer noch in der Lehre?«

»Du liebe Güte, nein. Hast du keine Einladung zur Zeremonie bekommen? Zur Hölle! Ich wusste doch, dass ich mich für die Einladungen besser an eine richtige Druckerei gewendet hätte, statt es meinen Untergebenen zu überlassen, Papier aus Yankee-Geld zu schöpfen. Es tut mir sehr leid, May. Es war eine wunderschöne Zeremonie, wirklich bewegend, als Bael eine ganze Legion für meine Thronbesteigung opferte. Es hätte dir bestimmt gefallen.«

Irgendwie bezweifelte ich das. Aber ich riss trotzdem die Augen auf, als ich hörte, dass Sally jetzt Abaddon regierte. »Du hast den Thron bestiegen?«

»Du kleine Meuchelmörderin!«, sagte Magoth liebevoll und drückte sie an sich. »Du hast meine Verbannung benutzt, um deine eigene Sache voranzutreiben. Wie clever von dir!«

Sie biss ihm ins Kinn. »Ich wusste, dass dir das gefallen würde.«

»Solange es sich dabei nicht um meinen Thron handelt, ja.«

»Um deine Frage zu beantworten, May, ich habe den Thron von einem gewissen Dämonenlord übernommen, der jetzt ein Drache geworden ist«, sagte sie kichernd. »Du weißt sicher, wen ich meine, nicht wahr? Ich wäre dir sehr dankbar, wenn du ihr schöne Grüße von mir ausrichten würdest. Sie hat alle meine Untergebenen absolut ruiniert. Du glaubst nicht, was sie sich für eine laxe Haltung angewöhnt haben, ganz zu schweigen davon, dass sie sich schlichtweg weigern, etwas richtig Böses zu tun. Ich meine, im Ernst, wozu sollen denn Untergebene sonst gut sein, wenn sie noch nicht einmal Zügellosigkeit und Niedertracht verbreiten wollen?«

»Schockierend«, murmelte Magoth, der mittlerweile beide Hände auf ihrem Hintern hatte.

»Was für eine Enttäuschung muss das für dich gewesen sein«, sagte ich. »Ich werde deine Klagen an Aisling weitergeben.«

»Sie wird sicher untröstlich sein«, meinte Jim spöttisch.

Sally, die mit Magoth geflüstert und gekichert hatte, erstarrte. Ihr Kopf fuhr herum, und sie warf Jim einen scharfen Blick zu. »Wer wagt es, ohne Erlaubnis mit mir zu sprechen? Wie ist dein Name, Dämon?«

»Das ist Jim«, sagte ich rasch und legte dem Dämon in Hundegestalt, der sich an meine Beine drückte, die Hand auf den Kopf. »Er gehört eigentlich Aisling, aber sie hat ihn mir geliehen.«

»Er ist impertinent«, sagte Sally und zeichnete mit einer nachlässigen Geste ein Symbol in die Luft.

»Hey, ich habe doch nur gesagt ...« Jim verschwand. Er löste sich einfach in Luft auf.

Wut stieg in mir auf. »Was hast du getan?«, schrie ich und trat auf sie zu.

Sie besaß die Frechheit, mir einen überraschten Blick zuzuwerfen. »Ich habe ihn natürlich nach Akasha verbannt. Ich weiß, May, du bist kein Dämonenlord, aber du solltest in deiner Zeit hier in Abaddon gelernt haben, dass man die Kontrolle über die Lakaien nur behält, wenn man Impertinenz nicht duldet. Das führt nur zu Schlimmerem, wie Insubordination und Aufstand.«

»Sie hat recht.« Magoth nickte. »Ich persönlich ziehe ja Folter vor, da sie unterhaltsam ist und den anderen Dämonen zu Demonstrationszwecken dient, aber die Grundidee ist absolut richtig.«

»Bring ihn zurück«, sagte ich mit einem leisen Grollen in der Stimme, das mir selbst fremd war.

»Sei nicht albern, er ist doch bloß ein Dämon sechster Klasse«, erwiderte Sally. Sie wandte sich einfach ab und begann, Magoth auf den schmutzigen Hals zu küssen.

Ich warf Bael einen Blick zu. Er lehnte sich auf seinem Stuhl zurück und beobachtete mich, Vorfreude im Blick.

»Bring. Ihn. Zurück«, sagte ich wieder, und mein Körper streckte sich und wurde zu einem silberschuppigen Drachen. Ich fletschte die Zähne und schoss einen Feuerstrahl auf Sally ab.

Sally riss die Augen auf, als der Feuerstoß die Spitzen ihrer rosafarbenen Plastikschuhe traf. »May! So dankst du mir?«

Magoth schob Sally beiseite und breitete die Arme aus, um mich willkommen zu heißen. »May! Meine süße, schuppige May! Willst du spielen? Hier? Jetzt? Vor Bael? Ich weiß zwar nicht, ob das der richtige Zeitpunkt ist, aber trotzdem bin ich seltsam erregt bei dem Gedanken. Ja, gib mir deinen süßen Schwanz!«

Der Schwanz pfiff durch die Luft und Magoth flog an die gegenüberliegende Wand. Seine Haut quietschte auf den Holzpaneelen, als er zu Boden rutschte.

Sally betrachtete ihn einen Moment lang, dann blickte sie mich nachdenklich an. »Ich verstehe.«

»Ach ja?« Langsam trat ich auf sie zu. Unter meinen Füßen bebte der Boden. »Verstehst du wirklich?«

»Vielleicht war es ein wenig voreilig von mir, deinen Diener zu verbannen«, sagte sie und wich zurück. »Ich will nicht, dass etwas zwischen uns steht, Süße. Was hältst du davon, wenn ich deinen Dämon zurückhole? Wärst du dann wieder glücklich?«

Ich verzog die Lippen zu einem Lächeln und zwang das Stück Drachenherz, meinen Körper wieder in seine normale Gestalt zu verwandeln. »Das würde mich in der Tat sehr glücklich machen.«

Sie sagte ein paar Worte und lächelte strahlend, als Jim wieder auftauchte. Sie ging sogar so weit, ihm den Kopf zu tätscheln, bevor sie sich mit kokettem Lächeln an Bael wandte: »Es tut mir leid, Lord Bael. Ich habe ganz vergessen, dass du gesagt hast ... ich habe es vergessen.«

Bael musterte sie, dann wandte er seine Aufmerksamkeit der schlaffen Gestalt Magoths zu. »Er hat meine Wand schmutzig gemacht.«

»Er hatte einen kleinen Unfall im Wald und ist dabei ein wenig schmutzig geworden«, erklärte ich.

Bael verschränkte die Finger und blickte mich an. »Mir scheint, er ist auch bewusstlos.«

»Er hätte keine Ruhe gegeben, bevor ich ihn nicht ausgeknockt hätte. Ich wollte euch allen seine wütenden Tiraden ersparen, zumal ich davon ausgehe, dass du etwas sagen möchtest, was ihm nicht gefällt.«

»Sehr scharfsinnig, Drache«, sagte Bael.

»Oh, gut, ich habe es also nicht verpasst.« Sally strahlte mich an. »Das wird dir gefallen, May. Du wirst es einfach lieben. Es ist so – oh, meine Güte, so wundervoll. Als Lord Bael es mir erzählt hat, konnte ich es nicht glauben. ›Wenn

May das hört, flippt sie aus‹, habe ich zu ihm gesagt, und genauso wird es sein!«

»Sally«, sagte Bael mit einer erschöpften Geste.

»Oh. Entschuldigung. Meine Lippen sind versiegelt.« Sie fuhr sich mit dem Finger über den Mund. »Sprich einfach weiter und mach May glücklich.«

Bael, der meinen misstrauischen Blick nicht zu bemerken schien, lehnte sich auf seinem Stuhl zurück und sagte behaglich: »Wie ich bereits sagte, bevor wir unterbrochen wurden: Es gibt Regeln, an die ich mich halten muss.«

»Ich bin einigermaßen vertraut mit der Doktrin des unendlichen Bewussten«, sagte ich und ging im Geiste die Regeln durch. Sallys Versicherung, wie sehr ich mich über Baels Überraschung freuen würde, hatte mich in meiner ursprünglichen Befürchtung, ich würde schreiend vor Entsetzen aus dem Zimmer rennen, noch bestätigt.

»Wie dein Arbeitgeber so angriffslustig erklärt hat, müssen wir ihm seine Macht gewähren, nachdem er eine Eingabe gemacht hat, die abgelehnt wurde. Daher tue ich jetzt genau das«, erklärte Bael und schnippte mit den Fingern in meine Richtung.

Ich holte tief Luft und konzentrierte mich darauf, das Stück Drachenherz im Zaum zu halten. »Darf ich dich darauf hinweisen, dass es Auswirkungen auf Abaddon haben wird, wenn Magoth in der Welt der Sterblichen Amok läuft? Du kommst und gehst in meine Welt so oft, wie es dir gefällt – glaubst du, das ist dir noch möglich, wenn er sie beherrscht? Auch dir muss doch klar sein, dass er einen Groll gegen dich hegt und alles tun wird, um dir den Zugang zur Welt der Sterblichen zu verwehren.«

»Niemand kann mich daran hindern, das zu tun, was ich wünsche«, erwiderte Bael mit täuschender Milde. »Aber ich habe keineswegs die Absicht, Magoth zu erlauben, *irgendeine* Welt zu regieren, ganz zu schweigen von einer, an der ich Interesse habe.«

Verwirrt runzelte ich die Stirn. Ich warf Jim einen Blick zu. Er sah so aus, als würden ihm gleich die Augen aus dem Kopf treten. Ich hätte ihn gerne gefragt, ob er etwas sehen könne, was ich nicht sah, aber ich hielt mich zurück. Bael würde mir ein solches Verhalten als Schwäche auslegen, und mir war es lieber, er hielt mich für einen bösen Drachen, mit dem man sich besser nicht anlegte. »Du willst ihm also seine Macht nicht zurückgeben?«

»Nein.«

»Aber die Doktrin …?«

Sally kicherte wieder. »Das ist so fabelhaft, May. Ich kann es kaum glauben, dass du nicht darauf kommst!«

»Worauf?«, fragte ich. Plötzlich fuhr mir ein schrecklicher Gedanke durch den Kopf. Entsetzt wandte ich mich an Bael. »Du willst doch nicht etwa sagen … Du kannst doch nicht … Das ist nicht möglich, oder?«

»Du bist Magoths Gemahlin«, antwortete er achselzuckend. »Was die Doktrin angeht, so besteht ihr beide aus dem gleichen Körper. Deshalb wird seine Macht dir übertragen. Mögest du viel Freude daran haben, Drache!«

6

Mein Handy klingelte, als ich gerade das Haus betrat.

»Gabriel?«

»Vögelchen! Ich habe deine Nachricht auf der Mailbox gehört. Wo bist du?«

»Zu Hause. In London, meine ich. Bael hat mich zu seinem englischen Haus beordert und mich auch hier wieder herausgelassen.«

»Was wollte er von dir? Dein Zwilling hat nur gesagt, zwei Dämonen hätten dich abgeholt, aber von Magoth hätten sie nichts wissen wollen. Und doch hast du ihn mitgenommen?«

»Es blieb mir nichts anderes übrig.« Ich berichtete ihm kurz, was in Baels Haus vorgefallen war. »Gabriel, Magoth wird außer sich sein, wenn er das herausfindet. Er wird einen Anfall bekommen. Ganz zu schweigen von der Tatsache, dass ich keineswegs ein Dämonenlord sein möchte. Ich bin nicht Aisling. Ich bin für so etwas nicht geschaffen.«

»Aisling hat sicher das Gleiche empfunden, aber das gehört nicht hierher. Sag mir noch einmal, was Bael gesagt hat – hat er gemeint, du würdest Magoths Stelle einnehmen oder nur seine Macht erhalten?«

»Ich habe nur seine Macht erhalten. *Agathos daimon* – du glaubst doch nicht etwa, dass er von mir erwartet, Magoths Platz einzunehmen?«

»Nein. Er will bestimmt keinen Drachen in Abaddon haben«, erwiderte Gabriel langsam.

Mit seinen beruhigenden Worten nahm er mir ein wenig von meinen Sorgen, aber ich fühlte mich trotzdem unbehaglich. »Was soll ich denn mit seiner Macht anfangen?«

»Ich wünschte, ich wüsste besser über Abaddon Bescheid, aber ich habe nie besonders darauf geachtet. Aisling müsste dir aber eigentlich helfen können. Oder aber ihre Mentorin, denn Drake wird ihr ja wohl kaum erlauben, mehr zu tun, als mit dir zu sprechen.«

»Ich hatte sowieso vor, mit den beiden zu reden, wollte aber erst einmal hören, ob du eine Idee hast, wie ich die Macht loswerden könnte. Außerdem müssen wir es Magoth sagen. Ich weiß gar nicht, wie wir ihn davon abhalten wollen durchzudrehen.«

»Ich kümmere mich schon darum.«

Ich blickte aus dem Fenster. Der Taxifahrer mühte sich mit einem großen Gegenstand ab. »So viel Zeit haben wir nicht. Früher oder später wird er aufwachen und merken, dass er seine Macht nicht mehr besitzt. Er kommt ja vielleicht nicht gleich drauf, dass Bael sie mir gegeben hat, aber früher oder später wird er es herausfinden.«

»Wir könnten Aislings Mentorin bitten, ihn nach Akasha zu verbannen.«

»Das würde Nora bestimmt tun, aber ich halte es nicht für so eine gute Idee.«

»Warum nicht?«

»Weil ich an ihn gebunden bin, und er verfügt immer noch über genügend Macht, um mich zu sich zu rufen. Und wenn er verbannt wird, kann ich dir garantieren, dass er mich mitnimmt.«

Gabriel stieß ein Wort hervor, das ich besser überhörte. »Ich lasse ihn von Maata aus dem Haus entfernen, damit du ein bisschen Raum zum Atmen hast.«

Ich biss mir auf die Lippe. Ob es wohl so klug war, Magoth aus dem Weg zu räumen? »Ja, das ist vermutlich am vernünftigsten. Ich überlege mir mal einen sicheren Ort für ihn. Apropos, hast du das Phylakterion?«

Er zögerte eine Sekunde lang. Mir zog sich der Magen zusammen. »Ja und nein.«

»Das klingt merkwürdig. Wieso nein? Oh, legen Sie ihn bitte auf der Couch ab. Vielen Dank. Warten Sie, ich hole mein Portemonnaie ... Hier, bitte. Der Rest ist für Sie.«

Der Taxifahrer legte die bewusstlose, in Decken eingehüllte Gestalt Magoths auf die Couch und nahm mit breitem Grinsen das Geld entgegen, das ich ihm hinhielt.

»Mein Ja bezieht sich auf das Modana-Phylakterion – Kostya hat mir mit äußerstem Widerstreben erlaubt, einen Blick auf das Stück Drachenherz zu werfen, um die Richtigkeit zu überprüfen.« Im Hintergrund hörte man dumpf Knöchel knacken.

»Oh, oh. Du hast nicht zufällig ein blaues Auge, oder?«, fragte ich.

»Mayling, du weißt sehr gut, dass ich Prügeleien aus dem Weg gehe.«

»Ja, natürlich weiß ich das. Und jetzt beantworte meine Frage.«

Gabriel schnaubte ins Telefon. »Nein, ich habe kein blaues Auge.«

Ich wartete einen Moment lang.

»... noch nicht.«

»Ich wusste es. Hoffentlich musste Kostya ebenso viel einstecken wie du.«

»Oh ja.« Seine seidige Stimme klang erfreut. »Man hat mir gesagt, eine gebrochene Nase sei nicht besonders schmerzhaft, aber wenn sie nicht korrekt gerichtet wird, spürt man sie später ständig. Diesen Gedanken finde ich doch äußerst befriedigend.«

Er hörte sich so an, als ob er grinste. »Dann hast du also Kostyas Stück vom Drachenherz. Was ist dann das Problem?«

Er seufzte schwer. »Das Problem ist das Song-Phylakterion.«

»Hält Chuan Ren ihr Versprechen nicht?«, fragte ich irritiert.

»Nicht ganz. Das eigentliche Problem liegt darin, dass theoretisch Fiat die Verantwortung für die rote Sippe hat.«

Maata kam ins Zimmer, da sie Stimmen gehört hatte. Sie zog die Augenbrauen hoch, als sie den bewusstlosen Magoth sah, fragte aber nur: »Ist Gabriel am Telefon?«

Ich nickte.

»Ich wollte ihn gerade anrufen. Tipene sagte, er und Kaawa würden morgen früh eintreffen«, sagte sie.

Ich gab Gabriel die Nachricht weiter, dann fuhr ich fort: »Chuan Ren hatte jetzt fast zwei Monate Zeit, um sich um Fiat zu kümmern. Warum hat sie ihn denn nicht aus ihrer Sippe hinausgeworfen? Er hat doch auf absolut schändliche, illegale Art und Weise die Macht übernommen.«

»Das hat damit nichts zu tun.« Gabriels Stimme klang amüsiert. »Chuan Ren würde Fiat wahrscheinlich in Fetzen reißen und das Katzenklo damit füllen, wenn sie nur könnte.

Aber er ist untergetaucht, und er gibt zwar den roten Drachen weiter Befehle – die, wie Jian mir versichert hat, niemand befolgt –, aber sie können ihn nicht finden, um ihn formell auszuschließen. Und vorher …«

Verzweifelt ließ ich mich auf den nächsten Stuhl sinken. »Und vorher rückt sie das Stück Drachenherz nicht heraus.«

»Nein.«

»Na, das Leben ist ja im Moment das reinste Zuckerschlecken. Und was tun wir jetzt?«

»Ich habe Chuan Ren meine Hilfe bei der Suche nach Fiat angeboten. Kostya ebenfalls. Wir wollen es noch vor dem *sárkány* erledigen.«

»Kostya will freiwillig jemandem helfen?«, fragte ich, schämte mich aber sofort wegen meines bösen Kommentars.

»Er möchte nicht riskieren, dass es Einwände gegen die Wiederaufnahme seiner Sippe in den Weyr gibt«, erwiderte Gabriel. Sein neutraler Tonfall sprach Bände.

»Er steht neben dir, nicht wahr?«

»Ja. Dein Zwilling ist auf dem Heimweg nach England. Jim und Magoth sind wohl bei dir, oder?«

»Nein, nur Magoth. Aisling hat Jim zu sich geholt. Sie scheint ihn zu vermissen. Aber, Gabriel, der *sárkány* ist morgen. Glaubst du wirklich, dass ihr Fiat in so kurzer Zeit finden könnt?«

»Ich habe keine Ahnung, aber es ist äußerst wichtig, dass wir das Stück Drachenherz bekommen. Ich muss es einfach versuchen.«

»Ich verstehe. Wo willst du suchen? Ich setze mich ins Flugzeug und begleite euch«, sagte ich. Ich ergriff meine

Tasche und nahm mein Portemonnaie heraus, in dem meine Kreditkarte steckte. »Maata kann auf Magoth aufpassen.«

»Das will ich nicht!«, protestierte Maata. »Ich würde lieber ins Wasser springen!«

»Ich hätte dich zwar gerne bei mir, Vögelchen, aber in London hast du auch etwas zu tun.«

»Und was?«, fragte ich gereizt. Ich hatte angenommen, dass Gabriel sich freuen würde, wenn ich ihn bei der Suche nach Fiat unterstützte. Dass er das offenbar nicht tat, kratzte an meinem Stolz.

Einen Moment lang schwieg er, dann sagte er leise: »Ich weiß, was du jetzt denkst, Mayling. Das ist aber nicht so. Ich begehre dich noch genauso sehr wie am ersten Tag.«

»Eines Tages werde ich ...«

»Ja, ja, du wirst meine Gedanken lesen, und es wird mir noch leidtun. Ja, ich weiß.« Er lachte.

Ich lächelte ebenfalls. »Was soll ich denn hier tun?«

»Du musst mit dem Training beginnen. Meine Mutter muss dir beibringen, wie man die einzelnen Stücke des Drachenherzens kontrolliert.«

»Ein Stück kontrolliere ich bereits«, erwiderte ich und steckte mein Portemonnaie wieder in meine Handtasche.

Maata musterte Magoth, grinste, als sie sah, dass er immer noch bewusstlos war, und schlich auf Zehenspitzen aus dem Raum.

»Du kontrollierst das Stück, das an dich gebunden ist, aber alle Stücke vollständig zu kontrollieren, ist etwas ganz anderes. Meine Mutter hat die Tagebücher von Ysolde de Bouchier studiert. Sie weiß am besten Bescheid, wie man das Drachenherz neu zusammensetzt. Du musst dich an sie wenden, wenn du Erfolg haben willst.«

»Ja, das sehe ich auch so, aber ich glaube trotzdem, dass ich dir erst einmal dabei helfen sollte, Fiat zu suchen. Möglicherweise kann ich ja einer Spur in der Schattenwelt folgen.«

»Überlass Fiat mir, Vögelchen. Du hast genug mit den Herzstücken zu tun. Beschütz meine Mutter gut.«

»Glaubst du, sie ist in Gefahr?«, fragte ich überrascht.

»Ja«, erwiderte er zögernd, »ich spüre eine Bedrohung für sie, aber das könnte auch etwas mit dem Stück Drachenherz in dir zu tun haben. Ich bitte dich, May, sei sehr vorsichtig und pass gut auf dich und meine Mutter auf. Ihr seid mir beide lieb und teuer.«

Die Liebe in seiner Stimme wärmte mich. »Ich bin so froh, dass du nicht Drake bist.«

»Ja, ich auch. Aber ...?«

Jetzt musste ich lachen. »Bei Drake darf Aisling noch nicht einmal den Arm heben, ohne dass er gleich von drei Kissen gestützt wird.«

»Das hat etwas mit ihrer Geschichte zu tun«, erwiderte Gabriel amüsiert. »Sie ist nicht immer so kompetent mit ihrer Macht umgegangen. Bei dir ist das anders.«

Wir wechselten noch ein paar private Sätze und legten dann auf. Ich schaute nach Magoth, der leise schnarchte, und machte mich dann auf die Suche nach Maata.

»Sehe ich irgendwie anders aus?«, fragte ich sie.

Sie hielt inne und betrachtete mich. »Solltest du?«

»Das habe ich nicht gefragt. Sehe ich anders aus? Oder ... fühle ich mich für dich irgendwie anders an?«

»Bis jetzt habe ich dich noch nicht gefühlt.«

Ich verzog das Gesicht, als sie grinste. »Du tust absichtlich so, als ob du mich nicht verstündest.«

»Es tut mir leid«, lachte sie. Sie trat um mich herum und musterte mich von allen Seiten. »Das ist Gewohnheit. Lass mal sehen ... Nein, du siehst eigentlich so aus wie immer. Warum fragst du?«

Es lag mir schon auf der Zunge, ihr zu sagen, dass ich jetzt über die Kräfte eines Dämonenlords verfügte, aber dann besann ich mich eines Besseren. Es war wahrscheinlich klüger, das weitestgehend für mich zu behalten.

»Nur so ein Gedanke. Ich werde jetzt mal zu Aislings Haus gehen – was um alles in der Welt ist das denn?«

Von unten ertönten wütende Stimmen. Das Haus hatte eine komplizierte Alarmanlage, aber da ich jetzt ein Stück des Drachenherzens in mir trug, hatte Gabriel die Bewachung noch durch weitere Patrouillen von Silberdrachen verstärkt. Die beiden Drachen, die die Treppe bewachten, schrien etwas, aber darüber war deutlich eine vertraute, höhere Stimme zu hören.

»Klingt wie dein Zwilling.«

»Ja, in der Tat. Und die Stimme dieses Mannes kenne ich auch. Was hat *ihn* denn bloß hierher gebracht?«

Die beiden Drachen, Obi und Nathaniel, taten ihr Bestes, um eine sehr entschlossene Person daran zu hindern, das Haus zu betreten, aber Cyrene war ihnen dabei im Weg. Obi hatte alle Hände voll zu tun, sie von dem Besucher wegzuziehen, aber es war schwierig, da sie wie wild um sich schlug und trat.

»Wie können Sie es wagen!«, schrie sie so laut, dass mir

beinahe die Trommelfelle platzten. »Ich bin eine Tochter von Tethys. Sie werden die wahre Rache einer Schwester aus dem Hause der Hydriaden kennen lernen!«

»Lass mich los, du Irre, sonst wirst du meine Rache zu spüren bekommen!«, schrie der Mann.

»Ist das – huh!«, sagte Maata, als sie den Mann erkannte, mit dem Nathaniel kämpfte.

»Was im Namen von Sonne und Mond ist hier los?«, brüllte ich und versuchte, mir in dem allgemeinen Geschrei Gehör zu verschaffen. »Cyrene, lass sofort Dr. Kostichs Haare los!«

»Er hat mich als Baumumarmer bezeichnet!«, knurrte Cyrene und zog erneut an den Haaren des Mannes. »*Mich*!«

»Du magst doch Bäume. Lass ihn los! Und hör auch damit auf!«

Cyrene war es gelungen, Dr. Kostich einen Boxhieb auf die Nase zu versetzen.

»Ich mag zwar Bäume, aber ich bin kein Druide. So bin ich noch nie in meinem ganzen Leben beleidigt worden!«

Zwischen Wasserwesen und Druiden herrschte aus Gründen, die ich nie nachvollziehen konnte, schon seit ewigen Zeiten Streit. Es gab keine schlimmere Beleidigung in Wasserelement-Kreisen, als mit Druiden in Verbindung gebracht zu werden.

Dr. Kostich brüllte Schimpfwörter und versuchte, Nathaniel, Maata (die Nathaniel helfen wollte) und Cyrene abzuschütteln. »Hör auf, du irres Wasserhühnchen! Ich verlange, dass du mich sofort loslässt!«

»Wasserhühnchen? *Wasserhühnchen?* Oh, ich zeige dir gleich, wer hier ein Wasser ...«

»Hört sofort auf!«, schrie ich und zog Cyrene mit beiden Händen weg. Auch das Stück Drachenherz wollte helfen, aber ich ließ es nicht los. Ich zog mit aller Kraft an Cyrene, und schließlich gelang es mir, meinen Zwilling vom Chef des L'Au-delà wegzuzerren.

»Warte bloß!«, keuchte Cyrene und schüttelte ihre Faust, während Obi und ich sie zu einem Stuhl an der Wand schleppten. »Warte bloß, bis keiner in der Nähe ist, um dich zu retten, Magier!«

»Cy, denk daran, mit wem du sprichst«, warnte ich sie und warf Kostich einen besorgten Blick zu.

»Oh, er kann mir nichts tun. Der Rat der Elementalisten hat keine Angst vor dem L'Au-delà-Komitee«, sagte Cyrene. Finster murmelnd richtete sie ihre Kleidung.

»Ich entschuldige mich für das Benehmen meines Zwillings«, sagte ich und trat auf Dr. Kostich zu. Er schlug Nathaniels Hände weg, als der Drache versuchte, ihm den Staub aus der Kleidung zu klopfen. Er blickte genauso finster drein wie Magoth – und fast genauso wirkungsvoll. Ich blieb abrupt stehen und eine schreckliche Starre ergriff Besitz von meinem gesamten Körper, bevor ich instinktiv in die Schatten und aus seiner Kontrolle herausglitt.

Dr. Kostich murmelte etwas Beleidigendes über Doppelgänger.

Ich reichte ihm ein paar Taschentücher, weil er aus der Nase blutete, und sagte: »Das habe ich jetzt überhört, vor allem, weil ich wegen Ihres Streits mit Cyrene ein schlechtes Gewissen habe, aber auch weil ich davon ausgehe, dass es den Drachen nicht gefallen würde, wenn Sie die Gefährtin ihres Wyvern beleidigen. Ich gehe doch recht in der Annahme, dass Sie zu mir gekommen sind und nicht zu Gabriel, oder?«

»... noch nie so behandelt worden. Was?« Er tupfte seine blutige Nase ab.

»Ja, natürlich bin ich wegen dir hier. Wegen dir und diesem Wendehals-Diebesfänger, der dich abschirmt.«

»Savian Bartholomew?« Ich schüttelte den Kopf. Gabriel und ich hatten darüber gesprochen, dass Dr. Kostich früher oder später herausfinden würde, wo ich war, und ich war zuversichtlich, dass ich ihn besänftigen konnte.

Dr. Kostich knüllte das blutige Taschentuch zusammen und warf es auf den Tisch. »Dann werde ich ihn ebenso verfolgen, wie ich schon dich verfolgt habe. Ich verhafte dich hiermit, May Northcott, und, Gefährtin eines Wyvern oder nicht, du wirst die Strafe, die das Komitee dir auferlegt, akzeptieren.«

»Nein«, sagte ich und schüttelte erneut den Kopf.

Dr. Kostich starrte mich überrascht an.

»Das machst du richtig, Mädchen. Lass dich von diesem Arkana-Tyrannen nicht herumschubsen. Du bist *mein* Zwilling! Er kann sich sein Gesülze sonst wohin stecken!«

»Es reicht jetzt«, unterbrach ich Cyrene hastig und warf ihr einen verweisenden Blick zu, den sie jedoch vollständig ignorierte. »Dr. Kostich, ich verstehe ja, dass Sie der Meinung sind, ich müsse für meine angeblichen Verbrechen büßen, aber ich bin – oh, was ist denn jetzt schon wieder?«

Durch das getönte, kugelsichere Glas auf beiden Seiten neben der Haustür sah ich die Umrisse von zwei Männern, die den Türklopfer betätigten. Ein vertrautes Gefühl überkam mich, als Nathaniel an die Tür trat, um sie zu öffnen, aber es ging von dem Stück Drachenherz aus.

»Nein, nicht ...«, begann ich, aber Nathaniel stand bereits an der Tür. Sie wurde mit einer solchen Wucht aufgestoßen, dass der Drache rückwärts auf Maata geschleudert wurde.

Auf der Schwelle stand ein dunkeläugiger Mann, groß und imposant, die dunklen Haare nach hinten gekämmt.

»Baltic«, sagte ich. Mir stockte der Atem.

Seine schwarzen Augen leuchteten amüsiert auf. »Gefährtin. Ich dachte mir schon, dass ich dich hier finden würde.«

»Ich bin nicht deine Gefährtin. Man sollte meinen, dass du das jetzt langsam kapiert hast. Würde es etwas nützen, wenn ich es dir aufschreiben würde?«

»Ich kapiere mehr, als du dir vorstellen kannst«, antwortete er mit typischer Drachen-Arroganz.

»Wer ist das?«, fragte Dr. Kostich und musterte den Neuankömmling mit zusammengekniffenen Augen. »Wer sind Sie, Sir, dass Sie offizielle Angelegenheiten des L'Au-delà stören?«

Anscheinend musste ich die Vorstellung übernehmen.

»Das ist Baltic, Dr. Kostich. Manchmal wird er auch als der Schreckenswyvern Baltic bezeichnet. Allerdings ist ihm dieser Titel in der Vergangenheit verliehen worden, als er der Anführer der schwarzen Drachensippe war.«

»Baltic.« Dr. Kostich runzelte die Stirn. »Baltic. Ja, ich glaube, ich erinnere mich an einen Drachen mit diesem Namen.«

Ich lächelte leise, als ich das irritierte Flackern in Baltics Augen sah. Es war interessant, dass selbst der kühle, beherrschte Baltic ein Ego hatte, das angekratzt werden konnte.

»Gab es da nicht eine Geschichte um Sie, die mit dem Tod eines Wyvern endete? Eine Frau, die gegen Sie gekämpft hat. Sie hatte einen französischen Namen.«

»Ysolde?«, fragte ich. Ich wusste zwar nicht viel von der Drachengeschichte, aber ich hatte alles über die silbernen Drachen gelesen, was ich finden konnte. »Sie war allerdings kein Wyvern, sondern die *Gefährtin* eines Wyvern. Aber sie hatte einen französischen Namen: Ysolde de Bouchier.«

»Genau.« Kostich nickte und wandte sich wieder Baltic zu. »Sie haben die Gefährtin eines Wyvern vernichtet.«

Baltic verzog finster das Gesicht. Er marschierte wütend auf Dr. Kostich zu, der jedoch nicht mit der Wimper zuckte. »Ich habe Ysolde nicht zerstört. Das hat Constantine Norka getan!«

Mir fiel der Unterkiefer herunter. Ich warf Maata einen Blick zu. »Der silberne Wyvern hat Ysolde getötet?«, fragte ich sie flüsternd.

Sie beobachtete Baltic mit unbewegter Miene. »Das war vor meiner Zeit.«

Eine typische Drachen-Nichtantwort.

»Ich dachte, Sie seien tot«, sagte Dr. Kostich und schnipste sich ein Stäubchen vom Ärmel. Ich mag mir ja einiges auf meine Fähigkeit, in jeder Situation ruhig zu erscheinen, einbilden – oder zumindest habe ich das getan, bevor sich das Stück Drachenherz bei mir eingenistet hat –, aber Dr. Kostichs gleichgültige, gelassene Miene ließ mich wie einen Amateur wirken. »Ich meine, man hätte mir erzählt, Sie seien von einem Ihrer eigenen Sippen-Mitglieder getötet worden.«

Baltic presste die Lippen zusammen und musterte Dr.

Kostich. »Sie riechen nach Alchemie, Magier. Vermutlich haben Sie Ihre Quintessenz schon wieder zurückbekommen?«

»Wieder?«, fragte ich neugierig. »Nein, ich finde, es reicht jetzt, Baltic. Gabriel wird nicht begeistert darüber sein, dass du dir gewaltsam Zutritt zu seinem Haus verschafft hast; und wenn du darauf bestehst weiterzugehen, wird er außer sich vor Wut sein.«

»Sollen wir sie hinauswerfen, May?«, fragte Maata leise. Ihre Körpersprache wirkte entspannt, aber sie stand auf den Ballen, bereit loszustürmen.

»Nein, ich glaube, das wird nicht nötig sein. Was immer du mir zu sagen hast, Baltic, kannst du auch hier sagen. Und dein kleiner Kumpel kann draußen warten.«

Der Mann, der hinter Baltic stand, ebenso dunkel und bedrohlich wie sein Herr, erstarrte bei der Beleidigung. Auch alle drei Silberdrachen erstarrten, wie Panther, bereit zum Sprung. Baltic hob die Hand, und der Mann wich zurück, bis er wieder auf der Treppe vor dem Haus stand.

»Würdest du mir bitte verraten, was du mit ›wieder‹ meinst? Ist die Quintessenz kürzlich gestohlen worden?«, fragte ich.

Unerwartet lächelte Baltic. »Das solltest du am besten wissen; es geht das Gerücht, du hättest sie gestohlen.«

»Und ich habe sie prompt am nächsten Tag zurückgegeben«, sagte ich rasch und warf Dr. Kostich einen Blick zu.

Zu meiner großen Erleichterung schaute er immer noch Baltic an. »Ich *weiß*, dass man mir gesagt hat, Sie wären tot.«

In Baltics Kinn zuckte ein Muskel.

»Das Wort ›wieder‹ impliziert, dass sie vorher schon einmal gestohlen wurde. Du bist nicht zufällig auch an Alchemie interessiert, oder?«, fragte ich Baltic.

Er warf mir einen irritierten Blick zu. »Ich bin kein verrückter Chemiker, der mit irgendwelchen Lösungen herumspielt.«

»Aber die Quintessenz …«

»Mag ja für einen Alchemisten von ganz besonderer Bedeutung sein, aber ich habe keine Verwendung für irgendwelche verwandelnden Substanzen«, unterbrach er mich mit einem besonders wölfischen Lächeln. »Ich bin gekommen, um mir mein Stück Drachenherz zu holen, Gefährtin.«

Dr. Kostich zog scharf den Atem ein, seine Finger zuckten. Magier zeichnen oft komplizierte Runen in die Luft, um Zugang zu ihrer Macht zu bekommen. Er stand zwar anscheinend ganz entspannt da, aber ich konnte sehen, dass seine Finger in einem subtilen Muster zuckten. Er zeichnete eine Rune.

An böser Macht war Kostich Baltic deutlich unterlegen. Das L'Au-delà wurde von Regeln und Gesetzen beherrscht, während Baltic sich um so etwas nicht scherte. Daher würde ich mich auf Kostichs Seite schlagen müssen, auch wenn es nur zeitweilig war.

Ich hob mein Kinn und blickte Baltic ruhig an. »Darüber haben wir doch bereits geredet, Baltic. Ich werde nicht zulassen, dass du mich tötest, um an das Stück Drachenherz zu kommen.«

Kostichs Pupillen wurden weit, als er mich ansah.

»Ich spreche von dem Stück Drachenherz, das du heute früh aus meiner Schatzkammer gestohlen hast, obwohl du recht hast: Wo du es schon erwähnst, könnte ich eigentlich auch alle beide mitnehmen. Dann brauche ich nicht ein zweites Mal hierherzukommen.«

Ich legte den Kopf schief und musterte ihn. Das Stück Drachenherz in mir schlug fröhlich alle Vorsicht in den Wind. »Ich habe kein Stück vom Drachenherz gestohlen. Jedenfalls nicht in den letzten beiden Monaten. Das Modana-Phylakterion ist von seinem rechtmäßigen Besitzer genommen worden, von Kostya. Und was das andere Stück angeht – der Ausdruck ›nur über meine Leiche‹ ist mir immer besonders dramatisch vorgekommen, aber in diesem Moment erscheint er mir ziemlich passend.«

»Du wirst feststellen, dass du einige Leichen produzieren musst, um an May heranzukommen«, sagte Maata und trat einen Schritt vor. Die beiden anderen Drachen schlossen sich ihr an. Ihre Gesichter wirkten entschlossen.

Dr. Kostichs Finger arbeiteten am Stoff seiner Hose immer noch an der Rune der Macht.

»Willst du mir drohen?«, fragte Baltic amüsiert. Ich blickte zur Tür, wo sein Gefährte lehnte. Halb befürchtete ich, er würde hineinkommen, aber er blieb stehen und sah nicht im Mindesten besorgt aus.

Diese Tatsache bereitete mir mehr Unbehagen als alles andere.

»Wir werden tun, was notwendig ist, um May zu schützen«, erklärte Maata.

»Dann stirbst du eben mit ihr«, sagte Baltic achselzuckend. »Ihr werdet alle sterben, wenn ihr versucht, mich davon abzuhalten, mir zu holen, was mir gehört.«

»Ich bin eine Najade«, sagte Cyrene plötzlich. Sie sprang

auf und trat neben mich. »Ich bin unsterblich. Ich kann nicht sterben.«

Baltic warf ihr einen Blick zu. »Würdest du eine Wette darauf abschließen?«

Cyrene reagierte selten umsichtig, indem sie ihm darauf nicht antwortete, sondern mir zuflüsterte: »Kostya hatte recht – wer immer dieser Drache auch ist, er ist ein Arschloch. Zeig ihm, was du kannst, May!«

»Kostya?« Baltic hob witternd den Kopf. Er blickte Cyrene aus zusammengekniffenen Augen an. »Du bist seine ...«

»Gefährtin«, ergänzte sie.

Baltic zog die Augenbrauen hoch.

»Oh, schon gut, schon gut! Ich wünschte, ihr würdet aufhören, euch so zu benehmen, wenn ich sage, ich bin Kostyas Gefährtin. Das ist ja schrecklich! Ich bin sozusagen eine ›Gefährtin light‹, okay? Allerdings will ich ihn sowieso nicht mehr, diesen herzlosen, gefühllosen Bastard. Aber wenn ich ihn doch wollen würde, wäre ich seine Gefährtin. Also so eine Art Gefährtin.«

Alle starrten Cyrene an.

»Bist du jetzt fertig?«, fragte ich höflich.

»Ja.« Sie verschränkte die Arme vor der Brust, zog einen Schmollmund und bedachte uns alle mit finsteren Blicken.

»Gut.« Ich wandte mich wieder an Baltic. »Ich bin im Moment ein bisschen beschäftigt, weil ich verhaftet werden soll, deshalb wirst du dich bis später gedulden müssen, wenn du weiter rätselhafte Kommentare und Drohungen ausstoßen willst. Auf Wiedersehen.«

Baltic lächelte. Es war kein angenehmes Lächeln. Zwar erreichte es seine Augen, aber das Licht, das in ihnen aufglomm, war ein böses Omen für alle, die ihm im Weg standen.

»Dein falscher Sinn für Tapferkeit ist lobenswert. Nutzlos und fehlgeleitet, aber lobenswert. Ich bewundere deinen Mut.«

»Danke. Und jetzt hau ab«, sagte ich.

Er schüttelte abrupt den Kopf. »Nicht ohne das Stück Drachenherz.«

»Es verlässt mich nicht«, antwortete ich.

»Du willst also Widerstand leisten ... nun gut.«

Seine Finger tanzten in der Luft, aber bevor er etwas tun konnte, hatte Dr. Kostich seine Runen beendet. Die Luft im Raum ballte sich zusammen und schoss dann mit Wucht auf Baltic zu. Baltics verblüffter Schrei, als er rückwärts durch die Tür flog, wo ihn sein Kumpel auffing, war fast so laut wie der Knall, den die Explosion machte.

»Meine Ohren!«, schrie Cyrene und schlug sich die Hände vor die Ohren.

»Das war nicht nett, Magier!« Knurrend trat Baltic auf Kostich zu. Vor ihm platzte eine Lichtkugel, die sich zu einer länglichen, blauweißen Form entwickelte. Es war das Lichtschwert, das ich bei ihm schon einmal gesehen hatte, eine Waffe, die ein Drache eigentlich nicht benutzen durfte.

Dr. Kostich fielen fast die Augen aus dem Kopf. Er stammelte: »Das ist ein ... Das kannst du nicht haben ... Wer *bist* du?«

»Wäre es ein Klischee, wenn ich sagen würde, dein schlimmster Alptraum?«, fragte ich.

»Ja«, antworteten Maata, Nathaniel, Obi und Cyrene wie aus der Pistole geschossen.

Dr. Kostich hörte gar nicht zu. Er starrte wie gebannt auf das Schwert, das Baltic in meine Richtung schwang.

Ich wartete nicht erst ab, bis mir weitere Bonmots einfielen, sondern ließ dem Stück Drachenherz freien Lauf.

Es verwandelte mich sofort, und ich nutzte Baltics kurze Überraschung, um ihn mit dem Schwanz erneut aus der Tür herauszubefördern.

Maata und Nathaniel verwandelten sich ebenfalls, und ihre silbernen Schuppen schimmerten im Schein des Kronleuchters, der über unseren Köpfen hing. Obi blieb in menschlicher Gestalt, sichtlich hin- und hergerissen zwischen dem Wunsch, sich zu uns zu gesellen, und jenem, Cyrene und Dr. Kostich zu beschützen.

»Wir sind in der Überzahl!«, rief ich Baltic zu und schlenderte zur Tür. »Du hast vielleicht das Lichtschwert, aber bist du stark genug, um es mit vier Drachen aufzunehmen?«

»Vier Drachen und einer stinkwütenden Najade.« Cyrene drängte sich zwischen mich und Maata.

»Mehr nicht?«, höhnte Baltic. »Könnt ihr nicht mehr aufweisen? Hast du überhaupt eine Ahnung, welche Macht ich besitze? Kannst du dir vorstellen, was ich mit einem Fingerschnipsen mit dir und deinen Freunden anstellen könnte?«

Ich war bereit für seinen Angriff. Mit einer Handbewegung schob ich Cyrene hinter mich, ein bisschen grob vielleicht, aber sie war verletzlich, und ich konnte nicht ausschließen, dass Baltic auf sie losging, um mich zu schwächen.

Sein Schwert blitzte auf. Ich wirbelte herum, und mein Schwanz sauste wie eine Peitsche durch die Luft. Trotzdem war ich nicht schnell genug – die Lichtklinge drang tief in mein Bein ein und verbrannte mich mit einem eisigen Feuer, das ich noch nie verspürt hatte. Ich schlug Baltics Begleiter die Tür vor der Nase zu und brüllte vor Wut. Maata und Nathaniel gingen auf Baltic los, aber er machte sich noch nicht einmal die Mühe, sich in einen Drachen zu verwandeln. Er parierte alle Angriffe mit seinem Schwert und wirkte dabei fast gelangweilt, der Bastard.

»Genug!«, brüllte Dr. Kostich und zeichnete weitere Runen in die Luft. »Das muss jetzt ein Ende haben!«

Erneut erschütterte eine Explosion aus Luft und Licht das Haus und wirbelte uns alle durcheinander – alle außer Baltic.

Kostich starrte ihn mit einer Mischung aus Entsetzen und Verwirrung an, als plötzlich mein Stück Drachenherz, das es wohl leid war, meinen schwächlichen Versuchen zuzusehen, die Regie übernahm. Wie der Blitz stürzte ich mich auf Baltic, schlug ihn zu Boden, und sein Lichtschwert fiel ihm aus der Hand. Ich knurrte und biss, aber er schüttelte mich ab und wollte seinem Schwert hinterher.

»Oh nein«, grollte ich, sprang ihn erneut an und schlug meine Klauen tief in seinen Rücken.

Er schrie vor Schmerz und wirbelte herum, um mich loszuwerden. »Wir bringen das jetzt zu Ende!«, schrie ich und biss ihn fest in die Schulter. Ich schmeckte Blut, und er warf sich zu Boden und wälzte sich herum, um mich abzuschütteln.

Es funktionierte, und Baltic war in menschlicher Gestalt so schnell, dass er nach seinem Schwert gegriffen hatte, bevor Maata und Nathaniel ihn davon abhalten konnten.

Kostichs Lichtexplosion war so heftig, dass er wahrscheinlich den gesamten Block damit in die Luft sprengte. Sie war anders und viel stärker als die beiden vorigen, ein goldener Lichtschein, der durch mich hindurch drang, mich blendete und verwirrte und alles um mich herum ein paar Sekunden lang lähmte.

Als das Licht sich auflöste, schüttelte ich meine Verwirrung ab und sah mich nach Baltic um.

Er war weg. Die Haustür stand offen, und als ich auf die Straße rannte, wobei ich mich wieder in menschliche Gestalt verwandelte, war kein Drache zu sehen. Die wenigen Personen, die draußen herumstanden, wirkten völlig durcheinander.

»Sie werden sich nicht an das erinnern, was geschehen ist«, sagte eine Stimme hinter mir. »Das tun Sterbliche sowieso selten.«

Ich drehte mich um und blickte den Mann, der neben mir stand, an. »Sie haben uns gerettet.«

»Nein.« Kostich schüttelte den Kopf. »Das warst du. Ich habe dir nur ein wenig Zeit gegeben.«

»Wie auch immer, es hat auf jeden Fall funktioniert.«

»Nein«, wiederholte er. »Wenn es funktioniert hätte, hätte es ihn im Idealfall seiner Fähigkeiten beraubt. Aber während alle anderen vom Licht wie gelähmt waren, ist er entkommen. Dazu hätte er eigentlich nicht in der Lage sein dürfen.«

»Was war das eigentlich für ein Licht? Ich war völlig erstarrt.«

»Es war eine arkane Erschütterungsexplosion, allerdings eine Minimalversion. Eine volle Erschütterung hätte das Haus einstürzen lassen. Es sollte aber auch nur eine kurzfristige Ablenkung sein.« Besorgt blickte Kostich mich an, als wir ins Haus zurückkehrten. »Der Drache hätte davon eigentlich genauso betroffen sein müssen wie wir, aber das war er nicht. Und da ist das Schwert – er dürfte dieses Lichtschwert eigentlich nicht besitzen. Es gehörte einem berühmten Erzmagier.«

Langsam schloss ich die Tür und lehnte mich dagegen. Nachdenklich blickte ich Dr. Kostich an. »Ich werde nicht zulassen, dass Sie mich nach Akasha schicken. Ich habe hier viel zu viel zu tun, und Baltic ist eins meiner Probleme.«

Er zögerte einen Moment lang und blickte von Cyrene zu den Drachen und wieder zu mir. »Ich glaube, wir könnten zu einer Einigung gelangen.«

»Was für eine Einigung?«, fragte Cyrene und trat vor. Als ich ihr einen Blick zuwarf, blieb sie stehen. »Entschuldigung, May. Ich dachte, du brauchst vielleicht ein bisschen Hilfe, aber ... vergiss es.«

»Was für eine Einigung?«, fragte ich Kostich.

»Eine, die wir beide befriedigend finden. Du willst begnadigt werden, und ich möchte das von-Endres-Schwert haben. Glaubst du, wir können einander helfen?«

Ich starrte ihn einen Moment lang an. »Sie wollen Baltics Schwert?«

»Ja. Es verschwand, als der Erzmagier von Endres starb. Ich glaubte, es sei für uns verloren, aber als ich heute gesehen habe, wie ein Drache es führte ...« Er schüttelte den Kopf. »Ich verstehe nicht, wie das sein kann. Kein Drache kann arkane Magie anwenden.«

»Vielleicht kann jemand, der wiederauferstanden ist, es doch«, sagte ich langsam.

Kostich blickte mich durchdringend an. »Er ist wiederauferstanden? Bist du sicher?«

»Ziemlich sicher. Sonst könnte er jetzt nicht am Leben sein.«

»So langsam beginne ich Licht zu sehen«, erwiderte Kostich nachdenklich. »Vielleicht ist deshalb meine Quintessenz gestohlen worden. Wenn das so ist ... nun gut. Das erfordert einiges an Arbeit. Ich muss gut vorbereitet sein, wenn ich ihm das nächste Mal begegne. Wir müssen ein Triumvirat bilden. Meine Lehrlinge sind reif für so eine Herausforderung, und mit deiner Hilfe werden wir Erfolg haben. Stimmst du meinen Bedingungen zu?«

»Ich kenne sie ja noch nicht einmal«, sagte ich vorsichtig.

»Tss.« Er machte eine ungeduldige Geste. »Du hilfst mir dabei, das von-Endres-Schwert zu beschaffen, und ich gewähre dir vollen Pardon für die Verbrechen, derer du angeklagt bist.«

»Halten Sie es für möglich, Baltic das Schwert wegzunehmen? Wenn es ihm wichtig ist, wird er es nicht kampflos übergeben. Und ich bin zwar in der Lage, ihn aus meinem Haus zu werfen, aber ich weiß nicht, ob ich ihm das Schwert wegnehmen kann, ohne ihn zu töten.«

Anscheinend kam Dr. Kostich zu einer Entscheidung, denn er nickte zweimal und murmelte: » Ja, das wird ein guter Test für Jack. Tully ist schwächer, aber eine solche Erfahrung ist für sie von unschätzbarem Wert.« Lauter fügte er hinzu: »Spielt es eine Rolle, ob der Drache tot ist? Deinem Ruf nach wäre ich davon ausgegangen, dass du es genießt, ihn offiziell töten zu können.«

»Ich bin kein Berufsmörder, wenn Sie das meinen«, erwiderte ich mürrisch. Ich straffte die Schultern und musterte ihn. »Ich bin ein Dieb, aber selbst das nur unter besonderen Umständen. Ich laufe doch nicht herum und bringe Drachen um, auch nicht, wenn sie mich bedrohen.«

Er winkte ab. »Ob er am Leben bleibt oder stirbt, ist uninteressant. Wichtig ist nur das Schwert. Sind wir uns einig?«

Ich biss mir auf die Lippen und blickte die anderen an. Cyrene nickte und hielt den Daumen hoch. Nathaniel und Obi beobachteten mich aufmerksam, aber ich spürte ihre Zustimmung. Nur Maata wirkte besorgt. Ihre silbernen Augen waren dunkel vor Angst.

»Ja«, sagte ich entschlossen. Mitgefangen, mitgehangen ... »Ja, wir sind uns einig.«

7

Es war kein Witz gewesen, als Dr. Kostich gemeint hatte, eine volle Explosion hätte Gabriels Haus in die Luft jagen können.

»Er hat sie jedoch unterschätzt«, sagte ich zu Cyrene, als wir etwa elf Stunden später in einem Streifenwagen saßen. »Sie hat auch die Häuser rechts und links beschädigt. Hoffentlich finden sie die zwei Katzen der alten Dame nebenan wieder.«

»Und ihren Fisch!« Cyrene zog die Decke enger um sich, die ihre nackte Haut vor neugierigen Blicken schützte. »Ich habe ein ganz schlechtes Gewissen wegen dem Fisch. Was hat Baltic sich bloß dabei gedacht, uns so in die Luft zu jagen? Er wusste doch, dass uns das nicht umbringt!«

»Nein, aber wir sind jetzt verletzlich«, sagte ich leise, als eine Polizistin vorbeilief. »Wir haben jetzt keine Festung mehr, um ihn in Schach zu halten, und das weiß er. Wir müssen entweder ins Hotel gehen oder ein anderes Haus finden. Aber selbst das würde uns gegen Baltic nichts nützen, jedenfalls nicht, bis wir genügend Alarmanlagen installiert haben.«

»Ich weiß ein Haus, in dem wir sicher vor Baltic sind«, sagte Cy und gähnte.

»Wirklich? Wo?«

»Dieser nette Drake. Er würde uns aufnehmen, wenn du nur lieb genug darum bittest.«

Ich öffnete meinen Mund, um zu protestieren, aber es

kam kein Ton heraus. Und warum sollte ich auch protestieren? Bei näherem Nachdenken wurde mir klar, wie sicher Drakes Haus vor unerwünschten Eindringlingen war. Und falls es Baltic doch irgendwie gelingen sollte, hereinzukommen, konnten uns die grünen Drachen unterstützen.

»Herzlichen Glückwunsch, Cy«, sagte ich und zog mein Handy heraus, um Gabriel erneut anzurufen. »Das war deine erste gute Idee. Ich bin so stolz auf dich, ich könnte heulen!«

»Das hast du das letzte Mal, als ich eine gute Idee hatte, auch gesagt«, meinte sie.

»Das war 1922. Du solltest vielleicht dein Tempo mal herunterschrauben, um dein Gehirn nicht zu überanstrengen«, sagte ich mit todernstem Gesicht. Aber es war tatsächlich eine gute Idee, auch wenn Gabriel ein wenig besorgt klang. »Drake wird nicht zulassen, dass euch etwas passiert, aber ich will auch nicht, dass du zu lange unter seinem Dach lebst.«

»Hast du etwa Angst, ich könnte seinem Charme erliegen?«, neckte ich ihn.

»Nicht im Geringsten. Aisling würde dich zur Schnecke machen, wenn sie das Gefühl hätte, du könntest auch nur das leiseste Interesse an ihm zeigen. Nein, ich mache mir eher Gedanken, wie das Stück Drachenherz auf ihn reagiert. Sie sind zwar nicht von unserer Sippe, aber das Stück Drachenherz erkennt diese Tatsache vielleicht nicht und zwingt dich, auf eine Art zu reagieren, die ... äh ...«

»Ungehörig ist?«

»Unpassend«, sagte er. »Und um deine erste Frage zu beantworten: Nein, wir haben Fiat nicht gefunden, obwohl ich glaube, seine Spur ist frisch. Ich hoffe, dass wir ihn bis morgen früh haben.«

»Du fehlst mir«, sagte ich und blickte mich um, um sicherzustellen, dass mich niemand belauschte. »Du fehlst mir sehr.«

»Du mir auch, Vögelchen. Aber jetzt muss ich auflegen. Um Zeit zu sparen, nehmen wir Portale zu unserem Zielort, und du weißt ja, wie sie mich immer mitnehmen.«

»Bon voyage«, sagte ich lächelnd. »Wünsch mir Glück mit der Polizei. Bis jetzt glauben sie die Geschichte mit dem unerklärlichen Bombenanschlag, allerdings hat das viel damit zu tun, dass Cyrene völlig hysterisch von einem gewalttätigen, extremistischen Freund erzählt hat.«

»Ich hätte Schauspielerin werden sollen«, warf Cyrene selbstgefällig ein. »Ich bin echt gut.«

Es dauerte noch zweieinhalb Stunden, bevor die Polizei und der Notarzt uns endlich gehen ließen. Als ich die Trümmer von Gabriels gemietetem Haus betrachtete, wunderte es mich nicht, dass die Polizei kaum glauben konnte, dass wir alle den Anschlag unbeschadet überstanden hatten. Die anderen silbernen Drachen, die bei Baltics mitternächtlichem Angriff zugegen gewesen waren, hatten auf meinen Rat hin das Haus verlassen – ich konnte die Dinge besser erklären, wenn sich nicht zu viele Personen im Haus befanden.

»Jim, du kannst sprechen, aber wenn du auch nur ein einziges Mal eine blöde Bemerkung von dir gibst, werde ich etwas sehr Unangenehmes mit dir machen.«

»Wie zum Beispiel mir einen Stuhl an den Kopf schleudern?«, erwiderte er. »Oder wie wäre es damit, dass ich die

Hälfte meiner Haare auf dem Kopf verloren habe? Oder dass alle Haare an meinen Lefzen ausgefallen sind? Oh, jetzt habe ich es – wie wäre es mit der Tatsache, dass ich beinahe in winzige Einzelteile zerfetzt worden wäre, kaum dass ich mich zwei Stunden bei dir aufgehalten habe?«

Ich hob einen Finger. »Noch was?«

»Nein. Es lohnt sich nicht, dafür verbannt zu werden. Mein prachtvoller Pelz wird nachwachsen, auch wenn ich bis dahin wie ein Leprakranker aussehen werde.«

»Das mit deinen Haaren tut mir leid. Und du siehst nicht aus wie ein Leprakranker«, sagte ich. »Ich habe dir ja gesagt, dass ich so bald wie möglich mit dir in den Hundesalon gehe. Ich schulde dir schließlich was, nachdem du die beiden Katzen von der alten Dame nebenan gefunden hast.«

»Ach, das war doch keine große Sache. Sie waren sowieso zu mager, höchstens was für den hohlen Zahn.«

»Mrs Patterson war überglücklich, dass du sie gefunden hast, und das zählt schwer zu deinen Gunsten«, sagte ich und tätschelte die unversehrte Seite seines Kopfes. »Aber treib es nicht zu weit. Es war ein langer Tag für uns alle.«

»Ja.« Jim sackte einen Moment lang zusammen, aber sofort hellte sich seine Miene wieder auf. »Ich kann es kaum erwarten zu sehen, was Drake für ein Gesicht macht, wenn wir alle anmarschiert kommen und ihm erklären, dass Baltic dein Haus in die Luft gejagt hat. Er bekommt einen Anfall!«

»Ich wünschte nur, wir würden Magoth finden«, antwortete ich. Um den Dämonenfürsten machte ich mir mehr Sorgen als wegen Drake. »Wo mag er nur sein? Er kann ja nicht verletzt gewesen sein, oder? Theoretisch ist er ja kein Dämonenlord mehr. Eigentlich ist er gar nichts.«

»Nur unsterblich«, stimmte Jim mir zu. »Wenn du seinen übel zugerichteten Kopf nicht gefunden hast, dann hält er sich schon irgendwo auf. Er hat wahrscheinlich die Gelegenheit beim Schopf ergriffen und sich aus dem Staub gemacht.«

Ich weiß nicht, wie die meisten Leute reagieren würden, wenn eine kleine Armee von Drachen bei ihnen vor der Tür stünde, aber Drake machte es überhaupt nichts aus ... bis Aisling schwerfällig die Treppe herunterkam, um nachzusehen, was los war.

»Abgesehen von der Tatsache, dass Jims Fell – was davon noch übrig ist – qualmt, scheint Cyrene unter der Decke nackt zu sein. Maata geht gebeugt, und May hat auch nichts an, außer eines von Gabriels Hemden. Bei den Silberdrachen muss wohl irgendwas passiert sein.«

»Baltic hat uns ausgebombt«, sagte ich und blickte zu Drake. Als er uns an der Tür gegenüberstand, hatte er uns einfach ins Haus gebeten und noch nicht einmal gefragt, was passiert war. »Wenn ihr hier keinen Platz für uns habt, können wir ins Hotel gehen.«

»Sei nicht albern«, erwiderte Aisling. »Wir haben reichlich Platz. Lass mal überlegen. Ich gebe dir den ... nein, den Raum beansprucht Catalina. Wie wäre es mit ... oh, warte, René ist ja da. Du kannst das Gelbe Zimmer haben; es hat einen schönen Blick auf den Fluss. Und Cyrene kann ... hmm.«

»Ich mag Flüsse«, erklärte Cyrene gähnend. »Das Gelbe Zimmer ist in Ordnung für mich.«

»Nein, warte mal«, sagte ich und hielt meinen Zwilling fest, die schon die Treppe hinauflaufen wollte. »Es ist nett von dir, dass du uns alle unterbringen willst – mir fällt wirklich kein sichererer Ort ein –, aber wenn du nicht genug Platz hast, kann Cyrene in ihre Wohnung gehen. Schließlich hat sie eine in der Stadt.«

»Du auch!«, entgegnete sie.

»Nein, nicht mehr. Ich habe sie vor ein paar Wochen aufgegeben.«

»Du kannst doch nicht von mir erwarten, dass ich alleine in meine Wohnung gehe! Ganz alleine?«, kreischte sie. »Ich bin emotional durcheinander! Ich bin ein Wrack! Ich sollte jetzt besser nicht alleine sein – das weiß doch jeder!«

»Du hast dich von deinem Freund getrennt, was du in den letzten tausend Jahren mehrere hundert Mal getan hast, also wirst du ja dieses Mal wohl auch damit fertig werden«, erwiderte ich.

Sie warf mir einen finsteren Blick zu. »Du hast kein Herz, Mayling.«

»Ich habe ein Herz. Ich habe aber auch eine Vorstellung davon, wie viele Personen Aisling unter ihrem Dach beherbergt, und ich bin sicher, das Haus ist überfüllt.«

Cyrene warf Aisling einen kläglichen Blick zu. Ihre Unterlippe bebte. »Aisling?«

»Ja, es ist ein bisschen eng im Moment«, sagte Aisling.

Cyrene schniefte und gab ihr Äußerstes, um kläglich und zerbrechlich auszusehen. »Gut, dann gehe ich eben in meine kalte, dunkle, einsame, leere Wohnung und denke kalte, dunkle, einsame Gedanken.«

»Beim zweiten Mal hast du ›leer‹ vergessen«, warf Jim ein.

Sie trat ihm auf die Zehen.

»Aua! Du darfst mir nicht wehtun! Das darf nur Aisling!

Oder auch May, wenn sie es wollte, aber May ist offensichtlich nicht der böse Zwilling und würde so etwas Grausames und Schändliches niemals tun.«

Ich kniff ihm ins Ohr.

»Bis Aisling endlich das Baby hat, werde ich grün und blau sein«, grummelte Jim und setzte sich neben Aisling.

»Da ist noch der Speicher«, sagte Aisling langsam. »Die Räume dort oben sind doch bewohnbar, oder, Drake?«

»Ja, aber sie sind seit dem Ersten Weltkrieg nicht mehr hergerichtet worden«, antwortete er.

»Das macht mir nichts aus.« Cyrene riss flehend die Augen auf. »Ich will nur nicht allein sein.«

Aisling lächelte. »Wir kriegen dich schon unter. Es gibt vier Speicherräume, also genug für Cyrene, Maata und die beiden Bodyguards.«

»Weißt du, ich sollte eigentlich das Gelbe Zimmer nehmen«, sagte Cyrene, als wir durch die Diele marschierten. »Es hat Blick auf den Fluss, und als Najade bin ich für das Zimmer am besten geeignet. Findest du nicht auch?«

Ich fand das nicht und sagte es ihr auch, sehr zu ihrer Irritation. Aber trotzdem dauerte es nicht lange, bis wir alle in unseren jeweiligen Zimmern untergebracht waren. Drake ließ es nicht zu, dass Aisling mir mehr brachte als eine neue Zahnbürste, zwei Handtücher und ein Stück Seife. »Du humpelst«, stellte sie fest. »Bist du bei der Explosion verletzt worden?«

»Nein, das ist ein Souvenir von Baltics erstem Angriff. Maata hat sich um die Wunde gekümmert, aber sie tut trotzdem noch ein bisschen weh.«

»Ich könnte einen Heiler der grünen Drachen kommen lassen …« Aisling wies zum Telefon.

Ich wehrte ab. »Das ist nicht nötig. Mir geht es gut.«

»Na gut, aber wenn du deine Meinung änderst, sag uns Bescheid. Es tut mir leid, dass du und Cyrene euch ein Badezimmer mit Nora und René teilen müsst«, entschuldigte sich Aisling. Ich setzte mich auf die Bettkante, und sie ließ sich in einen Lehnsessel sinken, der mit rotgoldenem Brokat bezogen war. »Ich würde Catalina nur zu gerne loswerden, und dann könntest du das Zimmer haben, das du normalerweise mit Gabriel bewohnst, wenn ihr hier seid, aber ich fürchte, Catalina wird man nur mit einer Atombombe los.« Aisling stieß einen schweren Seufzer aus. »Es freut mich so für dich, dass deine Schwiegermutter so nett ist. Ich würde dir ja vorschlagen zu tauschen, aber Catalina kann man wirklich keinem zumuten.«

»Ich fand sie eigentlich nicht so schlimm«, erwiderte ich lächelnd. »Ja klar, sie ist ein bisschen heftig und weigert sich auch, mir zu glauben, dass ich völlig bei Verstand bin, aber so sind manche Leute eben. Und hör auf, dich für die Unterbringung zu entschuldigen – wir sind dir unendlich dankbar, dass du uns überhaupt aufnimmst.«

»Ich will alles über dich und Baltic hören«, sagte Aisling und blickte zur offenen Tür. »Aber Drake wird gleich kommen, also werde ich bis morgen früh warten müssen.«

»Ich möchte auch noch über etwas anderes mit dir sprechen, vielmehr mit Nora und dir.« Ich berichtete ihr rasch von den Ereignissen bei Bael.

»Ach, du lieber Himmel!«, sagte sie, als ich geendet hatte. Mit weit aufgerissenen Augen betrachtete sie mich. »Die Macht eines Dämonenlords, aber kein Dämonenlord. Du bist nicht geächtet, also gehe ich davon aus, dass du die dunkle Macht nicht angewendet hast?«

»Ich weiß gar nicht, was das ist, also wahrscheinlich nicht.«

»Du wüsstest es, wenn du sie benutzen würdest. Hast du versucht, einen kleinen Teil anzuwenden?«

»Nein, und das habe ich auch nicht vor. Es reicht mir schon, dass mich das Stück Drachenherz in Besitz genommen hat.«

»Dann liegt es wahrscheinlich daran, dass die dunkle Macht mit dir nicht so umspringen kann, wie sie es mit mir getan hat«, überlegte Aisling laut und rieb ihren dicken Bauch. »Sie hat mich fast wahnsinnig gemacht, aber du hast dieses Stück Drachenherz in dir, und jeder weiß, dass Drachen nicht so leicht beeinflusst werden können. Also, in gewisser Weise ist es ein Glück, dass du das Stück Drachenherz hast.«

Darauf erwiderte ich nichts. »Ich möchte gerne wissen, was ich an dieser Situation ändern kann. Ich hatte gehofft, Nora und du könntet mir einen Rat geben.«

»Absolut«, erwiderte Aisling rasch. »Nora wird dir gerne helfen, und ich auch. Jim, was zum Teufel hast du da auf dem Kopf?«

Jim marschierte gerade an der offenen Tür vorbei. Lange schwarze Haarsträhnen hingen von seinem Kopf. »Eine Perücke. Ich habe sie auf dem Speicher gefunden. Man muss sie ein bisschen frisieren, aber bis mein Fell nachgewachsen ist, tut sie es.«

»Ach, du liebe Güte …«

»Soll ich ihn für dich verbannen?«, fragte ich.

»May!« Jim blickte mich empört unter der Perücke her an. »Das würdest du wirklich tun, was?«

»Es ist verführerisch, aber noch nicht.« Aisling machte einen nachdenklichen Eindruck. »Aber wenn er zu frech wird, kannst du ihm befehlen, seine Zeit mit Catalina zu verbringen.«

»Da würde ich noch lieber verbannt«, grummelte der Dämon.

»Morgen früh sprechen wir über dein Problem, ja? Schlaf gut. Jim ...« Sie warf Jim einen hilflosen Blick zu, schüttelte den Kopf und murmelte vor sich hin, als sie das Zimmer verließ.

»Hey«, sagte Jim und drehte den Kopf hin und her, dass die langen Haare ihm ums Gesicht flogen. »Meinst du, Gabe würde mir Dreadlocks machen?«

Ich sank auf dem Bett zusammen. Die Ereignisse des Tages hatten mich emotional erschöpft. »Geh schlafen, Jim. Und bitte belästige niemanden, vor allem nicht Aisling.«

»Ich glaube, das stünde mir gut.« Jim drehte weiter seinen Kopf. »Wenn es bei Gabriel funktioniert, könnte es schließlich auch bei mir ...«

Ich schlug ihm die Tür vor der Nase zu und krabbelte erschöpft ins Bett. Gabriel fehlte mir. Seit meiner Rückkehr aus Abaddon waren wir nicht mehr getrennt gewesen, und es erstaunte mich, wie leicht wir uns einander angepasst hatten. Ich fühlte mich wohl in seiner Nähe, mehr als wohl. Es fühlte sich richtig an. Und wenn er nicht bei mir war, hatte ich das Gefühl, in den Schatten zu gehen.

»Wieso guckst du so nachdenklich?«

Ich zuckte erschrocken zusammen. »Cy, du hast mich beinahe zu Tode erschreckt.«

»Du kannst nicht sterben«, erklärte mein Zwilling und schloss die Tür hinter sich. »Und sieh mich bloß nicht so an – ich habe geklopft, aber du hast nicht geantwortet. Und da habe ich ins Zimmer gespäht, um zu sehen, ob du schon schläfst und das Licht angelassen hast. Geht es dir gut? Du hast so einen seltsamen Gesichtsausdruck. Wie viel vom Fluss kannst du denn sehen? Oh, nicht besonders viel. Na gut.«

Unentschlossenheit stieg in mir auf. Normalerweise war ich eine sehr entschlossene Person, machte Pläne und befolgte sie. Aber jetzt überfluteten mich seltsame Gefühle, und das forderte so langsam seinen Preis.

»Mayling, ich bin es nur. Du kannst mir alles erzählen, was dich bekümmert.« Cy ließ sich ans Fußende des Bettes plumpsen und tätschelte meine Füße. »Na los. Ich kann doch sehen, dass du reden willst.«

Ich öffnete den Mund, um ihr zu sagen, dass alles in Ordnung war, aber stattdessen sagte ich: »Es geht um Gabriel. Ich mache mir Sorgen.«

»Weil Chuan Ren ihm etwas tun könnte?«

»Nein, ich weiß ja, dass er auf sich aufpassen kann. Nein, es geht um das, was Gabriel mir bedeutet«, sagte ich kläglich. Es fiel mir schwer, meine Sorgen mit meinem nicht so besonders sensiblen Zwilling zu teilen.

»Du liebst ihn.«

»Ja. Und er liebt mich. Um die Liebe geht es nicht.«

»Um was denn dann? Oh!« Sie riss ihre Augen auf, die meinen so ähnlich waren. »Dir gefällt nicht, dass du ihn liebst.«

»Wie lächerlich«, erwiderte ich gereizt. »Warum sollte ich den Mann, der mich liebt, nicht lieben wollen?«

»Weil es bedeutet, dass du nicht mehr nur für dich alleine verantwortlich bist. Du bist an ihn gebunden, und nichts wird wieder so sein wie zuvor. Ihr lebt jetzt seit fast zwei Monaten zusammen ... ja, genau. Der erste Tau ist weg, und dir wird auf einmal klar, worum es in Beziehungen geht.«

Ich starrte sie überrascht an. »Woher weißt du diese Dinge? Du hattest doch nie eine Beziehung, die länger als ein paar Wochen gedauert hat.«

»Ich bin mit Kostya fast so lange zusammen wie du mit Gabriel«, erwiderte sie. »Länger, wenn du die Zeit dazu rechnest, die wir miteinander verbracht haben, als du in Abaddon warst.«

»Muss ich dich daran erinnern, dass du dich heute offiziell von Kostya getrennt hast?«

Sie warf mir einen giftigen Blick zu. »Nein, das brauchst du nicht. Bis zu dem Augenblick, als er mich grausam und grundlos verstoßen hat, damit er sich als großer Wyvern aufspielen konnte, waren wir ein sehr erfolgreiches Paar. Also erzähl mir nicht, ich verstünde nichts von Beziehungen, weil es nicht stimmt. Ich hatte schon genügend Beziehungen, um das eine oder andere zu lernen.«

Ich musste zugeben, dass sie meine Sorgen irgendwie auf den Punkt brachte. »Ich bedauere nicht, Gabriel zu lieben. Das heiße ich willkommen, ich heiße ihn in meinem Leben willkommen. Was mir Sorgen bereitet, ist, dass *er* mein Leben wird.«

»Du meinst, dass er es dominiert? Also, ich finde, dominant ist eher Drake.«

»Nein, nicht dominant.« Ich suchte einen Moment lang nach den richtigen Worten. »Er ist alles für mich, Cy. Nicht nur dieser ganze romantische Kram wie Mond und Sterne und so etwas – nein, ich meine, wenn er nicht bei mir ist, ist das Leben nicht richtig, nicht ganz real.«

»Und das macht dir Sorgen?« Sie lächelte. »Für mich klingt das nach wahrer Liebe.«

»Ich habe dir ja gesagt, dass es nicht um die Liebe geht. Damit habe ich keine Probleme.«

»Du hast also Angst, dass das Leben nicht funkelt, wenn er nicht bei dir ist, dass du ... dass du zu abhängig von ihm wirst?«

»Nein. Ich weiß ja, dass er mich genauso braucht wie ich ihn. Das Problem ist ...« Ich wollte die Worte nicht laut aussprechen.

»Was?«

Ich biss mir auf die Unterlippe.

»Mayling, ich bin dein Zwilling. Ich will dir helfen, wenn ich kann, und wir wissen doch beide, dass ich nie Gelegenheit dazu habe, weil du ständig mir helfen musst. Aber ich kenne die Männer, und ich verstehe etwas von Beziehungen, und bei Neptun, ich werde dir helfen! Und jetzt sag mir, was das Problem ist, damit ich dir versichern kann, dass es halb so schlimm ist. Und danach gehe ich in die Badewanne.«

Ich lachte über ihr entschlossenes Gesicht. »Ich versuche nicht, dich vom Baden abzuhalten, das kann ich dir versichern. Aber es hört sich dumm an.«

»Ich bin von Kopf bis Fuß dumm«, erwiderte sie ernsthaft. »Also sag es schon.«

Ich blickte auf meine Hände. Meine Finger sahen stark

und zuverlässig aus wie immer. Aber ich wusste, wie schnell sie sich in Klauen verwandeln konnten, mit scharfen, dunkelroten Krallen. »Wenn nun das Stück Drachenherz mich nur so empfinden lässt?«

»Hältst du das für möglich?«, fragte sie und überlegte.

»Ich weiß nicht. Aber wenn es so ist, folgt daraus, dass auch Gabriel auf das Stück Drachenherz reagiert. Er hat mir einmal erzählt, dass er früher nur mit weiblichen Drachen zusammen war. Ich war sein erster Mensch. Wenn wir uns lieben, möchte er mich am liebsten nur in Drachengestalt haben, Cy. Nein, es steckt sogar noch mehr dahinter – ich glaube, er hat mich *am liebsten* in Drachengestalt.«

»Nun ... er ist ein Drache«, erwiderte Cyrene.

»Ich weiß, aber ...« Ich wünschte, ich hätte nie etwas gesagt, aber jetzt gab es kein Zurück mehr. »Wenn es nun das Stück Drachenherz ist, das er liebt? Oh, das klingt so albern – ich weiß, ich sollte so etwas noch nicht einmal denken. Ich weiß ja, dass er mich liebt. Er hat mich ja auch schon vor dem Drachenherz geliebt. Aber ... ach, vergiss es. Es ist einfach zu idiotisch.« Ich schlug mir die Hände vors Gesicht. Am liebsten wäre ich in die Schatten gegangen und hätte mich eine Zeitlang vor der Welt versteckt.

Cyrene überraschte mich erneut, indem sie über meine Sorgen nicht leichtfertig hinwegging. »Ich glaube, ich weiß, was du meinst«, sagte sie, nachdem sie eine Weile überlegt hatte. »Du hast Angst, dass er dich jetzt wegen dem Stück Drachenherz mehr liebt. Aber tut er das wirklich?«

»Ja«, sagte ich sofort. Ich hatte auf einmal das Bedürfnis, es Cyrene verständlich zu machen. »Als ich Gabriel kennen lernte, waren wir ... na ja, wir fühlten uns augenblicklich zueinander hingezogen. Zum Teil lag das an der biologischen Tatsache, dass ich seine Gefährtin war, aber es gab auch etwas, das darüber hinausging. Wir passten einfach gut zusammen, wenn du so willst. Und sexuell ...« Ich lächelte schief.

»Ich weiß. Man brennt nicht einfach so ein Hotel nieder, wenn es beim Sex nicht wirklich gut ist.« Cyrene grinste und tätschelte mir wieder den Fuß. »Ich muss zugeben, dass ich mir im Anfang Sorgen um dich gemacht habe, Mayling. Du warst noch nie mit einem Mann zusammen gewesen, und ich fand, dir fehlte die Erfahrung, dein Leben mit jemandem zu verbringen.«

»Ich verbringe es doch auch mit dir«, erwiderte ich.

»Aber wir sind kein Liebespaar. Jetzt reg dich nicht auf – ich habe ja schnell eingesehen, dass ihr gut miteinander klarkommt.«

»Ja, das stimmt. Und mittlerweile weiß ich auch, was es bedeutet, dass er ein Teil von mir ist. Ich weiß, wie er morgens ist, wenn er gerade aufgewacht ist – bis ich ihn küsse, ist er irgendwie mürrisch. Ich weiß, womit ich ihn zum Lachen bringe, und ich weiß, was ihn wütend macht.«

»Für mich klingt das völlig normal«, sagte Cyrene.

»Das ist es auch. Und doch ... bevor das Phylakterion explodierte, hatte ich nicht einen solchen Einblick in ihn. Deshalb mache ich mir ja Sorgen, was wird, wenn das Stück Drachenherz wieder in einem nicht lebenden Gefäß aufbewahrt wird.«

Cy nickte verständnisvoll.

Ich blickte sie an. »Du willst mir aber jetzt nicht sagen,

dass alles gut wird, auch wenn das Stück Drachenherz nicht mehr da ist?«

»Nein, natürlich nicht.« Sie blickte mich an. »Das werde ich nicht sagen, weil es möglicherweise stimmt, was du sagst.«

Mein Herz sank.

»Gabriel ist ein Drache. Du trägst ein Stück von einem Drachenherz in dir. Natürlich reagiert er darauf. Es wäre unmöglich für ihn, nicht darauf zu reagieren. Das wäre so, wie wenn ich einem ruhigen, schönen Teich den Rücken zuwenden würde.«

»Wenn du müsstest, könntest du das durchaus«, grummelte ich. Die Erkenntnis, dass sie die Wahrheit sagte, schmerzte.

»Nein, ich könnte es nicht.« Sie ergriff meine Hand und drückte sie, bis ich aufblickte. »Mayling, das ist vielleicht schwer für dich zu verstehen, weil du kein Wasserelement-Wesen bist. Aber Wasser ist nicht nur etwas, was mich interessiert – es ist mein Leben. Es beherrscht mich, es treibt mich an; der gesamte Fokus meines Seins richtet sich darauf. Wenn ich in der Nähe eines Flusses bin, muss ich ihn sehen, ihn berühren, ich muss in seiner Schönheit und Reinheit baden. Ich *bin* der Fluss, May. Verstehst du das? Er ist ebenso Teil von mir wie meine Arme, meine Beine, mein Gehirn. Und ich nehme an, so empfindet Gabriel bei dem Stück Drachenherz – es ist Teil des Herzens, das in allen Drachen schlägt. Es ist ein wesentlicher Bestandteil von ihm, so wie Wasser bei mir. Und du gehörst jetzt für ihn in dieser Gleichung dazu.«

»Solange ich das Stück Drachenherz in mir trage«, sagte ich düster.

Sie blickte mich einen Moment lang an und erhob sich dann. »Sicher machst du dir Sorgen, dass du dich an das Stück Drachenherz verlierst, aber ist dir jemals in den Sinn gekommen, dass auch das Gegenteil zutreffen könnte?«

»Hä?«

Sie ging zur Tür und ergriff das Handtuch, das sie auf die Kommode gelegt hatte. »Ich glaube schon, May, dass das Drachenherz dich verändert. Aber du veränderst es auch. Vielleicht wirst du so werden, wie es dir bestimmt ist. Und vielleicht veränderst du das Stück Drachenherz zu etwas ganz anderem.«

8

Ich grübelte die ganze Nacht bis zum Morgengrauen über Cyrenes bizarre Äußerung nach. Sie hatte mir zwar nicht versichert, dass Gabriel mich noch genauso lieben würde, wenn das Stück Drachenherz nicht mehr in mir war, aber ich stellte fest, dass mir ihre aufrichtige Antwort mehr wert war als alle Plattitüden. Ich rieb über die kleine Narbe auf meiner Brust, wo das Stück Drachenherz in meinen Körper eingedrungen war, starrte hinaus auf die roten und goldenen Streifen am Horizont und fragte mich, was Gabriel jetzt wohl tun mochte. Für den Augenblick war ich zufrieden damit zu wissen, dass ich ihm ebenso fehlte wie er mir.

Ein paar Stunden später ging ich nach unten, müde von Schlafmangel und zu vielem Grübeln. Ich dachte, ich sähe Gespenster, als Jim auf mich zugetrottet kam.

»Heya, Mayling. Du siehst aus, als hätte man dich rückwärts auf einem Stachelschwein durch Abaddon gezogen.«

»Jim ... hattest du nicht einen Teil deines Fells verloren?« Ich berührte die Seite seines Kopfes, die angesengt gewesen war, und ließ dann meine Hand zu einem großen weißen Fleck auf der Brust gleiten. »Und was ist das hier? Ist es Farbe? Bleichmittel?«

»Nein, ich habe mich für ein paar Minuten von Ash nach Abaddon schicken lassen, damit ich eine neue Gestalt besorgen konnte, eine, deren Fell noch heil ist. Gefällt sie dir?« Der Dämon drehte sich um die eigene Achse. »Der Schwanz ist zwar nicht ganz so buschig, aber diese Gestalt hat einen weißen Fleck, und es weiß ja jeder, dass Frauen so was mögen. Oh, und sieh mal! Drei weiße Zehen! Irgendwie rassig, was?«

»Sieht sehr gut aus«, stimmte ich ihm zu. »Ich ... äh ... es tut mir leid. Mir war nicht klar, dass dir der Verlust des Fells so viel ausgemacht hat. Ich hoffe, du hast Aisling nicht allzu sehr damit belästigt.«

»Eifersüchtig?« Er wackelte vielsagend mit den Augenbrauen.

»Ganz sicher nicht.«

»Oh, oh. Ich merke dir doch an, dass du sauer bist, weil ich mich von dir nicht nach Abaddon habe schicken lassen – aber mach dir nichts draus, süße Maus. Aisling hat es gerne gemacht. Sie war gerade auf und wollte unbedingt der verrückten Dame aus dem Weg gehen. Außerdem war ich mir nicht sicher, ob du es kannst.«

»Verrückte Dame? Oh, Drakes Mutter?«

Jim erschauerte. Er blickte über die Schulter. »Sie ist gerade im Esszimmer mit Aisling. Drake macht den Schiedsrichter. Ich soll mit Suzanne Gassi gehen. Kommst du mit?«

»Nein, ich bleibe lieber hier. Danke.«

Suzanne, Istváns Freundin, die für Aisling und Drake als Köchin arbeitete, tauchte aus einem der hinteren Zimmer auf mit einer Leine und ein paar Plastiktüten.

»Zeit zum Spazierengehen«, sagte sie mit schwerem Akzent. »Willst du mitkommen, May?«

»Heute Morgen nicht, danke. Jim, Aisling hat es dir bestimmt schon gesagt, aber falls nicht – benimm dich bitte!«

Jim verdrehte die Augen. »Warum glaubt eigentlich jeder, mir das ständig sagen zu müssen! Also ob ich mich schon jemals danebenbenommen hätte ....«

Zum Glück schloss sich die Haustür hinter dem Klagelied des Dämons. Zwei Sekunden später ging sie jedoch wieder auf.

Ich warf einen Blick auf die Frau, die eintrat, und verspürte ein seltsames Gefühl der Erleichterung. »Kaawa!«

»Wintiki!« Gabriels Mutter, eine große, elegante Erscheinung in einer silbernen und schwarzen Leinentunika und Hose, trat auf mich zu, um mich zu umarmen. Ihre Haut hatte die Farbe von Milchschokolade, ihre schulterlangen Haare waren zu einem Knoten geschlungen, und ihr Lächeln wärmte mich von Kopf bis Fuß. Ich fühlte mich eingehüllt in einen Kokon, der vom Wind, dem Himmel und den Geschöpfen im Träumen wisperte. Kaawa war eine Schamanin der Erde, aber ihre Kunst ging über die Sterblichkeit hinaus.

»Ich bin so froh, dich zu sehen«, sagte ich und umarmte sie fest, dankbar dafür, dass Gabriel so eine wundervolle Mutter hatte.

»Geht es dir gut, kleiner Nachtvogel?«, fragte sie. Sie hielt mich auf Armeslänge weg und musterte mich prüfend. Ihr Blick drang mir direkt in die Seele. »Macht mein Gabriel dich glücklich?«

»Über die Maßen«, erwiderte ich und verdrängte die Sorgen, die allgegenwärtig zu sein schienen.

Einen Moment lang schwieg sie. Sie legte eine Hand an mein Gesicht, und ihr Blick drang bis auf den Grund meines Seins. »Du bist glücklich, ja, aber auf deinem Herzen liegt ein Schatten. Es ist also nicht alles gut?«

»Doch, alles ist gut«, versicherte ich ihr. »Ich bin ein bisschen gestresst wegen des Drachenherzens.«

Sie nickte und ließ die Hand sinken. »Es bereitet dir Kummer. Gabriel sagte, du hättest Angst, dass es dich überwältigt. Wir werden dafür sorgen, dass das nicht geschieht.«

»Danke. Kennst du eigentlich Aisling schon?«

Ihre Augen leuchteten vor Interesse auf. Sie legte mir den Arm um die Taille und ließ sich von mir zum Esszimmer führen. »Nein, aber Gabriel hat mir schon viel von ihr erzählt. Früher einmal habe ich gedacht ... aber das ist unwichtig.«

Ich knirschte mit den Zähnen, weil ich wusste, was sie meinte. Aber dann lachte ich laut. Sie blieb stehen und warf mir einen fragenden Blick zu.

»Eifersucht ist nie schön, aber manchmal kann sie komisch sein«, sagte ich. »Ich weiß, dass Gabriel eine Zeit lang ernsthaft daran gedacht hat, Drake um Aisling herauszufordern. Aber ich finde es in Ordnung. Na ja, nicht in Ordnung, aber ich verstehe es.«

»Weil du weißt, dass er mit ihr nie glücklich geworden wäre?«, fragte sie und musterte mich aufmerksam.

Mein Lächeln wurde breiter. »Mehr, weil ich weiß, dass Drake Gabriel nie Aisling überlassen hätte. Und sie hätte ihm das Leben zur Hölle gemacht, wenn Drake sie doch hätte gehen lassen.«

Kaawa lachte und zog mich an sich. »Du bist eine kluge Wintiki!«

Ich hatte mir Sorgen darüber gemacht, wie die launische Catalina wohl mit Gabriels Mutter umspringen würde, aber sie vergingen, nachdem ich die beiden Frauen miteinander erlebt hatte. Catalina, die Aisling grob und unhöflich behandelte, fühlte sich in Kaawas Gegenwart anscheinend wohl. Sie hockten sich gleich zusammen, um über gemeinsame Drachen-Bekannte zu plaudern.

»Nora musste sich um ein kleines Problem kümmern – ein Kobold-Ausbruch in Islington. Aber sobald sie aufgeräumt hat, setzen wir uns zusammen und sprechen über deine Angelegenheit«, sagte Aisling.

»Ich möchte dir keine Unannehmlichkeiten bereiten«, sagte ich und blickte auf ihren dicken Bauch. »Du möchtest wahrscheinlich nicht so viel herumlaufen. Weiß man denn jetzt, wann das Baby kommt?«

Seufzend tätschelte sie ihren Bauch. »Bean – meine Hebamme – meinte, sie könne mal versuchen, Wehen herbeizuführen, aber sie ist eigentlich nicht dafür. Anscheinend ist es nicht ungewöhnlich für ein Kind gemischter Eltern, wenn die Schwangerschaft ein bisschen länger dauert. Also halte ich noch ein paar Tage durch, bevor der jüngste grüne Drache ausgebrütet wird.«

»Ausgebrütet?« Ich blickte sie entsetzt an. »Du meinst doch nicht etwa ...«

»Nein, nein, keine Eier«, sagte sie lachend. »Drachen werden in menschlicher Gestalt geboren. Und mach dir keine Gedanken, weil du mich um Hilfe bittest; mir macht das gar nichts aus. Im Gegenteil ...« Sie blickte zu Kaawa und Catalina, die ins Gespräch vertieft waren. »Im Gegenteil, ich bin dankbar für jede Entschuldigung, um meiner Schwiegermutter zu entkommen. Ständig erzählt sie mir, wie unzulänglich ich sei. Dein Problem ist also eine willkommene Abwechslung.«

»Was für ein Problem ist das?«, fragte Drake, der seiner Frau eine Flasche Wasser reichte.

Sofort stiegen Schuldgefühle in mir auf, weil ich Aisling in meine Geschichten verwickelte. Dabei musste sie sich doch auf die Geburt konzentrieren.

Drake kniff die grünen Augen zusammen. »Was für ein Problem?«, wiederholte er ein wenig heftiger.

»Nichts, Süßer, nur eine ... Kleinigkeit, auf die Mayling gestoßen ist«, beruhigte Aisling ihren Mann.

Drake blickte sie misstrauisch an. »Du tust doch nichts, was auch nur im Entferntesten gefährlich ist, oder?«

»Ich würde nie auch nur auf den Gedanken kommen«, erwiderte sie lächelnd. »Auf jeden Fall nicht so kurz vor der Entbindung. May möchte nur ein paar Informationen über Dämonenlords, und ich wollte mich mit Nora beraten.«

Der misstrauische Blick glitt zu mir. Ich lächelte ihn ebenfalls an. »Ich möchte wirklich nur etwas wissen. Aisling braucht nur nachzudenken.«

»Das will ich hoffen.« Er warf uns beiden einen warnenden Blick zu und gesellte sich zu seiner Mutter und Kaawa.

»Der reinste Tyrann!«, murmelte Aisling liebevoll. »Oh, gut, da ist Nora ja. Wir haben Arbeit für dich«, sagte sie zu der Frau, die das Wohnzimmer betrat. Jim folgte ihr. Nora war theoretisch Aislings Mentorin, aber ich vermutete, dass ihre Beziehung eher freundschaftlich war. Nora war Anfang vierzig, schwarz, mit warmen, funkelnden Augen hinter einer rotgeränderten Brille.

»Was gibt es denn? Guten Morgen, May. Ich habe schon gehört, dass du zu Besuch gekommen bist.«

»Nur für ein paar Tage, bis wir ein neues Haus gefunden haben. Unseres ist von einem äußerst wütenden Drachen demoliert worden.«

Jim schnaubte. »Das ist die Untertreibung des Jahres, Babe!«

»Hast du nichts zu tun?«, fragte ich den Dämon.

»Das hatte ich schon, und ich werde nicht in die Einzelheiten gehen, weil Ash es bestimmt ekelhaft findet«, erwiderte Jim kichernd.

Ich berichtete Nora kurz von den Ereignissen der letzten Tage, einschließlich meines Besuchs bei Bael.

Ihre Augen wurden immer größer.

»Er hat dir Magoths Macht gegeben?«, fragte sie ungläubig.

Ich nickte. »Ich will sie aber nicht, deshalb ist die Frage an dich, wie ich sie am besten wieder zurückgeben kann.«

Nora blickte Aisling an. Aisling lächelte mich schief an. »Du kennst Bael ebenso gut wie ich, May. Wahrscheinlich sogar besser. Kannst du dir vorstellen, dass er irgendetwas rückgängig macht, was er dir aufgezwungen hat?«

»Nein.« Meine Schultern sanken herunter. »Du hast natürlich recht, aber ich habe gehofft, dass einer von euch einen Trick im Ärmel hat. Ich kann die Macht nicht behalten. Und schon gar nicht mit dem Drachenherz. Es ist einfach zu gefährlich.«

»Absolut«, stimmte Nora mir zu.

»Ich könnte mir höchstens vorstellen, sie an jemand anderen weiterzugeben, an jemanden, dem du vertraust und der sie nicht benutzt«, sagte Aisling.

»Die Leute, denen ich vertraue, möchte ich nicht mit der Macht belasten, und die, denen ich nicht vertraue ...«

Die Tür wurde aufgestoßen, und alle im Raum zuckten erschrocken zusammen.

»Du dachtest wohl, du könntest dich vor mir verstecken, was?«, schrie Magoth, der einen grünen Drachen hinter sich herzerrte. »Du dachtest wohl, du könntest mich einfach im Keller zurücklassen, während du ... während du ...« Er blieb abrupt stehen, aber nicht, weil es dem Drachen endlich gelungen war, ihn aufzuhalten. Er starrte mich an. Blinzelnd stemmte er die Hände in die Hüften und musterte mich, als ob er mich noch nie gesehen hätte.

»Es tut mir leid«, entschuldigte sich der grüne Drache und warf Drake einen nervösen Blick zu. »Er ist an mir vorbei, bevor ich ihm sagen konnte, dass ich die silberne Gefährtin erst um Erlaubnis fragen müsse.«

»Du besitzt dunkle Macht«, sagte Magoth schließlich.

»Oh Gott, nein«, murmelte ich. Am liebsten hätte ich mich in der Schattenwelt verkrochen, aber ich begnügte mich damit, mir die Hände vors Gesicht zu schlagen.

»Hu, Junge, jetzt fliegt sie an den Ventilator«, sagte Jim und kam zu mir getrottet. »Mann, Ash, ich habe ›sie‹ gesagt, nicht das andere Wort. Sieh mich nicht so an!«

»Du hast *meine* Macht!«, brüllte Magoth und trat steifbeinig auf mich zu. Das Stück Drachenherz versuchte, mich ihm entgegen zu drängen. »Du verräterisches kleines Luder! Du diebisches, hinterhältiges kleines Miststück.« Auf einmal schien ihm klar zu werden, was er da sagte. Er hielt inne, und dann warf er sich plötzlich vor meine Füße, ergriff eine meiner Hände und drückte eisige, nasse Küsse darauf. »Feuer und Schwefel! Du bist die perfekteste Frau, der ich jemals begegnet bin!«

»Oh Gott!«, sagte ich und wehrte mich gegen das Stück

Drachenherz. Ich würde nicht nachgeben, ich würde weiter dagegen ankämpfen.

Jim griente. »Oh ja! Nichts macht einen Dämonenlord mehr an, als ein bisschen Bösartigkeit. Gut gemacht, May!«

»Oh Gott, oh Gott, oh Gott«, stöhnte ich.

»Ich wusste ja, dass du eines Tages zugeben würdest, dass du mich willst«, sagte Magoth, der immer noch feuchte Küsse auf meinen Handrücken drückte. »Du hast mich zum glücklichsten Dämonenlord auf der ganzen Welt gemacht. Nimm mich, meine anbetungswürdige Böse! Nimm mich wie einen billigen Gigolo! Reite mich wie ein gemietetes Maultier! Schlag mich, wie du noch nie zuvor jemanden geschlagen hast! Aber nur mit deinem Schwanz, du weißt ja, wie sehr ich das liebe.«

»Ich glaube, das reicht jetzt«, erklärte Drake.

Magoth warf dem Wyvern einen finsteren Blick zu. »Wer bist du?«

»Drake Vireo, Wyvern der grünen Drachen und Eigentümer dieses Hauses. Ich bin auch ein Freund von Gabriel, und ich kann dir versichern, er schätzt es bestimmt nicht, dass du die Hände seiner Gefährtin ableckst.«

Magoth erhob sich, hielt aber meine Hand weiter fest. Er warf Drake einen Blick zu, mit dem er jahrhundertelang all seine Untergebenen in Angst und Schrecken versetzt hatte. »Sie ist *meine* Gemahlin. Ich habe das Recht, sie dort zu küssen, wo es mir beliebt, Drache.«

»Nein, das hast du nicht«, erwiderte ich und riss mich los. Ich schob ihn nicht allzu sanft beiseite. »Du hast dich vor einigen Wochen von mir scheiden lassen.«

Er zog einen Schmollmund. »Das habe ich doch nicht so

gemeint. Ich war wütend. Außerdem reicht es nicht, zu sagen, man will sich scheiden lassen.«

»Nein? Was ist denn sonst erforderlich?«, fragte ich.

»Der Tod«, sagte Nora.

Aisling nickte. »Verbannung funktioniert auch, obwohl das komplizierter ist, weil die Verbannte theoretisch noch lebt.«

»Es gibt auch eine Zurückweisungszeremonie«, fuhr Nora fort und musterte Magoth. Er grinste sie höhnisch an und schnappte sich erneut meine Hand. »Aber dafür ist das Opfer von fünfzehn jungfräulichen Seelen erforderlich, deshalb wird sie nicht oft praktiziert.«

»Aisling hat das mit Hühnchen gemacht«, warf Jim ein.

Ich starrte sie überrascht an.

»Bael hat keine spezifischen Angaben gemacht«, sagte Aisling mit einer nonchalanten Geste. »Ich fand, gebratene Hühnchen seien ideal, weil sie seinen Forderungen entsprachen und gleichzeitig gegessen werden konnten.«

»Du meinst also, ich bin an ihn gebunden?«, fragte ich Nora.

»Was ist hier los? Wer ist dieser dunkle, attraktive Mann mit den engen Reithosen?« Catalina und Kaawa traten zu uns. Catalina musterte Magoth, als sei er ein Stück Torte, das ihr angeboten würde.

Er würdigte sie keines Blickes.

»Das ist Magoth, mein ... äh ... Boss«, sagte ich. »Magoth, diese Dame ist Drakes Mutter, Dona Catalina de Elférez.«

»Ich habe kein Interesse an anderen Frauen, da du mir jetzt deine wahre Natur gezeigt hast, mein Dunkle, Tödliche«, murmelte Magoth und saugte an meinen Knöcheln.

Ich versuchte, meine Hand loszureißen, aber er hielt sie nur umso fester und bedachte mich mit einem glühenden Blick.

»Er riecht wie die Dämonen«, sagte Catalina und ging um ihn herum, um ihn auch von hinten zu betrachten. »Aber er hat einen großartigen Hintern.«

Magoth hörte auf, sich mit meinen Knöcheln zu befassen und drehte sich nach ihr um.

Sie betrachtete einen Moment lang seine Hose. »*Sehr* enge Breeches. Ich liebe enge Breeches.«

»Mutter«, sagte Drake peinlich berührt.

»Achte nicht auf ihn«, sagte Catalina zu Magoth und warf ihm unter halbgeschlossenen Lidern einen Schlafzimmerblick zu. »Es gefällt ihm nicht, dass seine Mama Liebhaber hat. Aber ich bin anders. Du erinnerst mich ein bisschen an meinen Ehemann. Drake, sieht er nicht aus wie dein verfluchter Vater?«

»Nein«, antwortete Drake. Magoth jedoch reagierte sofort auf das Wort.

»Verflucht?«, fragte er und musterte Catalina. »Du hast die Aura einer Frau, die ganz genau weiß, was Dämonenlords wünschen. Sag mir, meine spanische Schönheit, was hältst du von Fesseln bei der Liebe?«

»Sie sind absolut notwendig«, erwiderte Catalina achselzuckend. »Wie solltest du sonst deinen Partner richtig quälen können, wenn er dich davon abhalten kann?«

Magoth ließ meine Hand los und flirrte zu ihr. Er drückte seine Lippen auf ihre Handfläche. »Ich liebe es, wie du denkst, meine exotische kleine Olive. Und deine Meinung zu Nippelklemmen?«

»Auch absolut notwendig«, erwiderte Catalina. »Allerdings ziehe ich Piercing durch die Brustwarzen vor. Es ist viel zuverlässiger und hält besser mit der Leine.«

Magoth überlief ein kleiner Schauer der Ekstase. »Du bist eine Frau, die ihre Lust kennt.«

»Hör auf, meine Mutter zu lecken«, verlangte Drake. Er sah aus, als wolle er Magoth, wenn es sein musste, auch mit körperlicher Gewalt stoppen.

»Und ich hatte geglaubt, so etwas würde ich hier nie hören«, kicherte Jim.

»Andererseits halte ich Peitschen für überbewertet«, fuhr Catalina fort. »Eine neunschwänzige Katze hingegen ...«

Magoth zitterte und schloss einen Moment lang die Augen. »Eine mit Hunderten winziger Barthaare?«

»Hervorragend, um dir der Aufmerksamkeit deines Partners sicher zu sein«, stimmte Catalina zu.

»Du lieber Himmel, was haben wir da angerichtet?«, fragte Aisling. Sie ließ sich von Drake beim Aufstehen helfen. »Ich muss zur Toilette. Ich bin gleich wieder da. Aber vielleicht dauert es auch länger, wenn die beiden noch mehr in Details gehen. Jim, bei Fuß.«

»Was? Hey! Ich will weiter zusehen, ob Magoth Drakes Mom ...«

Die Tür schloss sich hinter den Protesten des Dämons.

Kaawa, die die Szene lächelnd verfolgt hatte, schaute mich an. »Vielleicht wäre jetzt ein guter Zeitpunkt, um darüber zu sprechen, was du alles brauchst, um das Drachenherz neu zu bilden.«

»Absolut«, erwiderte ich mit Nachdruck. Alles, was mich von Magoth wegbrachte, fand meine volle Zustimmung.

»Drake, ich störe dich ja ungern, aber gibt es ein Zimmer, wo wir ungestört sind?«

»Mutter!«, sagte Drake lauter als gewöhnlich und funkelte Magoth aus seinen grünen Augen an. »Du erinnerst dich sicher noch an unser Abkommen – du kannst hier bleiben, wenn du Aisling nicht aufregst.«

»Sie ist ja noch nicht einmal im Zimmer«, gurrte Catalina und knabberte an Magoths Ohr.

»Du weißt sehr gut, was ich meine.«

Ich zupfte Drake am Ärmel und sagte leise: »Er kann deiner Mutter doch nichts tun, oder? Ich meine, sie ist doch die Gefährtin eines Wyvern und deshalb unsterblich, oder?«

»Ja, sie ist unsterblich. Allerdings besitzt sie keinen besonders guten Geschmack.« Er warf Magoth einen finsteren Blick zu.

»Wenn es dir nichts ausmacht, wäre ich sehr dankbar, wenn sie es dann ... äh, ein besserer Ausdruck fällt mir nicht ein ... miteinander treiben.«

Drake blickte mich überrascht an. Kaawa hielt sich die Hand vor den Mund und tat so, als müsse sie husten.

»Es hält ihn mir vom Leib, während ich lerne, was ich mit den einzelnen Stücken des Drachenherzens anfangen muss«, erklärte ich.

Drake gefiel der Gedanke zwar gar nicht, aber Aisling unterstützte mich, indem sie ihm klarmachte, dass sie einander ja nicht schaden konnten.

»Es wird ein bisschen eng hier«, sagte Aisling zu Kaawa, als wir langsam die Treppe hinaufgingen, »aber ich glaube, wir können dich noch unterbringen. Es ist noch ein letztes Zimmer frei, obwohl ich dort normalerweise keine Gäste unterbringe, vor allem nicht so distinguierte wie Gabriels Mutter.«

»Ach was!« Kaawa machte eine abwehrende Handbewegung. »Ich verbringe die meiste Zeit im Busch, da sind ein weiches Bett und ein Dach über dem Kopf der reinste Luxus.«

»Es gibt allerdings noch das Problem mit Magoth.« Aisling runzelte die Stirn. »Wir haben kein einziges Zimmer mehr frei. Vielleicht könnte er ja auf dem Sofa schlafen.«

»Er wird nicht hier schlafen«, sagte Drake, der sie von hinten stützte, mit entschiedener Stimme. »Ich will in deinem zarten Zustand keinen Dämonenlord im Haus haben.«

»Na, ich bin wohl kaum zart, Drake«, erklärte Aisling. »Ich bin so dick wie Leviathan und zweimal so unbeholfen.«

»Dreimal eher, würde ich sagen«, meinte Jim. »Es ist ja ein Wunder, dass du überhaupt noch durch eine Tür passt. Ich frage mich echt, ob dein Bauch einfach so weiterwächst, bis er eines Tages explodiert.«

»Darf ich?«, fragte ich Aisling, als sie vor einer Tür stehen blieb.

»Ja, bitte.«

»Was?« Jim riss die Augen auf. »Au! Au, au, au! Ich werde von einem sadistischen Doppelgänger entführt!«

Ich packte Jim an einem seiner schwarzen Ohren und zerrte ihn mit nach oben in mein Zimmer. Dort hielt ich ihm erneut einen Vortrag darüber, dass er sich seiner unpassenden Kommentare Aisling gegenüber enthalten solle.

»Hier versteht niemand mehr einen Witz«, grummelte er, als ich fertig war. »Ich habe doch nicht gemeint, dass sie tatsächlich explodiert.«

»Vielleicht nicht, aber sie macht sich echt Sorgen, weil sich das Baby so viel Zeit lässt, deshalb hör besser auf«, sagte ich und tätschelte ihm den Kopf. Ich wusste, dass Jim sehr an Aisling hing. Er wollte ihr bestimmt nicht wirklich wehtun, aber er hatte einfach nicht nachgedacht. »Und jetzt geh und schau dir einen Film an. Und keine Bemerkungen mehr zu Aisling über ihr Baby.«

»Oh, muss ich wirklich? Ich würde gerne hören, wie man das Drachenherz neu bildet«, sagte er, als ich mit Kaawa in ein Wohnzimmer im oberen Stockwerk ging, das Drake uns zur Verfügung gestellt hatte. Es war dunkel und roch muffig, als ob es nur selten benutzt würde.

»Warum interessiert dich das so?«, fragte ich und zog die Vorhänge auf.

Jim zuckte mit den Schultern. »Man weiß nie, wann man es mal brauchen kann.«

Ich blickte Kaawa an.

»Meinetwegen kann der Dämon gerne bleiben«, sagte sie und musterte Jim. »Er scheint einer dieser seltenen Dämonen sechster Klasse zu sein, also absolut ungefährlich für dich.«

»Ich mache mir keine Sorgen um mich«, sagte ich. Ich fragte mich, welche Macht das Drachenherz wohl einem Dämon verleihen würde. Der Gedanke bereitete mir Übelkeit.

In den folgenden zwei Stunden lernte ich die einzelnen Schritte der Zeremonie, in der das Stück Drachenherz mit verschiedenen Zaubersprüchen ausgegossen wurde. Die Sprache, in der gesprochen wurde, war Zilant, eine slawische Sprache, die alle Drachen schon in frühester Kindheit lernten und die bis zum letzten Jahrhundert die allgemein übliche Sprache zwischen den Sippen gewesen war. Ich war noch nie besonders sprachbegabt gewesen, und es dauerte eine Zeit lang, bis ich die Beschwörungsformel, die das Stück Drachenherz von meinem Körper trennte, fehlerfrei aussprechen konnte.

»Wo hast du das alles gelernt?«, fragte ich und klappte mein Notizbuch zusammen. »Gabriel hat mir ja erzählt, dass du dich mit Drachenbräuchen gut auskennst, aber es überrascht mich doch, wie viel du über dein normales Interesse hinaus weißt.«

Sie lächelte und rieb weiter Jims Bauch, wie sie es schon seit einer halben Stunde tat. Der Dämon lag schlafend auf dem Rücken und schnarchte leise. »Du hast doch schon von Ysolde de Bouchier gehört.«

Ich nickte. »Du hast sie schon einmal erwähnt. Sie hat Aufzeichnungen über ihre Erfahrungen mit dem Stück Drachenherz hinterlassen, nachdem sie zum Phylakterion geworden ist, oder?«

»Ja, genau.«

»Das ist beruhigend. Wenn der Zauberspruch bei Ysolde gewirkt hat, müsste er ja auch bei mir funktionieren. Es ist zwar eine interessante Erfahrung, in einen Drachen verwandelt zu werden, aber ich möchte das Stück Drachenherz doch so schnell wie möglich wieder loswerden.«

Ihre Augen weiteten sich. »Ich habe keineswegs behauptet, dass die Beschwörung narrensicher ist, Wintiki. Es gibt immer noch einen großen Anteil an Unbekanntem bei der Neubildung des Drachenherzens. Vieles von dem, was ich dir erzählt habe, ist reine Spekulation.«

»Aber du hattest doch Ysoldes Notizbücher«, sagte ich. Plötzlich stieg Sorge in mir auf. Ich war die ganze Zeit davon ausgegangen, dass ich das Stück Drachenherz loswerden würde. Aber wenn mir das nun nicht gelang? Wenn ich es nun auf ewig in mir behalten müsste?

Mein Magen krampfte sich zusammen.

»Ja, aber das war keine detaillierte Anleitung, wie man das Stück Drachenherz wieder loswird. Ysolde hat ja nur Informationen darüber gesammelt, was sie selbst getan hat und was man versuchen sollte, wenn man das Herz wieder neu zusammensetzen möchte.«

Mein Herz sank. »Du hast also keine Ahnung, ob die Zeremonie überhaupt funktioniert?«

Sie schüttelte den Kopf und blickte mich voller Mitgefühl an. »Ich wünschte, es gäbe eine absolut sichere Methode, aber wir reden hier vom Drachenherz. Es lässt sich nicht kontrollieren. Wenn es will, erlaubt es dir zwar, es zu benutzen, aber du kannst nie gegen seinen Willen mit ihm umgehen.«

»Du sprichst davon, als ob es etwas Lebendiges wäre«, sagte ich und berührte vorsichtig die Stelle auf meiner Brust, wo das Stück Drachenherz in meinen Körper eingetreten war.

Sie lächelte. »Es hat Macht, kleiner Nachtvogel. Es mag zwar nicht lebendig sein in dem Sinn, wie du lebendig bist, aber es fühlt Dinge. Es wird nicht zulassen, dass du es benutzt, wenn es nicht damit einverstanden ist.«

»Na toll. Da versuche ich, dieses Stück loszuwerden, und es wird wahrscheinlich den anderen nur erzählen, was ich für eine schreckliche Person bin. Und dann weigern sie sich alle, sich neu bilden zu lassen.«

Kaawa lachte und tätschelte mir die Hand. Dann erhob sie sich, sehr zu Jims Missvergnügen. »*Darüber* brauchst du dir keine Gedanken zu machen.«

»Ach, wirklich?« Etwas in ihrem Tonfall beunruhigte mich. »Gibt es sonst noch etwas, was ich wissen müsste?«

Sie zögerte eine Sekunde lang, bevor sie nein sagte.

»Kaawa«, sagte ich und erhob mich ebenfalls, als sie zur Tür trat.

Sie blieb stehen, und ihre Schultern sanken unmerklich herab. Aber als sie sich zu mir umdrehte, war ihr Gesichtsausdruck völlig unschuldig. »Ja, Wintiki?«

»Ich bin dir dankbar, dass du versuchst, mich zu schützen, aber ich versichere dir, ich kann auf mich alleine aufpassen. Gabriel weiß das. Deshalb lässt er mich auch bei dieser Angelegenheit in Ruhe. Wenn mir also irgendeine Gefahr droht, von der ich noch nichts weiß, wäre es wirklich nett von dir, wenn du es mir sagen würdest, damit ich mich darauf vorbereiten kann.«

Wieder zögerte sie, und meine Sorge wuchs.

»Ich möchte dich um nichts in der Welt beleidigen, May, und ich würde nie etwas vor dir verbergen, das du zu deinem eigenen Schutz verwenden könntest.«

»Aber?«, fragte ich.

»Aber du besitzt viele Eigenschaften der Menschen und nicht so viele der Drachen.« Sie wandte den Blick ab. Anscheinend wollte sie mich nicht ansehen.

Ich ging im Geiste alles noch einmal durch, was sie mir über die Stücke des Drachenherzens erzählt hatte, alles, was Ysolde de Bouchier getan hatte … und plötzlich dämmerte es mir.

»Kaawa?«

Sie hielt den Türgriff umklammert, als ob sie am liebsten fliehen wolle. »Ja, Kind?«

»Ist Ysolde sofort verschwunden, als sie das Drachenherz neu zusammengesetzt hatte, oder erst, als Baltic starb?«

Ihre dunklen Augen blickten auf einmal traurig. »Wir wissen es nicht. Es ... es war eine verwirrende Zeit. Drei Dinge passierten anscheinend gleichzeitig: Der Erbe der schwarzen Drachen tötete seinen Wyvern, Ysolde bildete das Drachenherz neu und der Wyvern der silbernen Drachen verschwand.«

Ich grub einen Moment lang in meinem Gedächtnis, bevor ich den Namen zutage förderte. »Constantine Norka? Sollte er nicht auch der Gefährte von Ysolde werden?« Kaawa schwieg kurz. Geistesabwesend rieb sie mit den Fingern über die Türkante. »Niemand weiß genau, was passierte. Bis heute glaubte man, alle wären tot, aber da Baltic zurückgekehrt ist, sollte er vielleicht alles aufklären und uns sagen, was passiert ist.«

Ich schnaubte. Baltic würde uns bestimmt nicht aufklären. »Ich würde meinen Kopf nicht darauf verwetten, dass er uns alles erklärt. Die Theorie ist im Grunde doch, dass sie entweder Baltics oder Constantines Gefährtin war, und als sie starben, starb sie auch, oder? Oder hat sie das Drachenherz getötet?«

»Wir wissen es nicht«, erwiderte Kaawa traurig. »In ihren Aufzeichnungen steht nichts darüber.«

Ich verdrängte meine Angst. »Du bist Schamanin, Kaawa. Du siehst Dinge, die sich die meisten Leute noch nicht einmal vorstellen können. Du kannst in die Schatten schauen, hinter Zeit und Raum. Was ist denn *deiner* Meinung nach passiert?«

Ihre Finger schlossen sich fester um den Türknauf. »Das ist keine kluge Frage, Wintiki.«

»Ist sie unklug, weil du sie nicht beantworten willst, oder weil mir nicht gefallen wird, was du zu sagen hast?«

»Vielleicht beides.«

Einen Moment lang betrachtete ich meine Hände. »Du glaubst, das Drachenherz hat Ysolde getötet.«

»Nein.«

Ich blickte auf.

»Ich glaube, es hat sie aufgebraucht«, sagte sie. »Ich glaube – allerdings habe ich keinen Beweis dafür, das ist alles reine Spekulation –, ich glaube, dass Constantine Norka versucht hat, sie zu retten, und dabei auch vernichtet wurde.«

»Würde das Drachenherz das denn Drachen antun?«, fragte ich. Mir wurde übel bei dem Gedanken, Gabriel in Gefahr zu bringen. Er würde sich ohne den leisesten Zweifel opfern, um mich zu retten.

»Es hat die Macht, den gesamten Weyr zu zerstören«, sagte Kaawa müde. »Vielleicht sogar die Welt der Sterblichen.«

»*Agathos daimon*«, fluchte ich leise. Ich hatte immer angenommen, dass das Drachenherz etwas Wohltätiges war, ein Relikt des ersten Drachen, das das Beste aller Drachen auf sich vereinigte. Aber wenn es nun auch finstere Mächte enthielt? Wenn es gar keine Gnade, sondern ein Fluch war?

Jetzt verstand ich auch, warum mich Kaawa wiederholt vor seiner Macht gewarnt hatte.

»Mach nicht so ein finsteres Gesicht, Kind. Ysolde de Bouchiers Weg ist nicht deiner«, sagte Kaawa leise.

»Ich weiß nicht, was mich davon abhalten sollte, genauso zu enden wie sie«, sagte ich verzweifelt.

Kaawa trat auf mich zu und küsste mich auf den Scheitel. Dann wandte sie sich wieder zum Gehen. »Ysolde hatte nicht, was du hast.«

»Dich?«, fragte ich, dankbar für ihre Klugheit und ihr Wissen, auch wenn es mich entsetzte.

»Meinen Sohn.« Einen Moment lang funkelten ihre Augen amüsiert. »Sein Vater hat ihn gelehrt, ein Krieger zu sein, ein starker Wyvern und Beschützer aller silbernen Drachen, aber er hat auch von mir viel gelernt. Gabriel wird nicht zulassen, dass seinem Wunder etwas geschieht.«

Ich lächelte über das Wort, und ein warmes, behagliches Gefühl stieg in mir auf. Vielleicht hatte sie recht. Vielleicht konnten Gabriel und ich gemeinsam das Drachenherz überwinden. Ysolde war allein gewesen, hin- und hergerissen zwischen zwei verfeindeten Wyvern, aber ich hatte Gabriels Stärke, die mich durch alle Schwierigkeiten bringen würde.

Genau das wollte ich gerade sagen, als Kaawa plötzlich die Hand hob. »Hör mal. Kannst du es auch hören?«

Ich stand einen Moment ganz still da, dann seufzte ich. »Es ist mein Zwilling. Aber ich habe keine Ahnung, warum sie so schreit, es sei denn ... oh, gnädige Geister, hoffentlich ist er nicht wieder aufgetaucht.«

9

Kaawa trat geistesgegenwärtig zur Seite, als ich an ihr vorbei aus dem Zimmer stürmte. Kurz vor Kostya, der breitbeinig und mit verschränkten Armen dastand, blieb ich stehen. Sein Gesicht war wutverzerrt, während Cyrene auf ihn einschrie.

»... es ist mir egal, ob er dein Bruder ist – ich war als Erste hier, und das bedeutet, dass du dir eine andere Unterkunft suchen kannst.«

Einen Moment lang bewunderte ich ihr Aussehen. Ihre Augen leuchteten vor Wut und sie wedelte wild mit den Händen, während sie Kostya Anklagen entgegenschleuderte.

»Du bist mir hierher gefolgt. Gib es zu – du bist mir gefolgt, damit du ohne Entschuldigung wieder bei mir sein kannst.«

»Ich bin dir nicht gefolgt«, grollte Kostya. »Ich bin zu meinem Bruder gekommen – mein *Bruder* –, weil mir nichts anderes übrigblieb, du irre Najade, und nicht, weil ich dir gefolgt bin.«

»Nun, darüber solltest du noch mal nachdenken, Konstantin Fekete«, sagte Cyrene, die sich von ihrer Argumentation nicht abbringen ließ. »Ich habe nämlich gesagt, dass ich mit dir fertig bin, und das bin ich auch. Es ist vorbei, kapiert? Vorbei!«

»Ich bin nicht hier, weil ich dich wiedersehen wollte!« Langsam verlor Kostya die Geduld. Er beugte sich vor und brüllte Cyrene ins Gesicht: »Im Gegenteil, wenn ich dich nie wiedersehen müsste, würde ich glücklich sterben!«

»Du kannst gerne sterben, du hassenswerter, feuerspeiender Drache!«, schrie Cyrene zurück. »Ist es denn zu fassen! Wenn es nach mir ginge, würde ich dich ertränken in einem ...«

»Ich glaube, das reicht jetzt, Cy«, unterbrach ich sie. Ich ergriff sie am Arm und zog sie von Kostya weg. »Unabhängig von euren Beziehungsproblemen hat Kostya durchaus das Recht, in Drakes Haus zu sein.«

»Aber ... aber ...«, stammelte sie.

»Und du solltest nicht vergessen, dass Drake uns allen freundlicherweise gestattet hat, hier zu wohnen.« Sie grummelte, begnügte sich aber damit, Kostya mörderische Blicke zuzuwerfen. Ich fragte ihn: »Was meinst du denn damit, dass dir nichts anderes übriggeblieben ist? Ich dachte, du hättest ein Haus in London?«

»Das hat er auch«, sagte Cyrene und blickte ihn hochmütig an. »Es ist allerdings nicht besonders schön.«

»Cy«, sagte ich und warf ihr einen warnenden Blick zu.

Schniefend wandte sie sich ab und tat so, als sei sie an einem Gemälde an der Wand interessiert.

»Mein Haus, mein absolut schönes Haus mit einer teuren Alarmanlage, die ich installiert habe, nachdem wiederholt in meine Schatzkammer eingebrochen worden ist ...« Kostya warf mir einen vielsagenden Blick zu und schwieg einen Augenblick, um die Dramatik seiner Äußerung zu unterstreichen. »Mein reizendes, gut eingerichtetes Haus wurde in der letzten Nacht zerstört. Als ich vom Flughafen kam, fand ich nur noch die verkohlten Überreste dieser einst so begehrenswerten Residenz vor. Alles war mit rotweißem Band abgesperrt und einige äußerst gründliche Brandermittler wollten wissen, wo ich mich in den letzten fünf Stunden aufgehalten hätte. Das, mein nerviger kleiner Wassergeist, ist der Grund, warum ich hier bin.«

Cyrene erstarrte, als er sie Wassergeist nannte, aber ein warnender Druck auf ihren Arm ermahnte sie zu guten Manieren, und murrend sank sie auf einen Stuhl in der Ecke. Die ganze Zeit über bedachte sie ihren ehemaligen Freund mit Blicken, die einen Sterblichen wahrscheinlich umgebracht hätten.

»Dein Haus ist niedergebrannt? Was – oh, das tut mir leid. Kostya, kennst du Kaawa, Gabriels Mutter?«

Kostya erstarrte einen Moment lang, dann drehte er sich um und schenkte Kaawa ein aufgesetztes Lächeln. Er verbeugte sich tief, wobei er sagte: »Ich hatte noch nicht das Vergnügen, allerdings bin ich ihrem Gefährten häufiger begegnet.«

Kaawa war an der Treppe stehengeblieben und hatte die Szene beobachtet, gemeinsam mit Jim, der anscheinend von dem Lärm aufgewacht war. Jetzt trat sie auf Kostya zu. Sie musterte ihn freundlich. »Ja, ich erinnere mich. Du hast ihn zweimal fast umgebracht.«

»Wie peinlich«, sagte Jim und schnüffelte an Kostyas Schuhen. »Heya, Kostya. War es schön in Paris?«

»Er war nicht in Paris, neugieriger Dämon«, sagte ich. »Er war mit uns in Lettland, weißt du nicht mehr?«

»Doch, doch. Aber du kannst mir nicht erzählen, dass er in den letzten zwölf Stunden nicht in Paris war, denn nur die Stadt der Lichter hinterlässt so einen stechenden Geruch auf Schuhen.«

Kaawa und ich blickten Kostya an, der sich andächtig einen Fussel vom Ärmel zupfte.

»Bist du über Paris geflogen?«, fragte ich.

»Du kapierst es nicht, May«, sagte Jim, bevor Kostya antworten konnte. »Er war in Paris. In der *Stadt*, nicht am Flughafen. Er ist im …« Er schnüffelte erneut an Kostyas Schuh. »Riecht wie das Vierzehnte Arrondissement.«

»Ich glaube nicht, dass es ein Gesetz gibt, das es einem verbietet, nach Paris zu fahren«, erklärte Kostya trocken.

»Nein, natürlich nicht«, stimmte ich ihm zu. »Du hast nur so getan, als seiest du aus Lettland direkt nach England zurückgekommen. Apropos, was macht deine Schatzkammer?«

Er kniff die Augen zusammen. »Warum fragst du?«

»Wenn dein Haus abgebrannt ist, war wahrscheinlich deine Schatzkammer in Gefahr. Es sei denn, sie befindet sich tief in der Erde und ist vollständig geschützt vor allem außer der Zerstörung des gesamten Planeten, wie die von Gabriel.«

Seine Nüstern blähten sich. »Gabriel hat eine Schatzkammer in London? Ich dachte, sie sei in Neuseeland?«

Verdammt. Vielleicht sollte es ja niemand wissen, dass Gabriel eine Schatzkammer hatte. Allerdings konnte Kostya mit der Information sowieso nichts anfangen; die Schatzkammer war gut geschützt, auch wenn das Haus darüber eingestürzt war. »Er hat einen neuen Tresorraum für die Stücke des Drachenherzens bauen lassen, die wir im Moment sammeln.«

»Interessant«, sagte er und wandte sich ab, als Drake auftauchte.

»Du hast meine Frage nicht beantwortet«, sagte ich.

»Dessen bin ich mir bewusst.« Er trat auf seinen Bruder zu, um ihn zu begrüßen, und ließ uns links liegen.

»Als wenn wir unwichtige Stechmücken wären«, rief Cyrene aus ihrer Exil-Ecke und warf seinem Rücken giftige Blicke zu. »Wie im Namen Neptuns soll ich es nur in einem Haus mit dem da aushalten?«

»Was ist an Paris so interessant?«, überlegte ich laut. Ich fragte mich, ob Kostya meine Frage deshalb nicht beantwortete, weil Drachen es hassten, direkte Fragen zu beantworten, oder ob es einen anderen Grund gab. »Cy, hat Kostya ein Haus in Paris?«

»Das weiß ich doch nicht.« Sie schniefte gereizt und setzte lauter hinzu: »Ich habe alle Tatsachen aus meinem Kopf verbannt über diesen verabscheuungswürdigen, hassenswerten, janusköpfigen, heuchlerischen, selbstverliebten, verräterischen ...«

»Ich glaube, du hast deinen Standpunkt klargemacht«, sagte ich.

»Du hast schleimig, unehrenhaft und nicht vertrauenswürdig vergessen«, sagte Jim zu Cyrene.

»... schleimigen, unehrenhaften und nicht vertrauenswürdigen Drachen«, schrie Cyrene.

Kostya erstarrte.

»Ich gehe jetzt schwimmen«, fügte sie hinzu. Sie sprang auf und stampfte auf die Treppe ins Untergeschoss zu.

»Ertrink nicht«, sagte Kostya zuckersüß.

Sie blieb stehen und funkelte ihn finster an. »Ach, blas es dir doch aus deinem ... deinem ... Feuerloch, Drache!«

»Man muss ihr wirklich die Höchstpunktzahl geben«, sagte Jim und schaute ihr nach.

»Dein Zwilling ist sehr interessant«, sagte Kaawa nachdenklich. »Überhaupt nicht wie du.«

»Um mich zu erschaffen, hat sie ihren gesunden Menschenverstand geopfert. Das erklärt vieles. Und wenn man sie erst einmal kennt, ist sie wirklich eine reizende Person«, erwiderte ich. Ich hatte auf einmal das Bedürfnis, meinen Zwilling zu verteidigen, auch wenn sie mir manchmal auf die Nerven ging. »Im Moment ist sie ein bisschen emotional, aber wenn sie sich erst wieder beruhigt hat, wirst du sehen, dass wir gar nicht so unterschiedlich sind.«

Kaawa kommentierte meine Äußerung nicht. Stattdessen murmelte sie, sie müsse ein paar Bekannte anrufen und verschwand nach oben in ihr Zimmer.

»Jim, hat Kostya ein Haus in Paris?«, fragte ich den Dämon. Vielleicht wusste er es ja.

»Nicht dass ich wüsste«, sagte Jim und schnüffelte an der Stelle, wo Kostya gestanden hatte. »Wenn er dort ist, wohnt er in Drakes Haus.«

»Was fand Kostya denn dann so unwiderstehlich in Paris, dass er seinen Besuch dort geheim halten wollte?« Eigentlich dachte ich nur laut und erwartete gar keine Antwort, aber zu meiner Überraschung half Jim mir auf die Sprünge.

»Du stellst die falsche Frage«, sagte er.

Ich blickte zu Kostya und Drake, die sich leise miteinander unterhielten. Drake nickte zu etwas, das sein Bruder sagte; dann trennten sich die beiden. Drake ging nach unten, während Kostya nach oben eilte. Ich wartete, bis beide nicht mehr zu sehen waren, dann wandte ich mich an den Dämon. »Du kommst mir eigentlich nicht so vor, als würdest du dich immer streng an die Dämonenregeln halten.«

Jim zuckte mit den Schultern. »Ich bin ein Dämon sechster Klasse.«

»Gefallener Engel, ich weiß. Du bist nicht in Abaddon geboren, und deshalb bist du das schwächste aller dämonischen Wesen.«

»Wir sagen lieber ›harmlos‹ statt ›schwach‹«, sagte Jim schniefend.

»Entschuldigung, harmlos. Na gut, da du dich ja unbedingt an die Regeln halten willst, die besagen, dass ein Dämon nur dann Informationen liefern kann, wenn er direkt danach gefragt wird, wollen wir doch mal zwanzig Fragen spielen.«

Jim wackelte mit den Augenbrauen. »Wie wäre es mit der Stripversion? Wenn du die falsche Frage stellst, musst du ein Kleidungsstück ausziehen.«

Ich zog mein Messer aus dem Knöchelhalter.

»Ach, die normale Version ist auch ganz in Ordnung«, sagte er rasch und wich einen Schritt zurück.

Lächelnd steckte ich das Messer wieder weg. »Dann fangen wir mal an mit: Welche Drachen leben ins Paris?«

»Du machst wohl Witze, was? Das müssen Hunderte sein.«

»Na gut, dann engen wir es ein.« Ich überlegte. »Welche Drachen, die in Paris leben, kennst du?«

»Die ich persönlich kenne?«, fragte er und legte sein Gesicht in Falten.

»Die du kennst, die ein Haus in Paris haben.«

»Nun, da ist Drake.«

»Noch jemand anderer?«

Jim überlegte. »Grüne Drachen oder andere Sippen?«

»Alle Drachen.«

»Nur Vollblut-Drachen oder auch Halbblute?«

Einen Moment lang schloss ich die Augen. »Alle Drachen.«

»Das sind aber viele«, entgegnete er.

»Na gut. Dann beginnen wir mit Drachen, die Kostya kennen könnte.«

»Hmm.« Jim verzog nachdenklich das Gesicht. »Lebend oder tot?«

»Jim!«, grollte ich.

»Ich versuche ja nur, auf den Punkt zu kommen«, sagte er beleidigt.

Ich holte tief Luft. »Ich möchte wissen, welche Drachen, die Kostya kennt, in Paris leben. Lebende Drachen, von jeder Sippe, jeder Abstammung, außer Drake.«

»Hör mal, du wirst knallrot. Vielleicht solltest du mal deinen Blutdruck prüfen lassen …«

Ich ließ ihn nicht mehr aussprechen, sondern verwandelte mich in Drachengestalt, schlang meinen Schwanz um den Dämon und hob ihn hoch.

»Fiat lebt dort!« Die Worte sprudelten nur so aus dem Mund des Dämons. »Er hat ein Haus dort.«

»Wo?«

»Woher soll ich …«

Ich hängte ihn mit dem Kopf nach unten.

»Linkes Seine-Ufer, linkes Seine-Ufer. Aah! Mir läuft das ganze Blut in den Kopf! Ich werde ohnmächtig!«

»Wo genau am linken Seine-Ufer?«

»Rue Delambre, in der Nähe der Rosebud Bar, wo Orson Welles früher verkehrte. Kannst du mich jetzt wieder runterlassen? Ich sehe schwarze Punkte.«

»Welches Arrondissement?«

»Vierzehntes. Alles wird schwarz ...«

Ich verwandelte mich wieder zurück, und da ich jetzt keinen Schwanz mehr hatte, stürzte der Dämon aus mehreren Metern Höhe mit einem lauten Krachen auf den Marmorboden.

Er hob den Kopf und blickte mich finster an. »Du hättest mich wenigstens vorher absetzen können.«

Ich lächelte und klopfte ihn ab, als er sich aufrappelte. »Und du hättest meine Fragen schon vor fünf Minuten beantworten können. Dann hat Kostya also Fiat besucht, was?«

»Nicht unbedingt«, sagte Jim. »Ich habe nur gesagt, dass Fiat ein Haus dort hatte.«

»Glaubst du, dass Bastian es übernommen hat?«

Er zuckte mit den Schultern. »Keine Ahnung. Ich glaube, ich habe mir auf die Zunge gebissen, als du mich fallengelassen hast. Blutet sie?« Er streckte seine Zunge heraus.

»Nein«, erwiderte ich. Warum mochte Kostya den Besuch bei Fiat geheim halten wollen? »Ich frage mich, ob es irgendetwas mit dem *sárkány* morgen zu tun hat.«

»Kann schon sein, Schwester«, sagte Jim.

»Hör auf, mich so zu nennen. Ich bin nicht deine Schwester.« Ich blickte auf die Uhr.

»Wenn ich es nicht besser wüsste, würde ich sagen, du machst dir Sorgen«, sagte Jim und legte den Kopf schief. »Du hast diesen verkniffenen Ausdruck, den Aisling manchmal hat, und da ich so fabelhaft bin, kann es ja wohl mit mir nichts zu tun haben. Was ist los?«

»Gabriel«, sagte ich abwesend. »Und du kannst dir deine

Kommentare gleich verkneifen. Er hätte längst anrufen sollen.«

»Bist du eifersüchtig?«, fragte Jim. »Glaubst du, er macht mit einem anderen Drachen rum? Glaubst du, er und Tipene machen einen drauf, während du hier lernst, wie man einen nahrhaften, schönen Fleischklops aus Hamburgern und ein paar Stücken Drachenherz herstellt?«

»Natürlich bin ich nicht eifersüchtig«, sagte ich rasch. »Ich vertraue Gabriel voll und ganz.«

Jims Mundwinkel zuckten.

»Worauf sollte ich denn eifersüchtig sein?«, fuhr ich fort. »Er vertraut mir genauso wie ich ihm. Nein, er würde nie mit jemandem wie Fiat rummachen. Und damit meine ich nicht, dass er bisexuell ist.«

Jim, der gerade etwas sagen wollte, klappte grummelnd den Mund wieder zu.

»Gabriel ist ein ehrenhafter Mann«, stellte ich klar. »Er würde mich nie auf diese Art und Weise betrügen.«

»Wahrscheinlich kann er gar nichts dagegen machen. Frauenmagneten wie er müssen für gewöhnlich die Mädchen mit einem großen Stock abwehren. Ich weiß das, ich habe es bei Drake gesehen. Aisling zündet ständig die Haare von irgendeiner Frau an, die Drake zu sehr anstarrt.«

»Ach, hör doch auf. Gabriel sieht zwar gut aus, aber die Frauen stürzen sich ja nicht gerade auf ihn. Und ich bin nicht Aisling.«

Jim zuckte mit den Schultern. »Leugnen hilft auch nichts.«

»Was soll das denn heißen?«, fragte ich gereizt.

Jim stieß einen leisen Pfiff aus. »Ich habe gesehen, wie

sterbliche Frauen Gabe ansehen – er zieht Frauen absolut an wie ein Magnet. Wenn er *mein* Drache wäre, würde ich ihn nicht allein auf Horden lustgesteuerter Frauen loslassen.«

»Horden von Frauen«, schnaubte ich. Der Dämon wollte mich doch nur ärgern. Allerdings erinnerte mich auch das Stück Drachenherz daran, wie gut Gabriel aussah. Nein, gut aussehend war nicht ganz das richtige Wort – seine Quecksilber-Augen und der warme Milchkaffee-Ton seiner Haut ließen meinen Atem stocken. Dazu noch seine Grübchen, von denen mir die Knie weich wurden, ein ansteckendes Lachen und ein anmutiger, kraftvoller Körper. Aber das waren alles Äußerlichkeiten – was mich wirklich an ihn band, war sein Wesen, sein Selbstgefühl, dieses unbeschreibliche Drachensein, das mich gefangen nahm. Und wenn es auf mich diese Wirkung hatte, welche Chance hätten dann sterbliche Frauen dagegen?

Mein Gefährte, knurrte das Drachenherz, und einen Moment lang überlegte ich ernsthaft, zu Gabriel zu fliegen, um jede Frau in Brand zu setzen, die in seiner Nähe war.

»May? Alles okay? Deine Augen sind auf einmal so komisch, so wie Drakes, wenn er zum Drachen wird.«

Als ich Jims Stimme hörte, kam ich wieder zu Verstand. Blinzelnd stellte ich fest, dass meine Handflächen so weh taten, weil sich meine Klauen in die Haut gebohrt hatten. Entschlossen verwandelte ich meine Hände wieder zurück und rieb die roten Stellen. »Alles in Ordnung. Ich ... ich habe nur nachgedacht. Du hast noch nicht gesehen, wie sich Frauen tatsächlich auf Gabriel gestürzt haben, oder?«

»Oh nein, du bist überhaupt nicht eifersüchtig«, antwortete der Dämon grinsend.

»Du hast es schon gesehen?« Wut schoss durch mich hindurch. »Wer?«

»Wer was?«, fragte Cyrene, die gerade die Treppe hinaufkam.

»Nichts.« Ich warf Jim einen finsteren Blick zu. »Ich dachte, du wolltest schwimmen gehen.«

»Das war ich auch, aber Aisling brauchte den Pool. Die Hebamme ist da, und sie meinte, es würde die Dinge vielleicht beschleunigen, wenn sie ein bisschen im Wasser herumtreiben würde.« Sie seufzte. »Und dieser schreckliche Kerl ist mit ihr und Drake da unten. Von wem hast du gesprochen?«

»Von niemandem«, sagte ich rasch, aber nicht rasch genug.

»Sie regt sich auf, weil Gabe da draußen alleine rumläuft.«

»Ich rege mich überhaupt nicht auf«, erwiderte ich grimmig. »Ich habe dir gerade erklärt, dass ich Gabriel völlig vertraue.«

»Ja, aber du musst dir ja um ihn keine Sorgen machen«, warf Cyrene zu meinem Entsetzen ein.

»Ich bin nicht eifersüchtig«, beharrte ich.

»Das sage ich ja gar nicht. Gabriel ist dir treu ergeben. Das sieht doch jeder.«

»Es freut mich, dass du meiner Meinung bist«, sagte ich, froh, dass das Thema jetzt endlich geklärt war. Ich befahl dem Stück Drachenherz, es solle sich wieder zur Ruhe begeben. Jetzt konnte ich mich endlich den Dingen widmen, die ich erledigen wollte, bevor Gabriel zurückkehrte.

»Andererseits würde ich auch nicht behaupten, dass andere Frauen das respektieren«, fuhr Cyrene nachdenklich fort. »Er ist ein attraktiver Mann, ein sehr attraktiver Mann. Mit diesen Augen, diesen Grübchen und diesem wirklich schönen Brustkorb ...«

»Ich wäre dir dankbar, wenn du aufhören könntest, den Brustkorb meines Gefährten anzustarren«, stieß ich zwischen zusammengebissenen Zähnen hervor.

»Nun, du kannst vielleicht mich daran hindern, May, aber nicht den Rest der Welt. Und glaub mir, anderen Frauen ist sein Brustkorb bestimmt auch schon aufgefallen.«

Ich schaute erschrocken. »Habt ihr zwei euch verabredet, um mich vor Eifersucht wahnsinnig zu machen?«, fragte ich.

»Natürlich nicht. Sei nicht albern«, erwiderte Cyrene. »Ich versuche dir doch nur zu erklären, dass die sterblichen Frauen der Welt es ihm schwer machen werden, dich nicht zu betrügen.« Sie überlegte einen Moment lang. »Und einige der unsterblichen Frauen auch.«

»Im Gegenteil, ich werde meiner süßen May treu sein, wenn sie sich mir jemals hingibt«, sagte Magoth, der gerade aus dem Wohnzimmer kam. Er zögerte einen Moment, dann fügte er hinzu: »Treu ist vielleicht nicht das beste Wort. Sagen wir stattdessen vielleicht besser ›ergeben‹, da mich ja die sterbliche und unsterbliche Welt absolut unwiderstehlich findet.«

»Wir haben nicht von dir geredet.« Cy warf Magoth einen verweisenden Blick zu, den dieser allerdings nicht bemerkte, weil er damit beschäftigt war, Jim böse anzustarren.

»Warum ist eigentlich ständig dieser Dämon bei dir?«, fragte er mich. »Du bist die Gemahlin eines Dämonenlords, nicht selber ein Dämonenlord. Es ist unpassend, dass ein Dämon sechster Klasse dich begleitet. Wenn du einen Begleiter haben möchtest, dann kannst du dir einen meiner Zorndämonen nehmen.«

»Oh, klar, als ob Drake einen Zorndämon in seinem Haus dulden würde«, knurrte Jim.

»Ich kümmere mich um Jim, weil seine Herrin beschäftigt ist. Das weißt du sehr wohl, schließlich habe ich es dir bereits erklärt. Wirklich, Magoth, ist es zu viel verlangt, dass du mir zuhörst?«

»Ja«, erwiderte er unverblümt. »Ich ziehe Taten vor. Lass uns Sex haben, und danach werde ich jedem Wort von dir lauschen.«

»Es reicht. Meine Geduld ist am Ende«, sagte ich und ergriff meine Tasche. »Ich gehe nach Hause – in das, was noch davon geblieben ist –, weil die Polizei und die Brandermittler mit mir sprechen wollen. Hoffentlich haben wenigstens ein paar unserer Dinge das Feuer überstanden.«

»Ich komme mit dir«, sagte Cyrene schnell und ergriff ihren Mantel.

»Es wäre vermutlich besser, wenn ich das allein erledige.«

»Ja«, sagte Jim zu ihr. »Du siehst nur die Pfützen, die die Feuerwehrleute überall hinterlassen haben, und willst am Ende noch darin plantschen.«

»Du kommst auch nicht mit«, sagte ich zu dem Dämon.

»Warum denn nicht?« Er riss die Augen auf. »Ich bin auch ganz artig! Ich verspreche es!«

»Du weißt ja noch nicht einmal, was ›artig‹ heißt«, sagte ich sarkastisch.

Jim zog einen Schmollmund. »Nein, aber ich kann so tun als ob.«

»Ach komm, das wird bestimmt lustig. Nur wir drei«,

sagte Cyrene. Als ich zögerte, jammerte sie: »Ich will auf keinen Fall mit dem Rattenbastard hier allein bleiben.«

»Fällt dir kein besseres Schimpfwort für mich ein als Rattenbastard?«, fragte Magoth, der müßig einen Stapel Post durchsah, der auf einem kleinen Tisch in der Diele lag. Er hielt einen Umschlag gegen das Licht. »Du warst doch früher so erfinderisch.«

»Nicht jedes Gespräch dreht sich um dich«, erwiderte Cyrene empört. »Ich habe meinen Freund gemeint. Meinen Ex-Freund. Und mit dem will ich wirklich nicht alleine sein.«

Magoth öffnete einen Brief und überflog den Inhalt. Kurz überlegte ich, ob ich ihn zurechtweisen sollte, aber dann dachte ich, dass die wirklich wichtige Post mittlerweile bestimmt schon bei Aisling oder Drake angekommen war.

»Das Haus explodiert beinahe vor Leuten«, sagte ich zu Cyrene. »Du bist also wohl kaum allein mit ihm.«

»Du weißt, was ich meine. Bitte, Mayling.«

»Ich liebe dich schon so lange. Bitte nimm mich mit«, bettelte Jim.

»Unwichtige kleine Angelegenheiten.« Magoth warf den Brief wieder auf den Tisch und blickte mich an. »Wohin gehen wir?«

»*Wir* gehen nirgendwo hin. Ich gehe zur Polizei. Wenn ihr zwei unbedingt mitkommen wollt, dann kommt meinetwegen mit, aber, Jim, in Gegenwart von Sterblichen musst du absolut still sein.« Ich öffnete die Tür und trat in den trüben, regnerischen Tag hinaus. »Cyrene, du denkst bitte daran, dass du Drakes Gast bist. Rede von seinem Bruder nicht als Bastard.«

Sie schnaubte nur.

»Lass mich mal nachdenken ... Ich soll eine neue Hahnenkampf-Arena eröffnen, aber das ist erst heute Abend«, sagte Magoth mit einem Blick auf seine Armbanduhr. »Und mein Termin für eine Brazilian-Wax-Behandlung ist am frühen Nachmittag. Dann findet eine private Auktion von Zirkus-Freak-Erinnerungsstücken statt – aber die kann ich aufschieben, da die Besitzerin, ein köstlich bösartiger Poltergeist, sich von mir zeigen lassen will, wie man eine wirklich effektive eiserne Jungfrau entwirft. Ja, ich kann dich jetzt begleiten, Gemahlin, obwohl wir uns beeilen müssen, wenn du anschließend noch Sex haben möchtest. Wenn es um die Fleischeslust geht, lasse ich mich nicht gerne hetzen.«

Ich starrte Magoth an. »Du bist eine entsetzliche Nervensäge, was?« Einen Moment lang schloss ich die Augen und kämpfte gegen meine Wut und gegen das Stück Drachenherz an, das mich zwingen wollte, in Kontakt zu Magoth zu treten. Entschlossen wehrte ich mich dagegen. »Ich gehe jetzt. Und du hör auf, mich ›Gemahlin‹ zu nennen.«

Ich marschierte die Treppe herunter und kümmerte mich nicht mehr darum, wer mir folgte und wer nicht.

»Ich dachte, Hahnenkämpfe wären illegal?«, hörte ich Cyrene fragen, als ich an einer roten Fußgängerampel stehenblieb.

»Sterbliche sind in solchen Dingen immer so rigoros«, antwortete Magoth. Er stand offenbar direkt hinter mir, denn mein Rücken kühlte um einige Grad ab. »Aber man muss sich seinen Spaß holen, wo man ihn kriegen kann, wenn schon Menschenkämpfe nicht erlaubt sind.«

»Ich nehme alles zurück, was ich über dich gesagt habe, als du mich nicht hören konntest«, sagte Jim leise und warf verstohlen einen Blick auf Magoth. »Du bist nicht annähernd so schlimm wie ein echter Dämonenlord.«

Die Fahrt zur Polizeiwache war lang. Ich ermahnte alle Mitglieder meiner kleinen Truppe nachdrücklich, sich zu benehmen.

»Kein Wort vor einem Sterblichen«, sagte ich zu Jim, wobei ich den Taxifahrer im Auge behielt. Er hatte ein kleines tragbares Radio, aus dem laute östliche Musik drang, also konnte er mich wohl nicht hören.

Jim seufzte und warf mir einen gequälten Blick zu. »Ein einziges Mal möchte ich irgendwo hingehen, ohne dass mir jemand sagt, ich solle meinen Mund halten.«

»Dieser Tag wird niemals kommen. Und du ...« Ich schob Magoths Hand von meinem Oberschenkel und fixierte ihn mit einem strengen Blick. »Du weißt, was Gabriel dir angedroht hat, wenn du mich noch einmal berührst.«

Am liebsten hätte ich Magoth persönlich in die Schranken gewiesen, aber es hatte ja keinen Zweck. Theoretisch war er immer noch mein Arbeitgeber, und ich besaß zwar seine Macht, aber er wusste ganz genau, dass ich sie nie einsetzen würde.

Er warf mir einen koketten Blick zu und lümmelte sich breitbeinig auf seinem Sitz. »Und was tust du, wenn ich brav bin, meine Süße? Belohnst du mich dann?«

»Wie soll ich dich denn belohnen?«

Er warf mir einen Blick unter halb verhangenen Lidern zu, und ich musste mich ungeheuer anstrengen, um das Stück Drachenherz in Schach zu halten. »Spielst du ein bisschen mit mir? Sagen wir heute Abend? Um zehn? In deinem Zimmer? Und bring deine Drachenschuppen mit.«

»Iiih«, sagte Jim schaudernd. »Das geht ja gar nicht! Ein Dämonenlord und ein Drache.«

»Keine Sorge, es wird auch nicht passieren«, beruhigte ich ihn. »Magoth wird sich benehmen.«

Magoth betrachtete andächtig seine Fingernägel und sagte gleichmütig: »Du kannst dir nicht sicher sein. Ich habe gehört, dass die sterbliche Polizei Brandstiftung sehr ernst nimmt.«

»Das wagst du nicht«, sagte ich wütend.

»Ach nein?« Er zog die Augenbrauen hoch und warf mir einen langen, kühlen Blick zu. »Vielleicht nicht. Aber vielleicht solltest du die Einladung für heute Abend noch einmal bedenken. Damit könntest du mich für eine Weile zufriedenstellen.«

Ich knirschte mit den Zähnen, verärgert darüber, dass ich mit ihm handeln musste, aber es blieb mir wohl nichts anderes übrig. »Gut, dann komm um zehn in mein Zimmer, damit ich dich durch die Gegend schleudern kann. Und bring eine Großpackung Aspirin mit, denn ich habe vor, dich für Stunden auszuschalten.«

Er erschauerte vor Entzücken und stürzte sich plötzlich auf mich. Seine Finger gruben sich in meine Arme, als er mich zu sich heranzog und küsste. Das Stück Drachenherz erwachte brüllend zum Leben, und ich gab mich seinen Lippen und seiner Zunge hin, aber im gleichen Moment erschauerte mein Herz und schreckte zurück. Der Mund, der sich auf meinen Lippen bewegte, war nicht warm, und der schlangengleiche Tanz der Zunge erregte mich nicht. Die schwarzen Augen, die sich in meine brannten, wärmten mich nicht. Mit aller Kraft schob ich Magoth von mir weg.

»Dafür bringt Gabriel dich um«, sagte ich und wischte mir den Mund ab.

Ein Lächeln breitete sich langsam auf Magoths Gesicht aus. »Das soll er mal versuchen.«

10

Gabriel rief an, während ich bei der Polizei in der Abteilung für Brandermittlung saß.

»Ich kann jetzt nicht sprechen«, sagte ich und lächelte den älteren, kahlköpfigen Mann mir gegenüber, der in einem Stapel Papieren blätterte, strahlend an. »Detective Inspector Flores erklärt Magoth und mir gerade die bisherigen Ergebnisse der Ermittlungen.«

Gabriel fluchte. »Was macht *er* denn da?«

Ich zog meine Hand weg, die Magoth gerade streichelte. »Ach, du kennst doch Magoth. Überall muss er dabei sein.«

»Anscheinend spricht meine Frau mit ihrem Liebhaber«, sagte Magoth zu dem Polizeibeamten, der mir einen verwirrten Blick zuwarf.

»Äh ... tatsächlich?«, sagte er.

Ich lächelte wieder. Am liebsten hätte ich Magoth auf der Stelle erwürgt. »Ignorieren Sie ihn«, sagte ich zum Inspector. »Er hat heute früh ein paar Pilze im Park gefunden und sie gegessen. Wir hoffen, dass seine Halluzinationen bald nachlassen.«

Gabriel murmelte unterdrückt etwas, dem ich nur aus vollem Herzen zustimmen konnte. »Kannst du ihn nicht loswerden? Macht er dir Schwierigkeiten?«

»Nein, und natürlich, aber ich komme schon klar. Magoth hat genau wie ich mit Interesse gehört, dass es keineswegs Brandstiftung war, wie wir glaubten, sondern eine schadhafte Gasleitung.«

»Mit Interesse«, sagte Magoth, packte meinen Stuhl und zog ihn näher an sich heran, damit er mir den Arm um die Schultern legen konnte. »Meine Geliebte, setz dich näher zu mir. Ich möchte deinen weichen, üppigen Körper spüren.«

Der Inspector schürzte die Lippen und blickte Magoth und mich nachdenklich an.

»Ah, dann war es also eine schadhafte Gasleitung?« Gabriels Stimme klang amüsiert. Offensichtlich hatte er nicht gehört, was Magoth gesagt hatte. »Ich bin erleichtert, das zu hören. Dann war es also kein mordlustiger Drache, der auf unsere Vernichtung aus ist.«

»Ja, ich habe mir gedacht, dass dich das freut.«

»Unsere Beziehung ist kompliziert«, erklärte Magoth dem Polizeibeamten in vertraulichem Tonfall. Seine Finger glitten über meinen Hals. Ich biss die Zähne zusammen, um nicht zu protestieren. Das würde Gabriel bestimmt hören. »Sie hat einen Liebhaber, ich habe Tausende. Aber wir lieben beide das Gleiche: gewalttätiges Vorspiel, Folter von Untergebenen und die Drohung, jedem den Bauch aufzuschlitzen, der sich uns in den Weg stellt – so etwas verbindet, wissen Sie.«

»Soll ich dort unterschreiben? Ja, gern.« Hastig unterschrieb ich die Erklärung, dass die Polizei keinerlei Verantwortung für uns übernahm, wenn wir die Überreste des Hauses durchsuchen wollten. Ich hätte alles unterschrieben, um aus dem Büro des Inspectors zu entkommen.

»Macht die sterbliche Polizei dir viel Ärger?«, fragte Gabriel.

»Nein. In ein paar Minuten müsste ich eigentlich hier fertig sein.«

»Das heißt allerdings nicht, dass meine süße May und ich sexuelle Erfüllung auf die gleiche Art und Weise erfahren. Keineswegs. Das würde ich auch gar nicht wollen – danach sollte man bei einem Sexualpartner nie streben«, erläuterte Magoth dem Polizeibeamten, der ihn alarmiert ansah. »Wie wollen Sie es denn wirklich genießen, wenn Sie Ihre Partnerin aufs Rad flechten, um sie zu quälen, und dabei wissen, dass sie es insgeheim wundervoll findet? So etwas kann einem schon sehr die Freude rauben.«

»Wie läuft es bei dir? Hast du gefunden, wonach du gesucht hast?«, fragte ich Gabriel. Hoffentlich hörte er den verzweifelten Unterton in meiner Stimme nicht. Ich warf Magoth einen finsteren Blick zu.

»Eigentlich nicht.«

Der Polizeiinspektor starrte Magoth mit offenem Mund an. »Sie sind ein armer Irrer, wissen Sie das?«

»Ich bin ein Connaisseur, was Sex angeht.« Magoth zuckte nonchalant mit den Schultern. »Das ist mehr oder weniger das Gleiche.«

Ich lächelte den Polizisten erneut strahlend an und drehte mich in meinem Stuhl leicht von seinem Schreibtisch weg.

»Wie meinst du das? Hast du ihn nicht gefunden?«

»Ist Kostya auch da?«

Ich runzelte die Stirn. Obwohl auch Gabriel manchmal der Drachenleidenschaft frönte, eine Frage mit einer anderen Frage zu beantworten, gab er mir normalerweise die Informationen, um die ich ihn bat. »Er ist nicht hier bei uns, wenn du das meinst, aber er ist aus Lettland zurück. Er ... äh ... hatte ebenfalls ein kleines Missgeschick mit seinem Haus.«

Zu meiner Überraschung interessierte sich Gabriel gar nicht dafür. »Halt dich von ihm fern, Vögelchen.«

»Das wird ein bisschen schwierig werden, da er im gleichen Haus wohnt wie wir«, sagte ich vorsichtig.

»Kostya ist in Drakes Haus?« Gabriels Stimme wurde ganz scharf. »Warum?«

Einen Moment lang legte ich die Hand über das Mundstück meines Handys und sagte zu dem Polizeibeamten: »Es tut mir leid, aber mein Ma ... äh ... Partner hat ein familiäres Problem. Ich muss nur rasch mit ihm sprechen. Es dauert nicht lange.«

»Sie wollen zweifellos Telefonsex machen«, sagte Magoth. Er ergriff die Akte vom Schreibtisch des Inspectors und blätterte sie durch. »Ständig haben sie Sex.«

Der Inspector riss ihm die Akte aus der Hand und sagte zu mir, als ich aufstand: »Wir brauchen auch von Mr Tauhou eine Aussage.« Ich nickte und lief hinaus auf den Flur.

»Liebe Grüße an das Tier«, rief Magoth hinter mir her.

Innerlich grollend eilte ich den Flur entlang bis zum Treppenhaus. Zum Glück war es leer. »Entschuldigung, Gabriel, aber ich konnte in der Öffentlichkeit nicht so reden. Was um alles in der Welt ist denn los? Was soll das heißen, du hast Fiat eigentlich nicht gefunden? Und warum soll ich mich von Kostya fernhalten? Hat das etwas mit seiner Reise nach Paris zu tun?«

Gabriels Stimme klang angespannt. »Hat er dir erzählt, dass er in Paris war?«

»Nein. Er wollte mir auch eigentlich gar nicht antworten, als ich ihn danach fragte, aber Jim sagte, er wäre da gewesen. Was ist passiert?«

»Wir haben Fiat nur um wenige Minuten verpasst, aber er hat uns eine Nachricht hinterlassen.«

Angst stieg in mir auf. Die Silberdrachen hatten keinen Streit mit Fiat, und doch hatte ich eine schlimme Vorahnung. Ich musste mich ein paar Mal räuspern, bevor ich fragen konnte: »Was für eine Nachricht?«

Gabriel schwieg. Dann antwortete er: »In Frankreich sind achtundsechzig blaue Drachen ermordet worden.«

»Agathos daimon«, flüsterte ich entsetzt. »Er hat Mitglieder seiner eigenen Sippe umgebracht?«

»Nein. Die getöteten Drachen waren Gefolgsleute von Bastian, nicht von Fiat.«

»Er ist wahnsinnig«, sagte ich. Diese grässlichen Morde gingen über mein Vorstellungsvermögen.

»Da wird dir niemand widersprechen.« Gabriels Stimme klang erschöpft, und mein Herz flog ihm entgegen. Gabriel war ein starker, arroganter Wyvern, aber er war auch ein Heiler, und ich wusste, dass er diese Aufgabe sehr ernst nahm. Dass Unschuldige einfach so abgeschlachtet wurden, traf ihn zutiefst. »Es dauert noch einen Tag länger, bevor ich wieder nach Hause komme, aber ich muss wissen, dass du in dieser Zeit in Sicherheit bist.«

»Ich verstehe nicht, was Fiats Mordlust mit Kostya zu tun hat. Wie haben die beiden denn miteinander zu tun?«

Erneut schwieg Gabriel eine Zeit lang. »Alleine hätte Fiat gar nicht handeln können. Das sind viel zu viele Tode für die kleine Gruppe von Ouroboros, die ihm folgen«, sagte er langsam, und ich konnte spüren, wie traurig er war. »Das eigentliche Töten hat er seinem Komplizen überlassen.«

»Und wer ist das? Du meinst doch nicht Kostya, oder?

Das macht keinen Sinn, Gabriel. Er hält sich im Moment absolut zurück wegen des *sárkány*.«

»Heute wird kein *sárkány* stattfinden. Chuan Ren und ich werden hier noch aufgehalten, bevor wir nach England zurückkehren können.«

»Das verstehe ich ja, aber du hast mir noch nicht erklärt, warum du glaubst, dass Kostya etwas mit dem Ganzen zu tun hat. Gabriel ...« Ich zögerte einen Moment lang, weil ich nicht genau wusste, wie ich das, was ich sagen wollte, formulieren sollte. »Ihr beiden habt ernsthafte Probleme miteinander gehabt, aber ich traue ihm wirklich nicht zu, dass er Bastians halbe Sippe auslöscht. Wenn es um die silbernen Drachen geht, dann mag er ja ein bisschen aufbrausend sein, aber er ist nicht wahnsinnig. Er weiß doch, dass der Weyr seine Sippe nicht anerkennt, wenn er Fiat unterstützt, und das ist schließlich sein größter Wunsch. Das würde er nie in Gefahr bringen.«

Eine Stimme im Hintergrund übertönte seinen Seufzer. »Ich komme gleich. Mayling, ich muss aufhören. Ich muss einen Überlebenden heilen. Ich weiß, dass es dir gegen den Strich geht, etwas ohne Grund zu tun, aber bitte vertrau mir – halte dich von Kostya fern.«

»Er würde nicht ...« Gabriel unterbrach mich scharf. »Man hat gesehen, wie er in Paris den Tatort verlassen hat. Verstehst du? Er war da, May. Er wurde gesehen. Ruf meine Mutter, Maata und die anderen zusammen und verlasst Drakes Haus. Ich muss jetzt los. Wenn ich kann, rufe ich später noch einmal an.«

Er legte auf. Wie erstarrt blieb ich stehen und blickte auf eine offizielle polizeiliche Mitteilung, die an die Tür geheftet war.

»Ms Northcott?«

Es dauerte ein paar Minuten, bevor mir klar wurde, dass der Detective Inspector meinen Namen sagte. Mühsam riss ich mich aus dem Abgrund der Verwirrung, in den ich gestürzt war. »Wie bitte?«

»Ich habe Sie gefragt, ob es Ihnen nicht gut geht. Sie sehen angegriffen aus.«

»Leider ein kleines Problem in der Familie. Muss ich noch mehr Formulare unterschreiben?«

»Nein. Aber ich würde Sie bitten, Ihren Gatten von hier zu entfernen. Er ist gefährlich nahe an einer Anzeige wegen Belästigung.«

Ich eilte zurück in das Büro, um Magoth zu holen. Er saß auf dem Schreibtisch einer Polizistin und starrte ihr lüstern in den Ausschnitt ihrer Bluse.

»Du hast versprochen, dich zu benehmen«, sagte ich. Ich packte ihn am Arm und zog ihn von der armen Frau weg.

»Habe ich eigentlich schon erwähnt, wie sehr ich es liebe, wenn du dominant wirst?«, schnurrte er und folgte mir in die Lobby. »Außerdem benehme ich mich doch. Ich habe die Sterblichen nicht ein einziges Mal so genarrt, wie ich es gerne getan hätte. Und ich habe ihnen nicht gesagt, wer du wirklich bist oder wer dein schuppiger Freund ist. Ich habe noch nicht einmal ihre irrige Annahme berichtigt, dass unser Haus aufgrund einer schadhaften Gasleitung in die Luft geflogen ist.«

»Es ist Gabriels Haus, und unsere Abmachung gilt nicht mehr. Wo sind Cyrene und Jim?«

Ich blickte mich in der belebten Lobby um, aber mein Zwilling und der Dämon waren nirgendwo zu sehen.

»Ich bin ein Fürst von Abaddon«, erklärte Magoth beleidigt. »Ich bin kein Wahrsager.«

»Du bist ein Arsch ...« Ich brach ab, bevor ich mich schon wieder mit ihm herumstritt. »Bleib hier, während ich nach ihnen suche. Vielleicht ist Cyrene ja zur Toilette gegangen.«

Ich weiß nicht, warum ich erwartete, dass Magoth tat, was ich von ihm verlangte. Er enttäuschte mich auf jeden Fall nicht, sondern folgte mir auf die Damentoilette, was die Frauen dort aufbrachte. Leider war Cyrene nicht dort.

»Sie hat wahrscheinlich irgendetwas Glänzendes gesehen und die Elster in ihr wollte es unbedingt haben«, sagte ich verärgert und trat aus dem Gebäude heraus, um Ausschau nach ihr zu halten. An der Straße befanden sich mehrere elegante Geschäfte. »Na toll. Das dauert mindestens eine Stunde, bis wir sie aufgespürt haben.«

»Sie war immer schon leicht abzulenken«, meinte Magoth und folgte mir ins nächste Geschäft. »Wie hältst du es bloß mit jemandem aus, der so leicht ... oooh, Leder!«

»Ich schaue auf dieser Seite der Straße nach und du auf der gegenüberliegenden«, sagte ich zu ihm. Ich hatte gerade die Ladentür erreicht, als jemand meinen Namen rief. Als ich mich umdrehte, sah ich einen buschigen schwarzen Schweif in einen kleinen Pub verschwinden. Rasch lief ich dorthin. »Jim?«, fragte ich blinzelnd, um meine Augen auf die veränderten Lichtverhältnisse einzustellen.

Es waren nur ein paar Gäste im Lokal, und Cyrene war nicht dabei. Auch von Jim war nichts zu sehen.

»Entschuldigung, aber haben Sie einen großen, schwarzen Hund gesehen?«, fragte ich ein Paar, das an einem Tisch saß.

Sie saßen steif da, als ob sie sich nicht wohlfühlten. »Er ist gerade eben hereingekommen.«

»Jim ist im Hinterzimmer, zusammen mit deinem Zwilling«, sagte eine glatte Stimme hinter mir. Ich erstarrte, als ich den italienischen Akzent bemerkte. Das Paar am Tisch erhob sich, und jetzt erst fiel mir auf, dass es Drachen waren.

Blaue Drachen.

Ich drehte mich langsam um. Fiat hielt eine schwarze Pistole in der Hand, mit der er auf meine Stirn zielte. »Sie werden sich sicher freuen, dich zu sehen.«

»Du weißt doch, dass ich ein Doppelgänger bin, oder?«, fragte ich. »Ich bin nicht nur unsterblich; ich kann auch in die Schattenwelt gleiten, in der du und deine Kugeln nichts ausrichten können.«

»Aber bei deinem Zwilling können sie etwas ausrichten, oder?«, fragte er glatt.

»Sie ist eine Najade. Wenn du auf sie schießt, wird sie nur wütend, und du kannst mir glauben, wenn sie wütend ist, möchtest du nicht in einem Raum mit ihr sein. Sie neigt dazu, elementar zu werden, wenn du verstehst, was ich meine.«

Bevor Fiat antworten konnte, kam Magoth ins Lokal geschlendert, gekleidet in eine schwarze Lederweste und eine dazu passende hautenge Hose ... eine ohne Sitzfläche.

»Was ist das denn, Magoth?«, fragte ich.

Er stellte sich so hin, dass ich das Muskelspiel in seinem Hinterteil bewundern konnte. »Die Sachen sind aus ganz weichem Bullen-Skrotum-Leder.«

»Ja, aber ... *ohne Hintern*!«

Er ließ erneut seine Muskeln spielen. »Den Sterblichen in dem Lederladen hat es gefallen. Sie haben mir angeboten, meinen Hintern zu tätowieren, aber ich habe ihnen den Fluch auf meinem Schwanz gezeigt, und sie meinten, so etwas hätten sie nicht zu bieten. Was machst du hier?« Er schnüffelte. »Bah. Noch mehr Drachen. Wer ist das? Einer deiner Liebhaber? Warum hat er eine Waffe auf dich gerichtet? Bist du auf ein potenziell tödliches Vorspiel aus? Ohne mich?«

Die Fragen waren zwar an mich gerichtet, aber er schaute dabei Fiat an, der, wie ich amüsiert feststellte, ein wenig verwirrt wirkte, als Magoth neben mich trat und seinen Arm um mich legte. Normalerweise hätte ich diese Geste nicht geduldet, aber manchmal war wohl der Teufel in der Hand besser als der Drache auf dem Dach.

»Wer bist du denn?«, fragte Fiat.

Magoth musterte ihn hochmütig. »Ich bin Magoth, Prinz von Abaddon, und das ist meine Gemahlin. Ich frage noch einmal – warum richtest du eine Waffe auf sie? Wenn du vorhast, sie zu gebrauchen, um Sex mit ihr zu haben, dann musst du mich schon mit einbeziehen.«

Fiat richtete seinen verblüfften Blick auf mich. »Du bist die Gemahlin eines bisexuellen Dämonenfürsten?«

»Ich bin nicht bisexuell. Ich bin all-sexuell«, entgegnete Magoth empört.

Fiat überlegte einen Moment, dann fuhr er fort: »Ist es neuerdings Pflicht, dass alle Gefährtinnen von Wyvern eine Verbindung zu Abaddon haben müssen?«

»Möglicherweise lösen Aisling und ich einen neuen Trend aus«, sagte ich freundlich. Ich stieß Magoth, der versuchte, seine Finger in meine Bluse zu schieben, in die Seite. »Möchtest du mir nicht erklären, warum du meinen Zwilling und einen Dämon gekidnappt hast?«

»Nein«, erwiderte Fiat und wies auf das Hinterzimmer. »Geh.«

Ich spielte mit dem Gedanken, in die Schattenwelt zu huschen, aber sowohl Fiat als auch ich wussten, dass er Cyrene zwar nicht mit seiner Pistole töten, aber ihren Verstand so beschädigen konnte, dass sie sich nie wieder davon erholen würde. Mit dieser Bedrohung lebten alle Unsterblichen – ein Körper, der weiterlebte, während der Geist zerstört war –, und sie nahmen solche Bedrohungen ernst.

»Leider kann ich dich nicht begleiten«, sagte Magoth und betrachtete sein entblößtes Hinterteil im Spiegel neben der Tür. »Ich habe leider Termine. Ich nehme an, du wirst mit diesem Drachen schon fertig und bist um die verabredete Zeit in deinem Bett?«

»Ich würde weder damit rechnen, dass sie in ihrem Bett ist, noch ...« – er wies auf die Tür, an der zwei seiner Männer Position bezogen hatten –, »dass du deine Termine wahrnehmen kannst.«

»Vielleicht sollte ich mir ein Bild aus meinen Filmtagen auf die linke Hinterbacke tätowieren lassen«, murmelte Magoth. Auf einmal ging ihm auf, was Fiat gesagt hatte, und er warf ihm einen eiskalten Blick zu.

Ich erstarrte. Zwar war Magoth fast machtlos, aber wenn er wütend wurde, braute sich um ihn immer noch eine schwarze Aura zusammen.

»Du wagst es, mich aufzuhalten, Drache?«, fragte er kühl.

Ich kannte diese Stimme und den Ausdruck in seinen Augen. Ich wusste jedoch nicht, ob Fiat auf die Drohung reagieren würde.

Fiat beugte sich vor und lächelte Magoth an. »In der Anderwelt fliegen die Gerüchte schnell. Ich habe gehört, dass du ohne deine Macht aus Abaddon verstoßen worden bist.«

Einen Moment lang glitt Magoths Blick zu mir, und ich erstarrte vor Schreck. Hoffentlich sagte er jetzt nicht, dass ich seine Macht besaß. »Meine Gemahlin hat eine Eingabe gemacht. Ich werde bald wieder in Amt und Würden sein, eine Tatsache, die du bedenken solltest.«

Das war natürlich eine Lüge, aber außer ihm und mir wusste das ja keiner, und ich würde ihn ganz bestimmt nicht korrigieren. Natürlich würde er nie von sich aus zu Gabriel gehen und ihm sagen, dass ich in Schwierigkeiten steckte, aber wenn es bekannt wurde, dass Cyrene, Jim und ich verschwunden waren, würde Gabriel aus Magoth schon die Wahrheit herausholen.

Fiat seufzte gespielt. »Jeder bekämpft mich. Niemand sieht ein, wie sinnvoll meine Aktionen sind. Renaldo?«

Einer der beiden blonden Drachen hinter Magoth trat einen Schritt vor und schwang einen schwarzen, ledernen Totschläger. Noch ehe ich einen Warnruf ausstoßen konnte, hatte er Magoth einen Schlag auf den Kopf verpasst.

Magoths Gesichtsausdruck wurde ekstatisch; dann verdrehte er die Augen und sank zu Boden.

»Jetzt musst du das jeden Abend machen«, sagte ich zu dem Drachen namens Renaldo, als er und der andere Mann Magoth aufhoben.

Fiat stieß mir die Pistole in die Seite. »Du kommst jetzt mit mir.«

»Sieht so aus, als bliebe mir nichts anderes übrig«, sagte ich ruhig. Wir gingen einen Gang entlang, und die beiden Männer zerrten Magoth hinter sich her.

11

Es überraschte mich, dass das Haus so bemerkenswert normal aussah.

»Normal jedenfalls, wenn man an prachtvolle Tudor-Villen aus Backstein gewöhnt ist«, murmelte ich, als wir durch die Sicherheitstore eine Einfahrt entlangfuhren. Das Haus lag oben auf einer kleinen Anhöhe, eingerahmt von einem Halbkreis stattlicher Weiden und Linden, hinter denen man Wasser glitzern sah – vermutlich ein großer Teich oder ein kleiner See.

»Wovon redest du?«, fragte Cyrene.

»Nichts. Was hast du gefragt?«

»Oh, oh, du hörst doch nicht etwa Stimmen? Bei Ash hat es auch so angefangen, und es hat ein schlimmes Ende genommen«, erklärte Jim und besabberte heimlich Fiats Schuhe.

Cyrene warf Fiat, der mürrisch aus dem Fenster schaute, einen Blick zu. Dann flüsterte sie mir ins Ohr: »Lass mich nicht allein mit ihm.«

Ich betrachtete das Haus. Es war wirklich prachtvoll – ein schönes Beispiel für Tudor-Architektur in bester Ausprägung. Ein gedrungener, rechteckiger Bau mit drei Stockwerken, mit Kantensteinen und Brüstungen. Alle Drachen hatten schöne Häuser, aber bei diesem Anblick lief mir das Wasser im Mund zusammen. Wie grüner Samt ergoss sich der Rasen über den Hügel. An der rechten Seite endete er in einem Taxus-Labyrinth, während sich auf der linken ein formeller Garten erstreckte, der gerade jetzt ein Blütenmeer aus orangefarbenen, bronzefarbenen und rosafarbenen Blumen war. Ich verliebte mich auf der Stelle in den Garten, in den Park und in das Haus. »Es ist so perfekt. So exquisit. Ob es Gabriel wohl auch gefallen würde? Sehr ländlich, nicht wahr? Aber das mag er. Und er mag bestimmt auch samtigen grünen Rasen, schöne Blumen, Hecken und Bäume.«

Cyrene warf mir einen merkwürdigen Blick zu und Jim sagte: »Na toll. Jetzt ist May übergeschnappt. Muss an den Stimmen liegen.«

Fiat ignorierte uns weiter, deshalb sagte ich zu Cyrene und Jim, während ich staunend aus dem Fenster schaute: »Ich bin völlig bei Verstand, vielen Dank. Du liebe Güte, ist das da hinten ein Pavillon? Könnte dieser Besitz noch perfekter sein?«

»Mayling!« Cyrene stieß mich unsanft in die Rippen. Ich riss meinen Blick von dem filigranen schmiedeeisernen Bau in der Ferne los.

»Was ist?«

Sie warf einen betonten Blick zu Fiat. Er starrte aus dem Fenster, als ob wir ihn zu Tode langweilten. An ihm vorbei glitt mein Blick zu einem silbrigen Bach, der sich um ein paar Taxushecken wand und dann dahinter verschwand. »Ein Bach. Natürlich. Nicht zu tief, aber tief genug, um an einem langen, heißen Sommernachmittag darin herumzuplantschen. Und danach kannst du im See hinter dem Labyrinth schwimmen gehen.«

»Bach? See?« Sofort schob Cyrene mich beiseite, damit sie ebenfalls durch das Fenster blicken konnte. »Das Wasser sieht ganz klar aus. Wahrscheinlich fließt es in den See. Ich wette, es ist nicht zu kalt zum Schwimmen ...« Sie warf mir einen bösen Blick zu. »Das hast du absichtlich gemacht. Hör auf, mich abzulenken.«

Seufzend antwortete ich ihr leise: »Ich habe dir doch gesagt, dass ich es bin, auf die Fiat es abgesehen hat. Er hat bestimmt irgendeinen bösen Plan, um Gabriel mit mir als Geisel zu erpressen. Okay? Bist du jetzt zufrieden? Gut. Sind das Mullvorhänge an den Fenstern? Ach, du liebe Güte, das ist wirklich sensationell. Wenn ich da an das Haus in Italien denke, dann hat sich Fiats Geschmack beträchtlich geändert. Ob er es wohl verkaufen würde?«

»Er will mich als Gefährtin stehlen«, flüsterte Cyrene, als wir vor der Eingangstür hielten. Ich wimmerte leise beim Anblick des eleganten weißen Säulenportals und der geschliffenen Glasscheiben zu beiden Seiten der Türen. Ich war auf einmal von einem so überwältigenden Verlangen nach diesem Haus erfüllt, und zugleich war es mir so vertraut, dass ich mich unwillkürlich fragte, warum ich so etwas noch bei keinem anderen Haus empfunden hatte.

Fiats blonde Bodyguards rissen die Wagentür auf.

»May!«

Die Angst in ihrer Stimme riss mich aus meinen Hausträumen. Ich schaute meinen erschrockenen Zwilling an. »Cy, wir haben doch schon oft genug darüber gesprochen – du bist keine Wyvern-Gefährtin!«

»Aber ich habe dir doch gesagt, dass ich eine ›Gefährtin light‹ bin. Und außerdem, warum sollte Fiat mich sonst Kostya stehlen wollen?«

»Ich muss pinkeln. Bin gleich wieder zurück. Dreht mir

hier nicht vollständig durch, bis ich wieder da bin, damit ich nichts verpasse«, sagte Jim und sprang aus dem Auto, um sich ins Gebüsch zu verziehen.

Fiat stieg aus. Magoth, der immer noch bewusstlos war, rollte vom Sitz auf den Boden der Limousine. Sein Kopf krachte wie eine reife Melone auf den Boden.

»Ich kann dir garantieren, dass Fiat dich nicht als Gefährtin stehlen will«, beruhigte ich sie und tätschelte ihr den Arm. Sie hatte wirklich Angst davor, aber auch wenn ihr Verhalten mich aufregte, ließ ich es sie nicht spüren.

»Das sagst du«, erwiderte sie düster. »Du hast nicht gesehen, wie er mich anschaut! Er *begehrt* mich!«

»Natürlich tut er das. Du bist sehr hübsch – viele Männer begehren dich.«

»Nicht so«, sagte sie. Sie beobachtete ihn aus zusammengekniffenen Augen durch die geöffnete Wagentür, während er mit seinen Bodyguards sprach. »Er will mich als Gefährtin, damit er die Drachen übernehmen kann.«

Ich war mir nicht ganz sicher, wie sie darauf kam, aber ich hatte jetzt keine Zeit, um nachzufragen. »Hör auf, dir Sorgen zu machen«, sagte ich nur. »Ich lasse nicht zu, dass er dich für sich nimmt.«

»Kommt«, sagte Fiat und streckte die Hand aus. Er klang so ungeduldig, dass ich fast erwartete, er würde mit den Fingern schnipsen. Schon lag mir eine Erwiderung auf der Zunge, die ich später sicher bereuen würde, aber ich dachte gerade noch rechtzeitig daran, dass ihm das Haus gehörte, und ich wollte es doch mit aller Macht selber besitzen. Mit Höflichkeit käme ich bestimmt weiter.

Warum ich auf einmal so auf dieses Haus versessen war,

ließ ich erst einmal unbeachtet. »Es war einmal ein Heim, und es wird wieder eins sein«, sagte ich leise zu mir. Cyrene warf mir erneut einen seltsamen Blick zu, aber meine Verwirrung war sogar noch größer. Was um alles in der Welt hatte ich damit gemeint?

»Kommt!«, sagte Fiat heftiger, und dieses Mal schnipste er tatsächlich mit den Fingern.

Cyrene war empört über seine Geste, aber ich packte sie am Arm und zerrte sie hinter mir her, entschlossen, höflich und zuvorkommend zu sein. »Das ist ein absolut großartiges Haus«, sagte ich zu Fiat, als er mir aus dem Wagen half. Die roten Backsteine schimmerten warm in der Nachmittagssonne, und die Fenster blitzten.

Fiat warf einen kritischen Blick auf das Haus und zuckte mit den Schultern. »Ja, es ist erträglich.«

Erträglich? Ich schrie in Gedanken auf, als er dieses profane Wort auf das Haus anwendete.

»Ich ziehe etwas Moderneres vor, aber die Parkanlage ist hübsch. Denke bitte daran, dass dein Zwilling meiner Gnade ausgeliefert ist, wenn du irgendwelche Tricks versuchst.« Ein Lächeln blitzte in seinen Augen auf, aber es war keineswegs freundlich. »Und Gnade ist eine Eigenschaft, die ich gar nicht besitze.«

Wir betraten das Haus und gingen durch die Eingangshalle. Tief atmete ich den Duft nach Möbelpolitur und Zitrone ein. Ich schloss kurz die Augen, um mich dann umso mehr an dem Anblick des herausragenden Inneren des Hauses zu erfreuen.

Die Treppe war ein Kunstwerk, mit korinthischen Anfangssäulen und einem fein gearbeiteten Geländer. Die

Wände waren mit dunklem Holz verkleidet. Wandteppiche hingen daran, manche in leuchtenden Farben, die meisten jedoch im Laufe der Zeit verblasst. Ich blieb vor einem stehen, der mir irgendwie bekannt vorkam, und mir fielen fast die Augen aus dem Kopf, als ich einen Namen erkannte. »Ist das ... ist das nicht William der Eroberer?«

»Ja«, antwortete Fiat.

Ich betrachtete den Wandbehang genauer. Er war durch einen an die Wand montierten Glaskasten geschützt, damit er nicht in der Sonne ausbleichte. »Er sieht ein bisschen so aus wie der Teppich von Bayeux.«

»Es ist der Teppich von Bayeux.«

Als ich die Stimme hörte, fuhr ich erschrocken herum. Nicht Fiat hatte mir geantwortet – neben ihm stand ein Mann mit dunkelbraunen Haaren und Augen, die wie die Fensterscheiben blitzten. »Hallo, Baltic. Was machst du denn mit dem Teppich von Bayeux?«

Er trat neben mich. »Es ist nur ein Teil des Teppichs: Williams Krönung. Ich stelle ihn gerne aus, weil er mich an eine glückliche Zeit erinnert.«

»Warst du dabei?«, fragte ich.

»Nein, nicht bei der Krönung, aber ich habe den Sterblichen viele Male bei ihren Schlachten geholfen.«

»Ich war dort. Es war nicht besonders aufregend«, sagte Cyrene. Sie warf Fiat einen feindseligen Blick zu, den er erwiderte. »London war damals sehr schmutzig, und die Leute waren sehr grob. Ständig flog vergammeltes Gemüse durch die Luft. Mir war Paris viel lieber.«

»Warum hast du den Sterblichen bei ihren Schlachten geholfen?«, fragte ich Baltic. Die Vorstellung, dass sich ein

Drache in menschliche Angelegenheiten einmischte, faszinierte mich.

Er lächelte. »Hast du noch nie mit Schwert und Schild auf einem feurigen Schlachtross gesessen und tief den Duft von Blut und Gedärmen eingeatmet, wenn sich die Sterblichen gegenseitig abgeschlachtet haben? Hast du nie empfunden, wie lustvoll die Schlacht dich im Griff gehalten hat? Hat dein Herz noch nie so laut geschlagen, dass du die Schreie und das Ächzen der Verwundeten und Sterbenden nicht mehr hören konntest? Hast du noch nie mit dem Schwert um dich geschlagen und Arme und Beine abgehackt?«

»Nein«, erwiderte ich. Bei dem Bild, das er mir zeichnete, stieg Übelkeit in mir auf.

Er zuckte mit den Schultern. »Dann kannst du es auch nicht verstehen. Fiat, du kannst gehen.«

Da erst fiel bei mir der Groschen. »Das ist *dein* Haus?« So ein prachtvoller Bau gehörte ihm. Er sollte mir gehören, verlangte eine kleine Stimme in meinem Kopf.

»Ja.« Er warf mir einen Blick zu. »Ich habe es als Geschenk für meine Gefährtin bauen lassen.«

»Für Ysolde?« Der Gedanke, dass es Ysoldes Haus war, besänftigte mich ein bisschen, auch wenn sie möglicherweise genauso zerstörerisch gewesen war wie Baltic.

Sein Blick glitt zu einer holzvertäfelten Wand, aber ich bezweifelte, dass er sie wirklich sah. Einen winzigen Moment lang wurde Baltics Miene weich, und in seinen Augen leuchtete es auf wie in einem Teich, in den ein Sonnenstrahl dringt. Auch seine Stimme verlor viel von ihrer Härte. Sie wirkte auf einmal weicher und tiefer. »Das Haus haben wir zusammen entworfen, aber den Garten hat sie ganz allein geplant. Sie liebte Blumen. Sie sollten das ganze Jahr über blühen. Ich habe ihr gesagt, das Klima sei hier nicht geeignet dazu, aber sie war hier geboren und wollte nirgendwo anders leben.«

»Was ich vom Park und dem Garten gesehen habe, war ganz wundervoll«, sagte ich, und ich meinte es absolut aufrichtig. Ich war erfüllt von dem seltsamen Gefühl, eine große Liebe mit diesem Mann zu teilen, aber das war Wahnsinn. Verwirrt schüttelte ich den Kopf.

»Sie wollte, dass die Akzeptanz-Zeremonie im Garten stattfindet, umgeben von Geißblatt und Linden«, sagte er, den Blick immer noch nach innen gerichtet. »Sie fand es passend, dass sie hier in diesem Haus, das ich für sie gebaut hatte, formell meine Gefährtin werden sollte.«

»Du hast wirklich ein wunderschönes Haus gebaut. Es ist kaum zu beschreiben, so perfekt ist es. Ich weiß nicht, warum, aber es scheint zu mir zu sprechen. Es ist, als ob ... ich weiß nicht. Es ist schwer in Worte zu fassen. Es ist einfach ... perfekt.«

»Ja, das ist es.« Halb lächelnd wandte er sich mir zu, und plötzlich lag ich in seinen Armen.

»Du hast sie geliebt«, sagte ich dicht an seinen Lippen.

»Mehr als mein Leben«, antwortete er, und seine Lippen glitten über meine.

»Boah! Das habe ich nicht kommen sehen!«, hörte ich Jim sagen, als sich Baltics Arme um mich schlossen. Das Gefühl der Verbundenheit wurde immer stärker, begleitet von einem Gefühl der Richtigkeit, das mich mit vagen Erinnerungen erfüllte.

»May? Du liebe Güte – May?« Cyrenes Stimme durchdrang kaum den roten Nebel der Begierde, aber ich konnte nicht aufhören.

Bis Baltic mich küsste.

In der Sekunde, als sich seine Lippen auf meine senkten, löschte eine kalte Welle des Unbehagens alle Drachenfeuer, die das Stück Drachenherz so unbedingt entfachen wollte.

»Ysolde«, murmelte er an meinem Mund.

Ich drückte ihn mit beiden Händen weg. Kurz glomm Überraschung in seinen Augen auf, um dann sofort kalter Wut zu weichen.

»Ich bin nicht Ysolde«, sagte ich.

»May, was tust du da?« Cyrene zupfte an meinem Ärmel. Sie warf Baltic einen misstrauischen Blick zu. »Ich weiß, dass du eifersüchtig auf alle Frauen bist, die Gabriel umschwärmen, aber das ist nicht die Antwort! Du musst mir glauben – ich habe mehr Erfahrung mit Männern als du, und ich kann dir versichern, dass es nicht der richtige Weg ist, wenn du mit einem anderen Mann flirtest, um ihn eifersüchtig zu machen. Es nimmt bloß ein schlimmes Ende, und für gewöhnlich ist dann ein Mann tot.«

»Es war das Stück Drachenherz«, sagte ich. Ich fühlte immer noch, wie es in mir pochte, und war erschüttert über das, was passiert war. Wenn das Stück Drachenherz auf Magoth reagierte, dann wusste ich warum – es war ein Versuch, Macht zu erlangen. Aber das hier war etwas anderes – das hatte etwas mit Ysolde zu tun. Sie liebte Baltic, das wurde mir in diesem Moment klar. Und er hatte ein Haus für sie gebaut, nur um ihr eine Freude zu machen, weil auch er sie mit verzehrender Leidenschaft liebte. Wie groß der Schmerz war, als er sie verlor, konnte ich nur ahnen ... Aber das war keine Entschuldigung für seine Handlungsweise. Ich hob das Kinn und warf ihm einen gleichmütigen Blick zu. »Ich reagiere wegen des Drachenherzens so auf das Haus ... und auf dich.«

Baltic blickte mich gelangweilt an. »Du trägst das Stück in dir, das einst meine Gefährtin besaß. Ich zweifle nicht, dass sie etwas von sich selbst darin hinterlassen hat. Umso mehr ein Grund für mich, es haben zu wollen.« Er wandte sich zum Gehen. In diesem Moment sah er Fiat. Stirnrunzelnd fragte er: »Was tust du noch hier? Ich habe dir doch gesagt, dass ich dich nicht mehr brauche. Du kannst gehen.«

Eine Fülle von Emotionen glitt über Fiats attraktives Gesicht – Ungläubigkeit, gefolgt von Ärger, der rasch abgelöst wurde von tiefer Wut. Das musste ich ihm lassen – er hatte sich unter Kontrolle.

»Bringt sie nach unten«, sagte Baltic mit einer Handbewegung zu Cyrene und mir.

Zwei Drachen traten aus den Schatten, einer davon war der Mann, der ihn zu Gabriels Haus begleitet hatte.

»Wo nach unten?«, fragte Jim nervös. »Ist unten eine komfortable Suite mit Digitalfernseher und einem heißen Bad?«

Baltic blieb an der Tür stehen und lächelte erneut. Es war kein nettes Lächeln. »Es schmerzt mich, auf Klischees zurückzugreifen, aber ich glaube an traditionelle Kerker. Ihr findet die Folterinstrumente wahrscheinlich nicht so unterhaltsam wie Digitalfernsehen, aber ich bestimmt.«

»Nein«, sagte ich einfach.

Baltic warf mir einen ungläubigen Blick zu. »Du willst dich mir doch nicht widersetzen, Gefährtin?«

»Ich glaube, das habe ich gerade getan«, sagte ich ruhig. Mein Herz schlug wie wild, und meine Handflächen wurden auf einmal ganz feucht. »Ich werde nicht einen Schritt von hier weg gehen, ehe du mir nicht erklärt hast, warum du uns von Fiat hast entführen lassen.«

»Ich brauche dir gar nichts zu erklären«, sagte er finster und machte drohend einen Schritt auf mich zu. Ich reckte mein Kinn und blickte ihn furchtlos an.

»Es kann nicht nur das Stück Drachenherz sein. Um daran zu kommen, bräuchtest du ja nicht Cyrene und Jim zu entführen – du bräuchtest mir nur den Kopf abzuschlagen und das Stück zu nehmen. Also sind wir wohl aus einem bestimmten Grund hier, und ich kann mir nur denken, dass es eine Falle ist, und wir sind der Köder.«

»Kluge kleine Hexe«, sagte er und trat noch näher an mich heran. Ich spürte noch etwas anderes, etwas Vertrautes, ein Gefühl von Déjà-vu, das ich jedoch nicht fassen konnte. »Viel zu klug für dein eigenes Wohl.«

»Gabriel ist nicht dumm«, fuhr ich fort und wehrte mich gegen das vertraute Gefühl. Ich wollte nicht mit Baltic vertraut sein. Er sollte mich nicht mehr küssen, und ich wollte auch nichts mehr von seinen Erinnerungen hören. Er sollte mir fernbleiben, weiterhin der Böse sein, nicht der Mann, der für die Frau, die er liebte, alles tat. »Er geht nicht blind in irgendeine Falle, ganz gleich ob ich der Köder bin oder etwas anderes.«

Baltic blickte mich eindringlich an, als wolle er meine Gedanken ergründen. »Wie kommst du auf die Idee, dass es mir um Gabriel geht?«

Ich starrte ihn ungläubig an. Wenn er nicht Gabriel eine Falle stellen wollte, warum entführte er mich dann?

Fiats Bodyguards kamen mit Magoth ins Haus. Baltic, der sich erneut zum Gehen gewandt hatte, zögerte, als er den Dämonenfürsten sah. Dann warf er mir einen fragenden Blick zu.

»Du weißt ja mittlerweile, dass ich nie ohne meine kleine Truppe reise«, sagte ich.

Er schätzte meinen Witz nicht, aber das war schon in Ordnung, ich schätzte es auch nicht, dass er uns gekidnappt hatte.

»Wir wollen sehen, ob du morgen immer noch lachst«, sagte er und verließ das Zimmer.

»Morgen? Du hast mir meine Frage nicht beantwortet! Was hast du mit uns vor? Baltic! Verdammt!« Wütend machte ich einen Schritt auf die Tür zu, aber seine Männer stellten sich mir sofort in den Weg. Ich musterte sie einen Moment lang und überlegte, ob ich es in Drachengestalt wohl mit beiden aufnehmen könnte. In diesem Augenblick explodierte Fiat.

»Che cazzo stai dicendo?«, knurrte er, und ich war einen Augenblick lang froh, dass ich seine Sprache nicht sprach. Er drängte sich an mir vorbei durch die Tür, durch die Baltic gerade gegangen war, und schrie hinter ihm her: *»Nessuno me lo ficca in culo!«*

Jim wirkte schockiert.

»Wie übel war Fiats Fluch denn auf einer Skala von eins bis zehn?«, fragte ich ihn leise.

»Fünfzehn.«

»Autsch.« Ich zog Cyrene aus dem Weg, als Fiat mit wütendem Gesichtsausdruck an uns vorbeistürmte. Aber er stürmte doch nicht vorbei, sondern packte mich am Arm.

»Ich dulde das nicht! Du bist *mein* Preis, nicht seiner! Wenn er denkt, er kann mich wie einen Lakaien behandeln, dann hat er sich aber geirrt!«, grollte er und zerrte mich quer durch das Zimmer.

»Iiih!«, schrie Cyrene und versteckte sich hinter mir. »Es hat angefangen! Er versucht, mich zu stehlen! Er hält dich für mich!«

»Fanculo«, spuckte Fiat sie an. Mit einer einzigen Handbewegung fegte er sie an die Wand.

Das Stück Drachenherz wäre gern zum Leben erwacht, aber ich hielt es in Schach. Noch bevor Cyrene an der Wand ankam, hatte ich mein Messer aus der Scheide am Knöchel gezogen und drückte ihm die Spitze an den Hals. »Niemand«, sagte ich mit vor Wut rauer Stimme, *»niemand* tut meinem Zwilling etwas zuleide.«

Fiat verwandelte sich und holte mit einem blaugeschuppten Arm zum Schlag aus, aber ich duckte mich und ging instinktiv in die Schatten. Im Raum war es zwar hell, aber ich war trotzdem nur noch schwer zu sehen. »Jim, pass auf Cy auf«, befahl ich und drückte mich flach auf den Fußboden, während Fiat sich suchend nach mir umschaute.

Fiats Bodyguards ließen Magoths reglosen Körper los und verwandelten sich ebenfalls. Ich huschte an ihnen vorbei, in eine dunklere Zimmerecke, was mir allerdings wenig nützte, da sich Baltics Leibwächter auch verwandelten. Ich stellte fest, dass sie schwarz waren, nicht weiß wie Baltic.

»Das ist ja hier die reinste Drachenparty«, sagte Jim, der bei Cyrene Wache hielt. Sie setzte sich gerade auf und betastete ihren Kopf.

»Mayling?«, rief sie. Sie kreischte vor Entsetzen, als einer der schwarzen Drachen auf sie losstürmte. Er war jedoch hinter einem von Fiats Männern her und sprang dem, den Fiat Renaldo genannt hatte, auf den Rücken. Sofort wälzten sie sich schreiend und kämpfend am Boden. Der zweite schwarze Drache hinderte den anderen blauen Bodyguard daran, seinem Kumpel zu Hilfe zu kommen.

Das Stück Drachenherz verlangte von mir, ich solle mich verwandeln und mit Fiat kämpfen, der mitten im Raum stand und sich nach mir umsah. Ich drückte mich tiefer in den Schatten einer riesigen Anrichte. Wenn er genauer hinschaute, würde er mich sehen.

»Komm heraus, *cara*«, rief er. Seine Stimme klang beinahe normal – beinahe. »Ich habe dir doch gesagt, was passieren würde, wenn du dich vor mir versteckst.«

Das Licht im Zimmer wurde plötzlich schwächer. Cyrene stand am Lichtschalter und machte das Licht aus, und Jim zog die schweren dunkelblauen Vorhänge an den Fenstern zu.

»Damit du die Tatsache, dass du sauer bist, an deinen Boss weitergeben kannst?«, rief ich Fiat zu. Er wandte sich Cyrene zu. Ich musste unbedingt wieder seine Aufmerksamkeit auf mich ziehen. »So dumm bin ich nicht, Fiat.«

Wütend schlug er mit seinem Schwanz. Renaldo und einer der schwarzen Drachen wälzten sich blutüberströmt auf dem Fußboden hinter ihm, und kurz war er abgelenkt. Ich nutzte die Gelegenheit, um in die andere Ecke des Zimmers zu huschen, die jetzt dank Jim ganz dunkel war.

»Er ist nicht mein Boss«, knurrte Fiat und blickte sich suchend nach mir um. »Öffnet die Vorhänge, damit ich sie sehen kann«, fuhr er seine Männer an, aber sie waren zu beschäftigt, um ihm zu gehorchen.

»Nein? Komisch, du nimmst Befehle von ihm entgegen, als ob er dir vorgesetzt wäre. Was für eine Verbindung habt ihr dann, Fiat? Glaubst du etwa, er hilft dir, wieder die Kontrolle über die blauen Drachen zu übernehmen?« Ich entfernte mich immer weiter von Cyrene.

»Ich habe kein Verlangen nach einer anderen Sippe«, antwortete Fiat. Seine Augen leuchteten intensiv blau, als er den dunklen Raum nach mir absuchte. »Ich bin Wyvern der roten Drachen.«

»Chuan Ren ist da sicher anderer Meinung. Du weißt ja, dass sie wieder da ist. Oh, ja natürlich weißt du es – Gabriel hat gesagt, du hättest dich vor ihr versteckt.« So einen Schlag auf sein Ego würde Fiat nicht so leicht verkraften.

Knurrend sprang er vor, plötzlich nur noch einen Meter von mir entfernt, und seine Finger schlossen sich fest um meine Kehle. Keuchend versuchte ich mit beiden Händen, seine Hand zu lösen, um wieder atmen zu können.

»Wenn Baltic dich nicht lebend haben wollte, würde ich dich auf der Stelle für diese Beleidigung töten«, grollte er und schlang seinen Schwanz um meine Beine, um mich festzuhalten. Ich kam nicht an meinen Dolch. Rote Punkte flimmerten vor meinen Augen, als ich verzweifelt nach Atem rang.

Verwandle dich!, befahl das Stück Drachenherz, und da ich keine andere Wahl hatte, tat ich es. Aber auch in Drachengestalt konnte ich ihn nicht abwehren, er war einfach zu stark für mich.

»Allerdings würde das Vergnügen, dich zu töten, Baltics Missvergnügen sicher bei Weitem übertreffen«, zischte Fiat. Wahnsinn loderte in seinen Augen, Wahnsinn und ein Blutdurst, der mich zu Tode ängstigte. Schon sah ich sein Gesicht nur noch verschwommen und stellte entsetzt fest, dass er mich tatsächlich umbrachte und dass ich Gabriel nie wiedersehen würde.

»Du willst dich ohne mich vergnügen? Das wird dir nicht gelingen. Ich muss darauf bestehen, die Hauptrolle zu spielen, aber wenn du brav bist, darfst du vielleicht mitmachen.«

Die Stimme hinter Fiat war kühl, und sie hatte die gewünschte Wirkung – Fiat drehte sich um, um zu sehen, wer hinter ihm stand, aber er war nicht schnell genug. Magoth schwang einen großen, wie einen Pfau geformten Schürhaken, der mit einem krachenden Geräusch auf Fiats Schädel traf.

Einen Moment lang starrte Fiat ihn überrascht an, bevor er zu Boden sank. Unter ihm sammelte sich schnell eine kleine Blutlache auf dem Parkett.

Das Letzte, was ich sah, bevor Dunkelheit mich umfing, war Magoths Lächeln.

12

»Die Schattenwelt ist eigentlich keine völlig andere Welt, sondern einfach nur eine Erweiterung dessen, was wir als Realität kennen. Sie hat viele Namen und ebenso viele Zugänge – vor allem die Feen fühlen sich dort wohl. Sie bezeichnen sie als Jenseits, was eigentlich auch eine recht gute Beschreibung ist. Sie ist ja auch jenseits. Nicht mehr und nicht weniger.«

»Warum erzählst du mir das?«

Die Stimme, die das sagte, war tief, glatt wie Seide, und sie brachte mich zum Lächeln. Es dauerte eine Weile, bis sie durch die Verwirrung, die mich umfangen hielt, zu mir drang. Ganz langsam, nach und nach, kam ich wieder zu Bewusstsein. Ich zuckte zusammen, als ich feststellte, dass die erste Stimme, die gesprochen hatte, meine gewesen war.

Ich machte die Augen auf und sah ein Gesicht über mir. Eine Mischung aus Amüsement und Verlangen stand in den Augen. »Gabriel?«

»Du bist wieder bei Bewusstsein. Ich hatte schon Sorge, dass du eine Art Trauma zurückbehalten hättest.«

Sein Gesicht war so durchscheinend, dass mein Herz sank. »Wir sind in der Schattenwelt, nicht wahr?«

Jetzt blickte er mich nicht mehr amüsiert an. »Ja. Du warst bewusstlos. Was ist passiert?«

Bilder zuckten mir durch den Kopf, ein perfektes Haus, das ich so sehr begehrte, dass mir das Wasser im Munde zusammenlief. »Das Haus. Ich will das Haus. *Agathos daimon*, ich will das Haus. Dir würde es auch gefallen, Gabriel. Der Rasen ist wie grüner Satin, es gibt Bäume und Blumen und sogar ein kleines Labyrinth, in dem wir uns verstecken und uns im Freien lieben könnten. Wenn du nicht willst, brauchen wir ja nicht im See zu schwimmen. Aber das Labyrinth würde dir bestimmt gefallen.«

»Ja«, bestätigte er ernst. »Ein Labyrinth würde mir gefallen. Ich würde dich gerne draußen lieben, wenn die Sonne uns auf die Haut scheint. Ich würde mich mit dir unter dem Sternenhimmel lieben, wenn die kühle Nachtluft deine köstlichen kleinen Brüste liebkost, während du mich reitest und deine Hüften sich so bewegen, dass du mich wahnsinnig machst. Und wenn du beim Orgasmus in die Schatten gehst, dann weiß ich, dass du wirklich mein kleiner Nachtvogel bist, meine Wintiki.«

»Ich möchte dich jetzt lieben«, sagte ich. Meine Finger zuckten und am liebsten hätte ich ihn an mich gezogen. Ich musste seinen Mund auf meinem spüren, seinen Atem schmecken, wenn er in mich eindrang. Irgendwie war das Verlangen nach dem Haus mit dem Verlangen nach Gabriel verbunden, aber er war ja leider nur eine Projektion in der Schattenwelt und nicht wirklich da. »Ich möchte dich berühren, Gabriel. Ich möchte mich an deine Brust schmiegen, dich schmecken, deine schöne, warme Haut streicheln. Ich möchte dich in den Mund nehmen, wie wir besprochen haben, aber ich scheine dazu nicht in der Lage zu sein, denn in der Sekunde, in der ich dich berühre, bringst du mich völlig um den Verstand.«

Gabriel stöhnte und schloss einen Moment lang die Augen. Er kniete neben mir, die Hände zu Fäusten geballt.

»Hast du eine Ahnung, was du mir antust? Ich bin nicht in deiner Nähe, May. Ich bin noch nicht einmal im selben Land, und doch bin ich hart und brenne nach deiner Hitze.«

Ich schwieg einen Moment. Mittlerweile war ich wieder völlig bei Verstand. »Wo bist du?«

»In Frankreich. Ich komme bald nach Hause. Schon bald werde ich in deinen Armen liegen.« Er streckte die Hand aus, als wolle er mir eine Haarsträhne aus dem Gesicht streichen, aber dann ließ er den Arm wieder sinken.

»Fiat hat versucht, mich zu töten.«

Er war einen Moment lang so ruhig, dass ich dachte, er hätte mich nicht gehört.

»Für diesen Wahnsinn wird er sterben.«

Ich lächelte. Die Drohung in seiner Stimme wärmte mich. »Aber es ist ihm nicht gelungen.«

»Das habe ich mir gedacht. Fiat? Bist du sicher, Mayling?«

»Ziemlich.«

Er fluchte. »Wie ist er nur an uns vorbeigekommen? Wir haben sämtliche Transportmittel und alle Portal-Unternehmen beobachtet.«

»Ich habe keine Ahnung, aber er ist definitiv hier, und Kostya war nicht bei ihm.«

»Was ist passiert?«

Ich berichtete ihm kurz von den Ereignissen, die dazu geführt hatten, dass wir Fiat in der Bar begegnet waren. »Fiat ist mehr oder weniger auf mich losgegangen, und ich gebe es zwar nicht gern zu, aber er hätte beinahe Erfolg gehabt, wenn ich nicht gerettet worden wäre.«

Gabriel betrachtete mich besorgt. »Und wer hat dich gerettet?«

»Ich hätte nie geglaubt, dass ich es einmal aussprechen müsste, aber Magoth hat mich gerettet. Er hat Fiat mit einem Schürhaken in Form eines Pfaus – das passt irgendwie zu ihm, oder? – einen übergebraten. Gabriel, Fiat arbeitet nicht mit Kostya zusammen, sondern mit Baltic. Er ist hier. Das hier ist eigentlich sein Haus. Wie er Fiat dazu gebracht hat, uns zu kidnappen, weiß ich nicht.«

Gabriel erstarrte. »Wo ist dieses Haus?«

»Etwa zwei Stunden außerhalb von London.« Ich beschrieb ihm die Strecke, die wir von London aus gefahren waren. »Baltic sagte, er und Ysolde hätten das Haus entworfen. Er sagte, sie wollte hier die Akzeptanz-Zeremonie feiern.«

»An der Geschichte bin ich eigentlich nicht so sehr interessiert, sondern eher daran, warum Baltic es auf dich abgesehen hat«, erklärte Gabriel grimmig. Er blickte über seine Schulter. »Beweg dich nicht. Ich komme gleich zurück.«

Ich lachte, als ich mich umblickte. Obwohl ich mich in der Schattenwelt befand, wies sie genügend Ähnlichkeit zur realen Welt auf, dass ich genau wusste, wo ich war – tief unten im Haus, in einem schwach beleuchteten Raum mit Erdwänden, der offenbar als Kerker diente.

Ich sprang vom Tisch, auf dem ich gesessen hatte, und examinierte mein Gefängnis. An der gegenüberliegenden Wand befand sich eine kleine Tür. Es gab keine Fenster und eine nackte Glühbirne an der Decke spendete spärliches Licht. Zwar sieht es in der Schattenwelt manchmal düsterer aus als in der realen Welt, aber dieser Raum hier machte nicht den Eindruck. Es gab einen Tisch und drei Stühle, die jedoch allesamt kaputt in der Ecke lagen. Es roch muffig nach Erde, und in der Luft lag ein beißender Gestank, bei dem ich unwillkürlich die Nase rümpfte.

»Es ist Angst, Vögelchen«, sagte Gabriel hinter mir.

Ich fuhr herum. Er sah müde und deprimiert aus, und seine Augen wirkten stumpf. »Was ist Angst?«

»Was du riechst. Ich habe es sofort erkannt.«

»Iiih. Was ist los?«, fragte ich. Am liebsten hätte ich ihm den Kummer aus dem Gesicht gestreichelt.

Er warf mir einen Blick zu, der Bände sprach.

»Was soll schon los sein? Meine Gefährtin ist von einem anderen Wyvern entführt worden, mein Haus wurde zerstört, mehr als sechzig Drachen sind von einem Wyvern getötet worden, dem ich schon vor langer Zeit das Handwerk hätte legen müssen, und Chuan Ren führt sich ungewöhnlich schwierig auf.«

»Entschuldige, das war eine dumme Frage. Mach dir keine Sorgen um mich – ich bringe uns schon hier heraus. Und was Fiat angeht – für den bist du nicht verantwortlich, Gabriel. Er ist ein großer Junge, und er weiß, was er tut. Du brauchst dir nicht seine Schuld aufzuladen.«

Gabriel schwieg einen Moment lang. Unwillkürlich hob er die Hand, um meine Wange zu berühren. Ich fühlte jedoch nur einen ganz leichten Hauch. »Wenn ich sagen würde, es ist meine Aufgabe, dich zu retten, was würdest du mir erwidern?«

Ich küsste die Luft, wo seine Handflächen waren. »Ich würde sagen, du sollst nicht so albern sein und schnell nach Hause kommen, damit wir das Herz neu bilden und das Stück in mir ein für alle Mal loswerden können.«

»Ich habe den anderen Bescheid gesagt, dass Fiat uns entwischt ist«, antwortete er. »Tu nichts Überstürztes, Gefährtin.«

Ich lächelte. »Ich liebe dich auch.«

Vorsichtig glitt ich aus der Schattenwelt, aber ich hatte keinen Grund, mich zu verstecken.

»Mayling!«, sagte Cyrene erleichtert, als ich aus der dunkelsten Ecke auf sie zutrat. »Da bist du ja. Hast du einen Weg hinaus gefunden?«

Ich trat über zwei auf dem Boden liegende Gestalten. »Was um alles in der Welt ist hier passiert?«, fragte ich, ohne auf Cyrene zu achten.

»Dein Zwilling hat Fiat gesagt, dass Magoth ihn niedergeschlagen hat«, erklärte Jim, der auf Fiats Brustkorb saß. »Also sind die beiden aneinandergeraten, aber da Mags ja ein bisschen machtlos ist, haben Cy und ich beschlossen, als Fiat sich in einen Drachen verwandeln wollte, dass wir uns besser einmischen.«

Ich blickte auf die beiden bewusstlosen Männer. »Und dann habt ihr sie beide niedergeschlagen?«

»Nein, natürlich nicht«, erwiderte Cyrene empört. »Für wen hältst du mich? Ich bin eine Najade und mit Körper und Seele dem Wohlergehen des Planeten ergeben! Ich will eine bessere Welt für die Sterblichen schaffen. Dass du auch nur auf den Gedanken kommen kannst, ich könnte so etwas Bösartiges und Gemeines getan haben, ist eine unglaubliche Unterstellung!«

Ich wartete. »Bist du fertig?«

»Noch nicht ganz.« Sie holte tief Luft. »Ich würde nie jemandem etwas zuleide tun. Niemals!«

Mein Schweigen war beredt.

»Ich bin gut«, erklärte sie würdevoll. »Ich bin nicht im Mindesten böse.«

»Ja, denn es ist kein bisschen böse, wenn man jemanden auf den Boden drückt, während ein Dämonenlord ihn zu Brei schlägt.« Jim kicherte.

»Jemandem die Arme festzuhalten, ist nicht dasselbe, wie jemanden auf den Boden zu drücken«, sagte Cyrene und warf dem Dämon einen finsteren Blick zu.

»Ja, ja. Ich kann schon verstehen, warum du mit Magoth gemeinsame Sache gemacht hast.«

»Oh!«, sagte Cyrene empört.

»Genug jetzt, ihr zwei! Hört auf!«

»Ich habe Fiat nicht auf den Boden gedrückt«, versicherte Cyrene mir. »Ich habe Magoth nur geholfen, besser an ihn heranzukommen.«

»Wie auch immer. Und weiter?«, sagte ich.

»Ach, deshalb bist du wohl auch die ganze Zeit herumgesprungen und hast geschrien ›Schlag ihn zu Brei, Magoth!‹, was?«, sagte Jim. Cyrene keuchte. »Lügen! Skandalöse Lügen! Das nimmst du sofort zurück.«

Jim zuckte mit den Schultern. »Okay, okay, mach dir nicht in die Hose. Ich nehme es ja zurück. Fiat war noch nicht ganz fertig. Er hatte noch genügend Kraft, um Magoth ein paar zu verpassen, bevor Cyrene ihm mit einer Katze das Licht ausgeblasen hat.«

Zu meiner Überraschung hielt Cyrene auf einmal eine neunschwänzige Katze in der Hand. »Das war reine Selbstverteidigung, und deshalb ist man noch lange nicht böse«, sagte sie und schwang die Peitsche hin und her. »Ich wusste, dass Fiat mich als Gefährtin beanspruchen würde, wenn er mit mir alleine wäre.«

Schweigend musterte ich meinen Zwilling. »Wieso betonst du ständig, wie gut du bist? Oh, Cy. Du steckst doch nicht schon wieder in Schwierigkeiten?«

»Nein«, sagte sie rasch, wich aber meinem Blick aus. »Nicht wirklich. Es ist nur, dass Neptun immer noch verärgert ist wegen der Sache mit meiner Quelle, und als er sie mir letzten Monat zurückgegeben hat, musste ich schwören, dass ich ein Jahr lang nichts tue, was einem Mitglied der Anderwelt oder einem Sterblichen schadet, weil er mir sonst die Quelle für immer wegnimmt. Und du weißt doch, dass ich das nicht riskieren darf.«

»Nein, natürlich nicht«, erwiderte ich. Im Stillen dankte ich Neptun. Vielleicht konnte er ja meinen wilden Zwilling disziplinieren.

»Er ist wirklich richtig uneinsichtig, weißt du. Er mag ja aussehen wie ein blonder Surfer, aber er ist bei Weitem nicht so blöd, wie man meinen sollte. Und mich hat er ständig auf dem Kieker. Immer nörgelt er an mir herum.«

Ich ließ auch diesen Kommentar unbeantwortet. Stattdessen sagte ich: »Wir müssen hier heraus. Tür?«

»Verriegelt«, sagte Jim. Er erhob sich von Fiat und kam zu mir getrottet. »Sonst irgendwelche Ideen?«, fragte er und drückte den Kopf an meine Hand.

Ich blickte mich um. »Nicht wirklich. Cy, kannst du irgendetwas machen?«

»Den Raum fluten?«, fragte sie und blickte sich ebenfalls um.

»Dabei würden wir nur ertrinken.«

Sie blieb einen Moment still stehen und schloss die Augen, um sich der Erde zu öffnen. »Der Teich ist zu flach, und der Strom führt zu wenig Wasser. Gegen die Fundamente des Hauses könnte es nichts ausrichten. Und sonst gibt es in der Nähe keine Wasserquellen, die ich nutzen könnte.«

»Verdammt.« Ich blickte zu Jim. »Ich kenne Dämonenlords, die sich wie Dämonen durch den Raum bewegen können, aber ich weiß nicht, wie es geht. Hast du einen Hinweis?«

»Ja. Tu es nicht.«

»Warum nicht?«

Er schüttelte den Kopf. »Aisling hat es versucht und wurde geächtet. Ich glaube nicht, dass du so enden möchtest, weil Bael dadurch Kontrolle über dich bekäme, zumal du ja auch an Magoth gebunden bist.«

»Guter Punkt«, sagte ich. Dunkle Macht würde ich also nicht benutzen. »Was wir brauchen, ist ein Dämon, der den Stoff der Zeit für uns aufreißen kann, damit wir gehen können.«

»Wir haben doch einen Dämon«, sagte Cyrene und zeigte auf Jim.

»Ich kann es aber nicht«, antwortete er. »Ich würde ja gerne, aber ich kann es nicht. Ich muss den direkten Befehl von meinem Dämonenlord dazu bekommen. Von meinem *echten* Dämonenlord, nicht nur dem zeitweiligen Stellvertreter.«

»Verdammt«, sagte ich und dachte nach. »Wir könnten warten, bis Gabriel uns rettet, aber das könnte lange dauern.«

»Wir haben doch Magoth«, sagte Cyrene und stieß ihn

mit der Schuhspitze an. Er stöhnte leise. »Ich gebe ihm doch nicht seine Macht, solange er in der Welt der Sterblichen ist«, sagte ich hastig.

»Nein, nicht alle Macht natürlich – nur die Fähigkeit, durch die Zeit zu reisen und so.«

Ich überlegte einen Moment lang und blickte Jim an. »Ist das möglich?«

»Vielleicht für jemanden, der mit der Macht vertraut ist, aber du?« Jim verzog das Gesicht. »Nein. Nicht machbar.«

»Was ist mit Jim?«, fragte Cyrene fröhlich.

»Ich habe dir doch gerade gesagt, dass ich ohne direkten Befehl ...«

»Nein, nein«, unterbrach sie ihn und wandte sich mit sonnigem Lächeln an mich. »Wenn du ihm nun Magoths Macht gibst? Dann kann er uns den Stoff der Zeit aufreißen, und wir können entkommen.«

»Und Jim besäße die volle Macht eines Dämonenlords«, erwiderte ich.

»Ich stehe voll dahinter«, warf Jim ein.

»Nun, ich nicht. Cy – er ist ein Dämon. Ein *Dämon!*«

»Warum reden die Leute eigentlich immer über mich, als ob ich nicht anwesend wäre?«, beschwerte sich Jim.

»Aber ein guter Dämon«, sagte Cyrene.

Da hatte sie recht. Ich musterte Jim, der mich aus großen Augen flehend ansah, einen Moment lang. »Nein«, sagte ich dann. Es war einfach ein zu großes Risiko. »Ich kann es nicht.«

»Ach, du liebe Güte, dann gib mir eben die Macht«, sagte Cyrene.

»Dir? Ich denke, du musst das reinste Wesen sein, das jemals auf dieser Erde gelebt hat? Hast du nicht einen Schwur abgelegt, im nächsten Jahr nichts falsch zu machen? Neptun würde eine geächtete Najade wohl nicht besonders schätzen, oder?«

Sie boxte mich auf den Arm. »Ich bin ein Elementarwesen, du Dummchen. Wir können nicht geächtet werden.«

»Nein?« Das hatte ich ja noch nie gehört. »Seit wann das denn?«

»Immer schon. Was meinst du, wie ich sonst die Leibeigenschaft bei Magoth überlebt habe? Die meisten Wesen sterben daran, aber Elementarwesen nicht. Wir sind besonders resistent gegen dunkle Macht. Das weiß doch jeder.«

»Ich wusste es nicht«, sagte ich langsam. Kurz wünschte ich mir, auch Doppelgänger wären Elementarwesen.

»Na ja, jetzt weißt du es ja. Und lass Neptun aus dem Spiel – wenn ich die Macht benutze, um uns hier herauszuholen, dann ist das gut, nicht böse. Dagegen kann er nichts haben.«

»Nein, das stimmt, aber wenn du nun aus Versehen die Macht zu etwas anderem verwendest?«

Sie richtete sich auf und warf mir einen Blick zu, der mich beinahe einschüchterte. »Ich bin über tausend Jahre alt, Mayling. Ich glaube, ich kann mit ein bisschen Dämonenmacht schon umgehen.«

Davon war ich zwar nicht überzeugt, aber nach einigem Hin und Her gab ich nach, zumal wir keine andere Option hatten. Zögernd begann ich, die Macht auf sie zu übertragen.

»Das ist ja praktisch«, sagte Cyrene aufgeregt, als Jim ihr erklärte, wie sie den Stoff der Zeit richtig aufreißen musste. »Dass ich früher noch nie darauf gekommen bin! Ich brauche nie mehr zu fliegen, Mayling! Kein langes Anstehen an Portalen mehr. Keine Züge, keine Autos, keine Schiffe. Ein kleiner Riss und ein Schubs und voilà! Sofort-Transport.«

Während sie redete, wedelte sie mit den Händen und riss kleine Stückchen aus der Realität.

»He, du musst dich auf deinen Weg konzentrieren«, mahnte Jim sie. »Wenn du dich nicht konzentrierst, endest du noch in Timbuktu. Mann! Du hast mir fast das Ohr abgerissen!«

»Entschuldigung. Ich konzentriere mich.« Sie presste die Lippen zusammen und konzentrierte sich auf ihr Ziel. »Jetzt reißen?«

»Ja.« Jim trat einen Schritt zurück neben mich. »Du weißt, dass du einen Preis dafür bezahlen musst, oder?«

»Was soll das heißen, einen Preis?«, fragte sie. Die Augen hatte sie fest zugekniffen, damit sie auch den richtigen Zeitfaden ergriff, der uns dorthin brachte, wo wir hinwollten.

»Dunkle Macht ist nicht umsonst. Wenn du sie benutzt, musst du bezahlen.«

»Ich bin ein Elementar…«

»Ja, ja, du kannst nicht geächtet werden, aber einen Preis musst du trotzdem bezahlen.«

Sie öffnete ein Auge und fragte: »Was denn für einen Preis? Es ist doch nichts Gefährliches, oder?«

Mir zog sich der Magen zusammen. Hatte ich gerade vielleicht etwas Dummes getan?

Der Dämon zuckte mit den Schultern. »Das weißt du erst, wenn du sie benutzt hast.«

»Ich bin ein Elementarwesen.« Cyrene schüttelte den Kopf und konzentrierte sich wieder auf die richtigen Fäden. »Mir kann dunkle Macht nichts tun.«

»Berühmte letzte Worte, was?«, sagte Jim fünf Minuten später, als er Magoths Füße losließ. Ich hievte seinen Oberkörper auf mein Bett in Aislings gelbem Schlafzimmer. Er grunzte hörbar, als ich ihn losließ.

»Und ich dachte, Fiat wäre schwer«, grummelte ich und rieb mir den Rücken. Fiat lag immer noch bewusstlos über dem Sessel neben dem Bett. Ich vergewisserte mich, dass beide Männer noch bewusstlos waren, bevor ich mich meinem Zwilling zuwandte.

Cyrene starrte entsetzt auf ihr Spiegelbild in dem kleinen Spiegel neben der Tür. Langsam hob sie eine Hand und berührte ihre Haare. »Sie sind ... weiß. Ich bin ...«

»Schwarz«, sagte Jim, der sie beobachtete.

Mit erstarrtem Gesichtsausdruck wandte sie sich mir zu. »Meine Augen ...«

»Orange«, erwiderte ich und versuchte, mich an das neue Aussehen meines Zwillings zu gewöhnen. »Du hast einfach deine Farben verändert, Cy. Alle Farben haben sich ins Gegenteil verkehrt. Deine Haut ist jetzt sehr dunkelbraun, deine Haare sind weiß, und deine strahlend blauen Augen sind orange. Es sieht interessant aus.«

»So kann man es auch sagen«, warf Jim ein und legte den Kopf schräg. »Du siehst aus wie ein Negativfoto deiner selbst. Witzig!«

Sie blinzelte mich mit ihren unheimlichen Augen an und trat dann an die Tür, immer noch in Schock erstarrt. »Ich brauche Wasser. Viel Wasser. Ich gehe in Drakes Pool.«

»Hoffentlich bekommt Aisling dort nicht gerade das Baby«, sagte ich, als sie weg war.

Jim lauschte. »Man hört niemanden schreien. Außerdem wollte sie in die große Badewanne gehen, aber dann hat sie sich letztlich für eine Art großen Stuhl mit einem Loch in der Mitte entschieden.«

»Geburtsstühle sind sehr verbreitet, glaube ich. Ich gehe jetzt besser zu Drake und sage ihm, dass er einen Gast hat.«

»Ja. Und ich mache mich auf zu Ash und sage ihr, dass wir wieder da sind. Sie macht sich ständig Sorgen, und im Moment ist das wahrscheinlich nicht gut für sie.«

Ich wuschelte dem Dämon über den Kopf und folgte ihm in die Eingangshalle. »Immer wenn ich gerade denke, wie nervig du doch bist, zeigst du auf einmal, was für ein weiches Herz du hast.«

»Ich liebe dich auch, Baby«, sagte er und rieb seinen Kopf an meinem Bein.

13

Ich spürte sofort, als Gabriel Drakes Haus betrat. Die Luft wurde dicker und schien vor Energie zu vibrieren. Ich erstarrte, und die Worte, die ich gerade hatte aussprechen wollen, erstarben mir auf der Zunge.

»May? Ist alles in Ordnung?«, fragte Aisling. Sie lag im Bett, Drake hatte sich neben sie gesetzt, und beide hörten mir aufmerksam zu, als ich ihnen von unseren Abenteuern mit Fiat und Baltic berichtete.

Ich sprang auf und rannte aus dem Zimmer, die Treppe herunter. Hinter mir hörte ich, wie Aisling Drake fragte, was denn los wäre.

»Ihr Gefährte ist da«, antwortete er, aber ich achtete kaum darauf.

Gabriel kam mir auf halber Treppe entgegen. In seinen Augen stand ein wildes, verzweifeltes Verlangen. Ich stürzte mich in seine Arme und überschüttete ihn mit Küssen.

»Gefährtin«, grollte er. Seine sonst so seidenglatte Stimme war rau vor Verlangen. Seine Lippen brannten auf meinen, und ich packte mit beiden Händen in seine weichen Dreadlocks und zog ihn noch näher an mich heran.

»Guten Abend, May«, sagte eine Männerstimme leise.

Nur mit Mühe riss ich mich kurz von Gabriel los und begrüßte seinen zweiten Bodyguard. »Guten Abend, Tipene. Maata ist auf dem Speicher. Schön, dass ihr wieder da seid.«

Er verbeugte sich, und ich machte mich sofort wieder daran, Gabriel zu küssen, ihn zu riechen und zu schmecken.

»Fiat ist hier«, sagte ich zwischen zwei Küssen und rieb mich an ihm. »Aislings Baby ist immer noch nicht da. Cy hat jetzt Magoths Dämonenlord-Macht. Ich brauche dich. *Auf der Stelle!*«

»Ich brauche dich auch, Gefährtin«, grollte er. Seine Blicke verbrannten mich, und das Stück Drachenherz machte einen Versuch, mich zu verwandeln.

Ich stöhnte, als Gabriel an meinem Ohr knabberte. Sein Atem kam stoßweise, für mich die süßeste Musik, die ich jemals gehört hatte. Sein Körper war hart und jeder Muskel angespannt, und ich wusste, er war genauso erregt wie ich. Drachen hatten nach einer Trennung das überwältigende Bedürfnis, sich mit ihrer Gefährtin zu vereinigen, und so empfand ich es auch. Ich versuchte mich von Gabriel zu lösen, damit wir endlich in mein Zimmer gehen konnten, aber sein Duft nach Holz und Erde brachte meine Seele zum Singen. Ich riss das schwarze Seidenhemd auf, das er trug.

»Du hast mir so sehr gefehlt.« Ich küsste eine heiße Spur über seinen Brustkorb. Er stöhnte, und seine Finger gruben sich in mein Hinterteil, als ich ihm rasch einen Feuerstoß in den Mund hauchte.

Das Stück Drachenherz verlangte, ich solle ihm nachgeben, um Dinge mit Gabriel zu tun, die in menschlicher Gestalt unmöglich wären, aber ich war fest entschlossen, die Kontrolle zu behalten.

»Gefährtin, du musst jetzt aufhören, oder ich nehme dich hier, direkt auf der Treppe«, stieß Gabriel hervor. Seine Stimme war rau vor Verlangen. Sein Körper drängte sich an meinen.

Ich löste mich von ihm und stellte mich keuchend vor

ihn. Bewundernd schaute ich ihn an. Er war so schön, so einzigartig wundervoll, ich hätte am liebsten vor Freude geweint. Alles an ihm gehörte mir, alles, von diesen silbrig glitzernden Augen und diesen Lippen, die die süßesten der Welt waren, bis zu seinem Körper, an dem jede Einzelheit nur dazu da war, mir Lust zu bereiten.

»Ich muss dich jetzt haben«, sagte er, hob mich hoch und lief mit mir die Treppe hinauf. »Ich kann nicht mehr warten, Vögelchen. Wir waren so lange getrennt – ich kann nicht mehr warten. In welchem Zimmer schlafen wir?«

»Im zweiten Stock«, wollte ich sagen, aber dann fiel mir ein, dass Magoth noch auf meinem Bett lag. Fiat war mittlerweile von Drake in einen gesicherten Raum unten gebracht worden. »Verdammt! Da ist Magoth!«

Gabriel blieb oben an der Treppe stehen. »Es muss doch ein Zimmer geben, das wir benutzen können. Wohnzimmer?«

»Zu öffentlich. Jim läuft abends immer durchs Haus.«

»Drakes Arbeitszimmer.«

»Drake bleibt manchmal die ganze Nacht auf, um Dinge für Aisling zu besorgen.«

Er packte mich fester. »Küche.«

»István und seine Freundin schlafen direkt hinter der Küche. Sie würden es hören, wenn wir dort ...«

Gabriel grollte. »Es muss doch einen Ort geben!«

»Da ist noch der Pool, aber ich glaube, dort hält sich jetzt erst einmal Cyrene auf.«

»Grr!«

Ich schlüpfte aus seinen Armen. Die Emotionen und Bilder, die das Drachenherz mir sandte, waren kaum noch auszuhalten. Ich trat einen Schritt zurück und ballte die Fäuste. Die spitzen Krallen bohrten sich in meine Handflächen, als ich einen Moment lang den Blick abwandte und versuchte, Kraft zu sammeln.

»Ich frage Aisling«, setzte Gabriel an, aber als er an mir vorbeiging, fuhr ich ihm mit der Hand über den Rücken. Er erstarrte und blickte mich an. Seine Augen glitzerten so hell, dass es meine Seele wärmte.

Ich beugte mich vor, als wolle ich ihn küssen, pustete ihn aber nur an.

Seine Augen weiteten sich, als ihm klar wurde, was ich vorhatte. »Gefährtin?«

Ich drehte mich um und ging die Treppe herunter. Das Stück Drachenherz in mir jubelte.

»Gefährtin«, sagte er noch einmal, dieses Mal eine Oktave tiefer. Seine Stimme klang so sinnlich, dass ich beinahe auf der Stelle kam.

Auf halber Treppe drehte ich mich um und warf ihm einen Blick zu. Er stand immer noch auf demselben Fleck, als ob er dort festgewachsen sei. Seine Augen schimmerten, und um seine Füße loderte ein kleiner Flammenring. Ich lächelte.

Er zog scharf den Atem ein.

»Ich liebe dich«, sagte ich zu ihm, bevor ich mich wieder umdrehte und schnell die Treppe herunterrannte.

Sein Brüllen hallte durchs ganze Haus, als ich durch den dunklen Flur rannte, getrieben vom Verlangen des Drachenherzens, das ich jedoch dieses Mal voll beherrschte. Es wollte, dass ich mit Gabriel spielte, ihn behandelte, als ob ich ein Drache wäre und das Liebesspiel initiierte. Das wollte ich auch tun – aber zu *meinen* Bedingungen. Zum Drachenspiel, das hatte ich in den letzten Monaten gelernt, gehörte die Jagd. Die Weibchen flohen, und die Männer jagten sie. Es war alles sehr chauvinistisch, fand mein moderner Verstand, als ich durch die dunkle Küche eilte und hektisch nach einem Ausgang suchte – aber so machten es die Drachen eben, und Gabriel liebte es. Er liebte es, mich zu jagen, und ich liebte es, von ihm gefunden zu werden. Für gewöhnlich überwältigte mich das Stück Drachenherz und zwang mich, für die Jagd Drachengestalt anzunehmen, aber dieses Mal hatte ich es fest unter Kontrolle.

»Du kannst dich nicht vor mir verstecken, Vögelchen«, hörte ich Gabriel rufen. Er war nahe, so nahe, dass mir sein Duft in die Nase drang. Ich rannte aus dem Haus hinaus und hielt nur kurz inne, um zu überlegen, wie es lag.

»Willst du mit mir spielen? Willst du mich wahnsinnig vor Verlangen machen? So weit brauchst du gar nicht zu gehen, Mayling. Das wirst du noch merken, wenn ich dich erst einmal gefunden habe.« Versprechen und Leidenschaft lagen in seiner Stimme, und ich erschauerte.

Ich musste einen Ort für uns finden, an dem wir einigermaßen ungestört waren. Einen Ort, an dem wir uns unseren heißen Gefühlen hingeben konnten.

»Park«, sagte ich leise zu mir. Ein paar Blocks entfernt war ein großer Park mit einem kleinen See, einem Bootshaus und schönen Gartenanlagen. Am wichtigsten war jedoch, dass er nachts geschlossen war, so dass ein silberner Drache und seine Gefährtin dort ungestört spielen konnten.

Ich sprang über die Mülltonnen und rannte am Haus entlang zur Straße, mitten durch den Verkehr und hupende Autos auf die Umrisse der Bäume zu, die ich zwischen den Gebäuden erkennen konnte.

»Es ist dir noch nie gelungen, mir zu entkommen. Ich habe dich immer gefunden, und das werde ich auch dieses Mal.«

Als ob ich ihm wirklich entkommen wollte. Mein Blut rauschte vor Glück, als ich auf mein Ziel zusprintete.

»Dafür wirst du büßen müssen«, sagte er, und ich hörte das Lachen in seiner Stimme. »Schwer büßen.« Hoffentlich hielt ich bis zum Park noch durch und warf mich nicht schon vorher in seine Arme.

Schließlich gelangte ich an eines der Parktore. Es war zwar verschlossen, aber es bereitete mir keine Probleme. Ich kletterte einfach an dem schmiedeeisernen Tor hoch und sprang an der anderen Seite herunter. Einen Moment lang blickte ich mich in diesem Teil des Parks um, der als traditioneller englischer Garten angelegt war.

»Kluges Vögelchen. Ein Park. Sehr passend. Es wird keine Zeugen geben, die sehen, was ich mit dir mache, wenn ich dich gefangen habe.«

Beim samtweichen Klang seiner Stimme durchrann mich ein Schauer der Lust. Hinter mir hörte ich Metall knirschen, als ob jemand über das Tor kletterte. Ich lächelte und lief zum Bootshaus. Kurz vorher bog ich ab, lief am Bootshaus entlang und watete ins Wasser, so leise ich konnte. Es war kalt an meiner erhitzten Haut und raubte mir kurz den Atem. Ich hielt ihn an, damit Gabriel mich nicht keuchen hörte, aber es dauerte nicht lange, bis ich mich an die Kälte gewöhnt hatte. Ich schwamm unter den Steg am Bootshaus und hielt mich an einem Pfosten fest, damit ich beobachten konnte, was Gabriel machte.

Kurz darauf tauchte er auf. Im Mondschein erblickte ich die Silhouette eines Mannes, der am Bootshaus vorbeirannte. Wieder hielt ich den Atem an, damit er mit seinen scharfen Ohren nichts hörte. Er blieb stehen und schnüffelte. »Wo bist du, Vögelchen?«, fragte er und drehte sich in die Richtung, aus der er gekommen war. »Du bist ganz in der Nähe, ich spüre es. Ich fühle mein Feuer in dir, und der Wind flüstert deinen Namen. Zeig dich mir, und dann lasse ich Gnade walten.«

Ich grinste. Seine Vorstellung von Gnade kannte ich. Sie würde mich zu einem Orgasmus nach dem anderen führen. Leise tauchte ich unter und schwamm geräuschlos ans Ufer. Er hatte sich ein paar Schritte von mir entfernt, aber offensichtlich merkte er, dass das die falsche Richtung war.

»Mayling«, sagte er mit tiefer Stimme. »Ich schätze ja dein Verlangen, mit mir zu spielen, aber man hat dich mir genommen. Wir waren nicht aus freien Stücken getrennt, und deshalb muss ich dich jetzt wieder in Besitz nehmen.«

Ich wurde zum Schatten, kletterte aus dem Wasser und schlich auf ihn zu, bis ich etwa zwanzig Meter hinter ihm war.

»Um mich in Besitz zu nehmen, musst du mich erst einmal fangen«, sagte ich, kam aus der Schattenwelt und rannte auf die Bäume zu.

Er wirbelte herum und verwandelte sich dabei in Drachengestalt. Ich rannte, wie ich noch niemals gerannt war. Ich genoss das wilde Schlagen meines Herzens, das Brennen in meinen Lungen und die Hitzewelle hinter mir, die von

Gabriel ausging. Er holte rasch auf, und ich lachte vor Freude. »Du bist nicht mehr in Übung, Gabriel«, rief ich über die Schulter. »Als wir uns das letzte Mal gejagt haben, hast du keine drei Minuten gebraucht, um mich zu kriegen.«

»Für diese Unverschämtheit wirst du bezahlen«, antwortete er, musste aber ebenfalls lachen. Die Baumgruppe war zu Ende, aber ich sah rechts einen kleinen Felsengarten. Dorthin wandte ich mich, aber ich hatte keine Chance. Schon war er über mir und warf mich zu Boden, schlang sich jedoch dabei gleichzeitig so schützend um mich, dass ich nicht hart aufschlug. Er grunzte, als ich auf ihm landete und verwandelte sich wieder in einen Menschen. Seine Hände waren hart auf meinem Körper, als sich sein Mund über meinen senkte. Ein tiefes Grollen entrang sich ihm. »Du hast dich vor mir im Wasser versteckt. Das war nicht fair.«

»In der Liebe und bei Drachenjagden ist alles erlaubt«, sagte ich und ließ meine Hände über seinen warmen, harten Brustkorb gleiten.

»Möchtest du es wie die Menschen tun?«, fragte er und begann, mir die nassen Sachen auszuziehen. Ich zitterte ein bisschen, teils wegen der kühlen Nachtluft, aber auch wegen des Ausdrucks in seinen Augen.

»Ja, liebe mich, Gabriel. Es ist schon so lange her.«

»Zwei Tage«, stimmte er zu. »Eine Ewigkeit.«

»Sollen wir überhaupt mit Vorspiel anfangen?«, fragte ich und stöhnte, als seine Finger über meine empfindliche Haut glitten. Ich zerrte an der Schließe seines Gürtels, bis ich sie endlich aufhatte.

»Die Jagd war das Vorspiel«, antwortete er, und bevor ich reagieren konnte, hatte er mich hochgehoben und drang in mich ein. Seine Hände glitten über meine Brüste und streichelten sanft meine hochempfindlichen Nippel, bis ich glaubte, in Ohnmacht fallen zu müssen. Ich bog mich ihm entgegen, und meine inneren Muskeln schlossen sich um seinen Schaft.

»May, es tut mir leid ... ich muss ... Ich weiß, du wolltest es wie die Menschen machen ...« Seine Stimme klang gequält, während er in mich hineinstieß.

Ich beugte mich zu ihm herunter und küsste ihn. »Feuer. Gib mir dein Feuer, Gabriel.«

Er verwandelte sich, sein Körper streckte sich, und seine schöne, warme Haut wurde zu schimmernden Silberschuppen. Er hob mich von sich herunter und drehte mich so, dass ich auf den Knien lag und er von hinten in mich eindrang. Ich kam auf der Stelle und schrie seinen Namen, während er heftig in mich hineinstieß, bis auch er den Kopf zurückwarf und meinen Namen brüllte.

Es dauerte lange, bevor ich in der Lage war, den Kopf zu heben und über meine Schulter auf den Mann zu blicken, dessen Körper beschützend über meinem lag. »Ich beklage mich nicht ... selbst wenn ich wollte, fände ich an deiner Technik nichts auszusetzen, aber einmal könnten wir es vielleicht doch einmal mit einem traditionellen Vorspiel versuchen.«

Gabriel öffnete ein Auge und blinzelte mich an. Seine Brust hob und senkte sich immer noch von der Anstrengung. »Das klingt ja so, als wärest du unzufrieden.«

Ich rollte mich auf die Seite, damit ich ihn ansehen

konnte. »Im Gegenteil. Es ist nur ... na ja, nehmen wir zum Beispiel mal deine Brust.«

»Ich würde lieber deine nehmen«, sagte er lüstern. Seine Hände glitten wärmend über meine Brüste.

Ich versuchte, ihm einen strengen Blick zuzuwerfen. »Hör auf, mich abzulenken.«

Seufzend rollte er sich auf den Rücken und breitete die Arme aus. »Du bist in den letzten Monaten reichlich fordernd geworden, Vögelchen. Möchtest du deine weiblichen Reize an meiner menschlichen Gestalt ausprobieren?«

»Oh ja.« Ich hockte mich hin und betrachtete den Mann, der vor mir lag. »Immer wenn ich auf deine Brust schaue, denke ich an Vorspiel.«

»Meine Brust?« Er hob den Kopf und blickte an sich herunter. »Warum?«

»Sie ist so ...« Ich biss mir auf die Lippen und ließ meine Hand über seinen Oberkörper gleiten. Sofort leuchtete Interesse in seinen Augen auf, aber ich sagte: »Nein.«

»›Nein‹ ist nicht das Wort, das ich hören möchte«, antwortete er.

»›Nein‹ soll heißen, dass ich mich von dir nicht ablenken lasse. Du hast mir vor Monaten schon ein Vorspiel versprochen.«

»Und du hast gesagt, du bräuchtest es nicht.«

»Ich habe meine Meinung geändert.« Meine Hand glitt tiefer, zu seinem Bauchnabel. Er zog scharf die Luft ein. »Außerdem findet selbst deine Mutter, wir sollten uns mehr Zeit fürs Vorspiel nehmen.«

Er grinste mich an. Jeder andere Mann wäre schockiert gewesen, dass seine Mutter und seine Geliebte über seine sexuellen Techniken diskutierten, aber Gabriel war nicht jeder. »Meine Mutter hat immer vortreffliche Ratschläge, aber ich meine mich erinnern zu können, dass du entsetzt warst, als sich herausstellte, dass ich mit ihr über meinen Mangel an Selbstbeherrschung dir gegenüber gesprochen habe.«

»Damals waren wir ja auch erst seit Kurzem ein Paar. Jetzt sind wir alte Hasen«, erwiderte ich und ließ meinen Finger um seinen Bauchnabel kreisen. »Kaawa sagt, sie hat dich eigentlich so erzogen, dass du ein umsichtiger Liebhaber sein müsstest, aber die Tatsache, dass du dich in meiner Gegenwart nicht in der Gewalt hast, spricht ihrer Meinung nach Bände.«

Gabriel verzog das Gesicht. »Vielleicht, aber sie kennt doch die Drachen. Sie als Gefährtin weiß doch, dass ein Drache manchmal seine Gefährtin auf die elementarste Art und Weise nehmen muss.«

»Ja, aber das scheint bei dir sehr häufig der Fall zu sein. Ich würde gerne einmal erfahren, wie andere Leute Liebe machen.«

»Du meinst Sterbliche.«

»Und Unsterbliche. Unsterbliche, die keine Drachen sind. Deine Brust ist wundervoll, Gabriel. Ich sehe sie so gerne an. Ich berühre sie so gerne. Ich möchte sie schmecken.«

In seinen Augen glomm ein Feuer auf.

»Ich möchte dich auch schmecken. Ich habe gehört, Oralsex soll wundervoll sein. Das möchte ich gerne einmal probieren.«

Er hörte auf zu atmen.

Ich lächelte ein bisschen und fuhr mit der Zunge über einen seiner Nippel. »Alles beginnt mit deiner Brust, weißt du, einfach weil sie so wundervoll ist. Sie hat zwar nicht viele Haare, aber sie ist auch nicht nackt wie ein gerupftes Huhn.«

»Es freut mich, dass du so denkst«, sagte er rau. »Ich habe noch nicht allzu viel darüber nachgedacht.«

»Das ist schon in Ordnung. Ich aber.« Ein Gedanke fuhr mir durch den Kopf. »Hast du diese Gestalt eigentlich so gewählt, wie ein Dämon seine aussucht? Oder hast du dich eines Tages einfach in eine menschliche Gestalt verwandelt und das ist dabei herausgekommen?«

»Die menschliche Gestalt hängt immer vom Zufall ab, wie bei den Sterblichen«, antwortete er. Er blickte mich misstrauisch an. »Macht dir die Tatsache etwas aus, dass ich ethnisch anders bin als du?«

»Die Sterblichen machen so viel Aufhebens um die äußere Erscheinung«, sagte ich und küsste ihm den Zweifel vom Gesicht. »Wir sind keine Sterblichen. Wir sehen beide über das Aussehen einer Person hinweg.«

Er entspannte sich und streckte erneut die Hände nach mir aus. »Hände flach auf den Boden, bitte«, wies ich ihn an. Ich wartete, bis er gehorchte, dann belohnte ich ihn mit einem Kuss auf jedes seiner Grübchen. »Wo war ich stehengeblieben? Ach ja, diese Haarlinie nun«, sagte ich und fuhr mit dem Finger die seidige Linie entlang, die unterhalb seines Bauchnabels begann und in die unteren Regionen seines Körpers führte. »Bei dieser Haarlinie bekomme ich weiche Knie.«

Er stöhnte und schloss die Augen, während ich meine Finger über seinen Bauch und seine Hüften wandern ließ. Seine rasch wachsende Erektion vermied ich dabei.

Ich küsste eine Spur über seinen Brustkorb, genoss den salzigen Geschmack seiner Haut und knabberte an seinen Rippen.

»Du bringst mich um, May.«

»Nein, du bist ein starker Mann. Du hältst das schon aus.«

»Ich bin kein Mann, ich bin ein Drache, und Drachen nehmen ihre Gefährtinnen einfach, wenn sie darauf bestehen, sie zu quälen. Ach du liebe Güte! Mach das noch einmal!«

Ich lachte leise und beugte meinen Kopf erneut über seine Flanke. Mit raschen Zungenschlägen umkreiste ich seinen Schaft, gefolgt von kleinen Feuerstößen aus meinem Mund. »Siehst du? Ich wusste doch, dass es dir gefällt!«

Sein Körper zuckte, als ich wieder seinen Bauch küsste und auch hier ein wenig Feuer auf seine Haut blies.

»Es tut mir leid, May. Ich weiß ja, dass du das tun möchtest, aber ...«

Er packte mich an der Schulter und wollte mich offensichtlich schon wieder über sich ziehen, aber ich drückte ihn weg. »Anscheinend muss ich doch den Rat deiner Mutter befolgen.«

Er zog die Augenbrauen hoch. »Welchen Rat?«

»Sie sagte mir, wenn du dich nicht kontrollieren könntest, müsste ich das für dich tun.«

Ich spürte seine Verwirrung, als ich mich von ihm zurückzog und in den Taschen meiner nassen Jeans kramte. Zum Glück hatten die Objekte, die ich zum Vorschein brachte, Gabriels Methode, mir die Kleider vom Leib zu reißen, überstanden.

»Willst du mich fesseln?«, fragte er, als er den Strick in meiner Hand sah.

»Mutter weiß am besten Bescheid«, sagte ich lächelnd und band einen der Stricke um sein Handgelenk. Da wir nah an einem Baum waren, konnte ich das Seil um den Stamm herumführen und das Ende um Gabriels anderes Handgelenk schlingen. Dabei zog ich den Strick so kurz, dass seine Hände auf Höhe seiner Ohren hingen.

Er runzelte die Stirn. »May, ich bin ein Wyvern.«

»Das weiß ich.«

Ich überprüfte die Knoten an seinen Handgelenken. Sie sahen solide aus.

»Wyverns sind von Natur aus dominant. Wir werden nicht gerne gefesselt.«

»Mmhmm. Ist der Strick zu fest?«

Er wackelte mit den Fingern. »Nein. Wir sollten darüber sprechen, dass sich meine Mutter in dieser Hinsicht möglicherweise irrt.«

»Glaubst du?« Ich bewunderte mein Werk. »Ich muss zugeben, Gabriel, es ist seltsam aufregend, dich dort vor mir zu sehen. Du liegst da und wartest auf meine Berührung, und du kannst nichts machen. Du kannst mich nicht ablenken, du kannst mich nicht anfassen. Du kannst mich nicht aufhalten. Oh ja, Kaawa ist ein Genie.«

Er warf mir einen verschmitzten Blick zu. »Damit ich dich nicht berühren kann, Vögelchen, brauchst du aber mehr als ein Stück Strick.«

»Natürlich wissen wir beide, dass du diese Schnur wie Bindfaden zerreißen könntest«, stimmte ich ihm zu. »Aber das ist nicht der Sinn der Sache. Du weißt genau, dass ich dich nur deshalb gefesselt habe, weil es mir wichtig ist, dich so zu berühren, wie ich es möchte.«

Seine Augen schimmerten im kalten Licht des Monds. »Du hast mir nie gesagt, dass dir unsere Art, Liebe zu machen, nicht gefällt. Ich habe mir erlaubt, es auf Drachenart zu tun, weil du das Stück Drachenherz in dir trägst, aber ich stelle fest, dass es dir doch fremd ist. Ich werde mich deinen Wünschen in Zukunft anpassen.«

Ich gab ihm einen Kuss. Sein Atem war heiß auf meinen Lippen, als ich sagte: »Wag es nicht – ich habe dir doch gesagt, ich kann mich nicht beklagen, und das habe ich ernst gemeint. So wie du es mit mir machst, macht es mich glücklich, Gabriel, und das weißt du auch. Ich will das hier nur einmal ausprobieren.«

Er blickte auf eine seiner gebundenen Hände und seufzte. »Nun gut«, sagte er und ließ den Kopf zu Boden sinken. »Mach weiter. Aber ich muss dich warnen. Die Vorstellung, gefesselt zu sein, gefällt mir nicht, und vielleicht reagiere ich dann nicht so, wie ich sollte ... Grrr!«

Es verschlug ihm die Sprache, als ich mich einfach über ihn beugte und ihn in den Mund nahm. Obwohl ich jetzt schon eine Weile an den sexiesten Drachen in der Geschichte des Planeten gebunden war, war es mir bisher noch nie gelungen, ihm mit dem Mund Lust zu bereiten. Leider wusste ich nicht genau, wie ich weitermachen sollte, als ich ihn erst einmal im Mund hatte.

»Gabriel?«, fragte ich, nachdem ich eine Weile meine Zunge hatte kreisen lassen. »Ich weiß nicht genau, was ich tun soll. Vielleicht kannst du mir ein paar Hinweise geben?«

Er gurgelte nur.

Ich blickte auf ihn herunter. Sein Penis glänzte von meinem Speichel und schwankte sanft in der leichten Brise. Er packte das Seil so fest, dass seine Adern an den Unterarmen dick hervorstanden. Jetzt erst merkte ich, wie sehr er sich bemühte, still liegen zu bleiben.

Liebe über dieses Selbstopfer erfüllte mich. Im Geiste machte ich mir eine Notiz, ihn für diese Hingabe zu belohnen. Dann widmete ich mich wieder meiner Aufgabe. Ich würde einfach ein bisschen ausprobieren, dann würde ich ja sehen, ob er reagierte oder nicht.

Ich ließ meine Zunge um seinen Schaft wirbeln und umfasste dabei sanft seine Testikel. Er stöhnte in einem fort und bäumte sich auf.

»Na, das macht doch Spaß, oder?«, sagte ich, als ich schließlich meine Lippen mit einem hörbaren Plopp von ihm löste. »Ich genieße das richtig. Du schmeckst wundervoll, Gabriel. Nach Holz und Erde und Drachen. Und dir gefällt das auch, oder?«

Erneut gurgelte er nur.

»Gut. Cy schwört auf Pink Mango-Massageöl. Das probieren wir am besten als nächstes aus. Ich habe ein Pröbchen dabei. Wenn ich es um deinen Penis herum auftragen würde und dich damit einreiben ...«

Ich wandte mich meiner Jeans zu und griff nach dem kleinen Plastikfläschchen, als ich plötzlich zurückgerissen wurde. Gabriel hockte über mir, zerrissene Strickenden an den Handgelenken. »Jetzt bin ich dran!«

»Ich brauche nicht gefesselt zu werden«, sagte ich, als er die Schnur um meine Handgelenke wickelte. »Gabriel! Das ist *mein* Pink Mango-Massageöl!«

»Jetzt nicht mehr, du kleiner Folterer«, sagte er. Er malte mit dem tropfenden Öl eine Serpentinenspur auf meinen Oberkörper und meinen Schritt. Seine Grübchen blitzten, als er mich angrinste. Hitze stieg in mir auf. »Jetzt wollen wir doch mal sehen, wie es dir gefällt, Aufmerksamkeiten von einem Wyvern zu empfangen.«

Bei seinem Blick wurde ich ganz schwach. Er verrieb das Massageöl auf meinen Brüsten und knetete sie dabei. Ich wand mich unter seinen Händen.

»Soll ich dir sagen, was ich mit diesem Öl tun werde? Ich werde bei deinen Brüsten anfangen, diesen beiden köstlichen Hügeln, die sich so perfekt in meine Hände schmiegen. Ich werde sanft auf deine köstlichen schokoladigen Nippel blasen, ihren Geschmack genießen und dich in immer größere Höhen der Lust treiben. Ich werde meine Bartstoppeln daran reiben, und du wirst stöhnen und mich anflehen, der Qual ein Ende zu machen. Ich werde sie in meinen Mund nehmen, sie sanft beißen, und du wirst dich in Zuckungen winden.«

Mir stockte der Atem, als seine Worte an meine Ohren drangen.

»Und dann werde ich das Öl auf deinem Bauch verreiben, all deine wunderschönen Rundungen damit liebkosen. Ich werde es auf deinen Hüften einmassieren, deren süße Linien mich anbetend auf die Knie fallen lassen. Und wenn du glaubst, es nicht mehr ertragen zu können, werde ich es noch tiefer einreiben, in dein Geschlecht, werde dich damit streicheln, und dann werde ich alles wieder ablecken. Ich werde dir mit meinem Mund zeigen, wie Oralsex sein kann. Und wenn du drei weitere Male zum Orgasmus gekommen bist, dann werde ich mich in dein nach Mango duftendes Inneres hineinstürzen und dir eine Erfüllung bescheren, wie du sie noch nie erlebt hast.«

Ich vergaß beinahe zu atmen – so aufregend waren die Bilder, die seine Worte bei mir auslösten. Mein Körper reckte sich ihm entgegen, ich wollte alles fühlen, sofort alles fühlen. Aber dann senkten sich seine Lippen über meine harten Nippel, und jeder klare Gedanke verließ mich. »*Agathos daimon!* Das ist … das ist … oh, du liebe Güte, ja! Mehr Mund! Mehr Feuer!«

Seine Lippen waren auf meinem Bauch und wirbelten kleine Feuerwellen auf, während er das Massageöl ableckte. Alles war gut, bis ich meinen Fuß an seinem muskulösen Unterschenkel entlanggleiten ließ.

Er wich zurück, als sei er angeschossen worden, starrte mich mit seinen Quecksilberaugen an, und dann war er zwischen meinen Beinen und hob meine Hüften an, um in mich hineinstoßen zu können. Sein glühender Stoß war ein wundervolles Gefühl. Es dauerte noch nicht einmal so lange wie beim vorigen Mal. Seine Klimax kam sofort, und meine folgte, als die letzten Echos seines Gebrülls in der Nacht verklungen waren.

Ich brauchte mindestens zehn Minuten, um mich zu erholen, aber dann musste ich unwillkürlich lachen.

»Ich habe noch nicht einmal mehr die Kraft, die Augen zu öffnen, um sehen zu können, was so komisch ist. Du hast mich völlig fertig gemacht, Gefährtin, und das passiert einem Drachen nicht oft«, sagte er. Im gleichen Augenblick aber strafte er seine Worte Lügen, indem er beide Augen öffnete, auf die Seite rollte und mich eng an sich zog. »Was ist so amüsant?«

Ich küsste ihn auf die Nasenspitze und zupfte sanft an einer seiner Dreadlocks, bis er mir sein Feuer gab. »Ich habe gerade überlegt, dass die Leute hier in der Gegend uns wohl anzeigen werden, wenn wir so weitermachen. Ich liebe dich, Gabriel.«

»Und ich liebe dich, meine anbetungswürdige kleine Domina. Ich habe schon wieder beim Vorspiel versagt, was?«

»Ja, aber ich beschwere mich nicht.«

Er lächelte, ein selbstgefälliges, männliches Lächeln, eine Geste, die deutlich machte, dass er genau wusste, wie sehr er mich befriedigt hatte.

Ich biss ihn in die Schulter und kuschelte mich an seine Brust. Eine Zeit lang waren alle Sorgen verschwunden, vertrieben von dem Drachen, der sich schützend um mich schmiegte.

14

Unsere Zuflucht im Park endete, als ein Streifenwagen mit Sirene vorbeifuhr. Gabriel streckte sich und schob mich sanft beiseite, damit er aufstehen konnte. »Wir gehen jetzt besser zurück zu Drakes Haus. Ich möchte Fiat sehen.«

Stöhnend setzte ich mich auf. Meine Muskeln schmerzten vom Liebesspiel mit Gabriel, aber daran war ich schon gewöhnt. »Als ich zu Bett ging, war er bei Bewusstsein. Außer sich vor Wut, aber bei Bewusstsein. Ich glaube, Drake wollte warten, bis du kommst, ehe er mit ihm redet.«

»Drake weiß, dass ich das Recht habe, ihn zu töten«, sagte Gabriel sachlich, als er sich Hose und Schuhe anzog.

Entsetzt blickte ich auf die Überreste meiner Kleidung. »Du bringst ihn nicht um. Mist! Du hast mir das Hemd aufgerissen, nicht wahr? Wie soll ich denn jetzt zu Drakes Haus kommen?«

»Warum nicht?« Er ignorierte meine letzte Frage einfach und reichte mir die Hand, damit ich aufstehen konnte.

»Weil du keine rachsüchtige Person bist«, erwiderte ich und blickte mich nach irgendetwas um, womit ich mich bedecken konnte. Er nahm mich auf den Arm.

»Geh in die Schatten. Ich trage dich nach Hause.«

»Das wird aber ein bisschen seltsam aussehen«, sagte ich.

»Daran kann ich nichts ändern.«

Schweigend gingen wir durch die Straßen. Tatsächlich warfen ihm einige Passanten merkwürdige Blicke zu, weil es so aussah, als trüge er eine unsichtbare Last, aber auf der

Straße war es so dunkel, dass wahrscheinlich niemand meine nackte Gestalt sah.

István öffnete uns die Tür. Gabriel hatte mich abgesetzt und stellte sich vor mich, als das Licht aus der Halle auf die Eingangsstufen fiel.

»Leihst du uns dein Hemd?«, fragte Gabriel István.

Der grüne Drache blinzelte, zog aber gehorsam sein Hemd aus und reichte es Gabriel, der es an mich weiterreichte. Ich zog es rasch über den Kopf. Mich fröstelte, da Gabriel mich jetzt nicht mehr wärmte.

István sagte nichts, als ich schließlich, nur mit seinem Hemd bekleidet, das Haus betrat.

»Es ist eine lange Geschichte«, sagte ich zu István.

Er grinste nur und schloss die Tür hinter uns.

»Ist Magoth immer noch bewusstlos?«, fragte ich, als wir zur Treppe gingen.

»Nein.« István verzog das Gesicht. »Er ist bei Catalina.«

Gabriel zog die Augenbrauen hoch.

»Das willst du gar nicht wissen«, sagte ich zu ihm. »Ich im Übrigen auch nicht. Ich gehe jetzt ins Bett.«

Gabriel kam erst eine Stunde später nach, und er war kaum eingeschlafen, da musste ich ihn auch schon wieder wecken, weil der *sárkány* begann.

»Ich hasse es«, sagte ich zu Kaawa, als wir nach dem Frühstück langsam die Treppe hinaufgingen. »Er ist schließlich erst vor anderthalb Stunden eingeschlafen, weil er vorher noch Fiat aus dem Bett gezerrt hat.«

»War deshalb auf einmal so viel Geschrei heute Nacht?«, fragte Kaawa. »Ich habe mich gewundert, als ich seine wütende Stimme gehört habe, aber da kein allgemeiner Aufruhr herrschte, habe ich gedacht, es handele sich um Drachenangelegenheiten.«

»Er wollte eigentlich Fiat in Angst und Schrecken versetzen, aber du weißt ja, was für ein Hitzkopf Fiat ist. Er drohte damit, mir meine Gliedmaßen abzuhacken oder so etwas, und Gabriel war außer sich. Normalerweise mische ich mich nicht ein, aber als Gabriel so brüllte, bin ich doch hingegangen, um ihn zu beruhigen. Ich kam gerade ins Zimmer, als Gabriel Fiat enthaupten wollte, aber zum Glück war Drake vor mir da, und mit Hilfe seiner Leute und Maata und Tipene haben sie Gabriel von Fiat weggezerrt, bevor Schlimmeres passiert ist.«

»Ich kann mich gar nicht daran erinnern, wann Gabriel das letzte Mal so ausgerastet ist«, sagte Kaawa, als wir oben an der Treppe ankamen. Vor der Tür zu meinem Zimmer blieben wir stehen. »Wie ungewöhnlich für ihn.«

Einen Moment lang schwieg ich und dachte daran, wie Gabriel mit dem Schattenschwert gegen Baltic gekämpft hatte. »Er braucht seinen Schlaf wirklich, aber es bleibt mir nichts anderes übrig, als ihn aufzuwecken.«

Ich legte gerade meine Hand auf die Türklinke, als Pál am anderen Ende des Flurs auftauchte. »Da bist du ja«, sagte er und kam auf uns zu. »Drake möchte dich sprechen.«

»Jetzt?« Ich blickte auf Kaawas Armbanduhr. »Ich muss Gabriel zum *sárkány* wecken. Apropos, wie geht es Fiat?«

Pál verzog das Gesicht. »Alles wieder verheilt.«

»Ja, klar.«

»Drake sagte, es sei äußerst dringend«, erklärte Pál.

Ich folgte ihm zur Treppe, die zu Aislings Schlafzimmer führte.

»… der unvernünftigste, arroganteste, eigensinnigste Drache in der gesamten Drachengeschichte – oh, May, Gott sei Dank. Eine Stimme der Vernunft. Sagst du diesem gestörten Wyvern, den ich geheiratet habe, bitte, dass es völlig ungefährlich für mich ist, in einem Auto zu fahren?«

Pál verschwand wieder, nachdem er mich ins Zimmer geführt hatte, und schloss leise die Tür hinter sich. Drake stand mit verschränkten Armen stoisch und unerschütterlich mitten im Zimmer. Jim lag in seinem übergroßen Hundekörbchen am Fenster und spielte mit einer Spielkonsole.

»Habe ich dir nicht gesagt, du sollst Aisling in Ruhe lassen?«, sagte ich zu ihm.

»Ja, aber sie meinte, ich könnte hier bleiben, damit wir zusammen spielen können. Ach, verdammt. Jetzt bin ich in Darth Vader gekracht. Jetzt muss ich diesen Level noch mal von vorne anfangen.«

Eigentlich wollte ich eine lustige Bemerkung über viel zu fürsorgliche Drachen machen, aber nach einem Blick auf Drake besann ich mich eines Besseren. Vielleicht hatte er ja einen Grund dafür, Aisling zu Hause lassen zu wollen. »Du bist wahrscheinlich sauer, weil du nicht mit zum *sárkány* kommen kannst.«

»Bingo!«, sagte Jim und blickte von seiner Spielkonsole auf. »Gebt dem Mädchen eine Zigarre.«

»Ich bin schließlich seine Gefährtin, verdammt noch mal«, sagte Aisling und funkelte Drake wütend an. »Zu jedem anderen Drachenereignis werde ich mitgeschleppt, aber jetzt benimmt er sich auf einmal völlig unvernünftig.«

»Bean hat gesagt, das Baby habe sich gedreht, und du könntest jeden Moment Wehen bekommen«, erklärte Drake.

Ich unterdrückte ein Lächeln. »Ist Bean die Hebamme?«

Aisling nickte. »Sie ist wirklich reizend, aber sie hat selber zugegeben, dass sie noch nie mit einer menschlichen Frau zu tun gehabt hat, die ein Drachenbaby bekommen hat. Deshalb verschiebt sich ja auch ständig der Termin. Es gibt also keinen Grund, warum ich nicht zum *sárkány* gehen sollte.«

»Du verlässt das Haus nicht«, sagte Drake fest. Aisling holte tief Luft, um ihn anzubrüllen, aber er hob die Hand und fügte rasch hinzu: »Da es dir so viel bedeutet, dabei zu sein, und ich dich nicht gerne alleine lassen möchte, werden wir dieses Mal den *sárkány* hierher holen.«

Aisling blinzelte, und ihr Mund stand leicht offen. »Du willst es hier stattfinden lassen?«, fragte sie verblüfft.

Ich wusste, wie sie sich fühlte. Ein *sárkány*, hatte Gabriel mir erzählt, war eine formelle Versammlung von Wyvern, während der Themen von größter Wichtigkeit besprochen wurden. Manche dieser Versammlungen konnten zu großen Erschütterungen führen, so wie die eine, auf der Baltic mit Waffengewalt den Saal gestürmt hatte.

»Ich dachte, das würde dir gefallen«, sagte Drake.

»Oh. Na ja ... doch, es gefällt mir.« Sie lächelte ihn strahlend an. Jim schnalzte mit der Zunge und wandte sich wieder seinem Spiel zu. »Ich wusste doch, dass du vernünftig sein kannst, wenn du es nur versuchst. Ich werde mit Suzanne besprechen, was sie an Snacks und Getränken serviert. Jim! Bei Fuß!«

»Aber ich bin gerade hinter Vader her«, beschwerte er sich, kam jedoch brav angetrottet. »Du bist ja bloß neidisch, weil du es nicht über den Yoda-Level hinausschaffst.«

Ich wartete, bis die beiden das Zimmer verlassen hatten,

dann wandte ich mich an Drake. »Gabriel hat dir wahrscheinlich erzählt, was er und die anderen herausgefunden haben?«

Seine Miene wurde finster. »Es war nicht Kostya.«

Ich musterte ihn einen Moment lang. Drake war ein harter Mann. Er sah gut aus, mit seinen strahlend grünen Augen, den dunklen Haaren und dem energischen Kinn, aber besonders flexibel war er nicht. Allerdings war er mit Sicherheit äußerst loyal.

Deshalb wählte ich meine Worte auch mit Bedacht. »Mir fällt es schwer zu glauben, dass Kostya so etwas Abscheuliches tun könnte, aber Gabriel sagt, Kostya sei gesehen worden. Hast du mit ihm gesprochen?«

»Mit Kostya?«

Ich nickte.

Drakes Miene wurde noch finsterer. »Kurz. Ich habe ihm mitgeteilt, dass der *sárkány* hier im Haus stattfindet, und ihn gefragt, ob alles bei ihm in Ordnung wäre. Er versicherte mir, dass das der Fall sei. Ich fürchte nicht um Aislings Sicherheit, wenn er in der Nähe ist, falls du darauf anspielst. Er ist mein Bruder, und ich kenne ihn. Er ist viele Jahrzehnte lang gequält und gefoltert worden, und er trägt viel Dunkles in sich, aber das, was Gabriel andeutet, würde er nie tun.«

Ich konnte nicht viel dazu sagen. Ich war der gleichen Meinung wie Drake, aber es war mir auch klar, dass ich Gabriel bedingungslos unterstützen musste, und ich wollte nicht, dass Drake und Aisling auf die Idee kamen, ich stünde nicht voll und ganz hinter ihm.

»Ich hoffe nur, du hast genügend grüne Drachen hier, um

alles unter Kontrolle zu halten. Wenn Kostya seine gesamte Delegation anschleppen will und auch die anderen Wyvern ihre Mitglieder mitbringen, wird das Haus sehr voll werden.«

»Wir werden die untere Etage öffnen«, erwiderte Drake. »Das war früher einmal ein Ballsaal – es müsste eigentlich ausreichen.«

Und so stand ich etwa drei Stunden später neben Gabriel an einem Ende des Großen Saals, der sich auf der Längsseite des Hauses befand. Er war in drei kleinere Räume unterteilt worden, aber jetzt hatte man die Wände zwischen dem großen Wohnzimmer, einem kleinen Morgenzimmer und dem Esszimmer herausgenommen, die meisten Möbel entfernt und den langen, schweren Esstisch in der Mitte aufgestellt. Fünf schwere Holzstühle standen daran.

Ich berührte Gabriels Hand. Ohne mich anzusehen, ergriff er meine Hand, und sein Daumen glitt über meine Knöchel. »Hab keine Angst, Vögelchen. Ich werde nicht zulassen, dass Fiat den *sárkány* stört.«

Ich sagte nichts, sondern straffte meine Schultern und warf Maata, die links neben mir stand, einen raschen Blick zu. Hinter uns standen Obi, Nathaniel und Tipene. Wie die anderen Silberdrachen trugen sie formelle Drachenkleidung: knielange Tuniken aus schwarzem Stoff, die über und über mit Silberfäden bestickt waren. Die abstrakten Formen der Stickerei bildeten ein kompliziertes Muster, das sich im Licht zu verändern und zu bewegen schien. Gabriels Tunika war schwer durch das echte Silber, und die fantastischen Darstellungen springender Drachen glitzerten so hell wie seine Augen. Er hatte auch mir eine Tunika gegeben, allerdings nur mit einem Drachen, aber ich liebte sie ganz besonders – der Drache war offensichtlich Gabriel nachempfunden, und der Kopf lag genau auf meinem Herzen.

Um die Hüften hatte Gabriel einen Gürtel geschlungen, an dem ein Schwert hing. Es war das Schattenschwert, das ich Baels Zorndämon abgenommen hatte, eine mächtige Waffe, die er hoffentlich nicht brauchen würde.

»Die Vorstellung beginnt«, sagte ich leise, als Kostya eintrat. Zwei Frauen und ein Mann folgten ihm, alle drei mit dunklen Haaren und dunklen Augen.

»Ist das sein Gefolge?«, fragte ich Gabriel.

»Seine Leibwächter. Drake erwähnte, dass er sie endlich formell benannt hat.«

Kostya blieb mitten im Saal stehen und verbeugte sich formell, zuerst vor Drake, dann vor Gabriel. Gabriel erstarrte, erwiderte aber die Begrüßung. Ein *sárkány*, hatte ich gelernt, war eine sehr förmliche Angelegenheit, und man musste unzählige Regeln beachten, um zu verhindern, dass sich die reizbaren Drachen gegenseitig umbrachten.

»Sind die anderen noch nicht da?«, fragte Kostya seinen Bruder.

»Fiat ist hier«, antwortete Drake und warf uns einen kurzen Blick zu. »Chuan Ren wird auf jeden Fall kommen. Bastian hat angerufen, um Bescheid zu sagen, dass sich sein Flug verspätet, aber er kommt sofort vom Flughafen hierher.«

Ich studierte Kostya und seine kleine Truppe. Gabriel, der normalerweise sehr gesellig war, machte keine Anstalten, sich am Gespräch zu beteiligen. Ich wusste, dass Fiats Zusammenarbeit mit Baltic ihm zu schaffen machte, aber ehrlich gesagt war ich dankbar dafür. Ich hatte keine Lust, Streit mit Drake zu bekommen, falls Gabriel weiter den Standpunkt vertrat, dass Kostya hinter den Morden an all den unschuldigen Drachen stand.

»Diese beiden Frauen sehen nicht so aus, als könnten sie Kostya verteidigen«, flüsterte ich Gabriel zu.

»Wie ich Kostya kenne«, erwiderte Gabriel und zeigte flüchtig seine Grübchen, »sind sie auch eher zu Dekorationszwecken gedacht.«

Ich musste ihm zustimmen. Die Frauen waren durchschnittlich groß und schlank. Sie wirkten nicht wie Bodyguards, sondern sahen eher aus wie Models. Beide trugen schwarze Lederbustiers und enge schwarze Hosen, die aussahen, als hätte man sie ihnen aufgemalt. Die eine trug glänzende Lederstiefel mit Stiletto-Absätzen, mit denen man wahrscheinlich jemandem ein Auge ausstechen konnte; die andere offene Sandalen mit Bändern, die sie an der Wade geschnürt hatte. Der Mann wirkte genauso düster wie die Frauen. Er hatte die langen Haare zu einem Pferdeschwanz zusammengebunden, und sein kurzes Bärtchen war bei Weitem nicht so charmant wie Gabriels.

»Ich mag mir gar nicht ausdenken, was passiert, wenn Cyrene Kostyas kleinen Harem sieht«, sagte ich leise.

Gabriel warf mir einen fragenden Blick zu. »Ich dachte, sie hätte sich von Kostya getrennt?«

»Eine Trennung ist bei Cy erst endgültig, wenn der Mann stirbt oder den Kontinent verlässt«, sagte ich. »Sie setzt ihm mindestens noch ein halbes Jahr lang nach. Wenn wir Glück haben, findet sie jemand Neuen, der alle trüben Gedanken an den treulosen Kostya vertreibt.«

»May.« Kostya trat auf mich zu und verbeugte sich erneut. »Ich freue mich, dich wiederzusehen.«

Ich lächelte ihn freundlich an und fragte ihn natürlich nicht, ob er in den letzten Tagen achtundsechzig Drachen kaltblütig ermordet hatte. »Danke.« Verzweifelt suchte ich nach Gesprächsthemen, die keine heiklen Punkte berührten. »Du bist bestimmt froh, dass endlich der *sárkány* einberufen wurde. Die letzten zwei Monate waren sicher schwierig für dich.«

Er blickte mich fragend an, als ob er spürte, dass das eine Beleidigung sein könnte, aber er neigte zustimmend den Kopf. »Ja, in der Tat. Und du hast wohl auch darauf gewartet.«

Er machte eine Handbewegung, und der männliche schwarze Drache trat vor und zog aus seiner Jackentasche einen länglichen Ebenholzkasten. Kostya blickte Gabriel an. »Ich werde dich nicht beleidigen, indem ich dich frage, ob du gedenkst, die Vereinbarung einzuhalten.«

»Ich habe noch nie ein Gelübde gebrochen«, erwiderte Gabriel ruhig. Unter seiner gelassenen Miene verbarg sich ein wahres Inferno an Emotionen.

Kostya musterte ihn, dann reichte er ihm die Holzschachtel. Danach wandte er sich ab und trat ohne ein weiteres Wort wieder zu seinem Bruder.

Die beiden Supermodels musterten erst Gabriel, dann mich. Ihre Mienen waren völlig ausdruckslos. Sie folgten Kostya, aber bevor sie sich umdrehten, erkannte ich noch, dass in dem Blick, den die kleinere der beiden Gabriel zuwarf, deutliches Interesse lag.

Die verdammte Schlampe. Ihn vor meiner Nase anzuschauen!

Gabriel schob einen Metallriegel beiseite und öffnete einen Moment lang die Holzschachtel. Auf einem Bett aus dunkelblauem Samt lag ein langes Glasrohr, eingehüllt in filigranes Gold. Darin befand sich in einer Art zähen Flüssigkeit ein glitzernder Kristall. Ich dachte zuerst, er sei klar, aber als Gabriel das Phylakterion untersuchte, merkte ich, dass das Stück Drachenherz keineswegs klar war. Es enthielt unzählige Farben, die im Licht blitzten. Es war unglaublich schön und unglaublich beeindruckend. Man konnte seine Macht förmlich riechen.

»Das ist also das Modana-Phylakterion«, sagte ich, als Gabriel den Deckel wieder schloss und die Schachtel an Tipene weiterreichte. »Es ist wirklich hübsch.«

»May, ich fasse es nicht, dass du mir das antust – es ist also wahr!«

»Oh nein!«, sagte ich. Mein Herz sank. Cyrene stand in der Tür und funkelte Kostya dramatisch an.

»Ihr veranstaltet tatsächlich jetzt einen *sárkány* und habt mich absichtlich ausgeschlossen. Und wer sind diese ... diese ... *Nutten*, die um dieses Schwein von Drachen herumstehen?«

15

»Verdammt, Jim!«, sagte ich leise zu dem Dämon, der hinter meinem Zwilling in den Raum gekommen war. »Du solltest sie doch mit Einkaufen ablenken!«

»Gegen eine wütende Najade kann auch der beste Dämon nichts ausrichten! Kaum hatte Cyrene gehört, dass der *sárkány* heute Nachmittag schon stattfindet statt erst morgen früh, wie ihr ein perfider Doppelgänger eingeredet hatte, ist sie sofort nach Hause getobt.«

»Und wie hat sie es erfahren?«, fuhr ich ihn an und kniff ihn ins Ohr.

»Nicht kneifen! Aua! Mann, ich gehe wieder zurück zu Aisling. Sie mag ja ab und zu eine meiner Zehen verlieren, aber sie kneift mich wenigstens nicht dauernd!«

Jim wich zurück, als Kostya auf Cyrene zutrat.

»Du hast hier nichts zu suchen, Najade«, sagte er hochmütig. »Du gehörst zu keiner Sippe, bist kein Drache und vor allem bist du keine Gefährtin.«

»Oh nein«, stöhnte ich leise. »Das hat er jetzt nicht wirklich gesagt.«

»Man sollte meinen, dass er mittlerweile weiß, was für ein rotes Tuch das für sie ist«, pflichtete Gabriel mir bei.

»Oh!«, brüllte Cyrene und stampfte auf Kostya zu. Es war erstaunlich, wie viel Lärm so ein zierliches Persönchen machen konnte. Sie baute sich vor Kostya auf und musterte die beiden Schlampen neben ihm mit finsteren Blicken. »Das nimmst du sofort zurück! Du weißt sehr wohl, dass ich deine Gefährtin war, bis du dich von Habgier und Geiz hast überwältigen lassen.«

»Ich habe nur meinen gesunden Verstand eingesetzt.« Kostya ballte die Fäuste. »Du bist nicht die Gefährtin eines Wyvern.« Ich beobachtete ihn misstrauisch. Hoffentlich ging er nicht auf Cyrene los. Natürlich ging sie einem auf die Nerven, aber ich würde nicht zulassen, dass er ihr wehtat.

»Ich rede gar nicht davon, die Gefährtin eines *Wyvern* zu sein«, schrie Cyrene zu meiner Überraschung. Die anderen um mich herum sahen sie ebenfalls erstaunt an.

»Was denn sonst?«, fragte Kostya, und die beiden Models traten drohend einen Schritt auf Cyrene zu.

»Ist es ein schweres Vergehen gegen die Etikette, wenn man die Bodyguards eines anderen Wyvern verprügelt?«, fragte ich Gabriel.

Seine Grübchen zuckten. »Ja, sehr. Bitte, unterdrück dein Verlangen danach.«

Ich seufzte. »In Ordnung, aber dafür will ich Extrapunkte.«

»Ich rede von der Person, die für dich bestimmt ist, du Idiot«, schrie Cyrene und boxte ihn vor die Brust. Er blickte sie stirnrunzelnd an, als sie fortfuhr: »Nicht die Gefährtin eines Drachen, sondern einfach nur *deine* Gefährtin. Du weißt schon, die Person, die dich liebt und ein paar Jahrhunderte mit dir verbringen möchte. Du hast mir gesagt, du liebst mich! Du hast gesagt, ohne mich könntest du nicht leben!«

Zu meiner Erheiterung wirkte Kostya peinlich berührt. Verlegen blickte er sich im Saal um, während wir alle interessiert zusahen, wie Cyrene ihn abkanzelte.

»Das war in einem privaten Moment«, sagte er leise und bedachte sie mit einem wütenden Blick.

»Ich scheiße auf privat!«, fuhr sie ihn an und stieß ihn erneut vor die Brust. »Du hast mir gesagt, du liebst mich. Du hast gesagt, wir wären füreinander bestimmt. Und dann hat diese blöde Schatzkammer alles ruiniert. Du bist einfach ein Schwein, Kostya! Nein, du bist ein Schweinehund! Ein Schweinehund-Drache, und ich hasse schon deinen Anblick! Ich will dich nie wieder sehen, hörst du? Nie mehr will ich dich wiedersehen!«

Cyrene keuchte, und ihre Augen blitzten, als sie ihn ein drittes Mal vor die Brust stieß.

Kostya starrte sie eine halbe Sekunde lang finster an, dann fluchte er grollend, packte sie und küsste sie. Ungefähr fünf Sekunden lang ging das gut, dann jaulte er auf und hob überrascht den Kopf. An seiner Lippe war Blut.

»Schweinehund!«, knurrte Cyrene.

»Wahnsinniges Wasserflittchen!«, spuckte er sie an.

Ein paar Sekunden lang starrten sie einander an, dann zog Cyrene seinen Kopf zu sich und begann ihn zu küssen.

»Nun«, sagte ich. Ich räusperte mich, aber jeder Kommentar blieb mir im Hals stecken.

Die beiden Models blickten einander fassungslos überrascht an. Dann kniffen sie die Augen zusammen und starrten finster auf Cyrenes Hinterkopf. Kostya hob sie hoch, und Cyrene gab glückliche kleine Laute von sich und schlang ihre Beine um seine Taille.

»Ich bin heilfroh, dass Jim das nicht mitbekommt«, sagte ich zu Gabriel.

Er lachte leise, aber dann wurde sein Gesicht wieder ernst,

als Chuan Ren den Raum betrat, gefolgt von zwei roten Drachen. In dem einen erkannte ich ihren gut aussehenden Sohn Jian; der andere war ein Mann, den ich noch nie gesehen hatte.

Chuan Ren war nicht gerade mein Lieblingsdrache. Äußerlich ähnelte sie einer großen, eleganten chinesischen Puppe mit Porzellanhaut und langem, seidigen schwarzen Haar, aber sie war gemeiner als Magoth und zweimal so tödlich. Mit ihren dunkelbraunen Augen blickte sie sich im Saal um und hielt einen Moment inne, als sie Kostya und Cyrene in ihrem Kuss versunken sah.

»Wo ist Fiat?«, fragte sie, nachdem sie die beiden mit einem Blick voller Verachtung und Abscheu bedacht hatte.

»Er wird hier sein, wenn der *sárkány* beginnt«, sagte Drake friedfertig.

»Du wirst ihn mir jetzt übergeben«, verlangte Chuan Ren herrisch. »Du warst damit einverstanden, dass ich ihn bestrafen kann, weil er einfach so meine Sippe übernommen hat.«

»Chuan Ren. Ich glaube, meine Gefährtin, May, kennst du bereits?«, unterbrach Gabriel sie und zog mich mit sich, als er auf sie zutrat.

Sie bedachte mich mit einem kalten Blick und wandte dann ihre Aufmerksamkeit ihm zu. »Ja, ich habe sie bereits anerkannt.«

Gabriel wartete einen Moment.

Sie gab einen verärgerten Laut von sich und wies dann scharf auf ihre beiden Begleiter. »Ich stelle der silbernen Gefährtin meinen Gefährten Li und meinen Sohn Jian vor.«

»Ich freue mich, Sie kennen zu lernen«, sagte ich zu dem

Mann, der ihr Gefährte war. Er lächelte und verbeugte sich, ebenso wie Jian.

»Ich freue mich, Sie bei guter Gesundheit zu sehen«, sagte Letzterer und drückte einen Kuss auf meinen Handrücken. »Wir schulden Ihnen viel, weil Sie uns Chuan Ren zurückgebracht haben.«

»Der geborene Diplomat«, sagte Chuan Ren in verächtlichem Tonfall zu ihrem Sohn.

Das überraschte mich gar nicht. Chuan Ren hatte anscheinend das Gefühl, alles im Leben erzwingen zu müssen.

»Hast du wieder die Herrschaft über die roten Drachen angetreten?«, fragte Gabriel sie.

»Hast du daran gezweifelt, nachdem ich aus Abaddon freigelassen wurde?«

Er lächelte. »Ich wusste, dass du es nicht dulden würdest, wenn jemand anderer die rote Sippe regiert, aber du sagtest, du hättest ihn nicht gefunden, um ihn herauszufordern. Er ist nach England zurückgekehrt, während wir ihn in Europa gejagt haben. Wie hast du ihn also für die erneute Herrschaft herausgefordert?«

Sie kniff die Augen zusammen. »Ich brauche diese blöde Herausforderung nicht, um über das zu herrschen, was mir gehört«, zischte sie. »Die roten Drachen gehören mir und niemandem sonst.«

»Was habe ich verpasst? Ich habe Geschrei gehört.« Aisling rauschte in den Saal, Jim auf den Fersen. Als sie Kostya und Cyrene sah, die sich immer noch küssten, blieb sie stehen. »Gütiger Gott.«

»Feuer von Abaddon.« Jim fielen fast die Augen aus dem Kopf. »Am Ende vögelt er sie hier an Ort und Stelle.«

»Schweig, Dämon«, befahl Aisling automatisch. Verwirrt blinzelnd betrachtete sie die Szene,

Sofort war Drake an ihrer Seite und zog sie zu einem Stuhl. »*Kincsem*, ich habe dir doch gesagt, ich würde dich holen, wenn der Zeitpunkt gekommen ist. Du bist viel zu früh. Das strengt dich zu sehr an.«

»Hör auf, mich ständig zu umsorgen«, sagte sie, aber sie blickte ihn liebevoll an, als er sich über sie beugte, um ihr einen Kuss zu geben. »Mir geht es gut. Was ist sonst noch passiert, abgesehen davon, dass Kostya und Cyrene ihre Bedürfnisse erfüllen?«

»Chuan Ren scheint noch nicht formell die Herrschaft über ihre Sippe übernommen zu haben«, sagte ich und beobachtete den roten Wyvern.

Sie schürzte die Lippen. »Gabriel, sag deiner Gefährtin, dass ich mich für sie nicht wiederholen werde. Ich bin der rote Wyvern, und dieses stinkende Miststück Fiat kann daran nichts ändern. Das wirst du sehen, wenn du ihn mir erst einmal gebracht hast, damit ich ihn foltern kann, wie er es verdient hat.«

»Großartig! Ich dachte schon, wir kämen vielleicht zu spät, aber wir kommen gerade noch rechtzeitig zur Folter.« Magoth betrat den Saal. Wie immer trug er seine schwarze, enge Lederhose, dazu ein schwarzes Hemd, das bis zum Nabel offen war, und seine Bullenpeitsche um die Taille geschlungen. Neben ihm stand Catalina, die ein wenig zur Seite schwankte, als ob sie nicht aufrecht stehen könnte.

»Mutter?« Stirnrunzelnd betrachtete Drake seine Mutter und Magoth. »Was ist mit dir?«

Magoth grinste ihn höhnisch an. »Wir hatten eine sehr

interessante Nacht. Deine Mutter ist … äußerst erfindungsreich … in ihren Vorstellungen von Lust.«

Catalinas Haare waren zerzaust, ihre Kleidung zerknittert, ihr Mund rot und geschwollen, und ihre Augen blickten leer. Sie sah aus, als hätte sie an einer Orgie teilgenommen. »Erfindungsreich«, wiederholte sie benommen.

Drake fluchte leise, als er ihre Bluse zuknöpfte. »Ich habe Besseres von dir erwartet, Mutter. Du siehst aus wie eine lose Frau.«

»Lose.« Sie schwankte leicht, als ob sie jeden Moment umfallen würde.

Magoth packte sie und lehnte sie gegen den Türrahmen. Er rieb sich die Hände. »Was für eine Folter gibt es denn bei dieser Drachenversammlung, hmm? Ich stehe euch gerne als Berater zur Seite.«

»Auf dem *sárkány* wird niemand gefoltert«, sagte Drake und wies mit der Hand auf seine Mutter. Sofort traten Pál und István zu ihr, um sie herauszubringen.

Das Wort »Folter« schien sie geweckt zu haben.

»Lasst mich los«, sagte sie. »Ich kann alleine gehen.« Sie warf den beiden Drachen einen hochmütigen Blick zu, reckte ihr Kinn und segelte in den Saal.

Alles ging gut, bis sie das verliebte Pärchen entdeckte. Der Anblick schien ihr neue Energie zu verleihen.

»Was ist das denn?«, fragte sie und marschierte zu Kostya und Cyrene. »Wer ist dieser Besen, der am Gesicht meines Erstgeborenen, meines schönen Kostya, saugt? Drake, warum lässt du das zu?«

»Kostya ist alt genug, um so mit den Frauen umzugehen, wie er es für richtig hält«, erwiderte Drake, warf aber seinem

Bruder einen bösen Blick zu. »Es wäre mir jedoch lieber, wenn er während des *sárkány* vom direkten Geschlechtsverkehr absehen würde.«

»Du bist die reinste Spaßbremse«, warf Jim ein.

»Ich bestehe darauf, dass er aufhört!«, sagte Catalina. Sie nickte den beiden Models zu. »Entfernt diese Najade aus den Händen meines lieben Sohnes.«

Die beiden Models zögerten. »Ich wage es nicht, dem Wyvern zu widersprechen«, sagte schließlich eine der beiden.

»Ihr tut, was ich sage«, erklärte Catalina. »Entfernt sie!«

»Das können wir nicht«, antwortete eins der Models und warf dem männlichen Bodyguard einen flehenden Blick zu.

»Wir befolgen nur die Befehle des Wyvern«, erklärte er. In meinen Ohren klang das ein wenig lahm.

Catalina wurde wütend.

»Drake!«, forderte sie. »Tu etwas! Sie erstickt ihn ja.«

»Mutter, ich habe dir doch gesagt, dass deine Anwesenheit, so charmant sie sein mag, beim *sárkány* nicht erforderlich ist.« Drake trat auf seine Mutter zu, hielt aber kurz inne, weil Magoth versuchte, Aisling in den Ausschnitt zu starren.

Sie zeichnete einen Zauber in die Luft, und der Dämonenlord sprang aufjaulend zurück.

»Du bist offensichtlich im Moment nicht ganz bei dir. Geh wieder auf dein Zimmer und ruh dich aus«, fuhr Drake fort. Er ergriff seine Mutter am Arm und dirigierte sie zur Tür.

»Ich lasse mich von dir nicht so herumschubsen! Ich habe dich doch nicht unter Qualen aus meinem Körper gerissen, damit du mir jetzt vorschreibst, was ich zu tun und zu lassen habe. *Madre de dios*, sie bringt ihn noch um! Sie saugt ihm das Leben aus dem Körper! Drake! Hör sofort damit auf, mich aus dem Saal zu schieben!« Sie klammerte sich am Türrahmen fest.

»Nur Drachen aus Sippen, die vom Weyr anerkannt werden, dürfen am *sárkány* teilnehmen«, antwortete Drake und löste ihre Finger vom Türrahmen. »Du bist ein schwarzer Drache, und die schwarzen Drachen sind noch nicht anerkannt. Ich werde dir später erzählen, was passiert ist.«

»Ich dulde das nicht!«, schrie Catalina, als Pál und István sie zur Treppe schleiften.

»Erfindungsreich, aber leider ein bisschen laut«, kommentierte Magoth. Er griff meine Hand und drückte einen nassen Kuss darauf. »Es ist besser, dass sie weg ist. Du siehst entzückend aus wie immer, Gattin. Ich sehe, dein Zwilling veranstaltet eine Orgie. Darf ich hoffen, dass sie während der Folter stattfindet?«

Ich entzog ihm meine Hand, aber die Mühe hätte ich mir sparen können.

Gabriel hob Magoth am Hals hoch und drückte zu.

»May, tu etwas«, keuchte Magoth, dessen Gesicht immer röter wurde.

»Du darfst Gabriel eben nicht reizen«, erwiderte ich. Da ich aber fand, dass Cyrene schon genug Aufsehen verursachte, berührte ich Gabriel am Arm, damit er Magoth losließ.

Er zögerte einen Moment lang, aber dann wurde auch ihm klar, dass es nicht im Interesse des *sárkány* lag, wenn er Magoth hier erwürgte. Also ließ er ihn los, warnte ihn jedoch: »Wenn du sie noch einmal berührst, entferne ich deinen Fluch.«

»Du kannst ihn nicht entfernen«, erwiderte Magoth unbekümmert, aber als ihm die Bedeutung aufging, erstarrte er. Schützend legte er die Hände vor seinen Schritt. »Gemahlin, eines Tages geht dein Liebhaber zu weit.«

»Hör auf, mich so zu nennen«, warnte ich ihn.

»Deine Anwesenheit ist hier auch nicht erforderlich«, erklärte Drake und wies zur Tür. »Geh.«

»Ich denke nicht daran.« Magoth setzte sich auf einen Stuhl an der Wand.

»Du bist kein Drache. Das hier ist ein *sárkány*, eine Versammlung des Weyr. Du darfst nicht bleiben«, beharrte Drake.

»Ah, aber meine Gemahlin ist hier, und wo sie hingeht, gehe auch ich hin. So sind die Regeln, und da du es ja damit so genau nimmst, wirst du doch sicher einsehen, dass ich sie befolgen muss.«

Drake warf mir einen fragenden Blick zu.

»Leider ja«, sagte ich und schmiegte mich an Gabriel. »Er hat recht. Die Regeln besagen, dass er jederzeit verlangen kann, bei mir zu sein.«

Drake sagte etwas, das ich hier besser nicht wiederhole, und wandte sich von uns ab, als die Tür aufging und ein sehr gut aussehender blonder Mann, gefolgt von zwei anderen Männern mit hellbraunen Haaren und strahlend blauen Augen, hereinkam. »Ich bitte tausendmal um Verzeihung für unsere Verspätung. Der Flug hat sich verzögert.«

»Bastian!«, rief Aisling ihm zu. »Wie schön dich zu sehen. War es für dich sehr schwierig, in Fiats Schatzkammer zu kommen?«

»Nein, keineswegs, meine Liebe. Du siehst strahlend

schön aus wie immer. Kommt dein Kind bald?«, fragte er und beugte sich über ihre Hand.

Grollend schob Drake ihn beiseite.

Aisling lachte. »Hoffentlich sehr bald. Verzeih Drake bitte, er hat eine Überdosis an Werdender-Vater-Genen.«

»Aber das ist doch verständlich.« Bastian begrüßte Chuan Ren, die ihm kalt zunickte. Dann wandte er sich mit warmem Lächeln an uns. »Die blauen Drachen grüßen Gabriel und seine reizende Gefährtin. May, ich möchte dir Duarte und Godhino, meine Wachen, vorstellen. Und ist das dein Zwilling, der Kostya gerade küsst?«

»Ich glaube, es ist eher umgekehrt, aber das spielt jetzt sowieso keine Rolle. Ja, das ist Cyrene. Achte bitte gar nicht auf sie. Anscheinend wollen sie einen Weltrekord aufstellen«, sagte ich. Ich lächelte den blauen Drachen zu, und sie erwiderten mein Lächeln und zogen sich dann zurück, um mit Maata und Tipene zu plaudern.

»Und das ist ... äh ...« Bastian wusste nicht so recht, wie er Magoth aufnehmen sollte. »Das ist ...?«

»Ich bin Magoth, der sechste fürstliche Geist von Abaddon, Herr über dreißig Legionen, Marquis des Ordens der Domination.« Magoth musterte Bastian. »Kennen wir uns?«

Bastian blickte ihn erschrocken an. »Nein, einem Dämonenlord bin ich noch nie begegnet. Abgesehen von Aisling natürlich, aber sie zählt ja nicht, weil sie nicht böse ist.«

»Ja. Aber ich kenne dich«, sagte Magoth. »Mailand im letzten Jahrhundert. Ich war dort zur Premiere eines meiner Filme, und du warst in der Villa nebenan. Du hast versucht, mich zu verführen. Ich ließ dich aber nicht, weil ich damals alle Hände voll damit zu tun hatte, eine gewisse Najade zu bezirzen, die ungewöhnlich lange den Atem anhalten konnte, aber du warst es – da bin ich mir ganz sicher. Na ja. Und jetzt bist du Wyvern?«

Bastian wirkte ein wenig verschreckt. »Ich habe dich noch nie zuvor gesehen. Ich hatte niemals eine Villa in Mailand! Meine Villa ist in Santa Cristina!«

»Ich weiß es aber genau!«, beharrte Magoth.

»Es könnte Fiat gewesen sein«, sagte ich nachdenklich. »Ihr seht beinahe identisch aus, obwohl es seltsam ist, dass Fiat sich nicht an dich erinnert hat.«

Magoth stimmte mir grunzend zu. »Als Liebhaber bin ich unvergesslich.«

Das war vermutlich die Untertreibung des Jahrhunderts. »Ich wusste gar nicht, dass Fiat auch auf Männer steht, aber vermutlich ist alles möglich.«

Magoth zuckte mit den Schultern und wandte sich gelangweilt ab. »Als er mir den Antrag machte, hatte er seinen Schwanz gerade in der Frau des Bürgermeisters vergraben, deshalb hält er es wahrscheinlich so wie ich – je nachdem, was ihm im Moment gerade am besten gefällt.« Er drehte sich wieder zu Bastian um, um ihm eine offensichtliche Frage zu stellen.

»Nein«, sagte Bastian rasch, sehr zur Erheiterung seiner Bodyguards. »Ich bin nicht interessiert.«

»Dein Verlust, wie meine süße May dir berichten kann«, erklärte Magoth und blies mir einen Kuss zu.

Gabriel bewegte sich so schnell, dass ich ihn noch nicht einmal sah. Magoth allerdings bekam das Ergebnis dieser schnellen Bewegung zu spüren, als Gabriels Faust auf seiner Nase landete. Magoths Kopf knallte an die Wand. »Entschuldigung«, sagte Gabriel in den Saal und stellte sich wieder neben mich. Maata kicherte. Tipene grinste breit. Ich seufzte. »Ich hatte einen Muskelkrampf, und meine Hand muss Magoth getroffen haben.«

»Ah ja, Muskelkrampf«, sagte ich.

Er zeigte mir seine Grübchen, und einen Moment lang überlegte ich, ob ich es so machen sollte wie mein Zwilling.

»Später, Vögelchen«, sagte er. Anscheinend hatte er schon wieder meine Gedanken gelesen. Er ergriff meine Hand und schob sie unter seinen Arm. »Dann darfst du wieder mit mir tun, was du willst.«

»Genug!«, sagte Chuan Ren herrisch. »Lasst uns mit dem *sárkány* beginnen, damit ich Rache üben kann an diesem Wurm Fiat.«

Ich blickte Gabriel an. Alle möglichen Gedanken, die auf einem *sárkány* höchst unpassend waren, gingen mir durch den Kopf.

»Kostya«, sagte Drake zu seinem Bruder.

Weder Kostya noch Cyrene unterbrachen ihren epischen Kuss.

»Konstantin Fekete«, sagte Drake lauter. Als Kostya immer noch nicht reagierte, stieß er ihn fest an und sagte leiser: »Du liebe Güte, Kostya, wir haben genug gesehen. Reiß dich zusammen. Der *sárkány* fängt jetzt an.«

Mühsam löste sich Kostya von Cyrene und blickte seinen Bruder benommen an. »*Sárkány*?«, fragte er.

»Ach, Kostychen«, gurrte Cyrene und ließ sich an seinem Körper heruntergleiten, bis sie wieder auf ihren Füßen stand. »Ich wusste doch, dass ich dir etwas bedeute. Ich wusste es einfach. Du gibst es zu, nicht wahr? Du liebst mich mehr als irgendeine blöde Schatzkammer.«

Kostyas Miene wurde finster. Röte stieg ihm in die Wangen, als er sich im Saal umblickte. »Äh … ich war kurz abgelenkt. Ich entschuldige mich für mein Verhalten.«

»Oh nein, so kommst du mir nicht davon«, sagte Cyrene und packte ihn an seiner schwarzen Tunika. »Du musst es vor Zeugen sagen. Was ich die letzten Tage durchgemacht habe, möchte ich nicht noch einmal erleben. Sag es jetzt!«

»Jetzt ist nicht der richtige Zeitpunkt, Frau.« Kostya löste Cyrenes Finger von seiner Tunika.

»Aber natürlich. Sag es.«

»Der *sárkány* beginnt jetzt. Um unsere persönlichen Angelegenheiten kümmern wir uns später«, beharrte Kostya. Er ergriff Cyrenes Hand und zog sie zu einem Stuhl an der Wand. Er schubste sie auf den Stuhl und trat dann an den Tisch.

»Ich denke ja nicht daran! Sag es!« Erneut baute sie sich vor ihm auf. »Sag es! Sonst werde ich dich vernichten!«

»Das kannst du nicht«, erwiderte Kostya lächelnd. »Diese Macht besitzen Najaden nicht.«

»Oh nein«, mischte ich mich ein. Mir wurde auf einmal klar, welche Richtung dieses Gespräch nahm. »Cyrene, ich bin ja nicht gerne einer Meinung mit Kostya, aber wirklich, ein anderer Zeitpunkt wäre echt geeigneter.«

Gabriel wusste sofort, auf was ich hinauswollte. »Ich stimme mit meiner Gefährtin überein. Ein anderer Zeitpunkt, Cyrene.«

»Du glaubst wohl, du weißt alles, was?« Cyrene musterte Kostya finster. »Nun, das weißt du nicht.«

Ich ließ Gabriels Hand los und eilte zu meinem Zwilling. Magoth hatte meinen besorgten Blick anscheinend mitbekommen, denn er erhob sich und beobachtete mich. »Cy, dies ist wirklich kein guter Zeitpunkt. Du kannst Kostya später davon erzählen, wenn alle weg sind, okay?«

Sie bekam überhaupt nicht mit, wie ich »alle« betonte.

»Hör auf, an mir herumzuzerren«, fuhr sie mich an und riss sich los. »Und hör auf, mich mit diesem Schweinehund in Verbindung zu bringen!«

»Hör auf, mich so zu nennen!«, brüllte Kostya. »Es ist unpassend, und du bist völlig außer Kontrolle.«

Cyrene breitete die Arme aus, und schwarze Funken schlugen aus ihren Fingerspitzen. Die beiden Model-Bodyguards wichen schreiend zurück. »Ich zeige dir, wer hier außer Kontrolle ist!«

»May!« Der Wutschrei ließ das gesamte Haus erzittern.

Ich schloss einen Moment lang die Augen, dann öffnete ich sie wieder. Gabriel blickte mich mitfühlend an. »Zu spät«, sagte ich zu ihm.

Er lächelte. »Du kannst dich immer noch verwandeln und ihn k. o. schlagen.«

»Das ist meine Macht!«, brüllte Magoth so laut, dass die Fensterscheiben bebten. Drake stellte sich schützend vor seine Frau und warf Magoth böse Blicke zu. »Sie hat meine Macht! Diese … Diese …«

Wütend ging Cyrene auf Magoth los. Golden gesäumte schwarze Blitze zuckten aus ihren Fingerspitzen, eine Manifestation ihrer dunklen Macht. »Diese *was*?«

»Das ist meine Macht!«, knurrte er und trat auf sie zu. »Du hast sie gestohlen! Bei den Reichen, über die du herrschst, du wirst sie mir zurückgeben, oder ich werde dich in die Erde stampfen!«

»Hol Nora«, sagte Aisling und zupfte an Drakes Ärmel. Er erwiderte nichts, sondern nickte Pál zu, der mit István zurückgekehrt war. Pál lief hinaus.

»Ich habe gar nichts gestohlen«, kreischte Cyrene, die auf einmal Angst bekam, obwohl sie über so große Macht verfügte. Sie riss die Augen auf, als Magoth drohend auf sie zutrat, und das schwarze Glühen zwischen ihren Händen zerrann zu nichts. »May hat sie mir gegeben!«

Magoth wirbelte herum und bedachte mich mit einem Blick, der mich erstarren ließ. »Zu dir komme ich später noch, Sklave.«

»Das ist gar nicht gut«, murmelte ich zu Gabriel. Er legte den Arm um mich und funkelte Magoth wütend an, bis dieser sich wieder zu Cyrene umdrehte.

»Gib sie zurück, und ich lasse dich am Leben«, sagte Magoth.

Cyrenes Blick flackerte unsicher zu mir. »Ich ... ich ... Das würde May nicht gefallen.«

»Nein, aber es gefällt mir auch nicht, dass Magoth dir droht. Wenn du dich unbedingt mit jemandem anlegen willst, Magoth, dann hör auf, Cyrene einzuschüchtern und wende dich mir zu. Sie hat keine Ahnung, wie sie deine Macht zurückgeben soll, und selbst wenn sie es wüsste, würde sie es nicht tun.«

Langsam drehte sich Magoth wieder zu mir um. Seine Augen loderten schwarz vor Rachsucht.

Sofort stand Gabriel vor mir. Kampfbereit hielt er das Schwert des Zorndämons in der Hand.

Gerade als Magoth sagte: »Glaubst du etwa, du kannst mich mit einem jämmerlichen Schwert aufhalten, Drache?«, kamen Pál und Nora herein.

Gabriel hob das Schwert. »Probier es aus.«

Ich war mir ziemlich sicher, dass Magoth, obwohl er kaum noch über Macht verfügte, so außer sich vor Wut war, dass er bestimmt an Gabriel vorbei auf mich losgegangen wäre. Glücklicherweise begriff Nora die Situation sofort und belegte ihn mit einem Bindezauber.

Knurrend spuckte er Flüche aus, und sie verstärkte den Zauber rasch.

»Es tut mir leid, Drake, aber ich brauche Aislings Hilfe. Das habe ich noch nie zuvor getan«, sagte sie kurz darauf.

Drake wollte protestieren, aber Aisling ergriff ihn am Arm und zog sich hoch. »Dann mal los, Nora. Drake, schau mich nicht so finster an – dir bleibt sonst das Gesicht noch stehen. Du kannst mich ja festhalten, während wir das machen.«

Magoth begriff sofort, was sie vorhatten, und wandte sich wutschäumend an mich.

»Gemahlin!«, brüllte er. »Ich werde dich mit mir nehmen! Bei allem, was unheilig ist, das schwöre ich dir – für diesen Verrat wirst du bezahlen!«

Ich schmiegte mich an Gabriel, um mir Kraft von ihm zu holen. »Das wird jetzt nicht schön.«

Seine Lippen legten sich warm auf meine, und er sagte: »Ich kann es aufhalten.«

»Nein. Es ist wirklich der einzige Weg. Ich hoffe nur, dass Nora schnell ist, weil Magoth weiß, dass er nur sehr wenig Zeit hat, um seine Bestrafung durchzuführen, bevor ich wieder zurückgerufen werde.«

»Gibt es keine andere Möglichkeit?«, fragte Gabriel und leckte meine Lippen mit seinem Drachenfeuer.

»Nein. Sag ihr nur, sie soll sich beeilen. Okay?«

Magoth schrie, ein schreckliches Geräusch, bei dem zahlreiche Gläser im Saal zersprangen.

»Ich bin so froh, dass unsere Fensterscheiben dämonensicher sind«, sagte Aisling. Immer höher schraubte sich Magoths Schrei und bohrte sich in meinen Kopf.

Ich umfasste Gabriels Kopf und zog ihn dicht an mich heran, um so viel vom Drachenfeuer aufzunehmen, wie ich konnte. Ich ließ mich davon einhüllen, und es waberte um uns herum.

»Geh in die Schatten, Vögelchen«, war das Letzte, was ich hörte, als Magoth, der von Nora und Aisling nach Akasha verbannt worden war, mich an seine Seite rief.

Ich schlug auf dem Boden auf und wurde instinktiv zum Schatten, aber Magoth sammelte die geringe Macht, die ihm noch geblieben war, und zerrte mich so wieder zurück.

»Hast du etwa geglaubt, entkommen zu können?«, knurrte er. Seine schwarzen Augen glühten.

Nora würde ungefähr drei Minuten brauchen, um mich wieder zurückzuholen. Ich musste also lange genug am Leben bleiben, damit sie überhaupt noch etwas zum Zurückholen hatte. Darauf gab es nur eine Antwort – ich verwandelte mich in meine Drachengestalt und schlug mit dem Schwanz nach Magoth.

Interessant an Akasha ist, dass es außerhalb der Realität liegt. Was also in der realen Welt gilt, gilt in Akasha nicht unbedingt. Obwohl Magoth die meiste Macht genommen worden war, war das Wenige, was er noch besaß, in Akasha unendlich verstärkt. Er konnte sich zwar nicht selbst befreien, aber er war wesentlich *mehr* als in unserer Realität.

Ich gab alles, was ich hatte, in den Schlag gegen ihn und erwartete eigentlich, dass er ihn umwarf. Aber nichts passierte. Er packte meinen Schwanz, als ich nach ihm schlug, und schleuderte mich gute fünfzehn Meter weit auf die Felsen. Ein paar Sekunden lang war ich bewusstlos.

Als ich wieder zu mir kam, war ich wieder in menschlicher Gestalt und Magoth hockte über mir und zielte mit meinem Dolch auf meine Brust.

»Zuerst werde ich dir das Herz herausschneiden und langsam unter meinem Absatz zermalmen. Dann werde ich dir jedes Glied einzeln abhacken, langsam, damit du auch alles spürst; und dann werde ich deine Schlagadern öffnen, damit du den exquisiten Moment fühlst, wenn dein Gehirn kein Blut mehr bekommt. Und ich werde dein Blut von deinem Dolch lecken. Dein letzter Gedanke wird sein, dass ich dich vernichtet habe, so wie ich dich erschaffen habe.«

»Du warst schon immer so ein Blödmann«, sagte ich zu ihm. Jedes Atom in meinem Körper schmerzte. »Genau wie jetzt. Du hast immer schon jede einzelne Szene übertrieben.«

»*Cunnus*«, knurrte er und stieß mir den Dolch ins Herz.

16

»... was Sterbliche sich manchmal als Fegefeuer vorstellen, einen Ort, an den Wesen zur Strafe geschickt werden.«

»Ich weiß, was es ist. Ich bin zwar ein Elementarwesen, aber ich bin durchaus auch mit Dingen vertraut, die über meine Welt hinausgehen, wie Akasha zum Beispiel. Aber ich weiß zum Beispiel nicht, wie ihr Mayling dort wieder herausholen konntet.«

»Es ist zwar schwierig, aber nicht unmöglich. Nora hat sie früher schon einmal aus Abaddon geholt, und so gibt es zwischen den beiden jetzt eine Verbindung, die das Zurückrufen aus Akasha erleichtert. Deshalb hat Nora auch nur drei Versuche gebraucht. Oh Gott, es sieht so aus, als ob Gabriel sie wachbekommen hat.«

Ich schlug die Augen auf. Die schönsten Silberaugen betrachteten mich voller Sorge.

»Hat er mir nicht die Gliedmaßen abgehackt?«, fragte ich die Augen.

Winzige Lachfältchen bildeten sich in den Augenwinkeln. »Nein.«

»Habe ich denn mein Herz noch?«

»Ja. Es war durchbohrt, aber es ist schon wieder geheilt.«

»Das Stück Drachenherz?« Besorgt fasste ich mir an die Brust.

»Ist immer noch in dir.«

»Magoth?«

»Ist erfolgreich verbannt.«

Ich entspannte mich. »Und mein silberäugiger Wyvern?«

»Ist immer noch wahnsinnig verliebt in dich. Wie fühlst du dich?«

»Ganz gut. Ein bisschen benommen.« Er half mir, mich aufzusetzen, und ich stellte fest, dass ich auf einem Esstisch lag, der anscheinend als behelfsmäßiger Operationstisch gedient hatte. Ich blickte an mir herunter und sah, dass die Tunika an der Stelle völlig zerrissen war, wo der Kopf des gestickten Drachen gewesen war. »Er hat meinen Drachen ruiniert.«

»*Dieser* Drache kann ersetzt werden«, sagte Gabriel betont, als ich aufstand. Er legte mir den Arm um die Taille und hielt mich fest, bis meine Beine mich wieder trugen. »Du hast eine Menge Blut verloren, aber wir haben den Dolch sofort herausgeholt und die Wunde geschlossen.«

Ich schwankte ein wenig und wisperte: »Ich weiß, dass ich dir geraubt worden bin, aber wenn du jetzt vorhattest, mich auf den Arm zu nehmen und ins Schlafzimmer zu tragen ...«

Er unterbrach mich mit einem heißen Kuss und zeigte seine Grübchen, als er ebenso leise erwiderte: »Die Standardregeln gelten nicht, wenn die Gefährtin verletzt worden ist. Jedenfalls nicht in den nächsten ein, zwei Stunden.«

»Abgemacht«, sagte ich. Der Blick in seinen Augen wärmte mich.

»May, ich kann es nicht glauben, dass du Magoth nicht erzählt hast, dass ich jetzt seine Macht habe.« Cyrene stemmte die Hände in die Hüften, als Gabriel mich zu einem Sessel geleitete.

Aisling murmelte etwas von Saft und Plätzchen, aber zum Glück reichte Gabriel mir ein Glas Drachenblut-Wein, der mich schneller wieder auf die Beine bringen würde als ein Glas Saft.

»Ich habe es ihm nicht erzählt, weil er genauso reagiert hätte wie heute, und ich wollte vermeiden, ihn nach Akasha verbannen zu müssen«, sagte ich, als ich wieder sprechen konnte. Ich betrachtete das Glas. Der Wein war wie ein Bulldozer durch mich hindurchgeschossen und hatte mich mit seinem Feuer erfüllt. Ich wartete, bis das verbrannte Gefühl in meiner Speiseröhre nachließ, dann fügte ich hinzu: »Zum Glück kann er mich nur alle halbe Jahre rufen. Außerdem dachte ich, du hättest so viel Verstand, dass du es in seiner Gegenwart nicht erwähnst.«

»Verstand.« Kostya schnaubte. »Sie hat keinen Verstand.«

Cyrene wandte sich ihm zu. »Mit dir bin ich noch lange nicht fertig! Du musst es immer noch sagen!«

»Setz dich«, grollte Kostya, und seine beiden Models traten auf Cy zu. Sie wirbelte herum und warf ihnen einen so finsteren Blick zu, dass sie sofort zurückwichen.

»Sind sie immer noch dran?«, fragte ich Gabriel und rieb meine Wange an seiner Tunika.

Seine Hand lag warm auf meinem Nacken. »Sie haben noch nicht aufgehört.«

»Doch, das haben wir«, fuhr Cyrene ihn an. »Wir haben aufgehört, als Nora May zurückgerufen hat, und dann, als du den Dolch aus ihrer Brust gezogen hast. Aber wir sind noch nicht fertig, und ich bestehe darauf, dass wir das klären, bevor die Versammlung beginnt.«

»Unsere private Auseinandersetzung hat nichts mit dem Weyr zu tun«, grollte Kostya.

»Doch, und das weißt du auch. Du willst mir nur nicht

den Gefallen tun, und ich bin es leid, dich immer bei Laune zu halten. Ich weiß, dass man dich jahrzehntelang gequält und gefoltert und gefangen gehalten hat, aber jetzt bist du frei, und es ist langsam Zeit, dass du dich in emotionaler Hinsicht weiterentwickelst. Es ist Zeit, dass du dir deine Gefühle eingestehst.« Cyrene warf ihm einen grimmigen Blick zu. »Wenn du es jetzt nicht sagst, dann ... dann ...«

»Was dann?«, fragte er. »Machst du mich dann fertig?«

Cyrene richtete sich auf und stand kerzengerade vor ihm. »Dann verlasse ich dich.«

Kostya wandte sich zum Gehen. Er nahm ihre Drohung offensichtlich nicht ernst.

»Ich werde dich wirklich verlassen. *Für immer.*«

Er erstarrte. Nicht, was sie gesagt hatte, hatte ihn aufgehalten, sondern wie sie es gesagt hatte. Der Schmerz in ihrer Stimme kam aus ihrem Herzen. Ich war ein wenig überrascht – in den hundert Jahren, in denen ich sie kannte, hatte Cyrene sich mit schöner Regelmäßigkeit verliebt und entliebt, aber nie war ihr wirklich etwas zu Herzen gegangen. Bis heute, wie es schien ... und dann auch noch Kostya!

Kostyas Miene wurde immer finsterer, bis ich dachte, er würde gleich explodieren. Und dann brach es aus ihm heraus. »Na gut! Du willst, dass ich es zugebe? Du willst, dass ich dir meine Seele offenbare? Ich liebe dich, du gestörte Wasserpflaume! Ich akzeptiere dich als meine Gefährtin! Bist du jetzt glücklich?«

Der letzte Ton seiner Stimme verhallte im Saal, und wir alle standen da und blickten ungläubig auf die beiden Personen in der Mitte des Saales.

»Kann er das tun?«, flüsterte ich Gabriel zu. »Sie als Gefährtin akzeptieren, auch wenn sie gar keine ist?«

»Ja«, erwiderte er. »Sie ist zwar keine Drachengefährtin, aber er hat sie als Ersatz akzeptiert. Es ist bindend. Ich finde es allerdings seltsam, dass er das vor so vielen Zeugen getan hat. Das verleiht deinem Zwilling in den Augen des Weyr einen gewissen Status.«

»So handelt kein Mann, der die Sippe oder den Weyr zerstören will«, sagte ich. Cyrene warf sich Kostya an den Hals und bedeckte sein Gesicht mit Küssen.

»Im Gegenteil«, erwiderte Gabriel und winkte Tipene, der einen Stuhl an den Tisch zog. Er half mir auf – eine Geste, die ich seltsam berührend fand – und ergriff meine Hand, um mich zum Tisch zu führen. »Es könnte eine sehr clevere Strategie sein, wenn man bedenkt, wie viel Macht sie in sich trägt.«

»Cy würde die dunkle Macht genauso wenig benutzen wie ich«, sagte ich sanft und legte meine Wange an seine Hand. Zwar verblasste die Erinnerung an Akasha schon, aber ein paar Spuren der Verzweiflung blieben noch, und ich war unendlich dankbar dafür, dass ich Gabriel hatte. »Eigentlich sogar weniger, da sie kein Drachenherz in sich trägt, das sie zu allem möglichen Unfug anstiftet.«

Er erwiderte nichts darauf, aber ich wusste, dass er nicht überzeugt war, und auch die Vorstellung, dass Cyrene jetzt einen offiziellen Status hatte, behagte ihm nicht.

Kostya ertrug Cyrenes enthusiastische Umarmung einen Moment lang, und dann flüsterte er ihr etwas ins Ohr. Überraschenderweise stellte sie sich danach annähernd beherrscht neben ihn.

Alle Nichtdrachen mit Ausnahme von Gefährten, Ersatzgefährten und Dämonen in zottiger Hundegestalt hatten den Saal verlassen. Aisling tat es anscheinend leid, dass sie Jim das Sprechen verboten hatte.

»Du kannst ruhig reden, solange du den Ablauf der Versammlung nicht störst«, sagte sie zu ihm und befahl ihm, sich an die Wand zu legen.

Jim verdrehte die Augen, als er zu der angegebenen Stelle trottete. »Du hast viel gelernt von May, was? Boss, Boss, Boss, mehr könnt ihr beiden nicht. Kommt es euch eigentlich jemals in den Sinn, dass ihr mich einfach nur um etwas bitten braucht? Nein, ständig werden unschuldige kleine Dämonen herumgeschubst.«

»Wolltest du Cecile dieses Wochenende sehen?«, fragte Aisling süß.

Jim verstand die Anspielung offenbar, denn er schwieg missmutig.

»Wer ist Cecile?«, fragte ich Gabriel.

Gabriel sah ernst zu, wie Kostya seinen Platz einnahm, allerdings sofort wieder aufsprang, weil er noch einen Stuhl für Cyrene neben seinen stellen musste. »Ein alter Welsh Corgi. Sie gehört Aislings Freundin in Paris. Mir gefällt das nicht, May.«

»Also, mir persönlich sind Corgis ziemlich egal, aber …«

»Nein, ich meine, mir gefällt Kostyas zufriedener Gesichtsausdruck nicht. Irgendetwas hat er vor, auch wenn du vielleicht nicht glaubst, dass er mit den Verbrechen gestern etwas zu tun hatte.«

»Der *sárkány* beginnt«, sagte Chuan Ren laut und schlug mit der Hand auf den Tisch.

»Iiih. Hat sie etwa heute den Vorsitz?«, fragte ich Maata flüsternd.

Sie nickte. Sie und Tipene standen hinter Gabriel. Ich fand es interessant, dass zwar Stühle für jeden Wyvern – fünf, wenn man Kostya mitzählte – um den Tisch gestellt worden waren, aber jeder Wyvern den Stuhl für seinen Gefährten selbst mitbringen musste – die Symbolik war nicht zu übersehen.

»Hol Fiat!« Chuan Ren, die noch nie besonders verbindlich gewesen war, schrie Drake diesen Befehl fast zu.

Drake zog nur die Augenbrauen hoch. Aisling kniff die Augen zusammen, und ich sah, dass ihre Finger zuckten, als ob sie einen Zauber zeichnen wollte.

»Ich glaube, auf der Tagesordnung steht zunächst Kostyas Antrag auf Anerkennung«, sagte Drake ruhig.

Chuan Ren umklammerte die Tischkante so fest, dass ihre Knöchel weiß hervortraten, aber sie verlor nicht die Beherrschung. Sie warf Kostya lediglich einen durchdringenden Blick zu. »Konstantin Fekete, der Weyr nimmt deine Petition zur Anerkennung der Sippe der schwarzen Drachen zur Kenntnis. Du bist vertraut mit den Gesetzen, denen die Mitglieder des Weyr unterstehen – willigst du ein, diese Gesetze zu befolgen und einzuhalten?«

Kostya erhob sich und blickte alle am Tisch an. »Die schwarzen Drachen waren geschätzte Mitglieder des Weyr seit seiner Gründung, und es ist längst überfällig, dass wir wieder aufgenommen werden. Wir haben zwar eine unglückselige Geschichte ...« Gabriel erstarrte. Kostya warf ihm einen raschen Blick zu. »... Aber wir haben unsere Differenzen beigelegt und sind bereit, die Geister der Vergangenheit ruhen zu lassen.«

Entweder hatte er wirklich eingesehen, was für ein Wahnsinn es war, die silbernen Drachen zu bekämpfen, oder aber es war nur eine schreckliche Täuschung, um alle in einem falschen Gefühl der Sicherheit zu wiegen. Allerdings hielt ich ihn im Großen und Ganzen für aufrichtig. Er würde seinen Wunsch, wieder im Weyr aufgenommen zu werden, sicher nicht dadurch gefährden, dass er Anspruch auf die silbernen Drachen erhob.

»Als Wyvern in der Erbfolge zum früheren Wyvern Baltic ...« Der Name kam ihm nur zögernd über die Lippen. »Als Erbe schwöre ich bei meinem Leben, dass die Sippe der schwarzen Drachen die Gesetze im Weyr befolgen und einhalten wird.«

Chuan Ren wirkte gelangweilt und ungeduldig. Kaum hatte Kostya seine kleine Rede beendet und sich wieder hingesetzt, da sprang sie auch schon auf. »Ihr habt den Antrag auf Anerkennung gehört. Was sagen die Wyvern?«

»Ja«, sagte Drake. »Die grünen Drachen heißen die Wiederaufnahme der schwarzen Drachen in den Weyr willkommen.«

Aisling lächelte Cyrene zu, die auf ihrem Stuhl neben Kostya hin und her hüpfte. Ich blickte sie stirnrunzelnd an, aber sie grinste nur und blies mir einen Luftkuss zu.

Chuan Ren blickte Bastian an.

Er räusperte sich und stand auf, wobei er sich erst einmal verbeugte, bevor er sagte: »Als rechtmäßiger Wyvern der blauen Drachen sage auch ich ja. Wir freuen uns, Kostya und seine Drachen wieder im Weyr begrüßen zu können.«

»Ich mag ihn«, sagte Cyrene zu Kostya. Wahrscheinlich

glaubte sie zu flüstern, aber sie war so aufgeregt, dass jedes Wort deutlich zu verstehen war. »Er ist viel netter als sein Neffe.«

Bastian lächelte sie strahlend an, bevor er sich wieder hinsetzte.

Chuan Ren holte tief Luft und blickte Gabriel an.

Gabriel schaute Kostya einen Moment lang an. Seine Miene war undurchdringlich, aber seine Augen blitzten. »Es gibt eine Tatsache, die dem Weyr bisher noch nicht bekannt ist. Wir sollten sie jedoch berücksichtigen.«

»Tatsache? Was für eine Tatsache?« Kostya warf Gabriel einen irritierten Blick zu.

»Du bist in Paris gesehen worden«, antwortete Gabriel. »Und zwar kurz bevor man entdeckte, dass achtundsechzig Drachen, die in Frankreich lebten, brutal ermordet worden sind.«

Kostya kniff die Augen zusammen. »Und du glaubst, ich hätte etwas damit zu tun?«

»Ich halte es für möglich, dass deine Beziehung zu Baltic doch nicht zerstört worden ist«, erwiderte Gabriel gleichmütig. »Ich glaube, du hältst deine wahren Absichten vor uns zurück. Ich glaube, du bist fähig, Drachen zu töten, um dein Ziel zu erreichen.«

Ungläubigkeit und Zorn zeichneten sich auf Kostyas Gesicht ab, gefolgt von einem wütenden Blick, der deutlicher als Worte sagte, wie aufgebracht er durch Gabriels Einwand war. Kostya hatte mit den Morden nichts zu tun, da war ich mir sicher. »Ich hatte geglaubt, dass die silbernen Drachen noch ein wenig Ehre besitzen, aber jetzt sehe ich, dass ich mich geirrt habe.«

Gabriel erstarrte und erhob sich langsam. Maata machte eine Bewegung, als ob sie sich zurückhalten müsse.

»Du sprichst von Ehre?«, fragte Gabriel. Seine schöne Stimme war hart und brüchig.

»Ja, das tue ich.« Kostya hob das Kinn. »Ich war in Paris, also muss ich verantwortlich sein. So denkst du doch, oder?«

»Leugnest du, zu diesem Zeitpunkt in Paris gewesen zu sein?«

»Nein.«

Im Saal war es still.

»Was hast du denn dort gemacht, wenn du nicht an Fiats Vernichtung der blauen Drachen beteiligt warst?«

Ein Muskel zuckte in Kostyas Kinn. »Du hast kein Recht, mich das zu fragen. Ich bin nicht verpflichtet, dir über jeden meiner Schritte Rechenschaft abzulegen.«

Misstrauische und feindselige Blicke richteten sich auf ihn.

»Kostya ...«, setzte Drake an, aber sein Bruder schnitt ihm mit einer Geste das Wort ab. »Trotzdem werde ich erklären, warum ich in Paris war: Weil ich wünsche, dass auch weiterhin ein entspanntes Verhältnis zwischen der schwarzen und der silbernen Sippe herrscht.«

Maata schnaubte verächtlich, und auch ich musste zugeben, dass ich ihm seinen Altruismus nicht ganz abkaufte.

»Meine Leute hatten ein Haus in Paris beobachtet, weil wir glaubten, dass Baltic es benutzte. Man hatte mich auf ungewöhnliche Aktivitäten aufmerksam gemacht, und so bin ich auf meinem Weg zurück von Riga selbst dorthin gefahren.«

Gabriels Haltung war entspannt, aber ich spürte, wie er jeden Muskel angespannt hatte.

»Meine Männer berichteten von Aktivitäten, aber es war Fiat, nicht Baltic. Ich hatte keine Ahnung, was Fiat vorhatte, sonst hätte ich ihn aufgehalten.« Er blickte die anderen Wyvern an. »Kurz nachdem ich festgestellt hatte, dass Baltic nicht da war, bin ich nach England zurückgekehrt. Von dem Massaker habe ich erst später erfahren.«

Ich beobachtete Gabriel, aber ich war mir nicht sicher, was er dachte. Würde er Kostya glauben? Ich war der Meinung, dass er die Wahrheit sagte. Er gab vielleicht nicht jede Einzelheit preis, aber ich glaubte nicht, dass er an den Morden beteiligt war.

Kostya spürte anscheinend, dass Gabriel seine Erklärung nicht ausreichte, denn er machte eine frustrierte Geste und fügte in gereiztem Tonfall hinzu: »Du liebe Güte, Gabriel – habe ich irgendjemandem etwas getan, seit ich aus dem Adlerhorst befreit wurde? Habe ich einen silbernen Drachen angegriffen? Habe ich irgendjemandem aus deiner Sippe ein Leid zugefügt? Was auch immer du von mir denken magst, ich habe dir nie Anlass gegeben zu behaupten, ich sei ein Psychopath.«

Gabriel schwieg. Anscheinend bedachte er Kostyas Worte.

»Gabriel?«, fragte Chuan Ren ungeduldig. »Was sagst du zur schwarzen Sippe?«

Alle Blicke wandten sich uns zu.

»Ich akzeptiere deine Erklärung«, sagte Gabriel schließlich. »Und ich nehme zurück, was ich über deine Schuld in dieser Angelegenheit gesagt habe.«

Kostya neigte den Kopf, zum Zeichen, dass er die Entschuldigung annahm. Cyrene strahlte uns an und umschlang seinen Arm.

»Unsere Geschichte mit den schwarzen Drachen kennt jeder hier«, begann Gabriel. »Es war ein langer Prozess für uns, uns von ihnen zu lösen, und doch waren sie einst unsere Freunde und unsere Familie. Sie waren ein Teil von uns. Und auch wenn wir keine Rache oder Vergeltung mehr suchen, so sind wir doch nicht so schnell bereit, die Vergangenheit zu vergessen.«

Kostya erstarrte.

»Zu viele haben wegen der schwarzen Drachen ihr Leben verloren.« Gabriel schwieg einen Moment lang, und ich spürte seinen Kummer. »Zu viele Familien wurden zerstört, als dass wir die Opfer einfach vergessen könnten. Wir werden das Andenken an sie immer ehren.«

Ich hielt den Atem an. Unter normalen Umständen war Gabriel viel zu ehrenhaft, um das, was er gesagt hatte, zurückzunehmen. Aber wenn er es nun für gerechtfertigt hielt? Was würde der Weyr tun, wenn die schwarzen und die silbernen Drachen sich erneut bekämpften? Schon in der letzten Zeit hatte Krieg im Weyr geherrscht, der jetzt, sehr zu Chuan Rens Missfallen, zu einem Ende gekommen war. Würde nach dem heutigen Tag wieder Krieg herrschen?

»Wir können auch nicht den Preis vergessen, den die Überlebenden gezahlt haben. Nur durch ein Wunder habe ich eine Gefährtin gefunden, aber die anderen silbernen Drachen müssen die Strafe ertragen, die ein schwarzer Drache ihnen auferlegt hat.«

Kostya rutschte auf seinem Stuhl hin und her, sagte aber nichts. Cyrenes Lächeln war erloschen, und sie schaute bekümmert zwischen Kostya, Gabriel und mir hin und her. Ich spürte Gabriels Kummer. Selbst wenn die schwarzen

Drachen in den Weyr aufgenommen wurden, konnten sie den Fluch nicht zurücknehmen.

Das konnte nur Baltic.

Gabriels seidige Stimme erschallte laut und klar in der Stille des Saals. »Aber obwohl wir alle diesen Schmerz in uns tragen, haben wir den Tag herbeigesehnt, an dem alte Wunden endlich heilen konnten. Die silbernen Drachen heißen ihre lang verlorenen Brüder mit offenen Herzen im Weyr willkommen.«

Mir traten die Tränen in die Augen, als Gabriel sich wieder setzte und meine Hand ergriff. Ich rieb mit dem Daumen über seine Handfläche, um ihm ohne Worte mitzuteilen, wie stolz ich auf ihn war und wie sehr ich ihn liebte.

»Gut gemacht, Gabriel«, sagte Aisling leise.

Cyrene schniefte ein wenig und kramte in ihrer Handtasche nach einem Taschentuch. Auch von der Stelle, wo Jim lag, hörte ich ein Schniefen. Ich blickte in seine Richtung, aber er leckte sein Vorderbein.

Kostya blickte Gabriel lange an, dann neigte er wieder den Kopf und wandte sich erwartungsvoll an Chuan Ren.

»Ich stimme mit den anderen Wyvern überein«, sagte sie kühl. »Hiermit ist die Sippe der schwarzen Drachen als Mitglied im Weyr anerkannt, und Konstantin Fekete ist ihr rechtmäßiger Wyvern. Der *sárkány* ist somit zu Ende. Holt Fiat!«

17

»Und, gibt es Snacks auf der Feier mit dem Drachenherz? Ich habe nämlich das Mittagessen verpasst, weil ich doch mit Cyrene unterwegs war, und dieses Gyros, was sie mir gekauft hat, hält nicht bis zum Abendessen vor. Hey, Fiat, du hast schon lange keinen mehr entführt. Hast du in der letzten Zeit wenigstens ein Massaker angerichtet?«

»Jim, so wahr mir Gott helfe, wenn du noch einen Ton sagst, kannst du Magoth besuchen«, fuhr Aisling ihn an.

Ich eilte rasch zu ihm. Drakes Leibwächter brachten gerade Fiat herein, und die Atmosphäre im Saal war angespannt. »Entschuldigung, Aisling. Ich hätte besser auf ihn aufpassen sollen. Jim ...«

»Du brauchst mich ja nicht auch noch anzuschreien.« Beleidigt legte er sich vor den Kamin. »Ash hat mir doch schon die Meinung gesagt. Mann! Ihr seid aber auch alle schlecht gelaunt!«

Aisling rutschte unbehaglich auf ihrem Stuhl herum, und als ich zurück zu Gabriel ging, blieb ich bei ihr stehen.

»Ist alles in Ordnung? Hat der *sárkány* dich erschöpft?«, fragte ich.

»Mir geht es gut.«

Ich musterte sie. Sie sah müde aus und hatte dunkle Ringe unter den Augen. Aisling legte die Hand auf ihren Bauch. »Es ist nur das Baby. Ich wünschte, sie würde endlich zur Welt kommen. Drake hat der Hebamme schon gesagt, sie müsse heute Abend zu uns ziehen. Er will, dass sie einen Kaiserschnitt macht, aber sie hält es noch nicht für nötig.«

Ich tätschelte ihr die Schulter. »Es tut mir leid, dass ich nicht gut auf Jim aufgepasst habe. Ich habe mich ablenken lassen.«

Aisling lächelte mich an. »Mach dir keine Gedanken. Ehrlich gesagt, habe ich den großen Kerl vermisst, als er bei dir zu Hause war. Im Moment ist nur die Stimmung so angespannt, weil die Wyvern untereinander Probleme haben. Aber der Stress mit Kostya ist ja jetzt zum Glück vorbei.«

»Drake wird ja wahrscheinlich einen Anfall kriegen, aber soll ich Gabriel bitten, mal nachzuschauen, ob bei dir alles in Ordnung ist? Vielleicht bewegt sich ja das Baby oder so.«

»Oh, es bewegt sich die ganze Zeit, und meistens tritt es mich in die Blase«, antwortete Aisling. Sie seufzte schwer. »Ich hoffe nur, dass es bald kommt, denn ich bin es wirklich leid, wie ein aufgepumpter Reifen herumzulaufen.«

Jim öffnete den Mund, aber ich warf ihm nur einen Blick zu. »Wag es nicht!«

»Phh!« Er wandte den Kopf ab.

Aisling lachte, was Drakes Aufmerksamkeit erregte. Er stand gerade bei Fiat, der lautstark verlangte, man solle ihn freilassen, aber jetzt kam er zu Aisling. In diesem Moment betraten Kaawa und Nora den Saal.

»Hast du Wehen, *kincsem*?«, fragte Drake.

»Nein. Ich muss nur zur Toilette. Hilfst du mir aufzustehen?«

Er reichte ihr die Hand und beobachtete besorgt, wie sie zur Tür watschelte.

»Gabriel würde sie bestimmt untersuchen, wenn du dir Sorgen machst«, sagte ich zu Drake.

Er dachte einen Moment lang nach, schüttelte dann aber den Kopf. »In ein paar Stunden kommt unsere Hebamme. Und wenn Aisling vorher Wehen bekommt, kümmert sich Kaawa um sie.«

Ich hatte ganz vergessen, dass Gabriels Mutter ja ebenfalls Hebamme war. »Ja, sie hilft sicher gerne. Ich bin leider in dieser Hinsicht absolut nutzlos, aber wenn ich irgendetwas tun kann, damit Aisling sich wohler fühlt, lasst es mich wissen.«

Drake dankte mir und ging zur Tür, wohl um auf Aislings Rückkehr zu warten. Ich trat zu Kaawa und Nora.

»Darf ich zusehen, wie die Stücke neu gebildet werden?«, fragte Nora mich. Ihre Augen leuchteten interessiert hinter dem roten Rand ihrer Brille. »Nach dem, was Kaawa mir erzählt hat, muss es etwas ganz Besonderes sein, und ich würde schrecklich gerne zuschauen.«

»Ja, natürlich. Du darfst gerne hier bleiben und zuschauen. Ich hoffe nur, dass ich die Zeremonie nicht verbocke.« Hoffentlich bemerkte niemand, wie nervös ich war. Mein Magen krampfte sich zusammen, und ich hatte die unbehagliche Vorahnung, dass irgendetwas schrecklich schiefgehen würde.

»Es wird schon alles gut gehen«, sagte Nora und lächelte mich an. »Kaawa hat dich sicherlich hervorragend vorbereitet.«

»Meine Tochter hat ihre Sache großartig gemacht«, sagte Kaawa majestätisch, und ich bekam Angst, dass ich das Vertrauen, das sie in mich setzte, nicht erfüllen konnte. Zugleich aber wusste ich, dass ich mich besonders anstrengen würde, um Gabriel und sie stolz zu machen.

»Bist du sicher, dass jetzt ein guter Zeitpunkt für die Zeremonie ist?«, fragte ich Gabriel. »Kostya ist hier, Baltic läuft irgendwo da draußen frei herum, und jetzt ist auch noch Fiat hier und tobt vor Wut. Vielleicht sollten wir das Ganze auf später verschieben, wenn keine Drachen in der Nähe sind.«

Gabriel schlang den Arm um mich und zog mich an sich. »Hab keine Angst, Vögelchen. Ich lasse nicht zu, dass dir oder dem Drachenherz etwas passiert.«

»Ich weiß, aber ...« Ich schwieg, weil ich das schwere Gefühl, das mein Herz bedrückte, nicht in Worte fassen konnte. Das Stück Drachenherz war, sehr zu meiner Überraschung, merkwürdig still in mir. Ich war dankbar gewesen, dass es mich nicht dazu getrieben hatte, mich einem der anderen Wyvern an den Hals zu werfen, aber jetzt fand ich eigentlich, es hatte mich überhaupt nicht zu irgendeiner Drachenhandlung angeregt. Es war, als hielte es die Luft an.

Dieser Gedanke machte mich nervöser als alles andere.

»Nein, ich will mich nicht hinsetzen! Ich habe jetzt genug von dieser Behandlung! Ihr werdet mich jetzt loslassen, oder ihr werdet dafür bezahlen müssen!«, schrie Fiat und riss sich von István los.

Alle Blicke wandten sich ihm zu.

»Ich bin von Drake und Gabriel gegen meinen Willen festgehalten worden«, schrie Fiat. »Ihr seid alle Zeugen! Ich verlange, dass ein *sárkány* einberufen wird, um sie zu bestrafen.«

Chuan Ren kniff die Augen zusammen. Als Fiat den

Raum betreten hatte, hatten ihr Sohn und ihr Gefährte sie abgeschirmt, vermutlich, um sie davon abzuhalten, ihn auf der Stelle zu töten. »Du hast keinen Status im Weyr«, sagte sie jetzt und schob ihren Sohn beiseite, um einen Schritt vorzutreten.

Ich sah das Messer in ihrer Hand, bevor ich etwas sagen konnte, aber sie war nicht schnell genug.

Drake hatte Fiat gerade die Handschellen abgenommen, ein glücklicher Umstand, weil Fiat jetzt Chuan Rens Handgelenke festhielt, bevor sie mit dem Dolch zustechen konnte.

»Oh, bitte«, sagte er verächtlich und drehte ihr das Handgelenk um. »Glaubst du, ich wäre so lange Wyvern gewesen, wenn ich so einem kleinen Mordversuch nicht zuvorkommen könnte?«

Sie knurrte einen Fluch, wich aber zurück, als Drake und Jian sie an den Armen packten. Dann schüttelte sie die beiden Männer ab und betrachtete Fiat aus halbgeschlossenen Augen. »Ich wiederhole: Du wirst von keiner Sippe im Weyr mehr anerkannt.«

»Du irrst dich«, erwiderte Fiat ebenso ruhig. »Ich bin der Wyvern der roten Drachen.«

»Du lügst«, fuhr Chuan Ren ihn an. »Du hast mich nie um die Sippe herausgefordert. Du warst ja sogar zu feige, um dich mir zu stellen, als ich aus Abaddon zurückgekommen bin.«

»Ich brauche dich nicht herauszufordern«, sagte er und schüttelte gespielt betrübt über ihre Unwissenheit den Kopf. »Ich habe den vorherigen Wyvern herausgefordert und besiegt, den, der dein Amt übernommen hat, als du verbannt warst. Und nach den Gesetzen des Weyr bin ich der anerkannte Wyvern, nicht du.«

Chuan Ren schäumte vor Wut.

»Es überrascht mich, dass sie nicht explodiert«, murmelte ich Gabriel zu.

»Sie war mehr als tausend Jahre Wyvern«, erwiderte er ebenso leise. »Man bleibt nicht so lange an der Macht, wenn man sich nicht unter Kontrolle hat.«

»Drake wird dir sagen, dass ich recht habe«, erklärte Fiat und nickte dem grünen Wyvern zu. Suchend blickte er sich um, bis sein Blick auf uns fiel. »Und Gabriel auch. Sagt es ihr. Sagt ihr, dass ich der Wyvern bin.«

Drake, Gabriel und Bastian wechselten stumm Blicke.

»Ich muss dich nicht herausfordern. Bao war nie Wyvern, deshalb hast du, als du sie besiegt hast, nur ein schwieriges Sippenmitglied eliminiert.«

»Und doch hat dein Sohn sie als Wyvern anerkannt«, erwiderte Fiat.

Alle schauten Jian an, der dem Blick seiner Mutter auswich.

»Stimmt das?«, fragte sie ihn.

Er zögerte einen Moment lang, nickte dann aber.

»Siehst du? Alle wussten, dass du in Abaddon warst und nicht so bald entlassen werden würdest.« Fiat warf mir einen bösen Blick zu, bevor er fortfuhr: »Daher sind meine Herausforderung und mein Sieg über Bao vollkommen gültig, und du, meine Liebe, bist ouroboros, nicht ich. Ich habe dir bisher gnädig gestattet, weiterzuleben, trotz deiner Versuche, mich zu vertreiben, aber solltest du meine Geduld weiterhin so auf die Probe stellen, bedauere ich möglicherweise meine Großzügigkeit.«

Chuan Ren erstarrte. Sie stand so steif da, dass ich dachte, sie würde bei der kleinsten Berührung zerbröckeln, aber sie war härter im Nehmen, als wir alle angenommen hatten.

Langsam, nach und nach entspannten sich ihre Muskeln wieder. Ihr Sohn und ihr Gefährte beobachteten sie misstrauisch, als ob sie jeden Moment explodieren könnte. »Deine Worte sind bedeutungslos, wie immer. Es spielt keine Rolle, ob mein Sohn Bao anerkannt hat – er ist nicht mein Erbe.«

Jian warf ihr einen verblüfften Blick zu.

»Das mag sein, aber auch der Rest der Sippe hat sie akzeptiert, ebenso wie der Weyr«, sagte Fiat.

»Ich glaube, Gefährtin, es ist jetzt an der Zeit, dass du erzählst, was du vor zwei Monaten gesehen hast«, unterbrach Gabriel ihn. Alle, auch ich, blickten ihn erstaunt an.

Wir waren übereingekommen, diese Ereignisse nicht zu erwähnen, da ich sonst von Fiat herausgefordert werden konnte, aber anscheinend hatte Gabriel seine Meinung geändert. Oder vielleicht hatte er aufgrund der Situation auch das Gefühl, dass wir nichts zu befürchten hätten.

»Etwa vor sieben Wochen haben mein Zwilling, Gabriels Wache Maata und ich Fiats Haus in Italien einen geheimen Besuch abgestattet.«

Fiat drehte sich zu mir um und richtete seinen saphirblauen Blick auf mich. Ich fühlte mich auf einmal machtlos und nackt, aber Gabriels Hand an meiner brachte mich wieder ins Gleichgewicht.

»Wir betraten das Haus durch einen unterirdischen Gang, der unter dem See verläuft. Und dort haben wir eine Szene zwischen Fiat, Bao und Baltic miterlebt.«

»Das höre ich zum ersten Mal«, sagte Bastian und wandte

sich stirnrunzelnd an Drake. »Hast du über diese Information verfügt?«

»Ja.«

Das gefiel Bastian nicht, aber er war klug genug, den Mund zu halten.

»Es war uns allen klar, dass Fiat und Baltic einen Plan verfolgten. Als Baltic ging, war Fiat allein mit Bao. Die beiden arbeiteten ebenfalls zusammen, aber diese Zusammenarbeit endete, als Fiat ein Schwert ergriff und ihr den Kopf abschlug, als sie ihm den Rücken zuwandte.«

Ein paar Sekunden lang war es mucksmäuschenstill im Saal. Hinten im Haus wurde eine Tür geschlossen.

»Es gab keine Herausforderung«, sagte ich. Fiat funkelte mich wütend an. »Er nahm einfach ein Schwert von der Wand und schlug ihr den Kopf ab. Dann sagte er seinen Leuten, sie sollten auch den Rest beseitigen – damit meinte er, so vermuteten wir, ihre Leibwächter.«

»Warum hast du uns das nicht früher mitgeteilt?«, fragte Bastian. Chuan Ren stieß ein paar grobe Flüche in meine Richtung aus.

Sofort stellte sich Gabriel zwischen sie und mich. »May hat auf mein Geheiß hin geschwiegen. Drake und ich haben das Thema besprochen, und wir haben beschlossen, Fiat zu beobachten.«

»Ja, das habt ihr wirklich großartig gemacht«, knurrte Chuan Ren und wandte uns allen den Rücken zu. »Wie viele Drachen habt ihr von ihm ermorden lassen?«

Bastian wurde blass, und er verzog gequält das Gesicht bei Chuan Rens Worten, aber das war nichts gegen den Schmerz, den ich in Gabriel spürte.

»Wir konnten ja nicht ahnen, dass Fiat mordet«, warf Drake ein, als Gabriel zögerte. »Dafür nehmen wir beide die Schuld auf uns. Ich hätte mir denken können, dass Fiat Rache nehmen würde, als Chuan Ren zurückgekommen ist.«

»Das nimmt kein gutes Ende«, flüsterte ich Gabriel zu.

»Nein, das stimmt.«

»Er wird kämpfen, ganz gleich, wie es ausgeht.«

»Ich weiß. Drake wird es nicht gefallen, dass Aisling dabei ist.«

»Darum kann ich mich kümmern.«

Gabriel warf mir einen fragenden Blick zu. Ich beugte mich vor und flüsterte ihm zu: »Aisling hat mir heute früh einen Taser gegeben, falls so etwas passiert.«

Gabriel runzelte die Stirn. »Das gefällt mir nicht, Vögelchen.«

»Ich weiß. Aber es ist besser, als wenn jemand verletzt wird.«

»Mich interessiert nur eines«, unterbrach Chuan Ren Drake, der weiter erklärte, warum niemand auf die unschuldigen Drachen aufgepasst hatte. Sie fuhr herum und marschierte auf Fiat zu. Kurz vor ihm blieb sie stehen und blickte ihn hasserfüllt an. »Als rechtmäßiger Wyvern der roten Drachen verlange ich, dass Fiat uns zur Bestrafung ausgeliefert wird.«

»Nein!« Bastian holte tief Luft und trat ebenfalls vor. »Fiat war mein Problem, meine Verantwortung. Er ist uns entkommen, und es waren blaue Drachen, die er so brutal ermordet hat. Er muss für die Verbrechen gegen meine Sippe bestraft werden.«

Fiat warf seinem Onkel einen giftigen Blick zu. »Du

kannst ja nicht einmal die Sicherheit deiner kostbaren Drachen gewährleisten. Wie willst du mich denn bestrafen, alter Mann?«

»Er gehört uns, nicht euch«, fuhr Chuan Ren Bastian an.

»Ich muss dir leider widersprechen. Die schrecklichsten Verbrechen hat er gegen die blauen, nicht gegen die roten Drachen verübt.«

»Das ist lächerlich. Das höre ich mir nicht länger an.« Fiat begann, sich in Drachengestalt zu verwandeln.

Dieses Mal war ich für ihn bereit. Bevor er auch nur einen einzigen Zehennagel verwandeln konnte, glitt ich in die Schatten, huschte hinter ihn und drückte ihm den Taser auf den Nacken.

»Nicht schon wieder«, stieß er noch hervor, bevor er zu Boden sank und sich unter den Stromstößen des Tasers wand.

»Betrachte es als poetische Gerechtigkeit«, sagte ich zu ihm.

»Brava«, hauchte Bastian und blickte mich bewundernd an. Chuan Ren winkte nach ihrem Gefolge.

»Ergreift ihn!«

»Nein! Er gehört mir!« Bastian setzte sich auf den bewusstlosen Körper seines Neffen.

»Ich bin anderer Meinung«, beharrte Chuan Ren.

Bastian zögerte kurz, dann wandte er sich an Drake. »Der Weyr soll entscheiden, wer Fiat erhält. Chuan Ren muss schwören, dass sie sich der Entscheidung beugt.«

Sie warf ihm einen mörderischen Blick zu, aber dann wurde ihre Miene wieder undurchdringlich. »Nun gut. Der Weyr soll entscheiden.«

»Kostya?«

Kostya und Cyrene hatten die ganze Zeit über geschwiegen, eine Tatsache, die ich im Hinblick auf Gabriels Verdacht, dass Kostya etwas mit dem Mord an blauen Drachen zu tun haben könnte, äußerst interessant fand.

Sein Blick glitt von Fiat zu seinem Bruder. »Die schwarzen Drachen sind der Meinung, dass Bastian den größeren Anspruch hat.«

Drake schwieg einen Moment und sagte dann langsam: »Ich bin der gleichen Meinung wie Kostya. Bastian hat den größeren Anspruch.«

»Du jämmerlicher kleiner Bastard«, sagte Chuan Ren. »Immer hast du Angst, deinen eigenen Standpunkt zu vertreten. Was ist mit dir?« Ihr Blick glitt zu Gabriel. »Denk gut nach, bevor du deine Stimme abgibst, denn ich werde das Song-Phylakterion nicht hergeben, wenn du mich enttäuschst.«

Ihre kühne Drohung machte mich einen Moment lang fassungslos.

»Wir hatten eine Übereinkunft«, sagte Gabriel rau. Spannung baute sich in ihm auf, aber wie Chuan Ren hatte er sich meisterhaft im Griff. »Als Teil dieser Übereinkunft bist du aus Abaddon entlassen worden. Wenn du sie jetzt nicht einhältst, wirst du aus dem Weyr ausgestoßen.«

Die Muskeln in Chuan Rens Kinn zuckten. »Der Weyr hat keine Kontrolle über mich.«

»Ich stimme auch für Bastian. Er soll Fiat bekommen«, erklärte Gabriel. »Es sind seine Drachen, die unter Fiats Taten am meisten gelitten haben, und die Überlebenden sollen bestimmen, wie er bestraft werden soll. Im Vergleich dazu haben die roten Drachen kaum gelitten.«

»Du hast gerade deine Gefährtin dazu verdammt, das Stück Drachenherz für immer in sich zu tragen«, schnaubte Chuan Ren und warf den Kopf zurück.

»Nein, das hat er nicht.«

Die Stimme war leise und sanft, aber trotzdem fest. Voller Zorn musste Chuan Ren miterleben, wie Jian zu Gabriel trat und ihm eine goldene Schachtel übergab. »Ich habe die Vereinbarung in Abwesenheit meiner Mutter getroffen. Ich werde sie einhalten, auch wenn sie zeitweise anderer Meinung ist.«

Gabriel wartete Chuans Antwort gar nicht erst ab. Er nahm die Schachtel, gab sie an Maata weiter und dankte Jian. »Ich werde es dir in Kürze zurückgeben.«

»Ich weiß«, erwiderte Jian und stellte sich der Wut seiner Mutter.

»Wir sind hier fertig«, knurrte sie. Sie schob Jian mit den Fäusten weg und baute sich vor Gabriel auf. »Ich erwarte, dass das Phylakterion noch vor Sonnenuntergang wieder in meinen Händen ist, sonst werde ich dich und deine kleine Gefährtin vernichten.«

Gabriel schwieg und zog nur eine Augenbraue hoch. Leise fluchend marschierte sie aus dem Saal. Li entschuldigte sich nach allen Seiten, als er ihr folgte. Auch Jian verbeugte sich und ging.

»In seinen Schuhen möchte ich jetzt nicht stecken«, sagte ich leise.

Gabriel lächelte. »Ich glaube, er wird eines Tages ein hervorragender Wyvern werden.«

»Wyvern? Ich dachte, die Kinder eines Wyvern könnten nicht sein Erbe antreten? Müssen sie nicht einen menschlichen Elternteil haben?«

»Doch.« Gabriel beugte sich vor und flüsterte mir ins Ohr: »Ich dachte zuerst, er sei tatsächlich ihr Sohn, aber dann habe ich erfahren, dass meine ursprüngliche Vermutung korrekt war – ihre Kinder sind alle tot. Dass sie ihn als ›Sohn‹ bezeichnet, bedeutet unter diesen Umständen eher, dass er ihr Erbe ist.«

»Aber sie hat doch eben gesagt, er sei nicht ihr Erbe, und er hat doch auch Bao als Wyvern anerkannt.«

»Sie hat ihn nur gewarnt, dass sie ihn enterben würde, wenn er sich gegen ihre Wünsche auflehnt. Und was Bao angeht – ich weiß natürlich nicht genau, was innerhalb der roten Sippe so vor sich geht, aber ich vermute, dass er einfach nur klug gehandelt hat.«

»Danke«, sagte Bastian, als seine Leibwächter den bewusstlosen Fiat aus dem Raum schleppten. Er griff in seine Tasche und zog einen schmalen Lederumschlag heraus, den er Gabriel überreichte. »Das Marcella-Phylakterion. Ich weiß, dass du gut darauf aufpasst.«

»Ja, das werden wir«, erwiderte Gabriel. Erleichterung stieg in mir auf – jetzt hatten wir alle Stücke, die wir brauchten, um das Drachenherz neu zu bilden.

Bastian zögerte. »Ich würde gerne zusehen, wie das Herz neu geformt wird, aber ich verstehe natürlich, wenn du mich lieber nicht dabei hättest.«

»Diese Entscheidung kann nicht ich treffen«, sagte Gabriel und wandte sich an mich. »May muss die Zeremonie durchführen. Wenn sie dabei keine Zuschauer haben möchte, kann ich ihr diesen Wunsch nicht verwehren.«

Ich warf Gabriel einen Blick zu, weil ich herausfinden wollte, was ihm lieber war, aber dann sagte ich: »Nein, es stört mich nicht, wenn du anwesend bist, Bastian. Allerdings kann ich dir nicht versprechen, dass es viel zu sehen gibt.«

Er lächelte. »Ich kümmere mich rasch darum, dass Fiat sicher untergebracht ist. Danach komme ich so schnell wie möglich wieder zurück.«

»Das war sehr aufregend«, sagte Nora mit blitzenden Augen. »Ich hatte ja keine Ahnung, dass du so tödlich sein kannst, May. Als du auf einmal verschwunden und hinter Fiat wieder aufgetaucht bist, habe ich glatt vergessen zu atmen. Es war großartig!«

»Wir Gefährtinnen müssen alles tun, um unsere Wyvern zu schützen«, erklärte Cyrene. Sie hakte sich bei Kostya unter und warf ihm einen bewundernden Blick zu.

Meine Lippen zuckten, als ich seinen gequälten Gesichtsausdruck sah.

»Bist du sicher, dass du weißt, was du tust?«, konnte ich mir nicht verkneifen, ihn zu fragen.

»Nein«, sagte er, lächelte aber, als Cyrene ihm in den Arm biss. »Es scheint jedoch, dass mir nichts anderes übrigbleibt. Dein Zwilling besteht darauf, dass ich ohne sie nicht leben kann, und leider hat sie recht. Sie macht mich wahnsinnig, aber sie hat recht.«

Ich lachte über Cyrenes wütendes Gesicht. Sie stieß ihn vor die Brust und wollte ihm gerade die Meinung sagen, als zwei Dinge passierten.

Aisling tauchte auf. »Drake, dieser Diebesfänger ist an der Tür, aber Pál will ihn erst hineinlassen, wenn du einverstanden bist.«

Drake wandte sich schon zum Gehen, aber sie hielt ihn

zurück und legte ihm die Hand auf den Arm. »Und dann ist da noch etwas.«

Fragend runzelte er die Stirn.

»Während ich im Badezimmer war, ist mein Fruchtwasser abgegangen. Ich glaube, das Baby ist sauer, weil ich eine heftige Wehe hatte, und jetzt habe ich das ungute Gefühl, dass die nächste Wehe schon …«

Sie verzog schmerzerfüllt das Gesicht und beugte sich keuchend vor.

Drake nahm sie auf die Arme und trug sie die Treppe hinauf. »Holt die Hebamme!«, schrie er uns zu.

18

»Das ist wahrscheinlich die Hebamme«, sagte ich und lief zur Haustür. »Ich mache schon auf, István. Geh du zurück und halt Drake davon ab, Gabriel umzubringen, ja? Savian hat es schon versucht, aber er ist für seine Mühen k. o. geschlagen worden.«

István verdrehte die Augen, als er Drake schreien hörte, und lief nach oben.

»Aua«, sagte Jim, der auf einem Sofa lag und in aller Seelenruhe Zeitung las. Ein Krach hallte durch das Haus. »Hat das für dich auch so geklungen wie der Kopf eines Wyvern, der gegen die Wand kracht? Also, ich fand, es hörte sich so an.«

»Ich habe Gabriel gesagt, er soll sich fernhalten und Aisling seiner Mutter überlassen, aber er bestand darauf, mehr Erfahrung mit Drachen zu haben als sie. Ich kann nur hoffen, dass Drake sich beruhigt und einsieht, dass Gabriel ja nur helfen will.« Ich blickte auf die Sicherheitsanlage, mit der Besucher an der Haustür gescannt wurden. Das grüne Licht, das anzeigte, dass die Person nicht bewaffnet war, leuchtete, und so gab ich rasch den Code ein, mit dem man die Tür öffnen konnte. »Gott sei Dank, da sind Sie ja endlich«, sagte ich erleichtert. »Aisling hält sich gut, aber Drake wird langsam zum Berser ... oh.«

Die Person, die vor der Tür stand, war nicht die Hebamme. Es war noch nicht einmal ein Drache.

»Ich bin heute nicht an Aisling Grey interessiert, ganz

gleich, wie gut sie sich hält«, sagte Dr. Kostich und drängte sich an mir vorbei ins Haus, gefolgt von einem Mann und einer Frau. »Ich habe Ihnen ja gesagt, dass ich zurückkommen würde, sobald ich meine Lehrlinge bestimmt habe. Dies sind Jack und Tully. Wir wollen überlegen, wie wir mit dem Drachen, den Sie Baltic nennen, vorgehen.«

»Es tut mir leid, aber im Moment ist es gerade ein bisschen hektisch. Könnten Sie nicht später noch einmal kommen? Aisling hat Wehen bekommen, und alle rennen herum und versuchen, es ihr bequem zu machen.«

»Ich sagte Ihnen bereits, dass ich mit ihr nichts zu tun habe«, antwortete Dr. Kostich. Er streifte seine Lederhandschuhe ab und zog seinen schweren Mantel aus. »Wir setzen uns mit dem grünen und dem silbernen Wyvern zusammen, um über das Thema zu sprechen. Ich habe genau zwei Stunden Zeit für diese Angelegenheit.«

»Ja, aber ...«

Er warf mir einen Blick zu, bei dem ich am liebsten in die Schatten verschwunden wäre. »Dies ist kein Höflichkeitsbesuch, Mayling, und Ihre Teilnahme ist nicht optional.«

Er übte beträchtlichen Druck auf mich aus, und jeder Sterbliche hätte wahrscheinlich sofort getan, was er verlangte, aber ich war nicht sterblich, und ich war nicht bereit, mich so behandeln zu lassen.

»Ooh, ein Dämon. Kann ich ihn streicheln?«, fragte der Mann namens Jack, als er Jim sah.

»Für einen Fünfer darfst du mir den Bauch streicheln«, erklärte Jim und drehte sich auf den Rücken.

Jack lachte und gab ihm, was er verlangte.

Ich wandte mich wieder an Dr. Kostich. »Es tut mir leid,

aber im Moment ist die Situation viel zu chaotisch für dieses Treffen. Aisling hat Wehen.«

»Und das kann ja wohl noch Stunden dauern«, fuhr Kostich mich an. Er schob mich beiseite und eilte zum Wohnzimmer. »Wir können fertig sein, bevor sie ihren Wyvern braucht.«

Ich zögerte eine Sekunde lang und überlegte, ob wir Dr. Kostich tatsächlich wieder los sein könnten, bevor Aisling das Kind bekam. Nach allem, was ich von Geburten wusste, gingen sie nicht so schnell.

Kostich nahm mein Zögern als Zustimmung und sagte: »Kommen Sie, wir bringen diese Angelegenheit schnell hinter uns.«

Ich blickte ihm nach, als er im Wohnzimmer verschwand. Am liebsten hätte ich ihm die Meinung gesagt, aber das war bestimmt nicht gut.

Stattdessen sagte ich leise: »Arroganter, tyrannischer Magier!«

Der Mann namens Jack hatte mich offensichtlich gehört. »Erzmagier«, korrigierte er mich. »Das ist der Unterschied. Wir niedrigen Magier dürfen niemanden herumschubsen, aber sobald man Erzmagier wird, ist man in dieser Hinsicht ein gemachter Mann.«

»Entschuldigung, ich wollte nicht unhöflich sein«, murmelte ich. Er hörte auf, Jim zu streicheln, und trat lächelnd zu mir. »Kein Problem. Ich habe noch nie einen echten Doppelgänger gesehen. Sie sehen gar nicht so aus, wie ich erwartet hatte.«

Er war ein wenig größer als ich, mit kurzen, roten Haaren und vielen Sommersprossen.

»Ich muss zugeben, dass es mir bei Ihnen genauso geht«, erwiderte ich lächelnd. »Sie sind doch ein Magier, oder?«

»Was sollen meine Lehrlinge denn sonst sein?«, fragte Dr. Kostich von der Tür her. »Ist das eine Verzögerungstaktik?«

»Nein. Ich hole die anderen, aber ich kann nicht garantieren, dass Drake bereit ist, Aisling allein zu lassen. Gabriel vielleicht auch nicht.«

Er grunzte und ging wieder ins Wohnzimmer.

Jacks Lächeln wurde zu einem breiten Grinsen. »Er ist ja vielleicht ein bisschen barsch, aber dieser Drachenmagier macht ihm große Sorgen.«

»Daran zweifle ich nicht.« Ich nahm seinen Mantel und den der Frau, die bisher noch nichts gesagt hatte.

»Jack!«, rief Kostich aus dem Wohnzimmer. »Bring mir die Tasche.«

Jack ergriff einen Lederkoffer und eilte zu seinem Herrn.

»Hallo, ich bin Jim«, sagte der Dämon und schnüffelte an der Frau. »Du bist kein Magier.«

»Doch, natürlich. Nun, ich bin noch Lehrling«, sagte sie und tätschelte Jim den Kopf. Sie wandte sich mir zu. »Dr. Kostich hat gesagt, Sie seien die Gefährtin eines Drachen?«

»Ja, das ist richtig. Ich bin May. Gabriel, der silberne Wyvern, ist mein Gefährte.«

Neugierig musterte sie mich ein paar Sekunden lang, aber dann entschuldigte sie sich mit leisem Lächeln. »Entschuldigung, ich bin unglaublich unhöflich. Aber ich habe noch nie die Gefährtin eines Wyvern gesehen. Ich habe irgendwie erwartet, Sie seien ... größer.«

»Sie hingegen sehen im Gegensatz zu Jack genauso aus, wie ich mir einen Magier vorstelle«, erwiderte ich lächelnd.

»Wieso?«, fragte sie und zog leicht die Augenbrauen hoch. Sie war eine große, schlanke Frau, mit langen, glatten, aschblonden Haaren, fast schwarzen Augen und einem zarten, schmalen Gesicht. Sie strahlte Behagen aus, ein Gefühl von Wärme, als ob man nach einer langen Reise wieder nach Hause gekommen sei.

»Nun ... ich hoffe, das klingt jetzt nicht unhöflich, aber meiner Erfahrung nach sind Magier immer sehr reserviert und zurückhaltend. Sie sind auch sehr beherrscht und äußerst geheimnisvoll, was ihnen zu gefallen scheint.«

Ihr Lächeln wurde noch ein bisschen wärmer. »Das ist eine sehr zutreffende Beschreibung von Magiern, aber ich bin leider wesentlich langweiliger. Ich fürchte, ich bin kein besonders guter Lehrling. Dr. Kostich hofft, dass ich in der Angelegenheit mit diesem mysteriösen Drachen so viel Erfahrung sammeln kann, dass es meiner Ausbildung zugutekommt.«

»Ganz bestimmt.« Ich nickte zum Wohnzimmer. »Wenn Sie dort bitte schon einmal hineingehen würden, dann hole ich rasch die anderen, obwohl, ehrlich gesagt, jetzt wirklich ein schlechter Zeitpunkt ist.«

»Dr. Kostich meinte, wir dürften keine Zeit verlieren«, sagte Tully und glitt zur Tür. Ich beobachtete sie einen Moment lang, verblüfft darüber, dass mir dieses Wort bei ihren Bewegungen in den Sinn kam. Sie ging nicht einfach nur – sie glitt anmutig, fast träumerisch dahin.

»May«, sagte Jim und stupste mich mit seiner nassen Nase an. »Diese Tully ist kein Magier«, erklärte er.

»Sie hat aber gesagt, sie sei einer.«

»Ja, nun, sie hat gelogen. Oder nein ...« Der Dämon verzog das Gesicht. »Nicht gelogen. Sie hat nur nicht die Wahrgeit gesagt.«

»Was ist der Unterschied?«, fragte ich, als wir den Flur entlang zu Aislings Zimmer gingen. Einen Moment lang blieb ich wie erstarrt stehen, als ich sah, wer vor der Tür auf dem Boden lag. Tipene kauerte bei ihm. Ich rannte auf die kleine Gruppe zu. »István, ich habe dich doch gebeten, Drake daran zu hindern, Gabriel umzubringen. Wie schwer ist er verletzt?«

»Nichts Ernstes«, erwiderte die Liebe meines Lebens. Seine Lippe war gespalten und sein rechtes Auge geschwollen. »Drake war ein wenig aufgebracht, als Aisling eine besonders starke Wehe hatte. Savian hat noch versucht einzugreifen.«

»Ich glaube, ich bin tot«, stöhnte Savian, der ein Stück weiter, halb im Badezimmer, ebenfalls auf dem Boden lag.

»Es ist schlimm, wie Drake sich benimmt, wenn er sich aufregt«, sagte ich und betastete vorsichtig Gabriels Gesicht. »Aber du wolltest ja unbedingt dabei sein.«

»Mein Kopf bringt mich um.« Savian setzte sich stöhnend auf und fasste sich an den Kopf. Er berührte eine schmerzende Stelle und sank wieder zurück auf den Boden. »Aua.«

Gabriel verzog das Gesicht, als Tipene ihm Salbe auf Mund und Auge auftrug. »Ich habe mehr Drachen auf die Welt gebracht als meine Mutter. Sie hat hauptsächlich Erfahrung mit Sterblichen, aber Drake meinte ja, das würde keine Rolle spielen. Er zieht sie mir vor.«

»Im Ernst, ich glaube, ich bin tot. Könnte einer von euch netten Heilern kommen und meinen kaputten Kopf reparieren?«

»Ich glaube, mein Liebster, du hättest besser deiner Mutter den Vortritt gelassen«, sagte ich und küsste Gabriel liebevoll auf die Nasenspitze.

Er grinste mich schief an. »Ich bin geneigt, dir zuzustimmen. Ist die Hebamme hier?«

»Ich bin ein Geist, oder? Ich bin gestorben, und jetzt könnt ihr mich nicht mehr hören, und ich muss für den Rest meines Lebens in diesem Badezimmer hier spuken, mit Kopfschmerzen, die einen Elefanten umbringen würden. Hallo«, sagte Savian, als Jim zu ihm trottete und ihn ansah. »Bist du ein Engel?«

»Ich war mal einer, jetzt bin ich ein Dämon. Es wird Ash gar nicht gefallen, dass du ihr Badezimmer vollblutest. Du machst doch wieder sauber, oder? Sonst rutscht nachher noch jemand auf deinem Blut aus und bricht sich das Bein.«

»Mein Kopf«, wimmerte Savian. Ich hatte Mitleid mit ihm.

»Bis jetzt ist die Hebamme noch nicht da, aber wir erwarten sie jeden Moment. Tipene, schaust du mal nach ihm?«, bat ich den Bodyguard und nickte zu Savian hinüber.

Savian begrüßte ihn mit erleichterten Lauten.

»Deine Mutter kommt mit Aisling bestimmt großartig zurecht«, sagte ich zu Gabriel und half ihm auf. »Leider ist Dr. Kostich gekommen.«

Gabriels Lächeln erlosch. »Er will doch jetzt nicht etwa über Baltic mit uns sprechen?«

»Doch. Glaubst du, Drake würde Aisling einen Moment allein lassen?«

Gabriel wollte mir gerade antworten, als das Haus von einem gewaltigen Stoß erschüttert wurde.

Instinktiv ging ich in die Schatten und folgte Gabriel, der die Treppe herunterrannte. Hinter mir hörte ich Drakes Stimme. Er brüllte eine Frage, aber ich achtete nicht darauf und rannte in die Eingangshalle.

Eine weitere Explosion ließ das Haus erbeben, und die Druckwelle war so stark, dass mir die Ohren wehtaten. »*Agathos daimon*! Was ist das?«, fragte ich und trat aus den Schatten.

Die drei Personen, die auf die Haustür starrten, drehten sich langsam zu uns um. Tipene und Maata kamen ebenfalls angelaufen.

»Wir sind zu spät gekommen«, sagte Dr. Kostich. »Er ist hier.«

Ein dritter Schlag traf das Haus. Ich hielt mir die Ohren zu und drängte einen Schmerzensschrei zurück.

Drake und seine Bodyguards sprangen über das Geländer im ersten Stock und landeten leichtfüßig wie Katzen in der Halle. »Verdammt«, knurrte Drake und drückte ein paar Tasten auf dem Paneel der Sicherheitsanlage. »Dass er sich gerade diesen Zeitpunkt aussuchen muss. István, sag den anderen Bescheid, dass wir sie brauchen. Pál, mach die Schatzkammer bereit. Ich bringe Aisling hinunter. Wenn er das Haus in die Luft jagt, ist sie dort unten sicher. Kostich, was tun Sie hier?«

»Ich habe versucht, die Katastrophe zu verhindern, aber ich fürchte, ich bin zu spät gekommen.« Er betrachtete uns alle einen Moment lang, dann sagte er: »Wir werden tun, was wir können, um euch zu helfen. Jack, kümmere dich um die Siegel im Erdgeschoss. Tully, du nimmst die oberen Räume. Vergiss nicht, an jedem Eingang Fallen aufzustellen, ganz gleich, wie unwichtig er dir erscheinen mag.«

Jackm eilte davon. Tully zögerte eine Sekunde lang. »Ich weiß nicht, ob meine Fallen und Siegel stark genug sind, um einen Drachen aufzuhalten, Meister.«

»Sie müssen ihn nicht aufhalten. Sie müssen uns nur aufmerksam machen, dass jemand eindringt. Los jetzt! Um die Haustür kümmere ich mich selber, da hier anscheinend der Kernpunkt des Angriffs liegt.«

Mit den Händen begann er, ein kompliziertes Muster in die Luft zu zeichnen, um einen Zauber über die Tür zu ziehen.

Drake beobachtete ihn einen Moment lang, dann nickte er befriedigt und wandte sich an uns. »Gabriel?«

»Das ist ebenso mein Kampf wie deiner«, antwortete Gabriel und zog sein Schattenschwert. »Mehr sogar meiner, denn es geht um meine Gefährtin. Wir bilden die erste Verteidigungslinie.«

»Oh Mann, ist das Baltic?« Jim war unbemerkt von uns allen die Treppe heruntergekommen, ungewöhnlich für den großen Hund. »Einen besseren Zeitpunkt konnte er sich nicht aussuchen, was?«

Ich eilte zu Jim. »Was machst du hier? Geh und beschütze Aisling«, befahl ich ihm.

»Sie wollte wissen, was los ist. Und sie hat gedroht, mich zu kastrieren, bloß weil ich männlich bin. Anscheinend macht sie mich für ihre Schmerzen verantwortlich.«

»Geh wieder zurück und hilf Kaawa, sie transportbereit zu machen.« Ich scheuchte ihn wieder die Treppe hinauf.

»Ich bin ein Hund«, erwiderte er empört. »Ich habe keine Daumen.«

»Da hast du recht.« Ich kniff die Augen zusammen und

überlegte hastig. »Effrijim, kraft der Macht, die mir dein Dämonenlord übertragen hat, befehle ich dir, menschliche Gestalt anzunehmen. *Bekleidete* menschliche Gestalt.«

»Oh Mann ...«, jammerte er, als sein Körper sich in einen schwarzhaarigen Mann mit schwarzen Augen verwandelte, der seine massige Figur in Jeans und T-Shirt gezwängt hatte. Er blickte an sich herunter. »Wie soll ich Cecile denn *das* klarmachen?«

»Sobald wir hier alles im Griff haben, kannst du wieder in deine ursprüngliche Gestalt zurückkehren«, erwiderte ich und schob ihn zur Treppe. »Hilf Kaawa und Aisling. Und jag ihr keine Angst ein.«

»Sie rastet sowieso aus, wenn sie mich ohne meine Hundegestalt sieht.« Jim trottete langsam die Stufen hoch.

»Los, geh schon!«, schrie ich ihn an.

Eine vierte Detonation dröhnte durch das Haus, dieses Mal begleitet von dem Geräusch von splitterndem Glas in einem der hinteren Räume.

Nora erschien oben an der Treppe und blickte sich mit weit aufgerissenen Augen um. »Ich bin mir nicht ganz sicher ... War das eben Jim?«

»Ja. Ist mit Aisling alles in Ordnung?«, fragte ich. Drake kam auf uns zu.

»Es geht ihr gut, sie fragt sich nur, was los ist.«

»Ich bringe sie in die Schatzkammer«, sagte Drake und bewegte sich mit einer Geschwindigkeit an uns vorbei, die definitiv nicht menschlich war. »Nora, bleibst du mit René bei ihr?«

»Ja, natürlich. René ist jetzt auch bei ihr. Er versucht gerade, sie abzulenken. Ich muss nur rasch ein paar Dinge holen, um es ihr bequemer zu machen ...«

Nora rannte hinter Drake her, und auch Maata und Tipene liefen nach oben, wahrscheinlich, um nach den Fenstern zu sehen.

Aus dem Untergeschoss tauchte auf einmal Kostya auf. Er steckte gerade sein Hemd in die Hose, und seine Haare waren nass und zurückgekämmt. Cyrene folgte ihm. Auch ihre Haare waren nass, und sie war gerade dabei, ihre Kleidung zu richten.

»Was ist los?«, fragte Kostya. »Wir haben eine Explosion gehört.«

»Wir dachten zuerst, unser Sex wäre so großartig, aber dann merkten wir, dass unsere Handtücher aus dem Regal neben der Sauna rutschten, und da war uns klar, dass irgendetwas nicht stimmte.« Cyrene knöpfte hastig ihre Bluse zu. »Es ist Fiat, nicht wahr? Er ist gekommen, um mich zu rauben, jetzt, wo ich wirklich Kostyas Gefährtin bin. Ich wusste es!«

Kostya erstarrte. »Das ist nicht Fiat. Das ist Baltic!«, korrigierte er sie wütend.

»Oh, der.« Cyrene runzelte die Stirn. »Aber er will mich doch gar nicht stehlen. Was will er denn jetzt schon wieder?«

Alle blickten mich an.

Ich seufzte. »Leider will er mich. Oder vielmehr das Stück Drachenherz.«

»Nicht nur das eine Stück«, sagte Gabriel. »Er will alle. Er hat mit seinem Angriff gewartet, bis alle beisammen waren.«

»Er will das Drachenherz«, sagte Kostya leise, und seine Stimme war so düster, dass ich erschauerte. Unwillkürlich drängte ich mich dichter an Gabriel.

Tröstend und schützend legte er den Arm um mich. »Ich lasse nicht zu, dass er dir etwas tut, Vögelchen.«

»Ich weiß«, sagte ich und lächelte ihn an. »Ich vertraue darauf, dass wir ihn abwehren, wie auch schon die letzten Male, Gabriel, aber das muss endlich aufhören.«

»Ja, das wird es. Es wird *jetzt* aufhören«, sagte Kostya und marschierte zu Drakes Arbeitszimmer. Kurz darauf kam er mit zwei langen Schwertern zurück. Er warf Cyrene einen fragenden Blick zu. »Ich nehme an, du weißt nicht, wie man damit umgeht?«

»Du irrst dich«, erwiderte sie zu seiner Überraschung und streckte die Hand nach dem Schwert aus. »Alle Schwestern der Hydriaden können mit einem Schwert umgehen. Wir wurden vor etwa siebenhundert Jahren ausgebildet, nachdem ein paar Kreuzfahrer zu frech uns gegenüber wurden. Wir können mit Langschwertern, Kurzschwertern, Degen und Hellebarden umgehen. Ich habe zusätzlich auch noch einen Kurs in Axtwerfen und Feldschlange belegt, aber Letzterer würde ich eine gute Glock jederzeit vorziehen.«

Kostya starrte sie einen Moment lang an, dann schüttelte er den Kopf und trat an die Haustür. »Bleib im Hintergrund, Cyrene, und pass auf dich auf. Dieses Mal kämpfst du nicht gegen sterbliche Kreuzfahrer.«

»Hör auf, mit mir zu sprechen, als ob ich dich behindern würde«, sagte sie empört. »Ich habe schon auf mich aufgepasst, als du noch gar nicht auf der Welt warst, Drache. Außerdem besitze ich jetzt die Macht eines Dämonenlords. Die kann ich auch einsetzen.«

Kostya verdrehte die Augen und richtete seine Aufmerksamkeit wieder auf die Haustür.

»Drake wäre bestimmt froh, wenn noch jemand auf Aisling aufpassen würde«, sagte ich zu ihr, um sie aus der direkten Kampfzone herauszulocken. Der Gedanke, dass sie ihre neue Macht ohne wirkliche Anleitung gebrauchen könnte, bereitete mir Sorgen. »Sie und Nora könnten dir auch Ratschläge in Bezug auf Magoths Macht geben.«

Cyrene dachte einen Moment lang nach. Anscheinend gefiel ihr die Vorstellung, wie ein weiblicher heiliger Georg den Drachen zu töten. »Aber dann könnte ich Kostie nicht helfen.«

»Kostie hat ja uns«, erwiderte ich. »Dies ist nicht der richtige Augenblick, um an Ruhm zu denken, Cyrene. Aisling ist in einem sehr verletzlichen Zustand, und Drake hat nicht so viele Drachen hier.«

Sie nickte. »Du hast recht. Die arme Aisling. Ich werde zu ihr gehen und sie und ihr Baby verteidigen. An mir kommt niemand vorbei. Vielleicht kann Nora mir ja beibringen, wie ich Magoths Legionen rufen kann. Ich wette, ich könnte ihnen befehlen, sie ebenfalls zu beschützen.«

Einen Moment lang hatte ich eine Schreckensvision, dass das gesamte Haus unter Cyrenes Kommando im Chaos versinken würde, aber Nora würde natürlich nie zulassen, dass Cyrene auch nur einen Bruchteil der Macht einsetzte. »Danke, Cy. Wir halten hier die Stellung.«

»Viva die schwarzen Drachen«, rief sie aus. Sie warf Kostya eine Kusshand zu und eilte dann durch die Küche in die unterirdische Schatzkammer.

Savian stolperte die Treppe herunter. Er war noch ein bisschen unsicher auf den Beinen, aber wieder soweit hergestellt.

»Du glaubst doch nicht, dass sie wirklich Dämonen beschwört, oder?«, fragte Kostya und warf mir einen zweifelnden Blick zu.

»Oh, sie möchte bestimmt gerne, aber niemand wird ihr sagen, wie es geht, und Cy hat keine Ahnung, wie man das anstellt. Ich finde mittlerweile, dass sie die ideale Person für Magoths Macht ist. Sie wird sie nie benutzen.«

Er nickte und wandte sich wieder zur Tür.

»Wo sind denn eigentlich deine Supermodels?«, fragte ich, weil mir plötzlich auffiel, dass sie gar nicht da waren.

»Meine was?«

»Deine weiblichen Bodyguards.«

Er wich verlegen meinem Blick aus. »Sie ... äh ... Cyrene fand, dass ich sie besser woanders einsetzen sollte.«

»Ah.« Ich biss mir auf die Unterlippe, um nicht laut zu lachen. Ich hatte keinen Zweifel, dass Cyrene als erstes Kostyas Harem aufgelöst hatte.

Aber bevor ich etwas sagen konnte, flog der der gesamte Eingang des Hauses in die Luft. Glas, Holz, Stuck und Metall prasselten auf uns hernieder.

19

Ein paar Sekunden lang war ich benommen. Ich ging in die Schatten, ohne es zu merken, und meine Ohren klirrten von der Explosion. Als mein Kopf wieder klar wurde, stellte ich fest, dass das Geräusch, das ich hörte, gar kein Echo war, sondern tatsächlich der Klang von Metall auf Metall.

»Dieser Tag geht wohl nie vorbei, was?«, sagte eine vertraute Männerstimme tief resigniert neben mir. »Die Welt ist nicht zufrieden, ehe sie mir nicht ein für allemal den Schädel eingeschlagen hat. Aua. Aua. Aua.«

Ich zerrte einen Stuhl mit Brokatsitz von Savian, der schon wieder auf dem Boden lag. »Gabriel!«, schrie ich und sprang auf.

»Na, das gefällt mir. Ich liege hier mit eingedrückten Rippen und zerschmettertem Schädel, und sie macht sich nur Gedanken um ihren Freund. Habe ich nicht gerade erst ›aua‹ gesagt? Das habe ich ernst gemeint!«

»Wenn du dich noch beklagen kannst, geht es dir gut«, sagte ich zu Savian und blickte mich suchend um.

»Bleib da, May«, rief Gabriel und sprang hoch, um einem riesigen Schwert auszuweichen, das ein Drache in Richtung seiner Beine schwang.

»Die Gefährtin ist hier«, schrie ein Drache und zeigte auf mich. Ich zählte rasch, als eine vertraute Gestalt durch das klaffende, qualmende Loch, wo vorher die Eingangstür gewesen war, auf mich zutrat. Es waren nur drei Drachen, die rothaarige Frau und Baltic – wohl kaum eine riesige Truppe. Wir waren viel mehr.

»Ergreift sie und sucht dann die anderen Stücke des Drachenherzens«, rief Baltic und schaute sich um. Sein Blick fiel auf Gabriel. »Ich habe dir doch gesagt, dass ich zurückkomme«, sagte er amüsiert.

»Und ich habe dir gesagt, dass du meine Gefährtin nie bekommst«, knurrte Gabriel. Er verwandelte sich in Drachengestalt und enthauptete den Drachen, der ihn bedrängte. »Geh in die Schatten, May.«

Ich widersprach nicht, sondern verschwand hustend in der Schattenwelt.

»Sucht die Gefährtin«, befahl Baltic und verwandelte sich dann ebenfalls in einen Drachen, als Gabriel ihn angriff. Einer seiner Leibwächter traf Gabriel voll in die Brust und beide gingen zu Boden.

Ich hockte mich hin, als hinter mir ein Grollen ertönte, aber der Mann, der den Stuhl neben mir beiseiteschob, war keine Gefahr für mich. »Oh, sie ist nicht da. Sag mir, dass sie nicht da ist«, sagte Savian. Seine Augen leuchteten, als er die rothaarige Frau anblickte, die neben Baltic stand. »Die Welt meint es gut mit mir!«

Ein Lächeln breitete sich auf seinem Gesicht aus, und all seine Schmerzen schienen vergessen zu sein.

»Anscheinend geht es dir wieder besser?«, sagte ich zu ihm.

Er ließ die Frau nicht aus den Augen. »Oh ja. Jetzt werden Rechnungen beglichen. Ich kann dir gar nicht sagen, wie sehr ich mich darauf gefreut habe.« Er ergriff ein Stuhlbein, wog es einen Moment lang in der Hand und stürzte sich dann mit Gebrüll auf die Frau.

Um mich herum herrschte ein Inferno. Drachen bekämpften Drachen. Savian wälzte sich mit der Rothaarigen auf dem Boden und drosch wie ein Wahnsinniger mit dem Stuhlbein auf sie ein. Dr. Kostich ... *Agathos daimon!* Die Explosion! Dr. Kostich war an der Tür gewesen, als Baltic sie gesprengt hatte.

Ich huschte an Baltics Drachen vorbei und hielt mich im Schatten, bis ich an die Überreste der Haustür kam. Ein langes Stück Metall war abgeplatzt und hatte sich in den Boden gebohrt. Als ich darum herumging, sah ich eine Bewegung. Kostya war darunter begraben und konnte sich nicht ohne Hilfe befreien, da das Stück Metall ihn am Boden hielt.

»Beweg dich nicht«, flüsterte ich. Ich vergewisserte mich, dass keiner von Baltics Drachen in meiner Nähe war, dann lehnte ich mich an die Wand und stützte mich ab, um das lange, schmale Stück Metall herauszuziehen. Ich brauchte drei Anläufe, aber schließlich bekam ich es heraus. Ich sank auf die Knie und kroch zu Kostya, als ein fremder Drache, durch den Lärm aufmerksam geworden, herüberkam. »Bist du schlimm verletzt?«, flüsterte ich Kostya zu.

Kostya wartete, bis der andere Drache weg war, dann antwortete er: »Nicht so schlimm, dass ich nicht kämpfen kann.«

»Gut. Ich muss Dr. Kostich finden.«

Ich schob ihm sein Schwert hin und zog mich dann zurück. Er richtete sich mühsam auf und lehnte sich einen Moment lang an die Wand, wobei er auf der goldgrünen Tapete eine lange Blutspur hinterließ. Schließlich straffte er die Schultern und stürzte sich ins Getümmel.

Als Baltic Kostya erblickte, war seine Freude grenzenlos.

Er brüllte etwas auf Zilant und rannte auf ihn zu, wobei er sich in einen weißen Drachen verwandelte.

Kostya schrie etwas und verwandelte sich ebenfalls in Drachengestalt. Sein Schwert tanzte förmlich, als Baltic auf ihn losging.

Gabriel hatte einen zweiten von Baltics Leuten getötet und kämpfte jetzt gegen den dritten, der nicht mehr dazu kam, nach mir zu suchen, weil Gabriel ihn so bedrängte. Ich wandte den Blick von den Leichen ab. Sie hätten uns ohne Bedenken getötet, wenn sie die Gelegenheit dazu gehabt hätten. Aufmerksam suchte ich im Schutt der Eingangstür nach Zeichen von Kostich.

Schließlich fand ich ihn.

»Dr. Kostich, können Sie mich hören?«

»Ja.«

Er hob den Kopf, als ich ein Stück Mauer von ihm wegzog. Sein Gesicht war blutig und schmerzverzerrt. »Können Sie sich bewegen, oder sind Sie schlimm verletzt?«

»Nicht schlimm. Ich habe mich mit einem Kissen geschützt, aber ich glaube, mein Arm ist gebrochen.« Er zuckte zusammen, als ich ein Stück gedrehtes Metall aus seiner linken Seite zog.

»Es sieht so aus.« Ich verzog das Gesicht.

»Schienen Sie ihn«, sagte er und biss die Zähne zusammen.

Ich blickte auf die blutige, verdrehte Masse seines Armes. »Ich habe keine heilenden Fähigkeiten wie die silbernen Drachen ...«

»Das weiß ich. Binden Sie mir den Arm so fest an den Körper, dass ich mich bewegen kann.«

Die nächsten fünf Minuten würde ich am liebsten vergessen. Ich kann nur hoffen, dass es auch Dr. Kostich gelingt, obwohl kein einziger Laut über seine Lippen kam, als ich den unteren Teil meiner bestickten Tunika abriss und ein Stück Holz nahm, um den Arm notdürftig zu schienen.

Er war blass und zitterte am ganzen Leib, als ich fertig war. Der Schweiß stand ihm auf der Stirn. Mir ging es nicht viel besser, aber es gelang mir, ihm beim Aufstehen zu helfen. Um uns herum tobte der Kampf, aber ich lehnte ihn ein wenig abseits an die Wand. »Meine Lehrlinge«, stieß er hervor. »Sie müssen für mich channeln.«

»Meister, wir sind hier«, sagte Jack hinter uns. Er kam aus dem Gang, der zur Küche führte, und trug Tully auf den Armen. Sie hatte Blut auf Haaren und Gesicht und wirkte benommen, als ob sie nur halb bei Bewusstsein wäre.

»Du bist verletzt«, sagte Kostich und schloss kurz die Augen.

»Tully hat sich den Kopf gestoßen, und ich habe einen Schnitt von herumfliegendem Glas abbekommen. Aber ich kann Ihnen auf jeden Fall behilflich sein.«

»Bring sie in Sicherheit, dann komm zurück zu mir«, befahl Kostich mit schwacher Stimme.

»Geh nach unten in den Keller«, sagte ich zu Jack. »Da unten ist die Schatzkammer. Bring sie dorthin, dann kann Kaawa ihre Verletzung versorgen.«

Tully protestierte schwach. »Dann bring sie in die Küche«, sagte ich zu Jack. »Dort kann sie sich erholen.«

Ein weiterer Krach erschütterte den Raum, aber dieses Mal kam er von einem Drachen, der gegen die Wand geschleudert wurde.

Baltic schrie seinem Leibwächter zu, mich zu packen, und kam auf mich zugerannt. Gabriel, der mit dem Drachen kämpfte, um ihn so weit wie möglich von mir fernzuhalten, schrie: »May! Geh ins Träumen!«

Ich blickte Gabriel einen Moment lang an, nickte und ging in die Schatten.

Baltic hielt mitten im Angriff inne, lachte und verschwand ebenfalls. Auch er ging in die Schattenwelt, weil er glaubte, mich dort zu finden.

Mein kluger Gabriel.

Dr. Kostich rappelte sich mit Jacks Hilfe auf. »Ist er gerade ...?« Er zeigte auf die Stelle, an der Baltic gestanden hatte.

»Ja«, erwiderte Jack grimmig und legte dem Erzmagier einen Arm um die Taille. »Können Sie laufen, Sir?«

»Das hat es noch nie gegeben«, murmelte Kostich, als ich schweigend und ungesehen die Treppe hinauflief. Da alles sich auf die Schatzkammer konzentrierte, kümmerte sich niemand um die oberen Stockwerke. Gabriel war das klar gewesen. Dadurch, dass Baltic für ein paar Minuten aus dem Weg geräumt war, konnte ich entkommen, ohne dass es jemand merkte.

»Ich hoffe nur, ich kann das«, murmelte ich, als ich im zweiten Stock den Flur entlang zu meinem Zimmer lief. Ich zog die Stahlkassette, die Gabriel unter mein Bett gelegt hatte, heraus, und beschwor das Schloss, aufzuspringen.

In der Kassette lagen die Phylakterien. Ich legte sie aufs Bett und holte eine weitere Kassette, in der die fünf mit Gold eingefassten Medaillons lagen, die wir als Behältnisse für die einzelnen Stücke des Drachenherzens ausgewählt hatten. Jedes Medaillon trug in Gold das Emblem einer Sippe. Gabriel und ich hatten sie entworfen, und sie waren wunderschön geworden.

Unten ertönte ein Brüllen. Baltic hatte offenbar entdeckt, dass ich nicht mit ihm in der Schattenwelt war.

»Na los, May! Gabriel wird Baltic nicht mehr lange aufhalten können«, mahnte ich mich. Meine Hände waren kalt und zitterten, als ich mich ans Bett kniete und verzweifelt versuchte, ruhig zu werden. Kaawa hatte mich darauf hingewiesen, dass das Drachenherz mit meinen Wünschen zur Neubildung einverstanden sein musste, wenn ich Erfolg haben wollte. Es gefiel ihm bestimmt nicht, dass ich so nervös war. Ich legte die Hände mit gespreizten Fingern auf die vier Stücke des Drachenherzens vor mir. In mir breitete sich dumpfe Hitze aus, und das Stück Drachenherz begann vor Energie zu summen. Es erkannte meine Absicht und die Nähe der anderen Stücke.

Ich machte meinen Kopf frei und begann die Beschwörung mit einem Gebet an alle Gottheiten, die sich angesprochen fühlten. Die Worte, die ich in Zilant sagte, hatten keine Bedeutung für mich, aber Kaawa hatte mir erklärt, was ich sagte. »In meinen Gedanken habe ich das Herz gesehen, das in allen Drachen ist und den Widerhall vom Wesen des ersten Drachen in sich trägt. Demütig knie ich vor dir, vor ihm, vor allen Drachen. Ich bitte dich, mir das Strahlen des ersten wieder zu zeigen, damit ich seine Sicherheit und Reinheit auf ewige Zeiten gewährleisten kann. Höre auf mich, Herz des Drachen, und gib dich in meine Hand, damit ich dich bewahren kann.«

Die Worte hingen schwer in der Luft. Die Kampfgeräusche kamen immer näher. Ich verdrängte den sorgenvollen Gedanken, dass Gabriel Baltic nicht mehr lange von mir fernhalten konnte, dass ich möglicherweise das Drachenherz neu bilden würde, damit er es stehlen konnte, und ich versuchte auch, nicht daran zu denken, dass ich nicht unten an Gabriels Seite kämpfte. Ich konzentrierte mich auf das Stück Drachenherz und sprach die Worte erneut. »Hör auf mich, Herz des Drachen, und gib dich in meine Hand, damit ich dich bewahren kann.«

Nichts passierte. Die Kampfgeräusche waren jetzt im Stockwerk unter mir angelangt. Verzweifelt ging ich im Geiste noch einmal die Zeremonie durch, die Kaawa mir beschrieben hatte. Hatte ich versagt?

»In meinen Gedanken habe ich das Herz gesehen, das in allen Drachen ist …«, wollte ich ein drittes Mal sagen, aber dann brach ich ab. Es war falsch. Ich spürte, wie das Stück Drachenherz auf diese Worte reagierte, und sie berührten es nicht. Es wollte diese formellen Worte nicht. Kaawa hatte mir Ysoldes Worte weitergegeben – aber vielleicht musste jeder seine eigenen Worte finden?

Ich achtete nicht auf den Kampflärm, der immer näher kam, sondern überlegte, was ich dem Stück Drachenherz wirklich sagen wollte.

»Es wird mir nicht fehlen, dass du ständig versuchst, mich in Drachengestalt zu verwandeln«, sagte ich zögernd. Ich kam mir albern vor, weil ich mit ihm redete, aber ich wusste nicht mehr, was ich tun sollte. »Aber ich bin dir dankbar dafür, dass du mich gelehrt hast zu verstehen, was es bedeutet, ein Drache zu sein. Das werde ich für immer mit Gabriel in meinem Herzen bewahren. Zuerst war ich dir böse, weil ich das Gefühl hatte, du wolltest mich überwältigen und in einen Drachen verwandeln.«

Ich hörte Gabriels Stimme. Kostya stieß einen Kampfschrei aus, und Kostich sang Beschwörungsformeln, um die fremden Drachen zu vernichten. Sie waren alle schon fast auf meinem Stockwerk. Rasch wandte ich mich wieder meiner Aufgabe zu. »Was ich vermissen werde, ist die Erfahrung, die Gestalt zu verändern. Die scharlachroten Krallen werden mir auch fehlen. Ich werde die Drachenjagden vermissen, die Gabriel und ich hatten, und es wird mir mit Sicherheit fehlen, dass ich Magoth mit einem Schlag meines Schwanzes k. o. schlagen konnte.«

Jetzt hörte das Stück Drachenherz mir zu – das konnte ich spüren –, aber es war immer noch nicht genug. Es wollte keine liebenswürdigen Worte, es wollte wissen, was ich tief im Herzen empfand.

»Ich wollte kein Drache sein. Ich wollte ich selbst sein. Aber jetzt weiß ich, dass ich ein Drache bin – nicht in körperlicher Hinsicht, aber im Herzen. Ich bin May Northcott, Gefährtin eines Wyvern und Doppelgänger, ein Drache der silbernen Sippe, und ich danke dir dafür, dass du mich dazu gemacht hast.«

Die Phylakterien unter meinen Händen wurden heiß, und das Stück Drachenherz in mir brannte plötzlich mit einer glühenden Hitze, die ich als das Feuer des ersten Drachen erkannte. In einem gleißend hellen Feuerstoß brach es aus mir heraus.

Staunend schaute ich zu, wie die einzelnen Stücke sich in der Luft zusammenfanden und sich langsam in einem Feuerkreis drehten. Dahinter ballte sich die Luft zusammen und das Bild eines Drachenkopfs erschien, der sich langsam mir zuwandte und mich aus uralten Augen ansah. Es war ein weißer Drache, aber nicht wirklich weiß – seine Haut schimmerte in allen Farben des Spektrums, und er war von einem Lichtschein umgeben. Der Drachenkopf verwandelte sich in den eines Mannes, und einen Herzschlag lang wurde ich vom ersten Drachen beurteilt.

Das Herz, der Feuerring, aus dem das Herz bestand, zerplatzte plötzlich in eine prachtvolle Nova aus Licht, die meine Seele vor Freude zum Singen brachte. Es war eine Freude, unendlich viel stärker als die der Quintessenz, und in diesem Moment spürte ich, wie die Herzen aller Drachen auf der Welt plötzlich leicht wurden und mit meinem sangen.

Ich wurde beurteilt und für wert befunden. Das Herz bildete sich neu, und ein Lied stieg zum Himmel auf, als es wieder auseinanderfiel. Tief bewegt sank ich zu Boden.

Das Stück Drachenherz lag sanft glühend in seinem Kristallbehälter vor mir, neben den vier anderen Behältnissen. Andächtig berührte ich das neu gefüllte Phylakterion. Gabriel und ich hatten darüber diskutiert, wie wir das Phylakterion für mein Stück benennen wollten. Er hatte erklärt, es würde jetzt den silbernen Drachen gehören, da ich es in mir getragen hatte, aber ich hatte darauf bestanden, dass es keine Bezeichnung bekam, damit wir später noch überlegen konnten, wem es wirklich gehörte.

»Kluges Stück Drachenherz«, sagte ich lächelnd und fuhr mit den Fingern über das goldene Symbol der Silberdrachen, das das Phylakterion verschloss. »Wir sorgen dafür, dass man gut auf dich aufpasst.«

Die Tür hinter mir flog auf. Gabriel stürzte in menschlicher Gestalt herein und drehte sich sofort wieder um, um Baltic mit dem Schwert aus dem Raum zu drängen.

Baltic packte ihn am Hals und zerrte ihn zu sich, um ihn über das Geländer in die Halle zu schleudern. Dann wandte er sich keuchend mir zu. Blut strömte aus zahllosen Wunden an seinen Armen und seinem Oberkörper, und seine Augen leuchteten in einem unheiligen Licht.

»Gefährtin«, knurrte er.

»Das ist wohl wahr, aber deine werde ich niemals sein«, antwortete ich. Ich nahm die Phylakterien und legte sie wieder in die Kassette.

»Ich spürte etwas. Was hast du getan?«

»Nichts, was du noch ändern könntest.«

»Ach, du glaubst nicht?«

Ich schob die Kassette hinter mich und zog meinen Dolch, als er auf mich zukam. »Du hast gespürt, wie sich das Drachenherz neu gebildet und wieder in einzelne Stücke aufgeteilt hat. Ich habe den ersten Drachen gesehen, Baltic. Ich habe ihn gesehen, und ich weiß es.«

Er erstarrte. Verwirrung trat in seinen Blick. »Du ... weißt?«

»Ich sah ihn. Du wirst das Drachenherz nicht bekommen. Es ist wieder in einzelne Stücke zerfallen.«

Er warf den Kopf zurück und brüllte vor Wut. Genau in diesem Moment packte Gabriel ihn von hinten und zog ihn aus dem Raum. »Flieg, kleiner Vogel!«, schrie er über die Schulter.

Ich floh in die Schattenwelt, nahm die Kassette mit und huschte an den Kämpfenden vorbei. Kostya und Gabriel hatten wieder Drachengestalt angenommen und kämpften gegen Baltic. Baltic musste gespürt haben, dass ich an ihm vorbeilief, denn er wirbelte herum und kam auf mich zu. Gabriel warf sich brüllend auf ihn, und ihre schlanken Drachenleiber wälzten sich am Boden. Ich wollte Gabriel nicht allein lassen und blieb oben an der Treppe stehen, aber ich wusste eigentlich, dass ich die Phylakterien in Sicherheit bringen musste.

Kostya verwandelte sich in menschliche Gestalt und schrie Gabriel zu: »Er gehört mir!«

Savian taumelte die Treppe hinauf, ein Arm hing schlaff und nutzlos herunter, aber mit der anderen Hand hielt er immer noch das Stuhlbein fest umkammert. »Ich habe mich um diese rothaarige Wölfin gekümmert. Ist nur noch ein Drache übrig? Gut!«, sagte er und sank zu Boden.

»Muss ich das noch einmal tun?«, brüllte Kostya und hob sein Schwert. »Wie oft muss ich dich noch töten, bevor du tot bleibst?«

»Gabriel!«, schrie ich und trat aus der Schattenwelt.

»May, lauf!« Gabriel verwandelte sich in der letzten Sekunde und entging so Kostyas Schwert. Die Klinge fuhr blitzend durch die Luft, wo eine Nanosekunde vorher noch Baltic gewesen war, und schlug tief in den Boden ein.

20

»Wo ist Baltic?«, fragte Aisling. Ihr Gesicht war rot und glänzte vor Schweiß. »Was ist da oben los ... Oh Gott, nicht schon wieder eine!«

Ich wartete, bis die Wehe vorbei war, dann übergab ich Drake die verschlossene Kassette mit den Phylakterien. Er erhob sich und brachte sie in den kleinen, innenliegenden Raum, der zu seiner Schatzkammer gehörte. Ich bemühte mich, mich nicht allzu neugierig umzuschauen, aber ich sah doch ein paar bekannte Gemälde an der Wand. Unwillkürlich fragte ich mich, ob die Museen wohl wussten, dass sie lediglich Fälschungen besaßen, ebenso wie bei den zahlreichen Gegenständen aus Gold, bei deren prachtvollem Anblick mir der Schweiß ausbrach.

»Möchtest du Cajun Chips?«, fragte René und hielt Aisling eine Packung Kartoffelchips hin. »Ich habe auch Orangenschokolade, wenn du lieber etwas Süßes ...«

»Keine ... Orange ..., nur ... Baltic«, keuchte Aisling und arbeitete sich durch die Wehe. Endlich war sie vorüber und sie winkte mir schwach zu. »Erzähl mir doch bitte, was passiert ist.«

Ich tat, was sie verlangte. »Baltic ist weg. Er ist wieder in der Schattenwelt verschwunden. Für jemanden, der den Titel Schreckenswyvern trägt, rennt er ganz schön schnell weg, wenn ein Kampf nicht nach seiner Nase geht.«

»Wir haben gespürt, wie sich das Herz neu geformt hat«,

sagte Aisling. Sie trank einen Schluck Wasser. »Ist alles gut gegangen?«

»Ja.« Ich blickte zu Drake, der die Kassette unter dem Arm hielt. »Jetzt sind wieder alle fünf Stücke da. Gabriel möchte sie gerne sicher aufbewahrt wissen, bis sie ihren rechtmäßigen Besitzern wiedergegeben werden können.«

Drake ließ Aislings Hand los, nickte und legte die Kassette auf ein Regal. Noch einmal blickte ich mich um. »Du hast eine beeindruckende Kunstsammlung«, sagte ich zu Drake. »Allerdings nicht ganz so viel Gold, wie ich erwartet habe.«

Aisling lachte und zupfte an dem Laken, das sie bedeckte. Sie lag auf einer Art erhöhter Plattform, auf die eine Matratze gelegt worden war. »Du hast noch gar nicht gesehen, worauf ich hier liege, was? René, zeigst du es ihr?«

Es überraschte mich ein wenig, dass auch René in dem inneren Raum, in dem die Entbindung stattfand, zugegen war, aber Aisling machte es anscheinend nichts aus. Grinsend hob er eine Ecke der Matratze an, damit ich sehen konnte, was darunter war.

Es war kein Tisch, wie ich gedacht hatte, sondern eine lange Holzkiste mit Glasdeckel, die bis zum Rand mit Goldmünzen gefüllt war.

»Ich hoffe nur, dass Gabriel dich nicht zwingt, dein Kind auch auf so einer Goldkiste zu bekommen.« Aislings Lachen endete in einem Schmerzenslaut.

Kaawa kam angelaufen, als Drake Aisling in eine sitzende Position half, damit er sie beim Pressen unterstützen konnte.

Sie untersuchte Aisling, dann richtete sie sich wieder auf. »Das sieht gut aus«, sagte sie. »Noch ein paar Presswehen, und dann kommt das Köpfchen.«

»Ich muss gehen«, murmelte ich und wandte den Blick ab. Manche Dinge blieben besser ein Geheimnis, bis ich sie wirklich wissen musste. »Viel Glück, Aisling. Wir denken alle an dich.«

Stöhnend kniff sie die Augen zusammen, winkte mir aber zu. Anscheinend hatte sie mich gehört.

Ich verließ den inneren Raum und durchquerte den äußeren Raum. Am Eingang zur Schatzkammer hielt István Wache. Er öffnete mir die Tür und fragte mich, wie die Geburt vorankam.

»Gleich kommt das Köpfchen, es wird also wahrscheinlich nicht mehr so lange dauern. Drake sieht erschöpft aus.«

István lächelte. »Hoffentlich geht es jetzt schnell. Drake hat mir gesagt, das wolle er nie wieder durchmachen.«

Lachend ließ ich mich von Gabriel, der vor der Tür auf mich gewartet hatte, in die Arme nehmen. Tief atmete ich seinen Duft ein. Kostya saß auf einer Bank und lehnte sich gegen die Wand. Tipene versorgte die Wunden an seinem Oberkörper. Cyrene umklammerte weinend seine Hand.«

Hast du Drake gesagt, dass ich Aisling gerne helfen würde? Hast du ihm gesagt, dass ich viel mehr Erfahrung mit Drachengeburten habe als meine Mutter?«, fragte Gabriel. Er knabberte an meinem Ohrläppchen, und mir liefen Schauer über den Rücken.

»Ja«, log ich.

»Du kannst nicht besonders gut lügen, Vögelchen. Wie geht es dir?«, fragte er.

Überrascht blickte ich ihn an.

»Du trägst das Stück Drachenherz nicht mehr in dir. Vermisst du es, oder ist es eine Erleichterung, dass es weg ist?«

Ich dachte daran, wie es gewesen war, den ersten Drachen zu sehen, von ihm gesehen zu werden. Er hatte mich anerkannt, mein Herz und meine Seele beurteilt und sie nicht selbstsüchtig gefunden. Ich dachte an die Weisheit in seinen Augen, an die Geschichte, die sie gesehen hatten und noch sehen würden, und lächelte. »Ich bin jetzt ein Drache. Das Drachenherz ist Teil von mir, so wie es Teil von dir ist. Nein, ich vermisse das Stück Drachenherz nicht. Es wird immer bei uns sein.«

»Der Kandidat hat zehn Punkte«, sagte eine mürrische männliche Stimme hinter uns. Jim stand da, die Hände in die Hüften gestemmt, und blickte uns finster an.

»Kann ich jetzt meine großartige Gestalt zurückhaben? Oder soll ich sonst noch etwas für dich erledigen? Du hast mich zum Gespött aller Leute gemacht.«

»Oh, Jim, es tut mir leid. Ich wollte dich nicht vergessen. Aber niemand spottet über dich. Eigentlich bist du in dieser Gestalt recht attraktiv. Sieht er nicht gut aus, Gabriel?«

»Äh.«

Ich stieß ihn in die Rippen.

»Für eine menschliche Gestalt ist er nicht gerade ekelerregend.« Gabriel zeigte seine Grübchen.

»Ignorier ihn. Du siehst sehr gut aus. Vor allem dein Grübchen im Kinn gefällt mir.«

»Also irgendwie fehlt ihm das gewisse *Etwas*«, erklärte Savian. Er lag vor der Sauna, um sich von den verschiedenen Traumata, die sein Körper erlitten hatte, zu erholen.

Jim kniff die Augen zusammen und blickte Savian, der nur mit einem Handtuch bekleidet war, missmutig an. »Drake würde ganz schön sauer, wenn er wüsste, dass die

Tür zu seiner Sauna sperrangelweit aufsteht, obwohl sie an ist.«

Savian schürzte die Lippen und überlegte, ob ihm das etwas ausmachen würde.

»Hör nicht auf Savian – ihm passt es bloß nicht, dass er Konkurrenz auf dem Markt für ungebundene, attraktive Männer bekommen hat«, sagte ich zu ihm.

Gabriel kniff mich ins Hinterteil. »Du findest doch eigentlich *mich* attraktiv.«

Ich zog seinen Kopf zu mir herunter, um ihn rasch zu küssen. »Mehr als jeden anderen Mann auf diesem Planeten, aber ich sagte *ungebundener* attraktiver Mann.«

»Ja, ja, klar, gut aussehend.« Jim verzog das Gesicht. »Deshalb hat Aisling auch beinahe einen Herzinfarkt bekommen, als ich zu ihr gegangen bin, um ihr zu helfen, wie du mir befohlen hattest.«

»Sie war wahrscheinlich nur überrascht«, erwiderte ich und leckte über Gabriels Unterlippe.

Er grollte und küsste mich mit all seinem Feuer, seiner Leidenschaft und seiner Liebe.

»Kaawa hat mich angeschrien, weil Aisling so gelacht hat, dass sie nicht auf ihre Wehen geachtet hat. Mit attraktiv hat das nichts zu tun, Schwester.«

Gabriel hob den Kopf. »Nenn sie nicht so.«

Ich lachte, als Jim zurückwich. »Na los, verwandle dich schon in deine Lieblingsgestalt. Später wird sich Aisling sicher bei dir bedanken, weil du ihr so geholfen hast.«

Der Dämon wurde wieder zu einem großen, schwarzen, zottigen Hund. Er seufzte vor Erleichterung. »Oh Mann, so ist es viel besser.« Dann schaute er mich erwartungsvoll an.

»Und, was ist mit Baltic? Wieso liegt sein stinkender Kadaver nicht oben an der Treppe? Warum hat Savian darauf bestanden, dass Drake diese Rothaarige in den Vorratsraum eingeschlossen hat? Und warum ist Dr. Kostich so sauer?«

Bevor ich antworten konnte, öffnete sich die Tür zur Schatzkammer und Nora kam heraus. Aufgeregt verkündete sie: »Es ist soweit! Es ist ein Junge! Drake ist begeistert. Aisling ist wütend. Sie behauptet, Kaawa hätte einen Fehler gemacht, weil sie doch weiß, dass sie ein Mädchen bekommt, aber ich habe es mit eigenen Augen gesehen. Es ist ein Junge.«

Ich hinderte Gabriel daran, sich direkt in die Schatzkammer zu begeben. »Sag Aisling und Drake herzlichen Glückwunsch von uns, bitte.«

»Mayling, bitte lass mich los. Meine Mutter ist nicht so erfahren wie ich mit Drachen ...«

Ich hielt ihm den Mund zu und lächelte Nora an. Lachend ging sie wieder in die Schatzkammer.

»Deine Mutter macht das schon gut«, sagte ich zu Gabriel. »Aber wenn du jetzt auftauchst, geht Drake in die Luft. Du bleibst hier und erklärst Dr. Kostich, was mit Baltic passiert ist, denn wenn er mich weiter anschreit, stehle ich ihm noch einmal was, und das gebe ich ihm dann nicht zurück.«

Gabriel lachte und zog mich an sich. »Na gut. Dann wollen wir mal nach oben gehen und mit unserem Erzmagier reden. Tipene hat seinen Arm mittlerweile bestimmt schon geheilt.«

Wir wandten uns der Treppe zu, aber in diesem Augenblick erschien Nora erneut. Ihr Gesicht war gerötet. »Es ist ... es ist ein Mädchen!« Wir blieben stehen und starrten sie an. »Hast du nicht eben gesagt, es sei ein Junge?«, fragte Cyrene. »Du hast doch nachgeschaut? Hat sie nicht gesagt, dass sie es überprüft hat?«, fragte sie Kostya. Er nickte.

»Ich habe also eine Nichte, keinen Neffen?«, fragte er.

»Nein, ihr versteht mich nicht – es ist *auch* ein Mädchen. Aisling hat Zwillinge bekommen. Äh ... richtige Zwillinge, nicht wie ihr beiden.« Sie blickte zwischen Cyrene und mir hin und her.

»Zwillinge. Dann gratulieren wir doppelt«, sagte ich. »Wie geht es Aisling?«

»Wesentlich besser als Drake«, kicherte Nora. »Was Namen angeht, so hatte Aisling sich für Iarlaith bei einem Jungen und Ilona bei einem Mädchen entschieden, also wird es wohl dabei bleiben. Ich muss jetzt wieder zurück. Als das erste Baby herauskam, ist René ohnmächtig geworden. Männer sind ja in dieser Hinsicht ein bisschen komisch. Ich muss ihn wiederbeleben. Heute ist so ein aufregender Tag!«

Nora verschwand wieder in der Schatzkammer.

Jim schnalzte mit der Zunge. »May, darf ich nach Paris, um Cecile zu besuchen, bis Aisling wieder normal ist?«

»Ja, wir schauen mal, ob du deine Freundin besuchen kannst, während Aisling sich erholt.« Ich scheuchte den Hund die Treppe hinauf. Oben im Flur blieben wir stehen.

Drake hatte zur Verstärkung zahlreiche grüne Drachen in seinem Haus versammelt, und sie waren jetzt dabei, aufzuräumen und die Schäden zu reparieren. Pál beaufsichtigte sie, und wir teilten ihm die Neuigkeiten gleich mit.

»Zwillinge, Mädchen und Junge. Aisling geht es gut. Drake ist völlig fertig und René ist ohnmächtig geworden.«

Pál lachte. »Er hat Aisling gegenüber mit seinen sieben

Kindern geprahlt und wie sehr er seiner Frau im Kreißsaal geholfen hat. Deshalb hat sie ihn auch gebeten, bei ihr zu bleiben. Und er sollte Drake ablenken.«

»Na, das scheint ja nicht so besonders erfolgreich gewesen zu sein.«

»Ich bin erschöpft«, sagte Cyrene und zupfte Kostya am Ärmel. »Ich lege mich jetzt ein bisschen hin. Aisling und die Babys kann ich ja später besuchen. Kostya ist auch müde. Dieses ganze Kämpfen war anstrengend.«

Kostya blickte sie überrascht an, aber dann sah er das Glitzern in ihren Augen und stimmte ihr zu. »Das ist vielleicht gar keine schlechte Idee«, sagte er grinsend. Kichernd rannte Cyrene die Treppe hinauf.

Ich schüttelte den Kopf und sagte leise zu Gabriel: »Ich weiß nicht, ob ich mich jemals daran gewöhnen werde.«

Er grinste mich an, und einen Moment lang überlegte ich, ob wir uns nicht auch hinlegen sollten.

»Wir haben noch viel zu tun«, sagte Gabriel, der mal wieder meine Gedanken las. »Aber später, wenn wir alles erledigt haben, tue ich all das mit dir, woran du jetzt denkst. Vor allem das Eine, wenn du auf allen vieren hockst, und ich dich von hinten …«

Ich unterbrach ihn mit einem raschen Kuss, dann straffte ich die Schultern und trat ins Wohnzimmer.

Dr. Kostich war dort, aber er war nicht allein.

»Sally?« Anscheinend funktionierte mein Gehirn nicht richtig. Was um alles in der Welt tat der jüngste Dämonenlord in Abaddon in Aislings Wohnzimmer? Sie plauderte fröhlich mit Dr. Kostich.

»… Mama pflegte zu sagen, für alles gäbe es einen Platz,

und ich habe das auch immer geglaubt, aber meine Zeit in Abaddon hat mir wirklich die Augen geöffnet. Heute weiß ich, dass meine liebe Mama einfach nicht recht hatte. Denn ehrlich, wie wollen Sie Portale erklären? Wenn Ihre Arkana-Magie wirklich so stark wäre, wie Sie behaupten, warum versiegeln Sie dann nicht einfach die Portale nach Abaddon, damit nichts Böses herausdringt? Aber das gelingt Ihnen nicht. Deshalb muss die schwarze Magie stärker sein. May! Du siehst ja schrecklich aus, Süße, wirklich schrecklich. Benutzt du nicht dieses Salzpeeling, das ich dir empfohlen habe?«

Sally hörte auf, Dr. Kostich die Hand zu tätscheln, was sicher gut war, denn er starrte sie völlig fassungslos an.

»Was tust du hier? Wie bist du hereingekommen?« Ich blickte mich um. Drake verfügte über eine Art Dämonenalarm, aber anscheinend war er bei dem Angriff außer Kraft gesetzt worden.

»Ph, ein paar wirklich nette Arbeiter haben mich hereingelassen, als sie hörten, dass ich eine Freundin von dir bin.« Sie lächelte ihr Haifischlächeln.

Dr. Kostich wandte seinen entsetzten Blick mir zu. »Diese ... Frau ... ist ... Ihre ... Freundin?«

»Nun ...« Sally zog die Augenbrauen hoch. Ich räusperte mich. »Sally ist ein Dämonenlord, und sie war ein paar Wochen lang Magoths Lehrling. Ich kenne sie aus der Zeit, als ich in Abaddon gefangen gehalten wurde.«

»Ich verstehe.« Seine Augenbrauen gingen wieder herunter.

»Ja, da haben wir uns kennen gelernt, und wir hatten wirklich eine schöne Zeit, was, May? Wir haben über alle möglichen Frauenthemen geredet, zum Beispiel, wie man Blutflecken aus Lederharnischen bekommt, und wie der Fluch auf Magoths Penis lautet. Aber ich bin wirklich eine dumme Plaudertasche. Da stehe ich hier und rede, und dabei brauchst du dringend ein bisschen Ruhe. Also komme ich direkt auf den Punkt: Ich bin hier wegen Magoth.«

»*Agathos daimon* – ist er draußen?«, fragte ich. Wie mochte er aus Akasha entkommen sein?

Sie warf mir einen strengen Blick zu. »Nein, und es war sehr ungezogen von dir, ihn zu verbannen, ohne Lord Bael Bescheid zu sagen. Er war sehr ungehalten, als er davon erfahren hat.«

»Wieso interessiert Bael sich dafür, was mit Magoth passiert?«, fragte Gabriel.

»Warum? Weil May an Magoth gebunden ist«, erwiderte Sally, als ob das alles erklären würde. »Und Magoth war einer der Fürsten unter Bael.«

»Das Schlüsselwort hier ist ›war‹«, warf ich ein.

»Genau.« Lächelnd tätschelte sie mir die Wange.

Ich schmiegte mich an Gabriel. »Sally, ich habe nicht mehr die Kraft, um Wortspiele zu spielen. Spuck einfach aus, was du zu sagen hast.«

»Nun, das will ich ja, aber ich muss sagen, dein Benehmen gefällt mir nicht«, sagte sie verärgert. »Du warst an den Dämonenlord Magoth gebunden, nicht wahr?«

»Ja«, erwiderte ich. Ein unbehagliches Gefühl breitete sich in meinem Magen aus. Unwillkürlich drängte ich mich fester an Gabriel, der den Arm um mich legte.

»Aber Magoth ist in Akasha, und wenn man im Zwischenreich ist, kann man ja kein Dämonenlord sein, oder?«

»Nein, vermutlich nicht«, erwiderte ich misstrauisch. Mein ungutes Gefühl verstärkte sich.

»Magoth ist also kein Dämonenlord mehr, und deshalb ist auch deine Existenz negiert.«

Ich blinzelte sie verwirrt an. »Was soll das denn heißen?«

»Das soll heißen, Süße, dass du, um zu existieren, einem Dämonenlord dienen musst, und da Magoth ja keiner mehr ist, musst du an einen anderen Fürsten gebunden sein. Lord Bael hat sehr lange über dieses Problem nachgedacht und beschlossen, dass du an mich gebunden werden sollst. Also bin ich hierhergekommen, um deinen Treueschwur entgegenzunehmen. Danach können wir dann deinen Terminplan und deine Pflichten besprechen.«

Meine Verwirrung verwandelte sich in Entsetzen.

»Das kommt überhaupt nicht in Frage«, erklärte Gabriel mit fester Stimme. »So etwas habe ich ja noch nie gehört, und ich werde es auch nicht dulden.«

»Ich kann dir versichern, dass es in der Doktrin des unendlichen Bewussten Vorkehrungen für diese Situation gibt. May war an Magoth gebunden, diese Gesetze haben für ihn gegolten, und deshalb unterliegt jetzt auch sie ihnen.«

Ich blickte Gabriel verzweifelt an. Ich wollte nicht an Sally gebunden sein. Ich wollte überhaupt an niemanden außer an Gabriel gebunden sein.

Gabriel kniff die schönen Augen zusammen. »Und was würde passieren, wenn Magoth in die Welt der Sterblichen zurückkehren würde? Wäre May dann noch immer an ihn gebunden?«

»Ja«, antwortete Sally und musterte ihre Fingernägel. »Aber darüber wäre Lord Bael sicher nicht glücklich, nein, wirklich nicht. Und du weißt doch, May, wie viel Spaß wir beiden miteinander haben könnten. Ich jedenfalls würde mich sehr freuen, sie hier an meiner Seite zu haben.«

Mir lief es eiskalt über den Rücken. »Hier? In der Welt der Sterblichen?«

»Ja, natürlich, Süße!« Ihr Lächeln wurde immer breiter, bis ich schließlich auch ihre hintersten Backenzähne sehen konnte. »Habe ich dir das nicht erzählt? Lord Bael findet, ich sei die richtige Person, um den Sterblichen das Konzept der Hölle auf Erden nahezubringen. Er ist wirklich ein solcher Schatz! Stell dir vor, ich als Herrscherin über alle Sterblichen! Da kann ein Mädchen schon Gänsehaut bekommen!«

Ich blickte Gabriel an. Gabriel blickte mich an. Dr. Kostich fluchte.

»Ich lasse ihn zurückholen«, sagte ich erschöpft.

Gabriel nickte und blickte einen Moment gedankenverloren vor sich hin. Auf einmal verzogen sich seine Lippen zu einem Lächeln. »Ja, ich glaube, das könnte funktionieren.«

»Was könnte funktionieren?«, fragte ich. »Was für einen brillanten Plan hast du ausgeheckt?«

Erheitert musterte er Sally.

»Magoth hat doch keine Möglichkeit, aus Akasha heraus mit jemandem Kontakt aufzunehmen, oder?«, fragte er mich.

»Nein, auf gar keinen Fall.«

»Dann wirst du noch einmal dorthin gehen müssen, Vögelchen. Du machst ihm ein Angebot – er kann in die sterbliche Welt zurück, aber nur, wenn er einen Preis dafür bezahlt.«

Mit einem Schlag wurde mir klar, was er vorhatte.

»Oh, das wollt ihr doch sicher nicht machen«, sagte Sally, die mit dem Studium ihrer Fingernägel fertig war. »Lord Bael würde das gar nicht gefallen, und du willst ihn doch sicher nicht verärgern. Er ist jetzt schon nicht besonders glücklich über dich, aber wenn er wirklich böse wird? Nein, das würde ich dir nicht empfehlen.«

Ich begann zu kichern. »Ob Bael glücklich ist oder nicht, interessiert mich nicht mehr. Vor allem, wenn ich nicht mehr an Magoth gebunden bin.«

»Aber wie ...« Sie runzelte die Stirn, aber dann dämmerte auch ihr, was Gabriel vorhatte.

Dr. Kostich blickte uns nachdenklich an. »Clever. Sehr clever. Aber das betrifft mich nicht. Ich muss jetzt meine Lehrlinge suchen, damit wir eine Klage gegen diesen Drachen vorbereiten können.«

Er verließ das Zimmer, und ich gab Gabriel einen liebevollen Kuss. »Sexy wie die Sünde, Grübchen, zum Sterben schön, Augen, mit denen man Eis zum Schmelzen bringen könnte, und dazu noch Verstand. Du, Sir, bist ein fabelhafter Drache.«

Lachend zog er mich an sich und küsste mich, bis ich mich schließlich von ihm löste. Sally verließ gerade das Zimmer.

»Wer bist du?«, rief Gabriel ihr zu.

Sie blieb stehen und blickte ihn verwirrt an. »Wie bitte?«

»Wer bist du?«

Sally tippte sich an die Stirn. »Er ist wohl doch nicht so intelligent, wie du gedacht hast, Süße.«

Aber mir war aufgegangen, warum Gabriel das gefragt hatte. »Du bist nicht wirklich ein Dämonenlord, oder?«

»Doch, natürlich«, erwiderte sie. »Lord Bael höchstpersönlich hat mich dazu gemacht.«

»Nein, ich meine, du bist von der Veranlagung her nicht wirklich ein Dämonenlord. Du bist zwar frech, und ich glaube, das gefällt dir alles großartig, aber du bist nicht ...« Ich suchte nach dem richtigen Wort. »Du bist nicht wirklich ... böse.«

Sie verzog beleidigt das Gesicht.

»Du hast noch nichts wirklich Böses getan«, erklärte ich. »Du redest zwar die ganze Zeit davon, aber deine Taten sprechen eine andere Sprache.«

»Sag mir doch auch nur eine gute Tat, die ich begangen habe.« Sie blitzte mich streitlustig an. »Nur eine!«

»Ich kann dir sogar drei aufzählen. Du hast mich in Paris vor dem Diebesfänger gerettet.«

»Das habe ich dir doch damals schon gesagt – das waren die Guten. Von denen halte ich nichts«, erwiderte sie.

»Oh, oh. Dann hast du Magoth erklärt, dass er mit mir als Gemahlin Abaddon verlassen und wieder in die moderne Welt zurückkehren könnte.«

»Ich sehe nicht so ganz, was so gut daran sein soll, einen Dämonenlord auf die sterbliche Welt loszulassen«, sagte sie spöttisch.

»Einen, der überhaupt keine Macht mehr besitzt? Im Gegenteil, das war sehr clever«, warf Gabriel ein. »May konnte so zu mir zurückkehren.«

Ich nickte. »Und ich zweifle nicht daran, dass du Bael überredet hast, Magoth für immer auszustoßen, so dass er auf ewig machtlos bleibt.«

Sie wandte den Kopf ab, aber ich hätte schwören können, dass ein leises Lächeln um ihre Mundwinkel spielte. »Das war nur die unglückselige Konsequenz aus dem wirklich exzellenten Plan, euch beide zu treffen.«

»Und jetzt bist du hier und warnst uns, dass wir etwas unternehmen müssen, damit Bael nicht meine Bindung an Magoth beansprucht. Und letztendlich bietest du mir damit einen Weg, mich für immer von Magoth zu befreien. Eine böse Person täte das nicht.«

»Glaubst du?« Sie verzog das Gesicht. »Du wirst Magoth für den Rest deines Lebens am Hals haben. Wenn das nicht böse ist, dann weiß ich es nicht.«

»Das ist zwar ärgerlich, aber nicht böse. Solange ich nicht mehr an Magoth gebunden bin, kann ich es ertragen, dass er mir etwas vorjammert«, sagte ich.

»Wer bist du also?«, fragte Gabriel und trat einen Schritt auf sie zu. »Vom Hof des Göttlichen Blutes kannst du nicht sein. Das würde Bael sofort erkennen. Eine Hüterin bist du auch nicht. Du bist noch nicht einmal unsterblich – oder du warst es nicht, ehe du Dämonenlord geworden bist. Was bleibt denn da noch?«

Sally schwieg und blickte ihn an. Ihr Blick war scharf wie eine Peitsche, aber auch leicht amüsiert. Sie lächelte nur und ging dann zur Tür.

»Was glaubst du?«, fragte ich Gabriel. »Könnte es ein Glamour sein, um uns zu verwirren?«

»Nein.« Er rieb mir den Rücken. »Ich weiß nicht, wer sie ist, aber ich weiß, dass sie sich als wahre Freundin erwiesen hat, und das werde ich nicht vergessen.«

»Ich frage Nora, ob sie bereit ist, mich nach Akasha zu schicken«, sagte ich und wandte mich zur Tür. »Ich glaube, *diesen* Besuch werde ich sehr genießen.«

Es dauerte fast fünf Stunden, bis ich in Akasha mit Magoth um meine Freiheit verhandelt hatte. Aisling, erzählte Gabriel mir später, hatte zuschauen wollen, wie Nora mich verbannte und zurückholte, aber Drake erlaubte ihr nicht, das Bett zu verlassen, und wahrscheinlich war sie zu diesem Zeitpunkt auch noch dankbar dafür.

Gabriel erwartete mich schon, als Nora mich zurückrief. Ich sank ihm in die Arme und klammerte mich an ihn, um den Abgrund an Verzweiflung zu vergessen, der Akasha erfüllte.

»Vögelchen«, murmelte er in meine Haare, während seine Hände über meinen Körper glitten, um sicherzustellen, dass alles noch heil war. »Du zitterst ja.«

»Nur vor Glück«, sagte ich und ließ mich von ihm mit Drachenfeuer erfüllen.

Plötzlich erstarrte Gabriel, und ich fühlte ein kaltes Rauschen im Rücken.

»Es reicht jetzt«, giftete Magoth uns an. »Wo ist das Dokument, das ich unterschreiben muss?«

Gabriel wies zum Tisch. Fluchend las Magoth die Trennungsdokumente durch. Er knirschte zwar mit den Zähnen, aber er unterschrieb sie. Gabriel reichte ihm ein Messer, und er ritzte sich in den Daumen. Mit dem Blut besiegelte er seine Unterschrift. »So, jetzt bin ich endlich von deiner Undankbarkeit befreit«, fuhr er mich an.

»Noch nicht ganz«, sagte Gabriel und schob ihm ein weiteres Blatt Papier zu. »Das musst du auch noch unterschreiben.«

Ich verrenkte mir den Hals, um zu sehen, was darauf stand. »Eine Scheidungsurkunde?«

Gabriel zwinkerte mir zu. »May wird nur meine Frau sein.«

Magoth verdrehte zwar die Augen, unterschrieb aber auch dieses Dokument.

»Das brauchst du doch nicht«, murmelte ich der Liebe meines Lebens zu. »Ich bin doch keine Sterbliche. Konventionen wie die Ehe bedeuten mir nichts.«

»Ich weiß. Er soll bloß aufhören, dich als seine Gemahlin zu bezeichnen«, erwiderte Gabriel. »Außerdem möchte meine Mutter, dass wir vor ihren Verwandten heiraten, und das macht alles einfacher.«

»Erledigt!« Magoth knallte Füller und Messer auf den Tisch. »Und jetzt seid ihr mir etwas schuldig.«

»Wir haben dir gerade die Freiheit gegeben. Was sollen wir dir denn noch schulden?«, fragte ich ihn.

Er grollte. »Ihr werdet mir sagen, wo diese Verräterin Sally ist. Sie wird für ihre Perfidie bezahlen – das schwöre ich. Sagt mir, wo sie sich aufhält, damit ich Rache an ihr nehmen kann.«

»Ich glaube, sie sagte, sie wolle nach Los Angeles gehen«, erwiderte ich, ohne mit der Wimper zu zucken. »Ja, genau, das sagte sie.«

»Dann will ich auch dorthin gehen«, erklärte Magoth. »Los Angeles! Die Stadt der Engel wird weinen, wenn ich mit der Suche nach ihr dort fertig bin! Auf Wiedersehen, frühere Gemahlin. Auf dich komme ich noch zurück, wenn ich Sally bestraft habe.«

Und mit einer dramatischen Geste, die einen Shakespeare-Schauspieler stolz gemacht hätte, verließ er das Zimmer.

Nora hatte während des ganzen Gesprächs geschwiegen.

Jetzt blickte sie nachdenklich zur Tür und fragte: »Warum ist er denn so wütend auf Dämonenlord Sally?«

»Wahrscheinlich, weil ich ihm erzählt habe, dass hinter allem, einschließlich seiner Verbannung nach Akasha, Sally gesteckt hat.«

Sie betrachtete mich hinter ihrer rot gerahmten Brille. »Aber das stimmt nicht.«

»Nein, aber dann hat er etwas, worauf er seine Wut richten kann.«

Sie wirkte leicht verwirrt. »Ihr habt doch gesagt, ihr betrachtet Sally als eure Freundin.«

»Das tun wir auch.«

»Und trotzdem setzt ihr Magoth auf sie an?«

»Nein, nicht wirklich. Wir haben ihm gesagt, sie sei in Los Angeles, aber da ist sie gar nicht. Sie wollte nach Deutschland gehen.«

»Aber meinst du nicht, er merkt, dass sie gar nicht da ist, und kommt postwendend wieder zurück?«

»Ich bezweifle, dass er überhaupt noch einen Gedanken an sie verschwendet, wenn er erst einmal wieder in Los Angeles ist. Im Grunde ist er wirklich ein Einfaltspinsel. Er wird sich wieder in den ganzen Glitzer und Glamour Hollywoods verlieben und sich in die Schauspielerszene stürzen. Er hat seine Zeit dort wirklich geliebt, weißt du. In ein paar Jahren können wir ihn bestimmt wieder auf der Leinwand bewundern.«

Nora lächelte. »Das war sehr geschickt von dir. Herzlichen Glückwunsch zu eurer Freiheit und zu eurer bevorstehenden Eheschließung. Wenn ihr mich nicht mehr braucht, möchte ich jetzt noch mal nach Aisling sehen. Sie ist ein bisschen einsam im Moment, weil Jim für ein paar Tage bei Cecile in Paris ist, und ich muss ihr noch sagen, dass er heil dort angekommen ist.«

»Das Leben«, sagte ich zu Gabriel und küsste ihn auf die Nasenspitze, »könnte nicht schöner sein.«

21

»Habt ihr die Babys schon gesehen?«, fragte René ein paar Stunden später, als ich das aufgeräumte Wohnzimmer betrat. »Ich habe Aisling geholfen, sie zur Welt zu bringen, und ich kann euch sagen, dass sie, abgesehen von meinen eigenen Kindern, die perfektesten *bébés* auf der Welt sind.«

»Ich habe sie noch nicht gesehen. Ich habe in ...« – ich blickte auf die Karte, die István mir gegeben hatte – »... in einer halben Stunde einen Termin. Findest du es nicht auch ein bisschen merkwürdig, dass Drake Termine vergibt, wenn man die Babys sehen möchte? Ist das normal?«

»Ach.« René zuckte mit den Schultern. »Er ist ja gerade erst Papa geworden und will sie nur beschützen. Für ihn ist das ganz normal.«

»Aber dass man einen Mundschutz tragen muss, wenn man sie besucht? Auf meiner Karte steht, ich soll mich fünf Minuten vorher vor Aislings Zimmer einfinden, damit ich sterile Kleidung anlegen kann.«

»Er übertreibt es ein bisschen.«

»Und dann hat er uns nach dem Mittagessen Unterricht im Babyhalten geben lassen. Ich fand es ja ein bisschen unhöflich von der Lehrerin, davon auszugehen, dass Cyrene, Kostya, Gabriel, Nora und ich nicht wüssten, wie man ein Neugeborenes hält, nur weil wir keine Kinder haben.«

René widersprach mir nicht, zumal Drake ihn gezwungen hatte, ebenfalls am Unterricht teilzunehmen, obwohl er sieben Kinder hatte.

»Und dann die Blutuntersuchung und das Netzhaut-Scanning, um unsere Identität zu bestätigen.«

»Wie, er macht Blutuntersuchungen?«, fragte René interessiert. »Bei mir nicht.«

»Das kommt noch. Pál wandert bereits durchs Haus und piekst jeden.«

»Aber wozu soll das gut sein?«

»Keine Ahnung. Ob Drake ernsthaft glaubt, dass jemand so tun würde, als wäre er wir, nur um die Kinder zu sehen?«

René lachte. »Er lernt es schon noch. Aisling wird nicht zulassen, dass ihre Kinder ständig in Watte gepackt werden. Ihr müsst Drake ein bisschen Zeit lassen. Wie geht es dir denn, jetzt wo du dich wiedergefunden hast?«

»Ich wusste gar nicht, dass ich verloren gegangen war«, erwiderte ich.

»Ah. Dann habe ich mich geirrt.«

Wir schwiegen eine Minute lang. René summte leise und blickte aus dem Fenster auf die Bauarbeiter, die den Eingang reparierten.

»Du meinst das Drachenherz, nicht wahr?«, fragte ich schließlich.

René lächelte nur.

»Ihr Schicksale könnt einem manchmal ein bisschen auf die Nerven gehen«, sagte ich. Allerdings lächelte ich dabei. »Ja, ich habe mich tatsächlich wiedergefunden.«

»Hast du es deinem Gabriel gesagt?«

»Ja.« Ich dachte einen Moment lang nach. »Aber er hat mir nicht geglaubt. Oder vielmehr, er hat mich nicht verstanden.«

»So ist das mit Drachen«, sagte René weise. »Aber du zeigst es ihm, nicht wahr?«

Ich hob die Hand und beobachtete, wie meine Finger länger wurden und sich zu scharlachroten Klauen bogen. Silberne Schuppen breiteten sich auf meinem Arm aus. Ich lächelte. »Ja, wenn der richtige Zeitpunkt kommt, zeige ich es ihm.«

»Er wird sich freuen. Und du?«

»Ja, ich glaube, ich auch. Mir ist jetzt klargeworden, warum das Stück Drachenherz sich ausgerechnet mich ausgesucht hat«, sagte ich und ließ die silbernen Schuppen wieder verschwinden. Ich bog die Finger. »Ich sollte nicht mehr nur der Schatten von jemandem sein, sondern ich selbst.«

»Und das kann nur gut sein.« René blickte auf die Uhr. »Aber du kommst zu spät zu deinem Baby-Besuch. Ich schweige jetzt, damit du gehen kannst, um dir die Kleinen anzusehen. Ich muss gleich meine Frau vom Bahnhof abholen. Sie möchte die *bébés* auch sehen.«

Er eilte aus dem Zimmer, und ich folgte ihm langsamer. Endlich war ich frei von Magoth. Nichts würde mich je wieder von Gabriel trennen, und ich war glücklich, so wie ich war – kein reiner Doppelgänger, kein reiner Drachen, sondern etwas dazwischen, etwas Einzigartiges.

Gabriel kam aus Drakes Arbeitszimmer. Er hatte mit Maata über das Haus gesprochen, das sie für uns zur Miete gefunden hatte. »Sag ihnen, wir mieten es für ein Jahr, aber nur, wenn May einverstanden ist«, sagte er. Als er mich sah, lächelte er mich kläglich an. Sofort eilte ich zu ihm und ergriff seine Hand. »Bist du bereit für die alberne Prozedur?«, fragte er.

»Eigentlich nicht, aber ich möchte unbedingt Aisling und die Babys sehen. Hat die Blutuntersuchung bei dir schon stattgefunden?«

Er seufzte. »Ich würde ja sagen, Drake hat den Verstand verloren, aber für männliche Drachen ist es nichts Ungewöhnliches, ihre Brut sehr zu beschützen. Drake reagiert wahrscheinlich nur so, weil so viele Leute im Haus sind.«

»Wahrscheinlich. Wir waren so mit Magoth beschäftigt, dass ich gar nicht daran gedacht habe, aber was passiert eigentlich mit Thala?«

Gabriel warf mir einen seltsamen Blick zu. »Ich weiß nicht, Vögelchen. Kostya hat sie zur Kriegsgefangenen erklärt, aber ob Drake sie ihm übergibt, ist fraglich. Sie muss dem Weyr viele Fragen beantworten.«

»Baltic wird sie holen kommen.«

»Möglich. Aber es wird ihm nicht so leichtfallen, sie zu befreien.« Mittlerweile hatten wir das Zimmer erreicht, in dem die sterile Kleidung hing. Rasch zogen wir uns um und reichten unsere Terminkarten István, der vor Drakes Schlafzimmer Wache hielt.

»Wir haben ihn bestimmt nicht das letzte Mal gesehen«, sagte ich leise zu Gabriel, als István im Zimmer verschwand, um uns anzumelden.

»Nein. Der Weyr wird sich wegen dieses Themas zusammensetzen. Wir können nicht zulassen, dass er weiter Drachen vernichtet. Wir müssen ihm das Handwerk legen.«

»Glaubst du, er will sich an uns rächen, weil wir ihm das Drachenherz entzogen haben?«

»Möglicherweise, aber du weißt ja, dass ich immer auf dich aufpassen werde. Hab keine Angst, Mayling – du bist meine Gefährtin und mein Herz. Nichts und niemand kann das ändern.« Gabriel küsste mich. In diesem Moment ging die Tür auf und István verbeugte sich und bat uns ins Zimmer.

Drake eilte auf uns zu. Er warf Gabriel einen misstrauischen Blick zu und überzeugte sich davon, dass wir korrekt gekleidet waren. »Erwähnt bitte die Terminkarten und die Sicherheitsmaßnahmen nicht«, sagte er leise. »Aisling soll mit diesen Banalitäten nicht behelligt werden.«

Ich verkniff mir das Lachen, sah aber, dass auch Gabriel seine Grübchen zeigte.

»May! Gabriel! Ich dachte schon, ihr kommt nie mehr, um meine Babys zu sehen. Was habt ihr denn da an? Drake! Ich habe dir doch gesagt, du sollst aufhören, die Leute in diese albernen Sachen zu stecken!« Aisling saß strahlend vor Stolz und Glück in einem großen Bett. Neben ihr standen zwei wunderschön geschnitzte Holzwiegen mit Spitzenwäsche.

»Ehe die Kinder nicht starke Abwehrkräfte besitzen, sollen sie nicht mit Keimen in Berührung kommen«, sagte Drake streng.

Aisling verdrehte die Augen. »Niemand bringt sie in Gefahr. May, möchtest du Ilona einmal halten? Gabriel, wie findest du sie? Sind sie nicht die schönsten Babys, die ihr je gesehen habt? Ich weiß ja, dass alle Mütter das sagen, aber diese beiden sind wirklich außergewöhnlich schön.«

Ich blickte auf die Babys mit ihren roten, verknautschten Gesichtern und stimmte Aisling aus vollem Herzen zu: »Sie sind absolut hinreißend, Aisling. Sie werden bestimmt einmal so hübsch wie, Drake und du.«

Auch Gabriel bewunderte pflichtbewusst die Babys und schlug Gabriel grinsend auf die Schulter. »Prachtvolle Kinder hast du, mein Freund. Sie werden stark und klug werden.«

Drake bedankte sich für das Kompliment, indem er Gabriel auf den Arm boxte. Dann umarmten sich die beiden Männer.

»Sie sind wirklich außergewöhnlich gut gelungen«, erklärte Drake stolz. »Aber das habe ich von Aisling auch nicht anders erwartet.«

Wir blieben eine halbe Stunde, aber als Aisling begann, müde auszusehen, gingen wir.

Drake begleitete uns aus dem Zimmer. »Bei den Sterblichen gibt es die Sitte, mit Whisky und Zigarren zu feiern. Kommt ihr?«, fragte er.

»Ja, natürlich«, erwiderte Gabriel. »May?«

»Auf die Zigarren kann ich verzichten, aber ein Schluck Whisky wäre mir jetzt sehr recht«, sagte ich.

Vor Drakes Arbeitszimmer wartete Dr. Kostich auf uns. »Einer meiner Lehrlinge, Tully, fühlt sich nicht wohl«, sagte er zu Gabriel.

»Ich sehe nach ihr. Und Sie? Hat Tipene Ihren Arm versorgt?«

»Ja. Die silbernen Drachen haben ihren Ruf als Heiler wohl verdient«, erwiderte Dr. Kostich steif.

Gabriel lächelte über das widerstrebende Kompliment und ging ins Wohnzimmer, um sich den Lehrling anzuschauen.

»Ich möchte mit Ihnen sprechen«, sagte Dr. Kostich zu mir.

Drake murmelte, er würde auf uns in seinem Arbeitszimmer warten. Als er weg war, sagte Dr. Kostich zu mir: »Ich beginne, meine Nachsichtigkeit Ihnen gegenüber zu bedauern.«

»Ich habe doch alles getan, was Sie von mir verlangt haben«, protestierte ich.

»Sie haben mich getäuscht.«

»Inwiefern?«

»Sie haben mir Informationen über den Drachen Baltic vorenthalten, Informationen, die für meinen Erfolg wesentlich gewesen wären. Und weil ich nicht über diese Informationen verfügt habe, habe ich jetzt weder das Lichtschwert von Antonia von Endres noch den Drachen selbst. Und ich versichere Ihnen, er wird wieder gewalttätige Taten gegen mich und meine Lehrlinge verüben.«

»Da ist auch noch der kleine Umstand, dass er mehr als sechzig blaue Drachen brutal ermordet hat, aber das ist Ihnen wahrscheinlich egal«, sagte ich. Es machte mich wütend, dass er über diese Gräueltat so leichtfertig hinwegging.

Dr. Kostich blickte mich gleichmütig an. »Verbrechen gegen die Drachen fallen nicht unter die Zuständigkeit des L'Au-delà.«

Das wusste ich natürlich. »Ich möchte ja auch nur darauf hinweisen, dass manche noch mehr unter Baltic gelitten haben als wir.«

»Sie haben mir nicht gesagt, dass der fragliche Drache Zugang zum Jenseits hat«, beschuldigte mich Dr. Kostich und blickte mich erneut vorwurfsvoll an.

»Nein, ich dachte, das sei für Sie nicht von Interesse. Ehrlich gesagt, kann ich mir auch gar nicht vorstellen, warum Sie das wissen müssen.«

Er unterdrückte einen Seufzer. »Drachen können nicht ins Jenseits. Es ist eine bekannte Tatsache, dass ein Drache nur unter ganz besonderen Bedingungen in die Schattenwelt eindringen kann, während dieser Drache mit Leichtigkeit und ohne jede Hilfe hineinzugehen scheint. Ganz offensichtlich ist dieser Drache … ungewöhnlich.«

»Aber das wussten Sie doch. Sie wussten doch, dass er die arkane Magie beherrscht und mit dem Lichtschwert umgehen kann.«

»Ja, aber ich wusste nicht, dass er auch ins Jenseits eindringen kann. Ein Drache, der die arkane Macht beherrscht, ist außergewöhnlich, aber das kann man möglicherweise noch erklären. Ein Drache allerdings, der die Schattenwelt betreten kann, ist wahrhaft wundersam, und Wunder liebe ich nicht besonders.« Die letzten Worte stieß er hervor, als ob sie einen hässlichen Beigeschmack in seinem Mund hinterlassen würden.

»Es tut mir leid, das wusste ich nicht. Er war so oft im Jenseits, dass ich mir weiter keine Gedanken darüber gemacht habe. Aber was hätte es denn heute geändert, wenn Sie es gewusst hätten?«

»Er ist uns entkommen!«, erwiderte Dr. Kostich mit eisiger Stimme. »Wenn ich gewusst hätte, dass er das Jenseits als Fluchtweg benutzen kann, dann hätte ich in dieser Hinsicht Vorkehrungen getroffen, damit er nicht einfach so verschwinden kann.«

Ich fragte mich, wie er das hätte machen wollen, aber wahrscheinlich verfügte er ja in der Schattenwelt über weitaus größere Fähigkeiten, als ich sie besaß. »Es tut mir leid, aber ich habe einfach nicht daran gedacht, es Ihnen zu erzählen. Aber wenn Sie befürchten, dass wir Baltic nie mehr wiedersehen, so kann ich Sie beruhigen. Er wird sich von der Niederlage nicht lange aufhalten lassen, und er wird schon bald wieder seinen nächsten Angriff planen. Wir haben ihn zwar daran gehindert, sich die Stücke des Drachenherzens anzueignen, aber er wird mit Sicherheit weiterhin ein Stachel in unserem Fleisch sein, und früher oder später wird der Weyr sich Maßnahmen überlegen müssen.«

»Was der Weyr tut, interessiert mich nicht«, sagte Dr. Kostich düster. »Ich will dieses Schwert haben. Wohin haben Sie die Gefangene gebracht?«

»Thala? Ich glaube, Drake hat sie in seinen Lagerraum gebracht.«

»Ich werde sie verhören. Vielleicht ist sie uns ja von Nutzen«, sagte er, drehte sich auf dem Absatz um und marschierte in den hinteren Teil des Hauses.

Ich folgte ihm ein paar Schritte, wobei ich überlegte, ob ich lieber mit ihm gehen, mich von Drake mit Whisky versorgen lassen oder nachsehen sollte, wie es dem Lehrling ging. Ein heftiges Verlangen nach Gabriel trug den Sieg davon, und ich eilte ins Wohnzimmer, wo Gabriel sich gerade über den Lehrling beugte. Tully saß zusammengesunken in einem Sessel in der Ecke. Savian lag auf der Couch, eine Decke über sich gebreitet.

Ich hockte mich neben Gabriel.

»Ich bin ... Es ist schwierig«, sagte sie gerade mit erstickter Stimme. Es klang so, als habe sie einen tief empfundenen Verlust erlitten. »Da war etwas ... etwas Unbeschreibliches. Es erfüllte mich mit Glück und Furcht zugleich, als ob ich aus dem Paradies gerissen und nach Abaddon geschleudert worden wäre. Ein strahlend goldenes Licht durchfuhr mich, dass ich am liebsten vor Freude geweint hätte, aber dann war es weg, und nichts als Dunkelheit blieb zurück.«

»Sie beschreibt die Neubildung des Herzens«, sagte Gabriel leise. Seine Hände lagen auf ihren Knien. »Sie hat gespürt, wie sich das Drachenherz neu gebildet hat und wieder auseinanderfiel.«

»Ich dachte, das könnten nur Drachen fühlen?«, sagte ich.

Er nickte. »Alle Drachen haben das gespürt. Es verbindet uns alle. Aber dieser Magier …« Er wandte den Blick nicht von ihr ab.

Tully, der es offensichtlich unangenehm war, dass er sie so genau ansah, schlug die Hände vors Gesicht und schluchzte.

»Was ist los mit ihr?«, fragte Savian.

Ich blickte Gabriel an. »Drachen können keine Magier sein.«

Bekümmert erwiderte er meinen Blick. »Einem ist es gelungen.«

»Aber … da gibt es doch bestimmt keine Verbindung.«

»Besser habe ich noch nie gearbeitet, und dabei habe ich schon mindestens hundert neue Seelen in diese Welt geholt.« Kaawa betrat das Zimmer und blickte sich zufrieden um. »Es freut mich, dass du von deinem Besuch in Akasha heil zurückgekehrt bist, Wintiki. War deine Reise erfolgreich?«

»Ja. Ich bin jetzt offiziell frei von Magoth.« Ich erhob mich, um Kaawa zu begrüßen. Dabei gab ich den Blick auf Tully frei, die die Hände vom Gesicht nahm und nach einem Taschentuch kramte, um sich die Nase zu putzen.

Kaawa machte einen Schritt auf uns zu, blieb aber erschrocken stehen, als sie die Frau auf dem Sessel sah. Sie hob eine Hand und zeigte auf Tully. Ihre Lippen bewegten sich, aber es kam kein Laut heraus.

»Was ist los?«, fragte ich. Gabriel trat zu seiner Mutter.

»Mutter? Fühlst du dich nicht gut?«

»Sie«, sagte Kaawa und starrte fassungslos auf Tully. Der Finger, mit dem sie auf sie zeigte, bebte. »Sie ist es.«

»Der Lehrling des Magiers?«, fragte ich und blickte auf Tully. Verwirrt schaute Tully Gabriels Mutter an. Offensichtlich verstand sie nicht, warum die andere Frau auf ihren Anblick so überrascht reagierte.

»Nein.« Kaawa schüttelte den Kopf, und dann sagte sie etwas, womit ich nie gerechnet hätte. »Das ist kein Lehrling. Das ist kein Magier.«

Gabriel und ich wechselten verwirrte Blicke. Kaawa starrte Tully mit einer Intensität an, bei der mir die Haare zu Berge standen.

Savian richtete sich auf und beobachtete interessiert, wie Tully sich erhob. Sie fuhr sich mit der Hand an den Hals. »Entschuldigung, ich weiß nicht ... Kenne ich Sie?«

»Das ist kein Magier. Das ist ein schwarzer Drache«, verkündete Kaawa. Ihre Stimme ertönte laut und klar in der Stille des Raums. »Das ist die Gefährtin eines Wyvern.«

Mir lief ein eiskalter Schauer über den Rücken, als ich Tully anblickte.

»Das ist *seine* Gefährtin. Das ist Ysolde de Bouchier. Sie lebt. Baltics Gefährtin lebt.«